中國古典文學基本叢書

王維集校注（修訂本）

第二册

〔唐〕王維　撰

陳鐵民　校注

中華書局

王維集校注卷四

編年詩（天寶下）

送徐郎中〔一〕

東郊春草色〔二〕，驅馬去悠悠〔三〕。況復鄉山外〔四〕，猿啼湘水流〔五〕。島夷傳露版〔六〕，江館候鳴騶〔七〕。卉服爲諸吏〔八〕，珠官拜本州〔九〕。孤鶯吟遠墅，野杏發山郵〔一〇〕。早晚方歸奏〔一一〕，南中絶忌秋〔一二〕。

〔一〕徐郎中：即徐浩。《新唐書·徐浩傳》曰：「徐浩字季海，越州人。……遷累都官郎中，爲嶺南選補使，又領東都選。肅宗立，繇襄州刺史召授中書舍人。」《全唐文》卷四四五張式《徐公神道碑銘》曰：「公姓徐氏，諱浩：……轉都官郎中，充嶺南（下闕八字）……五嶺百越，頌聲四合，同詣方面，請建旌德碑，都督張九皋爲之飛章……」尋繹詩意，此詩蓋送都官郎中徐浩赴嶺南選所桂州爲嶺南選補使時所作（關於南選之事，可參見《年譜》）。考張九皋爲嶺南五府經略等使兼南海郡（廣州）都督、太守，在天寶十載至十二載（説見《唐刺史考》卷二五七），本詩之作，當即在此一期間。徐，宋蜀本、明十卷本、奇字齋本等俱作「禰」。按，「禰」古或書作「祢」，此處蓋因「徐」「祢」形近而致誤。郎中，見《重酬苑郎中》注〔一〕。

〔二〕草色，奇字齋本作「色早」。

〔三〕悠悠：形容道路遥遠。

〔四〕徐浩，越州（今浙江紹興）人，桂州（今廣西桂林）更在越州之南，故曰「鄉山外」。

〔五〕湘水：係徐赴桂州途中需經之水。

〔六〕島夷：見《送從弟蕃遊淮南》注〔四〕。露版：謂文書不緘封者。《三國志·魏書·崔琰傳》：「太祖狐疑，以函令密訪於外，惟琰露版答曰……」句謂南海島居之夷傳送着要舉行南選的文書。蓋徐欲往之地近島夷，故有是語。

〔七〕館：客舍，古時公家設立用以接待賓客的處所。鳴騶：謂貴人駕車出行。此句謂江邊客舍（指途中旅舍）正等候郎中駕臨。

〔八〕卉服：見《送從弟蕃遊淮南》注〔四〕。句指嶺南一帶以當地土著人爲吏。唐時嶺南、黔中之官，「得即任土人，而官或非其才」，故遣郎官爲選補使赴當地即選其人，因謂之「南選」。

〔九〕珠官：管採珠的官。按，南海産珠，沿海諸州以之充貢賦，故有珠官之設置。此句亦指嶺南之官「得即任土人」。

〔一〇〕郵：驛。

〔一二〕方：將。

〔一三〕南中：泛指南方。《魏書·李壽傳》：「封建寧王，以南中十二郡爲建寧國。」亦指嶺南。白居易《秦吉了》：「秦吉了，出南中。」《舊唐書·音樂志》：「今案嶺南有鳥，似鸜鵒而稍大……南人謂之吉了。」絶，極，甚；宋蜀本、明十卷本、奇字齋本等俱作「纔」。忌秋：指顧忌異族來犯。《漢書·李廣傳》：「將軍其率師東轅，彌節白檀，以臨右北平盛秋。」注：「盛秋馬肥，恐虜爲寇，故令折衝禦難也。」《唐國史補》卷上：「渾瑊太師，年十一歲，隨父釋之防秋。」蓋游牧部落常於秋日入寇，故稱在邊地防禦敵人進犯爲防秋。而嶺南一帶，秋日天氣漸涼，雨量減少，亦便于進軍。按，自天寶初，桂州即有西原蠻之寇患。《新唐書·南蠻傳下》：「西原蠻，居廣、容之南，邕、桂之西。有甯氏者，相承爲豪。又有黄氏，居黄澄洞，其隸也。其地西接南詔。天寶初，黄氏彊，與韋氏、周氏、儂氏相脣齒，爲寇害，據十餘州。」

敕賜百官櫻桃 時爲文部郎中〔一〕

芙蓉闕下會千官〔二〕，紫禁朱櫻出上蘭〔三〕。纔是寢園春薦後〔四〕，非關御苑鳥銜殘〔五〕。歸鞍競帶青絲籠〔六〕，中使頻傾赤玉盤〔七〕。飽食不須愁内熱〔八〕，大官還有蔗漿寒〔九〕。

〔一〕約作于天寶十一載（七五二）。櫻桃：落葉喬木，春季先葉開花，淡紅色或白色；果實大者如彈丸，小者如珠璣，味甜，可食，亦名含桃。文部郎中：即吏部郎中。唐置吏部郎中二人，從五品上(據《舊唐書・職官志》),其中一人掌天下文吏的班秩階品,一人掌流外官的選補。據《通鑑》載,天寶十一載三月乙巳(二十八日)改吏部爲文部,至德二載(七五七)十二月復舊。此詩崔興宗有和章,載《全唐詩》卷一二九。

〔二〕芙蓉闕:謂宮門前之闕樓猶如芙蓉。梁車敷《洛陽道》:「重關如隱起,雙闕似芙蓉。」

〔三〕紫禁:《文選》謝莊《宋孝武宣貴妃誄》:「收華紫禁。」李善注:「王者之宮以象紫微,故謂宮中爲紫禁。」朱櫻:深紅色的櫻桃。左思《蜀都賦》:「朱櫻春熟,素柰夏成。」《政和證類本草》卷二三引《圖經》曰:「櫻桃,其實熟時深紅色者謂之朱櫻,正黄明者謂之蠟櫻。」上蘭:漢宮觀名。《漢書・揚雄傳・校獵賦》:「翼乎徐至於上蘭。」師古注引晋灼曰:「上蘭觀,在上林中。」《三輔黄圖》卷四亦謂上林苑有上蘭觀。此處借指唐禁苑。

〔四〕纔,底本原作「總」,此從宋蜀本、《文苑英華》、《全唐詩》。寢園:謂先帝陵園。「園」指帝王墓地。古帝王陵園皆有寢殿,故謂之寢園。《漢書・韋玄成傳》:「又園中各有寢(師古注:「寢者,陵上正殿。」)、便殿。……而昭靈后、武哀王……各有寢園,與諸帝合,凡三十所。」春薦:薦,祭獻之意。《禮記・月令》:「仲夏之月……天子乃以雛嘗黍,羞(進獻)以含桃(櫻桃),先薦寢廟。」《吕氏春秋・仲夏紀》、《淮南子・時則》亦有類似記載。《史記・劉敬叔孫通列傳》:「孝惠帝曾春出游離宫,叔孫生曰:『古者有春嘗果,方今櫻桃熟,可獻,願陛下出,因取櫻桃獻宗廟。』上迺許之。」則謂獻櫻桃在春日,此處「春薦」或用其説。又唐李綽《歲時記》曰:「四月一日,内園進櫻桃，寢園薦訖，頒賜百官各有差。」趙殿成注云：「右丞詩中用『春薦』字，當是其時雖四月一日，而節令未改，尚在暮春。」

〔五〕鳥銜：《呂氏春秋·仲夏紀》：「羞以含桃。」高誘注：「進含桃。櫻桃，鶯鳥所含食，故言含桃。」

〔六〕青絲籠：繫着青絲繩的籃子。漢樂府《陌上桑》：「青絲爲籠係（繩，帶），桂枝爲籠鉤。」此指盛櫻桃的籃子。

〔七〕中使：此指被派去收摘或運送櫻桃的宦者。赤玉盤：《太平御覽》卷九六九引《拾遺録》曰：「漢明帝於月夜讌賜群臣櫻桃，盛以赤瑛（似玉的美石）盤，群臣視之月下，以爲空盤，帝笑之。」又引夏侯孝若《春可樂》曰：「進櫻桃於玉盤。」

〔八〕愁，《文苑英華》作「憂」。内熱：《政和證類本草》卷二三引孟銑曰：「櫻桃熱、益氣，多食無損。」引《食療》曰：「温，多食有所損。」又引《衍義》曰：「櫻桃，小兒食之過多，無不作熱，此果在三月末四月初間熟，得正陽之氣，先諸果熟，性故熱。」

〔九〕大（tài 太）官：又作太官，唐光禄寺有太官署，置令二人，凡朝會宴享，掌供百官膳食。蔗漿：甘蔗汁。《楚辭·招魂》：「胹鼈炮羔，有柘（同「蔗」）漿些。」

胡仔曰：摩詰詩：「歸鞍競帶青絲籠，中使頻傾赤玉盤。」退之詩：「香隨翠籠擎初重，色映銀盤瀉未停。」二詩語意相似。摩詰詩渾成，勝退之詩。櫻桃初無香，退之以香言之，亦是語病。（《苕溪漁隱叢話》後集卷九）

王夫之曰：（「纔是」二句）貼切櫻桃，而句皆有意，所謂「正在阿堵中」也。（《薑齋詩話》卷二）

又曰：腹聯宕開，結聯益宕開，開則不復合矣。一開一合，惡詩之訣。（《唐詩評選》卷四）

張謙宜曰：三四言其新，五六言其多，七八用補筆跳結，意更足，法更妙，筆更圓活。（《絸齋詩談》卷五）

沈德潛曰：詞氣雍和，淺深合度，與少陵《野人送櫻桃》詩，均爲三唐絶唱。（《唐詩别裁》卷一三）

薛雪曰：三四兩句，人所忽而不言者，而獨言之。（《一瓢詩話》）

黄培芳曰：後人作此種題，非繁縟即纖俗，盛唐人不可及在此。（翰墨園重刊本《唐賢三昧集箋注》卷上）

方東樹曰：格律詳整明密。（《昭昧詹言》卷一六）

晚春閨思〔一〕

新妝可憐色，落日卷羅帷〔二〕。淑氣清珍簟〔三〕，牆陰上玉墀〔四〕。春蟲飛網户〔五〕，暮雀隱花枝。向晚多愁思〔六〕，閒窗桃李時〔七〕。

〔一〕此詩載《河嶽英靈集》，寫作時間當在天寶十二載（七五三）前。詩題《河嶽英靈集》作《春閨》，

《全唐詩》作《晚春歸思》。

〔二〕羅，《河嶽英靈集》作「簾」。

〔三〕淑氣：温和之氣。唐太宗《春日玄武門宴群臣》：「韶光開令序，淑氣動芳年。」「淑」底本原作「鱸」，此從《河嶽英靈集》。簟（diàn店）：竹席。句謂春日的温和之氣使珍貴的竹席更加清雅明净。

〔四〕玉墀（chí池）：鋪砌玉石的臺階。

〔五〕網户：門扉上刻方格，其狀如網，故稱。《楚辭·招魂》：「網户朱綴，刻方連些。」

〔六〕此指閨中女子獨處的愁思。

〔七〕桃李時：指桃李花開之時。

送李睢陽〔一〕

將置酒，思悲翁〔二〕；使君去，出城東。麥漸漸〔三〕，雉子斑〔四〕；槐陰陰〔五〕，到潼關〔六〕。騎連連〔七〕，車遲遲〔八〕，心中悲。宋又遠〔九〕，周間之〔一〇〕；南淮夷〔一一〕，東齊兒〔一二〕。碎碎織練與素絲〔一三〕，游人賈客信難持〔一四〕。五穀前熟方可爲〔一五〕，下車閉閤君當思〔一六〕。天子當殿儼衣裳，太官尚食陳羽觴〔一七〕，彤庭散綬垂鳴璫〔一八〕。黄紙詔書出東廂〔一九〕，輕紈疊綺爛生光〔二〇〕。宗室子弟君最賢，分憂當爲百辟先〔二一〕。布衣一言相爲死，何況聖主恩如天！鸞聲噦噦魯侯旂〔二二〕，明年上計朝京師〔二三〕。須憶今日斗酒别，慎勿富貴忘我爲〔二四〕！

〔一〕作于天寶十二載（七五三）夏，説見《年譜》。李睢陽：即李峘，信安王禕長子，太宗第三子吴王恪曾孫。《舊唐書·李峘傳》：「楊國忠秉政，郎官不附己者悉出於外，峘自考功郎中出爲睢陽太守。」睢陽：即宋州，天寶元年改名睢陽郡，乾元元年復舊，治所在今河南商丘市南。

〔二〕將：請。思悲翁：漢鐃歌《思悲翁》：「思悲翁，唐思，奪我美人侵以遇。」此借用其語，以示對峘的思念。

〔三〕漸漸（chán 蟬）：《史記·宋微子世家》：「（箕子）乃作《麥秀》之詩以歌詠之，其詩曰：『麥秀漸漸兮，禾黍油油。』」索隱：「漸漸，麥芒之狀。」《文選》潘岳《射雉賦》：「麥漸漸以擢芒，雉鷕鷕而朝鴝。」徐爰注：「漸漸，含秀之貌也。」

〔四〕雉子：即小野雞。斑：指毛色斑斕好看。漢鐃歌《雉子斑》：「雉子，斑如此！之于雉梁。」

〔五〕陰陰：幽暗貌。

〔六〕潼關：古關名，在今陝西潼關縣境。

〔七〕連連：徐緩貌。

〔八〕遲遲，奇字齋本作「遥遥」。

〔九〕宋：指睢陽。睢陽本春秋時宋地。

〔一〇〕周：指東周故地，在今河南洛陽一帶。自長安至睢陽，需過東周舊地，故曰「周間（隔）之」。

〔一一〕淮夷：古代居於淮河流域的少數民族。《書·費誓》：「徂兹淮夷，徐戎並興。」

〔一二〕東齊兒：睢陽之東爲古齊地，故云。《漢書·朱博傳》：「（博）遷琅邪太守。齊部舒緩養名（師古注：「言齊人之俗，其性遲緩，多自高大，以養名聲。」），博新視事，右曹掾史皆移病（移書言病）卧……博奮髯抵几曰：『觀齊兒欲以此爲俗邪？』」

〔一三〕碎碎：零碎，瑣碎。織（zhì置）：染絲織成的采帛。《禮記·玉藻》：「士不衣織。」鄭注：「織，染絲織之。」練：白色的熟絹。「織練與素絲」，連下句而言，當指商賈所販賣之物。

〔一四〕游人賈客：指往來流蕩的行商。信：確實。持：掌握，約束。

〔一五〕此句意謂，所治之地必須五穀先豐收而後政治上方可有所作爲。

〔一六〕下車：《漢書·敘傳》：「即拜（班）伯爲定襄太守。定襄聞伯素貴年少，自請治劇（情況複雜難于治理之地），畏其下車（指初到任）作威，吏民竦息。」閉閤：《漢書·韓延壽傳》：「（延壽）入守左馮翊……行縣至高陵，民有昆弟相與訟田自言，延壽大傷之，曰：『幸得備位，爲郡表率，不能宣明教化，至令民有骨肉争訟，既傷風化，重使賢長吏、嗇夫、三老、孝弟受其恥，咎在馮翊，當先退。』是日移病不聽事，因入卧傳舍，閉閤（小門）思過。……於是訟者宗族傳相責讓，此兩昆弟深自悔，皆自髡肉袒謝，願以田相移，終死不敢復争。」王維《上黨苗公德政碑》云：「凡邦伯到官，詔使按部，或閉閤思政，或下車作威。」與本詩可相參讀。此句謂，到任後或下車作威，或閉閤思過，君應考慮。

〔一七〕儼：整齊貌。太官：見《敕賜百官櫻桃》注〔九〕。尚食：唐殿中省有尚食局，設奉御二人，掌供天子常膳；有大朝會，則與太官共供百官之膳食。羽觴：酒器，作雀鳥形。《漢書·外戚傳》師古注引孟康曰：「羽觴，爵也，作生爵形，有頭尾羽翼。」此二句寫行前天子賜宴。按，岑參《送顔平原》詩序曰：「十二年春，有詔補尚書十數公爲郡守，上親賦詩，觴群公，宴於蓬萊前殿，仍錫（賜）以繒帛，寵餞加等。參美顔公是行，爲寵别章句。」顔平原即顔真卿，是時與峘同時出爲郡守（參見《年譜》）。由參此詩，可證行前有天子賜宴事。

〔一八〕彤庭：漢皇宫漆中庭爲朱色，稱彤庭。《文選》班固《西都賦》：「於是玄墀釦砌，玉階彤庭。」李善注引《漢書》曰：「昭陽舍中庭彤朱。」後泛指皇宫。散綬：分賜綬帶。古時用不同顔色的綬帶，標識官吏的身分和等級。唐制，五品以上官員有綬。璫（dāng 襠）：指金玉飾物。繫璫於綬下，行走時作聲，故曰「鳴璫」。

〔一九〕黄紙詔書：古天子詔用黄紙書寫。此制始於魏晋時，唐貞觀後亦承用之。《三國志·魏書·劉放傳》：「帝納其言，即以黄紙授放作詔。」宋宋敏求《春明退朝録》卷下：「唐《日曆》：貞觀十年（六三六）十月，詔始用黄麻紙寫詔敕。又曰：上元三年（六七六）閏三月戊子敕：『制敕施行，既爲永式，比用白紙，多有蟲蠹，自今已後，尚書省頒下諸司及州下縣，宜並用黄紙。』」宋葉夢得

《石林燕語》卷三：「唐中書制詔有四，封拜册書用簡，以竹爲之；畫旨而施行者曰發曰敕，用黄麻紙；承旨而行者曰敕牒，用黄藤紙；赦書皆用絹、黄紙。始貞觀間，或曰取其不蠹也。」廂：正房兩側的房屋。

〔二〇〕紈：細絹。綺：有文彩的絲織品。此句寫天子「錫以繒帛」。

〔二一〕分憂：指爲天子分憂。百辟：本指諸侯。辟，君。《詩·大雅·假樂》：「百辟卿士，媚于天子。」後也泛指公卿大臣。《宋書·孔琳之傳》：「（徐）羨之内居朝右，外司輦轂，位任隆重，百辟所瞻。」

〔二二〕「鸞聲」句：《詩·魯頌·泮水》：「魯侯戾（來）止（至），言觀其旂（上畫龍形、竿頭繫鈴的旗，古時諸侯建旂）。其旂茷茷（毛傳：「茷茷，言有法度也。」），鸞聲噦噦。」鸞，車鈴。噦噦（huì 惠），有節奏的車鈴聲。旗，宋蜀本作「旂」。此句借用《泮水》之語，以寫李峘乘車來朝的情狀。

〔二三〕上計：漢時，郡國每年遣吏至京師上計簿，將全年人口、錢糧出入及盜賊、獄訟等事報告朝廷。凡上計之人，稱爲上計使或上計吏。漢之上計吏，相當于唐之朝集使。《周禮·天官·小宰》唐賈公彦疏：「漢之朝集使，謂之上計吏，謂上一年計會文書及功狀也。」《唐六典》卷三：「凡天下朝集使，皆令都督、刺史及上佐更爲之。……皆以十月二十五日至于京都，十一月一日户部引見訖，於尚書省與群官禮見，然後集於考堂，應考績之事，元旦陳其貢篚於殿庭。」此處即指充任朝集使。

〔二四〕「慎勿」句：語本百里奚妻《扊扅歌》：「百里奚，五羊皮，憶别時，烹伏雌，炊扊扅（門栓），今日富貴忘我爲！」（參見《顔氏家訓·書證》）爲，語尾助詞。

顧可久曰：雅麗有藻思。

鍾惺曰：字字是樂府妙語，又不當作歌行體看之。（《唐詩歸》卷八）

送魏郡李太守赴任〔一〕

與君伯氏别〔二〕，又欲與君離；君行無幾日，當復隔山陂〔三〕。蒼茫秦川盡〔四〕，日落桃林塞〔五〕；獨卧臨關門〔六〕，黄河向天外〔七〕。前經洛陽陌，宛洛故人稀〔八〕；故人離别盡，淇上轉驂騑〔九〕。企予悲送遠，惆悵睢陽路〔一〇〕；古木官渡平〔一一〕，秋城鄴宫故〔一二〕。想君行縣日〔一三〕，其出從如雲〔一四〕；遥思魏公子，復憶李將軍〔一五〕。

〔一〕魏郡李太守：趙殿成注：「《唐書·地理志》：天寶元年，改相州魏郡爲鄴郡，改魏州陽武郡爲魏郡。觀詩中所云官渡、鄴城者，則是相而非魏矣，是詩之作，當在開元時也。或引劉昫《唐書》（《李峘傳》）『楊國忠秉政，郎官不附己者悉出於外，李峘自考功郎中出爲睢陽太守。尋而弟峴出爲魏郡太守，兄弟夾河典郡，皆以理行稱』，右丞所謂『與君伯氏别，又欲與君離』者，正指峘、峴兄弟（按，此爲顧玄緯注之説）。考國忠秉政，在天寶時，是時相州已更鄴名，不得仍稱魏號，蓋別是一人，非李峴也。」按，《新唐書・地理志》曰：「相州鄴郡，望。本魏郡，天寶元年更名。」《元和郡縣志》卷一六云：「隋大業三年，改相州爲魏郡，武德元年，復爲相州。」《舊唐書・地理志》曰：「相州，漢魏郡也。……武德元年，置相州總管府……天寶元年，改爲鄴郡。乾元元年，復爲相州。」又曰：「魏州……隋改名武陽郡。武德四年，平竇建德，復爲魏州。……天寶元年，改爲魏郡。乾元元年，復爲魏州。」知相州隋時爲魏郡，開元時不曰魏郡；天寶元年改州爲郡後，相州更名鄴郡，魏州更名魏郡。由此可見，本詩之「魏郡」乃天寶時地名，即指魏州而言。唐魏州治所在貴鄉（今河北大名東北）、元城（今大名）。至詩中所云官渡、鄴城，蓋指李赴任途中經由之地（官渡唐時屬鄭州，非屬相州），不得以它作爲魏郡「是相而非魏」的證據。又，此詩曰：「惆悵睢陽路。」睢陽亦天寶時郡名，此句正指李峘是時在睢陽任職，所以顧氏謂李太守即指李峴，應當是可信的。據《舊唐書・李峘傳》的記載，峴出爲郡守的時間略晚于峘（峘天寶十二載夏出爲郡守），又《全唐文》卷三二一李華《梁國公李峴傳》云：「五遷爲魏州刺史……再遷爲京兆尹。……權臣所排，出守零陵。」《舊唐書・李峴傳》及《通鑑》謂峴自京兆尹出守之時間，在天寶十三載九月，故繫此詩于天寶十二載秋（詩中有「秋城」之語）。另，新出土李峴《唐將作監李峴故妻南華縣君獨孤氏墓誌銘并序》云：「天寶十二載，僕自左金吾將軍除魏郡守，到郡逾月，南華遘斯沉疾……隨化已滅。」（見薛海洋、陳輝編《唐李峴墓誌》，河南美術出版社二○○七年）可證李峴于天寶十二載出守魏郡。

〔二〕伯氏：長兄。按，信安王禕有三子，曰峘、嶧、峴，峘居長。「氏」《文苑英華》作「兄」。

〔三〕隔山陂：《古詩十九首·冉冉孤生竹》：「千里遠結婚，悠悠隔山陂。」陂，泛指水。

〔四〕秦川：泛指今陝西、甘肅秦嶺以北平原地帶，因春秋、戰國時地屬秦國而得名。川，平川。

〔五〕桃林塞：約相當今河南靈寶以西、陝西潼關以東地區。參見宋王應麟《通鑑地理通釋》卷一一《潼關》。桃林塞爲李自長安赴魏郡途中必經之地。

〔六〕臥，底本原作「樹」，此從述古堂本。關：指潼關。

〔七〕「黄河」句：潼關下臨黄河，故云。

〔八〕宛洛：此處實指洛，參見《宿鄭州》注〔五〕。洛，底本原作「路」，從宋蜀本、明十卷本、《全唐詩》等改。

〔九〕淇上：參見《淇上即事田園》注〔一〕。淇上爲李赴任途中經行之地。驂（cān 餐）：駕于車前兩側的馬。騑（fēi 非）：義同「驂」。驂騑泛指拉車的馬。

〔一〇〕企予：踮起腳跟。「予」相當於「而」，助詞。曹丕《秋胡行》：「企予望之，步立躊躇。」悲送遠：爲已送别的遠人（指李峘）而悲傷。此二句寫李太守赴任途中思念其兄，對着往睢陽去的道路倍感惆悵。

〔一一〕官渡：在今河南中牟東北。其地臨古官渡水。東漢建安五年，曹操殲滅袁紹主力於此。當時操子丕曾於官渡植柳，十五年後因作《柳賦》（參見《藝文類聚》卷八九），「古木」或即指此而言。

又《水經注》卷二二《渠》云：「渠水……又逕曹太祖壘北，有高臺，謂之官渡臺，渡在中牟，故世又謂之中牟臺。建安五年……紹進臨官渡，起土山地道以逼壘，公亦起高臺以捍之，即中牟臺也。今臺北土山猶在，山之東悉紹舊營，遺基並存。」「平」疑指袁、曹故壘已平。

〔一二〕鄴宮：建安十八年（二一三）曹操爲魏王，定都于鄴；其後十六國後趙、前燕，北朝東魏、北齊，相繼定都于此，故城中宮室繁盛。鄴有二城：北城曹魏因舊城增築，故址在今河北臨漳縣西南鄴鎮、三臺村迤東一帶；南城築於東魏初年，今屬河南安陽縣轄境。北周大象二年（五八〇），鄴城被焚毀，宮室也化爲廢墟。《舊唐書・地理志》：「周大象二年，隋文輔政，相州刺史尉遲迥舉兵不順，楊堅令韋孝寬討迥，平之。乃焚燒鄴城，徙其居人，南遷四十五里。」「宮」《文苑英華》作「都」。故：謂已成陳跡。

〔一三〕行縣：郡守巡視所轄之縣。《後漢書・百官志》：「凡郡國皆掌治民……常以春行所主縣，勸民農桑，振救乏絶。」

〔一四〕如雲：《詩・齊風・蔽笱》：「其從如雲。」毛傳：「如雲，言盛也。」

〔一五〕魏公子：趙殿成注：「謂魏文帝。曹子建《公讌詩》：『公子敬愛客，終宴不知疲。』李善注：『公子謂文帝，時武帝在，爲五官中郎也。』」按，唐魏州有元城縣，始置於漢，與貴鄉同爲魏州治所，《漢書・地理志》「魏郡元城」下注云：「應劭曰：魏武侯公子元食邑於此，因而遂氏焉。」「魏公子」亦可能指魏公子元。李將軍：趙殿成注：「謂李典。《魏志・李典傳》：『從圍鄴，鄴定……

遷捕虜將軍。典宗族部曲三千餘家，居乘氏，自請願徙詣魏郡，太祖笑曰：「卿欲慕耿純耶？」典謝曰：「典駑怯功微，而爵寵過厚，誠宜舉宗陳力，加以征伐未息，宜實郊遂之内，以制四方，非慕純也。」遂徙部曲宗族萬三千餘口居鄴。太祖嘉之，遷破虜將軍。』成按，末一聯是謂其行縣之時，或思魏公子之風流，或憶李將軍之功烈，蓋覽故蹟遺墟而感懷憑弔之意，皆用魏郡事實也。顧玄緯以魏公子爲無忌，李將軍爲李廣，謂其姓李而官魏，故比之二人以致思。信如所解，則『遥思』、『復憶』，俱屬右丞而言，與上聯『想君』之句，不相重複耶？且相州之地，在戰國時，雖屬於魏，而信陵遺蹟，皆隸大梁，在唐時爲汴州，其於相州，若風馬牛不相及也。」按，顧氏之解，確乎迂曲難通，然古鄴城與唐魏州相鄰，李行縣之時，完全可以順道覽觀鄴城的故蹟遺墟，寄其感懷憑弔之意，故據此二句，亦不能證明魏郡「是相而非魏」。

黄培芳曰：右丞此派，實繼三百篇而别成一格，與漢魏又自不同，後人鮮步武者何也？又曰：（「君行」二句）語淺味深。（翰墨園重刊本《唐賢三昧集箋注》卷上）

送祕書晁監還日本國并序〔一〕

舜覲群后〔二〕，有苗不服〔三〕，禹會諸侯，防風後至〔四〕。動干戚之舞，興斧鉞之誅，乃貢九牧之金，始頒五瑞之玉〔五〕。我開元天地大寶聖文神武應道皇帝〔六〕，大道之行，先天布化〔七〕，乾元廣運，涵育無垠〔八〕。若華爲東道之標〔九〕，戴勝爲西門之候〔一〇〕，豈甘心于邛杖〔一一〕？非徵貢于苞茅〔一二〕。亦由呼韓來朝，舍于蒲陶之館〔一三〕；卑彌遣使，報以蛟龍之錦〔一四〕。犧牲玉帛，以將厚意〔一五〕；服食器用，不寶遠物〔一六〕。百神受職，五老告期〔一七〕，況乎戴髮含齒〔一八〕，得不稽顙屈膝〔一九〕？海東國日本爲大，服聖人之訓，有君子之風。正朔本乎夏時〔二〇〕，衣裳同乎漢制。歷歲方達，繼舊好于行人〔二一〕；滔天無涯〔二二〕，貢方物于天子。司儀加等，位在王侯之先；掌次改觀，不居蠻夷之邸〔二三〕。我無爾詐，爾無我虞〔二四〕。彼以好來，廢關弛禁〔二五〕。上敷文教〔二六〕，虛至實歸〔二七〕，故人民雜居，往來如市。晁司馬結髮游聖〔二八〕，負笈辭親〔二九〕，問禮于老聃，學《詩》于子夏〔三〇〕。魯借車馬，孔丘遂適于宗周〔三一〕；鄭獻縞衣，季札始通于上國〔三二〕。名成太學，官至客卿〔三三〕。必齊之姜，不歸娶于高、國〔三四〕；在楚猶晉，亦何獨于由余〔三五〕？遊宦三年〔三六〕，願以君羹遺母〔三七〕；不居一國〔三八〕，欲其晝錦還鄉〔三九〕。莊舄既顯而思歸〔四〇〕，關羽報恩而終去〔四一〕。于是稽首北闕〔四二〕，裹足東轅〔四三〕。篋命賜之衣〔四四〕，懷敬問之詔〔四五〕。金簡玉字，傳道經于絶域之人〔四六〕；方鼎彝樽，致分器于異姓之國〔四七〕。琅邪臺上〔四八〕，迴望龍門〔四九〕；碣石館前〔五〇〕，夐然鳥逝〔五一〕。鯨魚噴浪，則萬里倒迴；鷁首乘雲，則八風却走〔五二〕。扶桑若薺〔五三〕，鬱島如萍〔五四〕。沃白日而簸三山〔五五〕，浮蒼天而吞九域〔五六〕。黄雀之風動地〔五七〕，黑蜃之氣成雲〔五八〕。淼不知其所之〔五九〕，何相思之可寄？嘻！去帝鄉之故舊〔六〇〕，謁本朝之君臣。詠七子之詩〔六一〕，佩兩國之印〔六二〕。布我王度〔六三〕，諭彼蕃臣〔六四〕。三寸猶在，樂毅辭燕而未老〔六五〕；十年在外，信陵歸魏而逾尊〔六六〕。子其行乎！余贈言者〔六七〕。

積水不可極，安知滄海東〔六八〕？九州何處所，萬里若乘空〔六九〕？向國惟看日〔七〇〕，歸帆但信風〔七一〕。鰲身映天黑，魚眼射波紅〔七二〕。鄉樹扶桑外〔七三〕，主人孤島中〔七四〕。別離方異域〔七五〕，音信若爲通〔七六〕？

〔一〕祕書晁監：即晁衡，日名阿倍仲麻吕，兩《唐書》作仲滿。《舊唐書·東夷傳》：「開元初，（日本國）又遣使來朝，因請儒士授經。詔四門助教趙玄默就鴻臚寺教之……所得錫賚，盡市文籍，泛海而還。其偏使朝臣仲滿，慕中國之風，因留不去，改姓名爲朝衡（按，古朝、晁通用），仕歷左補闕、儀王友。衡留京師五十年，好書籍，放歸鄉，逗留不去。……上元中，擢衡爲左散騎常侍、鎮南都護。」《新唐書·東夷傳》：「（朝衡）歷左補闕、儀王友，多所該識，久乃還。天寶十二載，朝衡復入朝。上元中，擢左散騎常侍、安南都護。」按，據近人考證，衡於開元五年至唐，嘗官司經局校書（儲光羲有《洛中貽朝校書衡》詩）。天寶十一載歲暮，日遣唐大使藤原清河一行抵長安，十二載元日，玄宗親自接見。衡又嘗官祕書監（唐祕書省置監一人，從三品，掌邦國經籍圖書之事）兼衛尉卿。同年秋末，清河等返國，衡請同歸，玄宗命其以唐使臣之身份送清河等還。衡等于十月中抵揚州，訪鑑真和尚，求其同至日本（參見《遊方記抄·唐大和上東征傳》）。十一月中衡等自揚州出發，船中途遇風，衡所乘之船飄流到安南。時訛傳衡遇難，李白爲作《哭晁卿衡》。十四載六月衡復返長安。維此詩作于衡等離長安之時，同時作者尚有趙驊

（《送晁補闕歸日本國》，載《全唐詩》卷一二九）、包佶（《送日本國聘賀使晁巨卿東歸》，載《全唐詩》卷二〇五），而衡亦作有《銜命還國作》詩（載《全唐詩》卷七三二）回贈維等。又，清河等臨歸時，玄宗嘗作詩賜之（《送日本使》，見《全唐詩逸》卷上）。序題宋蜀本、述古堂本、明十卷本俱無「祕書」二字，而詩題有。還，《極玄集》、《又玄集》、《文苑英華》俱作「歸」，又《極玄集》無「國」字。此篇序與詩諸本多不相繫屬，分載于文及詩中，唯底本、《全唐詩》將序拔置詩前，合爲一篇，今從之。

〔二〕舜覲群后：《尚書·舜典》：「五載一巡守，群后四朝。」孔穎達疏：「群后四朝，是言四方諸侯各自會朝於方岳之下。凡四處别朝，故云四朝。上文『肆覲東后（謂在東岳見東方之國君）』，是爲一朝，四岳禮同，四朝見矣。」覲：見；宋蜀本作「見」。

〔三〕有苗不服：《韓非子·五蠹》：「當舜之時，有苗不服，禹將伐之，舜曰：『不可。上德不厚（在崇尚德教方面做得不充分）而行武，非道也。』乃修教三年，執干（盾）戚（斧）舞，有苗乃服。」有苗，即三苗，我國古代的少數民族。服，宋蜀本、明十卷本、《全唐詩》俱作「格」。

〔四〕「禹會」二句：《國語·魯語下》：「昔禹致群神於會稽之山，防風氏後至，禹殺而戮之。」韋注：「群神，謂主山川之君，爲群神之主，故謂之神也。防風，汪芒氏（古國名，故地在今浙江武康）君之名也，違命後至，故禹殺之，陳尸爲戮也。」

〔五〕斧鉞之誅：《國語·魯語上》：「刑五而已……大刑用甲兵，其次用斧鉞，中刑用刀鋸，其次用鑽筰（鑿），薄刑用鞭扑，以威民也。故大者陳之原野，小者致之市朝。」「乃貢」句：《左傳》宣公三年：「昔夏之方有德也，遠方圖物（將遠方之物畫成圖像），貢金九牧（杜注：「使九州之牧貢金。」牧，州長），鑄鼎象物，百物而爲之備，使民知神、姦。」「始頒」句：《尚書・舜典》：「輯（斂聚）五瑞（公、侯、伯、子、男之瑞圭璧。孔疏：「《周禮・典瑞》云：公執桓圭，侯執信圭，伯執躬圭，子執穀璧，男執蒲璧。是圭璧爲五等之瑞，諸侯執之，以爲王者瑞信，故稱瑞也。」），既月（謂自斂瑞後至月末），乃日覲四岳群牧（孔疏：「舜初攝位，當發號出令，日日見之，與之言也。」），班（布散）瑞于群后（孔疏：「此瑞本受於堯，斂而又還之，若言舜新付之，改爲舜臣，與之正新君之始也。」）。」以上四句意謂，古天子或行德教，或用刀兵，始使異域之君納貢稱臣，天子也才向四方諸侯頒發公、侯、伯、子、男五等瑞玉。

〔六〕《舊唐書・玄宗紀》載，天寶八載閏六月丙寅，「群臣上皇帝尊號爲開元天地大寶聖文神武應道皇帝」。十二載十二月七日，又加尊號爲「開元天地大寶聖文神武孝德證道皇帝」。

〔七〕大道之行：《禮・禮運》：「大道之行也，天下爲公。」先天：謂行事在天之前。《易・乾・文言傳》曰：「夫大人者……先天而天弗違。」布化：推行教化。《三國志・魏書・陳群傳》：「唯有以崇德布化，惠恤黎庶，則兆民幸甚。」此言有先見之明地推行教化。

〔八〕乾元：天。《易・乾・彖傳》：「大哉乾元，萬物資始。」此指帝王之德。廣運：廣大深遠。《尚書・大禹謨》：「帝德廣運。」傳：「廣謂所覆者大，運謂所及者遠。」涵育：涵養化育。《宋書・顧顗之傳・定命論》：「夫聖人懷虛以涵育，凝明以洞照。」無垠：無邊際。二句意謂，唐帝之德廣大深遠，異域渺遠無垠之地亦被涵養化育。

〔九〕若華：若木之華。《楚辭・天問》：「羲和之未揚，若華何光？」王逸注：「言日未出之時，若木何能有明赤之光華乎？」《淮南子・墬形訓》：「若木在建木西，末有十日，其華照下地。」高誘注：「若木端有十日，狀如蓮華，華有光也，光照其下也。」高步瀛《唐宋文舉要》乙編曰：「案古言若木有二。《山海經・大荒北經》曰：『洞野之山，上有赤樹，青葉赤華，名曰若木。』……此西極之若木也。《說文》曰：『叒，日初出東方湯谷，所登榑桑若木也。』叒讀曰若，故亦作若木。此東極之若木也。趙注本誤作苦垂（按，述古堂本、明十卷本、《全唐詩》俱作「若華」），且謂若華非東方之木，是特知其一未知其二耳。」按，高說是。晁衡《銜命還國作》亦云：「蓬萊鄉路遠，若木故園林。」東道：東邊之道路。《左傳》僖公三十年載：晉秦合兵圍鄭，鄭派燭之武往見秦君，曰：「若舍鄭以爲東道主，行李之往來，共其乏困，君亦無所害。」按，鄭在秦東，秦有事于諸侯，須往東行，鄭正可任招待之責，故稱「東道主」。此泛指東方。標：標誌。《文選》郭璞《江賦》：「峨嵋爲泉陽之揭，玉壘作東別之標。」李注：「揭、標，皆表也。」

〔一〇〕戴勝：戴玉製的首飾。《山海經・西山經》：「西王母其狀如人……蓬髮戴勝。」郭注：「勝，玉勝也。」後也指西王母。《文選》張衡《思玄賦》李善注：「戴勝，謂西王母也。」候：守門官。《漢書・百官公卿表》：「城門校尉掌京師城門屯兵，有司馬、十二城門候。」師古注：「門各有候。」又《蕭望之傳》：「署小苑東門候。」注：「門候，主候時而開閉也。」句謂西王母是西極門户的看守者。

〔一一〕邛杖：參見《謁璿上人》注〔二二〕。此句承上二句而言，謂東極、西極（西王母居于崑崙丘），豈快意于邛杖？即不以邛杖的傳入其地爲滿足之意。

〔一二〕徵貢于苞茅：《左傳》僖公四年載：齊桓公伐楚，楚遣使者至齊軍，責問齊何以攻楚，管仲答云：「爾貢苞茅不入，王祭不共（供），無以縮酒（漉酒），寡人是徵（猶言寡人徵是）。」苞，即「包」，裹、束之意。茅，指楚地所産菁茅。古人拔此茅而裹束之，曰「苞茅」。菁茅爲王祭需用之物，又是楚應向周天子進納的貢品之一。徵，問罪。此句意謂，不是朝廷責求貢品，而是異域自動前來朝獻。

〔一三〕「亦由」二句：由，通「猶」。《漢書·宣帝紀》：「（甘露二年十二月）匈奴呼韓邪單于款（叩）五原塞，願奉國珍朝三年正月（師古注：「欲於甘露三年正月行朝禮。」）。……三年春正月……匈奴呼韓邪單于稽侯狦來朝。」又《匈奴傳》云：哀帝建平四年，烏珠留若鞮單于上書願朝，「元壽二年，單于來朝，上以太歲厭勝所在，舍（止宿）之上林苑蒲陶宫。」高步瀛曰：「案古人往往兩事合用。趙注以此是烏珠留單于，非呼韓邪，蓋誤用，殆亦未知此例耳。」

〔一四〕「卑彌」二句：《三國志·魏書·東夷傳》：「倭國亂，相攻伐歷年，乃共立一女子爲王，名曰卑彌呼。……景初二年六月，倭女王遣大夫難升米等詣（帶方）郡，求詣天子朝獻，太守劉夏遣吏將送詣京都。其年十二月，詔書報倭女王曰：『制詔親魏倭王卑彌呼……我甚哀汝，今以汝爲親魏倭王，假金印紫綬。……今以絳地交龍錦五匹，絳地縐粟罽十張……答汝所獻貢直。』」交，通「蛟」。《漢書·高帝紀》：「則見交龍於上。」

〔一五〕「犧牲」二句：《左傳》襄公八年：「犧牲玉帛，待於二竟（境），以待彊者而庇民焉。」犧牲，供祭祀用的純色體完之牲畜。玉帛，瑞玉和縑帛，古代祭祀、會盟時用的禮品。將，意同「將命」之「將」，即傳達之意。二句謂朝廷用各種禮品，來傳達對客人的厚意。

〔一六〕「服食」二句：《尚書·旅獒》曰：「無有遠邇（近），畢獻方物（土産），惟服食器用。」又曰：「不寶遠物，則遠人格（注：「不侵奪其利，則來服矣。」）。」二句謂天子的服食器用，不以遠方之物爲寶貴而責求異域來獻。

〔一七〕百神受職：《禮記·禮運》：「故禮行於郊，而百神受職焉。」孔疏：「百神，天之群神也。王郊天備禮，則星辰不忒（無差錯），故云受職。」五老告期：《竹書紀年·帝堯陶唐氏》：「（堯）歸功于舜，將以天下禪之，乃潔齋修壇場於河、洛，擇良日，率舜等升首山，遵河渚。有五老遊焉，蓋五星之精也。相謂曰：『《河圖》將來告帝期，知我者重瞳黄姚（指舜，相傳舜目重瞳子，姓姚，爲黄帝之後）。』五老因飛爲流星上入昴。二月辛丑昧明，禮備，至於日昃，榮光出河，休氣四塞，白雲起，回風摇，乃有龍馬啣甲，赤文緑色，緣壇而上，吐《甲圖》而去。甲似龜背，廣九尺，其圖以白玉爲檢，赤土爲口，泥以黄金，約以青繩。文曰：『闓色授帝舜。』言虞、夏當受天命。帝乃寫其言，藏於東序。」此二句意謂，天子聖明，群神各司其職，五老告以得天命之期。

〔一八〕戴髮含齒：指人。《列子·黄帝》：「有七尺之骸，手足之異，戴髮含齒，倚而趣者謂之人。」

〔一九〕得：能。稽顙（qǐ sǎng 企嗓）：行跪拜禮時，以額觸地。

〔二〇〕正朔：指曆法。正，一年的開始；朔，一月的開始。夏時：夏曆。夏時建寅，以正月爲歲首。商以十二月、周以十一月、秦及漢初以十月爲歲首。漢武帝太初時改用夏正，其後歷代因之。

〔二一〕行人：使者。《管子·侈靡》：「行人可不有私。」房玄齡注：「行人，使人也。」二句意謂，經過多年，方派使者至唐，繼續從前建立的友好關係。按，玄宗時，日本國曾分别於開元五年、二十二年、天寶十一載三次派遣使者至唐。

〔二二〕句謂來使渡過大水漫天無邊無際的海洋。

〔二三〕司儀：官名。《周禮·秋官》之屬，掌接待賓客之禮儀。加等：指提升接待的等級。「位在」句：《漢書·匈奴傳》：「（呼韓邪）單于正月朝天子於甘泉宫，漢寵以殊禮，位在諸侯王上，贊謁稱臣而不名（不自稱其名）。」掌次：官名。《周禮·天官》：「掌次，掌王次（舍止）之法，以待張事（賈疏：「王出宫，則幕人以帷與幕等送至停所，掌次則張之，故云以待張事。」）。……諸侯朝覲會同（諸侯因事獨自朝見曰會，衆見曰同），則張大次（篷帳）、小次（疏：「此謂與諸侯張之。」）。」此處借指爲來使安排住處的官吏。改觀：指改變原來的想法。蠻夷之邸：漢時專供來京的蠻夷（即四夷）居住的客舍。《漢書·元帝紀》：「（建昭三年）秋，使護西域騎都尉甘延壽、副校尉陳湯……攻郅支單于。冬，斬其首，傳詣京師，縣（懸）蠻夷邸門。」師古注：「蠻夷邸，若今鴻臚客館。」《三輔黃圖》卷六：「蠻夷邸在長安城内藁街。」以上四句指朝廷對日本來使給予特殊禮遇。

〔二四〕「我無」二句：語本《左傳》宣公十五年：「宋及楚平，華元爲質。盟曰：『我無爾詐，爾無我虞。』」虞，欺。

〔二五〕句謂我則廢關弛禁。

〔二六〕上：皇上。敷：施，布。文教：指禮樂法度、道德教化。《尚書·禹貢》：「三百里揆文教。」

〔二七〕虛至實歸：謂來學者皆有所得而還。語本《莊子·德充符》：「虛而往，實而歸。」

〔二八〕司馬：衡爲司馬事，未見他書記載。唐州郡、都督府及王府官屬皆有司馬，又節度使僚屬有行軍司馬。按，諸詩文所稱衡之官稱不同，且品級相差甚大，疑祕書監兼衛尉卿（皆從三品），爲玄宗命衡以唐使臣的身份送清河等歸日本時，特賜給的朝銜（實爲虛銜）。結髮：即束髮（將髮束成一髻）。古時男子自成童（《釋名·釋長幼》：「十五曰童。」又凡未冠之男子皆曰童）開始束髮，故稱成童或少時爲結髮。游聖：游于聖人之門，指來唐學習儒經。謝朓《游後園賦》：「則觀海兮爲富，乃游聖兮知方。」二句意本《孟子·盡心上》：「故觀於海者難爲水，游於聖人之門者難爲言。」句謂衡少時即來唐求學。

〔二九〕笈：書箱。《後漢書·李固傳》注引謝承《後漢書》：「（固）杖策驅驢，負笈追師三輔。」

〔三〇〕「問禮」句：《史記·孔子世家》曰：「魯南宫敬叔言魯君曰：『請與孔子適周。』魯君與之一乘車兩馬，一豎子，俱適周問禮，蓋見老子云。」又《孔子家語·觀周篇》曰：「敬叔與（孔子）俱至周，問禮於老聃。」「學《詩》」句：相傳子夏傳《詩》，《漢書・藝文志》：「（《詩》）又有毛公之學，自謂子夏所傳。」陸璣《毛詩草木鳥獸蟲魚疏》卷下：「孔子删詩，授卜商（字子夏）。商爲之序，以授魯人曾申。申授魏人李克，克授魯人孟仲子，仲子授根牟子，根牟子授趙人荀卿，荀卿授魯國毛亨，亨作《訓詁傳》，以授趙國毛萇。時人謂亨爲大毛公，萇爲小毛公。」此二句謂衡來唐學《詩》、《禮》，猶如當年孔子向老聃問禮，曾申向子夏學《詩》。

〔三一〕宗周：指東周的王都洛邑。周爲諸侯所宗仰，故王都所在稱宗周。

〔三二〕「鄭獻」二句：公元前五四四年，吴公子札（即季札，吴王壽夢第四子）出國聘問，爲吴新立之君通好于諸侯，先後到過魯、齊、鄭、衛、晋等國。《左傳》襄公二十九年：「（季札）聘於鄭，見子産，如舊相識。與之縞（白色生絹）帶（大帶，亦曰紳），子産獻紵衣（麻布衣服）焉。」趙殿成曰：「縞衣字疑誤。」上國，春秋時吴、楚等國稱中原諸國爲上國。《左傳》昭公二十七年：「（吴子）使延州來季子（即季札）聘於上國。」本詩之「上國」即指鄭。二句以季札出聘之事，喻指衡來通于唐。

〔三三〕客卿：指異國之人在本國爲卿者。時衡兼任衛尉卿，故云。

〔三四〕必齊之姜：《詩・陳風・衡門》：「豈其取妻，必齊之姜？」鄭箋：「何必大國之女然後可妻？亦取貞順而已。……齊，姜姓。」歸娶于高、國：《左傳》定公九年：「秋，齊侯伐晋夷儀。敝無存之父將室之（杜注：「無存，齊人也。室之，爲（無存）取婦。」），辭，以與其弟，曰：『此役也，不死，反，必娶於高、國（杜注：「高氏、國氏，齊貴族也。無存欲必有功，還取卿相之女。」）。』」此二句謂衡娶妻一定要大國（指唐）之女，而不歸國娶貴族之女。

〔三五〕在楚猶晉：《左傳》昭公三年載：鄭國的罕虎到晉國，報告説：楚國人每日派人來問鄭不去朝賀他們新立之君的原因，如果我們派人去，又怕晉國會説我君本來就有外心，去或不去都是罪過，我君派虎前來陳述。晉派叔向回答道：「君其往也！苟有寡君（若心有我君），在楚猶在晉也。」由余：《史記・秦本紀》載：「戎王使由余於秦。由余，其先晉人也，亡入戎，能晉言。聞繆公賢，故使由余觀秦。」後繆公以女樂贈戎王，戎王受而悦之。由余數諫不聽，遂奔秦。此以由余喻衡。此二句謂，衡在唐就像在日本一樣，去國者何止由余一人。

〔三六〕三年：《左傳》宣公二年載，趙宣子見靈輒餓，「食之，舍其半。問之，曰：『宦三年矣，未知母之存否，今近焉，請以遺之。』」三，表示多數。

〔三七〕「願以」句：《左傳》隱公元年：「（穎考叔）有獻於公（鄭莊公），公賜之食，食舍肉（謂食時將肉另置一旁）。公問之，對曰：『小人有母，皆（備）嘗小人之食矣，未嘗君之羹（肉汁），請以遺（饋）之。』」此句謂衡欲歸國奉母。

〔三八〕不居一國：語本《漢書・李陵傳》：「李少卿賢者，不獨居一國。范蠡徧遊天下，由余去戎入秦。」此言不想只居于唐。

〔三九〕晝錦還鄉：即富貴還鄉之意。《史記・項羽本紀》：「富貴不歸故鄉，如衣繡（《漢書・項籍傳》作

「錦〔〕〕夜行，誰知之者！」《三國志·魏書·張既傳》：「（既）出爲雍州刺史，太祖謂既曰：『還君本州，可謂衣繡晝行矣。』」

〔四〇〕「莊舄」句：《史記·張儀列傳》：「越人莊舄仕楚執珪（爵位名），有頃而病，楚王曰：『舄，故越之鄙細人也，今仕楚執珪，貴富矣，亦思越不？』中謝（索隱：「謂侍御之官也。」）對曰：『凡人之思故，在其病也，彼思越則越聲，不思越則楚聲。』使人往聽之，猶尚越聲也。」此用其事，謂衡思歸故鄉。

〔四一〕「關羽」句：《三國志·蜀書·關羽傳》：「建安五年，曹公東征，先主奔袁紹，曹公禽羽以歸，拜爲偏將軍，禮之甚厚。紹遣大將軍顔良攻東郡太守劉延於白馬……（羽）策馬刺良於萬衆之中，斬其首還。……曹公即表封羽爲漢壽亭侯。初，曹公壯羽爲人，而察其心神，無久留之意，謂張遼曰：『卿試以情問之。』既而遼以問羽，羽歎曰：『吾極知曹公待我厚，然吾受劉將軍厚恩，誓以共死，不可背之。吾終不留，吾要當立效以報曹公，乃去。』……及羽殺顔良，曹公知其必去，重加賞賜，羽盡封其所賜，拜書告辭，而奔先主於袁軍。」

〔四二〕稽首，底本原作「馳首」，宋蜀本、述古堂本、明十卷本俱作「地首」，此從《全唐詩》。高步瀛曰：「稽首北闕，謂辭唐闕而去也。趙注本作馳，反以作稽爲非，則謬矣。」北闕：參見《不遇詠》注〔二〕。

〔四三〕裹足：高步瀛曰：「蓋古人行遠，則纏裹其足。《吕氏春秋·愛類篇》、《淮南子·脩務訓》皆言墨子裂裳裹足至於郢，《文選》李斯《上秦始皇書》：『裹足不入秦。』五臣注劉良曰：『言雖裹足以欲游秦而不得入。』亦本古義。今人往往以裹足不入爲束縛其足不使入之義，失之矣。」其説是。東轅：猶東行。《漢書·李廣傳》：「將軍其率師東轅。」

〔四四〕篋(qiè怯)：箱，此處作動詞用，謂藏于篋中。

〔四五〕懷：懷藏。敬問之詔：指唐天子問候日本國君主的詔書。《漢書·匈奴傳》：「漢遺單于書以尺一牘，辭曰：『皇帝敬問匈奴大單于無恙……』」

〔四六〕金簡玉字：《吴越春秋》卷六《越王無余外傳》：「(宛委山)其巖之巔，承以文玉，覆以磐石，其書金簡，青玉爲字。……(禹)登宛委山，發金簡之書，案金簡玉字，得通水之理。」此借指珍貴之書。道經：《荀子·解蔽》：「故道經曰：人心之危，道心之微。」唐楊倞注：「今《虞書》有此語而云道經，蓋有道之經也。」此二句指衡攜帶珍貴文籍回國。

〔四七〕方鼎：《左傳》昭公七年：「(晋侯)賜子産莒之二方鼎。」孔疏引服虔曰：「鼎三足則圓，四足則方。」彝樽：皆酒器，亦泛指祭祀用的禮器。《國語·周語中》：「奉其犧象，出其尊(亦作樽)彝。」韋注：「尊彝皆受酒之器。」分器：古時天子分賜給諸侯世代保存的寶器。《尚書序》：「武王既勝殷，邦諸侯，班宗彝，作分器。」《春秋》定公九年：「得寶玉、大弓。」杜注：「弓玉，國之分器，得之足以爲榮，失之足以爲辱。」二句謂衡攜帶唐帝送與日本國君主的鼎彝等寶器歸國。

〔四八〕琅邪臺：《山海經·海内東經》：「琅邪臺在渤海間，琅邪之東。」郭注：「今琅邪在海邊，有山嶕嶤特起，狀如高臺，此即琅邪臺也。琅邪者，越王句踐入霸中國之所都。」《越絶書·外傳記地》云：「勾踐徙琅邪，起觀臺，臺周七里，以望東海。」又《史記·秦始皇本紀》載，二十八年，秦始皇登琅邪山，作琅邪臺，立碑頌秦德。按，琅邪山在今山東膠南市南，古琅邪臺在琅邪山西北。

〔四九〕龍門：趙殿成謂指《禹貢》之龍門（在今山西河津市西北）。按，《楚辭·九章·哀郢》：「過夏首而西浮兮，顧（回望）龍門而不見。」王逸注：「龍門，楚東門也。」此處疑即用《哀郢》之意，以寫衡渡海前回望唐都城門而不可見的依依惜别之情。

〔五〇〕碣石：山名，在河北昌黎北。秦始皇、漢武帝皆曾東巡至此，刻石觀海。山去海約四、五十里，然古人記載中，或云在海中，或謂在海旁，此或由于山勢兀立，自海上遠望，宛如在海旁或海中之故。

〔五一〕敻（xiòng 詗）：遠。鳥逝：《文選》木華《海賦》：「於是候勁風，揭百尺。……望濤遠決，冏（鳥飛貌）然鳥逝。」言船行極速，如鳥飛逝。此處意同。

〔五二〕萬里倒迴：言大浪就倒退萬里之遥。鷁（yì 弋）首：謂船。《淮南子·本經訓》：「龍舟鷁首，浮吹以娱。」高注：「鷁，水鳥也。畫其象著船頭，故曰鷁首。」乘雲：言船行甚疾似乘雲而飛。八風：八方之風。諸書所載，名目不一，參見《吕氏春秋·有始覽》、《淮南子·墬形訓》等。以上四句寫衡乘船渡海的情狀。

〔五三〕扶桑：木名，産于扶桑國。《梁書·東夷傳》：「扶桑國者，齊永元元年，其國有沙門慧深來至荆州，説云扶桑在大漢國東二萬餘里，地在中國之東，其土多扶桑木，故以爲名。扶桑葉似桐，而初生如筍，國人食之，實如梨而赤，績其皮爲布，以爲衣，亦以爲錦。」扶桑爲東方古國名。後亦代稱日本。若薺：謂遠望樹小如薺（蒺藜或薺菜）。《顔氏家訓·勉學篇》：「《羅浮山記》云：望平地樹如薺。故戴暠詩（《度關山》）云：長安樹如薺。又鄴下有一人詠樹詩云：遥望長安薺。」

〔五四〕鬱島：即郁州（一作「洲」），亦曰鬱州（一作「洲」），又名田横島，唐時在其地置東海縣。《山海經·海内東經》：「都州在海中，一曰郁州。」郭注：「今在東海朐縣界，世傳此山自蒼梧從南徙來，上皆有南方物也。郁音鬱。」《元和郡縣志》卷一一曰：「（海州）東海縣……俗謂之鬱州，亦謂之田横島。」又曰：「田横國在（東海）縣北五十七里。……（横）與灌嬰戰於嬴下，横敗走，與其屬五百人入居海島，即此也。」按，鬱州在今江蘇連雲港市東雲臺山一帶。古時在海中，「周回數百里」（《南齊書·州郡志》），清時因海岸擴張，始與大陸相連。

〔五五〕沃白日：極言海浪之大。沃，蕩滌。《海賦》：「蕩雲沃日。」簸：顛動。三山：見《送從弟蕃遊淮南》注〔四〕。

〔五六〕浮蒼天：極言海之遼闊。《海賦》：「浮天無岸。」九域：九州。《漢書·律曆志下》：「《祭典》曰：共工氏伯九域。」

〔五七〕黄雀之風：《太平御覽》卷九引周處《風土記》曰：「南中六月，則有東南長風，風六月止，俗號黄雀長風。時海魚變爲黄雀，因爲名也。」

〔五八〕黑蜃（shèn 慎）之氣：指海市蜃樓。《史記・天官書》：「海旁蜃氣象樓臺。」晉伏琛《三齊略記》：「海上蜃氣，時結樓臺，名海市。」海市蜃樓多出現于海上或沙漠中，是因光綫折射而産生的一種自然現象。古人誤以爲它是大蜃（傳説中的蛟龍一類動物）吐氣所成。

〔五九〕淼：大水茫無邊際貌。之：往。

〔六〇〕帝鄉：指京城。

〔六一〕七子：趙注謂即指建安七子，高步瀛曰：「此送晁監，故用《左傳》七子餞趙武事。」按，《左傳》襄公二十七年載：「鄭伯享趙孟（即趙武）于垂隴（趙武等自宋返國過鄭境，鄭伯宴之），子展、伯有、子西、子産、子大叔、二子石從。趙孟曰：『七子從君，以寵武也。請皆賦，以卒君貺（請七位皆賦詩，以完成鄭君對我的恩賜），武亦以觀七子之志。』」七人因各賦詩。此句疑用其事，謂衡行前諸故舊賦詩相送。

〔六二〕「佩兩」句：衡既是日本國朝臣，又具有唐使者的身份，故云。

〔六三〕布，底本原作「恢」，此從宋蜀本。王度：王者的品德、器量。《左傳》昭公十二年：「思我王度，式（語首助詞）如玉，式如金。」又指王者的政教。《後漢書・安帝紀》贊：「安（安帝）德不升，秕（敗壞）我王度。」

〔六四〕諭：明曉，使明曉。蕃臣：指日本國君臣。

〔六五〕三寸猶在：三寸，指舌。《史記・留侯世家》：「今以三寸舌爲帝者師。」又《張儀傳》曰：張儀游說諸侯，爲楚相所執，掠笞數百，「張儀謂其妻曰：『視吾舌尚在不？』妻笑曰：『舌在也。』儀曰：『足矣。』」在，宋蜀本作「存」。「樂毅」句：《史記·樂毅傳》載：燕昭王拜樂毅爲上將軍，起兵伐齊，下齊七十餘城，「唯獨莒、即墨未服。會燕昭王死，子立爲燕惠王。惠王自爲太子時，嘗不快於樂毅，及即位，齊之田單聞之，乃縱反間於燕……（惠王）乃使騎劫代將而召樂毅。樂毅知燕惠王之不善代之，畏誅，遂西降趙。趙……尊寵樂毅，以警動於燕、齊。」二句意謂，衡歸國時年尚未老，猶能有所作爲。

〔六六〕「十年」二句：《史記·魏公子列傳》載：魏公子無忌（魏安釐王封公子爲信陵君）矯魏王令奪晋鄙兵救趙後，客留於趙，十年不歸。秦聞公子在趙，日夜出兵東伐魏。魏王患之，使使往請公子。公子歸救魏，魏王以上將軍印授公子。公子遂「率五國之兵，破秦軍於河外，走蒙驁；遂乘勝逐秦軍至函谷關，抑秦兵，秦兵不敢出。當是時，公子威震天下」。此處以信陵歸魏喻晁衡還國。

〔六七〕贈言：《荀子·非相》：「故贈人以言，重於金石珠玉。」《史記·孔子世家》：「（孔子）辭去而老子送之曰：『吾聞富貴者送人以財，仁人送人以言，吾不能富貴，竊仁人之號，送子以言。』」

〔六八〕積水：指海。《荀子·儒效》：「積土而爲山，積水而爲海。」謝靈運《行田登海口盤嶼山》：「莫辨洪波極，誰知大壑東。」此二句意謂，大海已無邊無際，又怎能知道更在大海之東的日本呢？

〔六九〕所，底本原作「遠」，此從《極玄集》。若：猶「怎」、「那」。説見《詩詞曲語辭匯釋》。乘空：飛翔空中。《列子·黄帝》：「乘空如履實。」此二句由日本人的角度來説，意謂不知九州（中國）在何地，相隔萬里，又無法乘空而往。

〔七〇〕「向國」句：古人以爲日本地近東方日所出之處，故云。《新唐書·東夷傳》：「日本使者自言國近日所出，以爲名。」

〔七一〕帆，底本、《全唐詩》均注：「一作途。」信：任憑。

〔七二〕鰲（áo 敖）：傳説中海裏的大鰲。魚，底本、《全唐詩》均注：「一作蜃。」此二句寫想象中的航海景象。

〔七三〕外：有「邊畔」義。參見王鍈《詩詞曲語辭例釋》。句謂衡之故鄉，在扶桑國附近。

〔七四〕主人：指晁衡。

〔七五〕方：將。異域：不在一域。

〔七六〕若爲：如何。

顧璘云：送日本無過之者。

明胡震亨曰：王維「積水不可極，安知滄海東」，亦可謂工於發端矣。謝靈運《登海口盤嶼山》詩：「莫辨洪波極，誰知大壑東？」良自有本。皇甫子循。（《唐音癸籤》卷一一）

清王壽昌曰：至若陸士衡之「鮮膚一何潤，秀色若可餐」，……王右丞之「鰲身映天黑，魚眼

射波紅」，……一韻之響，遂能振起百倍精神，此又不可不知者。（《小清華園詩談》卷下）

同崔興宗送衡嶽瑗公南歸并序〔一〕

衡嶽瑗上人者，常學道於五峰〔二〕，蔭松棲雲〔三〕，與狼虎雜處，得無所得矣〔四〕。天寶癸巳歲〔五〕，始遊于長安。手提瓶笠〔六〕，至自萬里；宴居吐論〔七〕，緇屬高之〔八〕。初，給事中房公謫居宜春〔九〕，與上人風土相接，因爲道友，伏臘往來〔一〇〕。房公既海内盛名，上人亦以此增價。秋九月，杖錫南返〔一一〕，扣門來别。秦地草木，槭然已黄〔一二〕；蒼梧白雲〔一三〕，不日而見〔一四〕。湞陽有曹溪學者〔一五〕，爲我謝之〔一六〕。

言從石菌閣，新下穆陵關；獨向池陽去，白雲留故山〔一七〕。綻衣秋日裏，洗鉢古松間〔一八〕。一施傳心法〔一九〕，唯將戒定還〔二〇〕。

〔一〕作于天寶十二載（七五三）九月。衡嶽：南嶽衡山，主峰在湖南衡山縣西北。瑗公：生平不詳。本篇序與詩諸本皆不相繫屬，序題作《送衡嶽瑗公南歸詩序》，詩題爲《同崔興宗送瑗公》，唯《全唐詩》作今題，且將二者合爲一篇，此從之。此詩崔興宗有同詠，載《全唐詩》卷一二九。

〔二〕常：長期，《全唐詩》作「嘗」。五峰：指衡山。衡山七十二峰，以祝融、天柱、芙蓉、紫蓋、石廩五峰爲著，故稱。

〔三〕句謂瑗公居留于松下、雲中。

〔四〕無所得：佛家語，即空慧。謂慧能見諸法皆空之理，心對萬有無所執著。《涅槃經》卷一七：「無所得者，則名爲慧；有所得者，名爲無明（即「癡」或「愚癡」之異名，指不懂佛教道理的世俗認識）。」《智度論》卷一八：「諸法實相中，決定相不可得（空）故，名無所得。」參見《能禪師碑》末段注〔二九〕。

〔五〕癸巳：天寶十二載。

〔六〕瓶：即浄瓶，佛教徒盥洗用的澡瓶。《釋氏要覽》卷中：「浄瓶，梵語軍遲，此云瓶，常貯水，隨身用以浄手。《寄歸傳》云：軍持有二，若甆瓦者，是浄用；若銅鐵者，是觸（當是「濁」字之誤）用。」笠：《釋氏要覽》卷中：「蓋（笠蓋，比丘遮雨之具）律有二種，一竹蓋，二葉蓋。《寄歸傳》云：西域僧有持竹蓋或持傘者，梁高僧慧韶遇有請，則自攜杖笠也，今僧戴竹笠、椶笠，乃竹蓋、葉蓋之遺製，但去柄爾。今又加油絹于上，即唐馬周製在蓆帽以禦雨，故效之也。」

〔七〕宴居：閒居。

〔八〕緇屬：僧衆。僧服緇衣，故稱僧衆爲緇屬。

〔九〕給事中：參見《同盧拾遺韋給事東山别業二十韻》注〔一〕。房公：即房琯。《舊唐書·房琯傳》：「（天寶）五年正月，擢試給事中……坐與李適之、韋堅等善，貶宜春太守。」宜春，即袁州，治所在今江西宜春市。

〔一〇〕風土：指所居的一方土地。伏臘：古時夏天的伏日（專指三伏中祭祀的一日）、冬天的臘日（歲終祭百神之日，漢以冬至後第三個戌日爲臘，唐以大寒後辰日爲臘），皆行祭祀之禮，故稱「伏臘」。《漢書·楊敞傳》附楊惲報孫會宗書：「田家作苦，歲時伏臘，亨羊炰羔，斗酒自勞。」此泛指節日。

〔一一〕杖錫：手持錫杖。錫杖高與眉齊，頭有錫環，是僧人的一種法器。

〔一二〕槭（sè瑟）然：凋謝貌。潘岳《秋興賦》：「庭樹槭（一本作「摵」）以灑落兮，勁風戾而吹帷。」

〔一三〕蒼梧白雲：據載蒼梧（山名，又曰九疑，在今湖南寧遠縣南）多雲，故稱。《太平御覽》卷四一引盛弘之《荆州記》曰：「九疑山……含霞卷霧，分天隔日。」又《藝文類聚》卷一引《歸藏》曰：「有白雲出自蒼梧，入于大梁。」

〔一四〕不日：不久。蒼梧距衡山不遠，故曰「不日而見」。

〔一五〕湞陽：縣名，始置於漢，唐時屬廣州，治所在今廣東英德市東。其地距衡山亦不甚遠。湞，底本原作「滇」，據宋蜀本、述古堂本、明十卷本改。曹溪：水名，在廣東曲江縣東南雙峰山下。唐代禪宗南宗的創始人慧能（六三八—七一三），嘗居曹溪寶林寺説法，所謂「曹溪學者」，即謂其門人。

〔一六〕謝：猶言問候。

〔一七〕言：料，知。石菌：即石囷，又名石廪，衡山七十二峰之一。《太平御覽》卷三九引盛弘之《荆州記》云：「衡山有三峰……一峰名石囷，下有石室，尋山徑，聞室中有諷誦聲。」閣：棧道。穆陵關：一作木陵關，故址在今湖北麻城市北。《元和郡縣志》卷二七：「穆陵關……在（黄州麻城）縣西北一百里。」穆陵關係瑗公入京途中經行之地。池陽：古縣名。漢惠帝四年置，屬左馮翊，故城在今陝西涇陽西北。漢建池陽宫於此。又，池陽唐時曰涇陽，屬京兆府。故山：指衡山。以上四句寫瑗公自南嶽來遊京兆。

〔一八〕綻：縫補。鉢：僧人吃飯用的器皿，以泥或鐵製成。二句謂瑗公縫衣洗鉢，準備南歸。

〔一九〕傳心法：即禪宗「以心傳心」之法。《六祖壇經・行由品》：「法則以心傳心，皆令自悟自解。」唐宗密《禪源諸詮集都序》卷一云：菩提達摩（禪宗初祖）「欲令知月不在指，法是我心，故但以心傳心，不立文字」。即認爲自心本具一切佛法，故把握禪理，關鍵在于修心内求、自悟自解，而不能拘于文字。按，慧能的嗣法弟子懷讓（六七七—七四四）、希遷（七〇〇—七九〇）等皆居南嶽弘揚禪學，因而使南嶽成爲南宗禪的一個勝地；瑗公所修，蓋亦南宗禪學，故云「一施傳心法」。

〔二〇〕將：攜帶。戒：佛教爲出家和非出家的信徒製定的戒規。定：禪定，參見《青龍寺曇壁上人兄院集》注〔四〕。此句謂瑗公獨自南歸，身無他物，唯有戒定相隨（一路上仍將修持戒定之意）。

同崔員外秋宵寓直〔一〕

建禮高秋夜〔二〕，承明候曉過〔三〕。九門寒漏徹〔四〕，萬井曙鐘多。月迴藏珠斗〔五〕，雲消出絳河〔六〕。更慚衰朽質，南陌共鳴珂〔七〕。

〔一〕此詩首句用漢尚書郎故實，當是維任尚書郎與崔員外同在尚書省寓直時所作。又，據詩中「更慚衰朽質」之語，此篇疑應作于天寶十一載（是時作者年五十二）至十三載維官尚書省文部郎中之時。同：和；《文苑英華》作「和」。崔員外：不詳。寓直：《文選》潘岳《秋興賦》序曰：「晋十有四年，余……以太尉掾兼虎賁中郎將，寓直于散騎之省。」李善注：「寓，寄也。」趙殿成曰：「本以虎賁中郎將無省，故寄直於散騎省耳，後人則以直宿禁中爲寓直矣。」

〔二〕建禮：見《同比部楊員外十五夜遊有懷静者季》注〔三〕。

〔三〕承明：參見《苑舍人能書梵字兼達梵音》詩注〔九〕。又魏宫有承明門，《文選》曹植《贈白馬王彪》李善注引陸機《洛陽記》曰：「承明門，後宫出入之門。吾常怪『謁帝承明廬』，問張公，云魏明帝作建始殿，朝會皆由承明門。」此處借指唐皇宫之門。句謂值宿尚書省，待天明下班將經宫門而出。

〔四〕九門：《禮記·月令》：「田臘罝罘、羅罔、畢翳、餧獸之藥，毋出九門。」鄭玄注：「天子九門者，路門也，應門也，雉門也，庫門也，皋門也（按，以上皆天子宫室之門），城門也，近郊門也，遠郊門也，關門也。」此泛指皇宫之門。徹：畢，盡。説見王鍈《詩詞曲語辭例釋》。句指宫中夜漏盡，天快亮了。

〔五〕迥：遠。珠斗：趙殿成注：「謂斗星相貫如珠。」藏珠斗：指北斗隱没。

〔六〕消，《文苑英華》作「開」。絳河：即銀河。杜審言《七夕》：「白露含明月，青霞斷絳河。天街七襄轉，閣道二神過。」

〔七〕珂（kē苛）：馬勒上的飾物，馬行時作聲，故曰「鳴珂」。句指天明下班後將與崔一同乘馬而歸。

胡應麟曰：「九衢寒霧斂，萬井曙鐘多」，右丞壯語也。杜「星臨萬户動，月傍九霄多」，精彩過之。（《詩藪》内編卷四）

王夫之曰：輕安。（《唐詩評選》卷三）

何焯曰：清華。（《瀛奎律髓彙評》卷二）

紀昀曰：了無深意，而氣體自然高潔。又曰：「藏」字、「出」字鍊得自然，不似晚唐、宋人之尖巧。末二句入崔員外，却突兀。（同上）

與蘇盧二員外期遊方丈寺而蘇不至因有是作〔一〕

共仰頭陀行，能忘世諦情〔二〕。回看雙鳳闕，相去一牛鳴〔三〕。法向空林説，心隨寶地平〔四〕。手巾花氎淨，香帔稻畦成〔五〕。聞道邀同舍〔六〕，相期宿化城〔七〕。安知不來往，翻得似無生〔八〕。

〔一〕作于天寶十三載（七五四）以前的數年内，説見本詩注〔六〕。蘇員外：即虞部蘇員外，參見《酬虞部蘇員外過藍田别業不見留之作》。盧員外：即盧象，是時官膳部員外郎。參見《與盧員外象過崔處士興宗林亭》注〔一〕。蘇盧，宋蜀本作「盧蘇」。期：邀約，約定。方丈寺：無考。據「回看」二句，寺址當在長安城中。《文苑英華》、《唐詩品彙》俱以此詩爲王昌齡所作。按，據「聞道」句，知是時作者官尚書郎，而昌齡一生屢遭貶逐，官不過丞尉，未曾任過尚書郎（參見傅璇琮《唐代詩人叢考·王昌齡事迹考略》），故此詩不當爲昌齡所作，《王昌齡集》及《全唐詩》王昌齡卷中皆不録此篇。

〔二〕頭陀：梵語的音譯，義爲「抖擻」，謂去掉塵垢煩惱。《文選》王巾《頭陀寺碑文》李善注：「天竺言頭陀，此言斗藪，斗藪煩惱，故曰頭陀。」頭陀爲佛教苦行之一。據《十二頭陀經》、《大乘義章》卷一五載，共有十二種修行規定（著糞掃衣、常乞食、常坐不卧等），稱爲「頭陀行」。世諦：佛家語，又稱俗諦、世俗諦，與真諦（又曰勝義諦、第一義諦）相對，合稱二諦。「諦」指真實不虚之理。佛教各派對二諦的解釋不盡相同。一般稱世俗的認識和事理爲世諦，佛教的認識和道理爲真諦。《大乘義章》卷一：「彼世諦若對第一，應名第二；若對真諦，應名妄諦。第一義諦若對世諦，應名出世；若對俗諦，應名非俗。」此二句説明「與蘇盧二員外期遊方丈寺」的緣由，即共同仰慕佛教修行，認爲通過它能忘掉世間的事理。

〔三〕一牛鳴：即一牛鳴地，亦云一牛吼地，謂牛之吼聲所及的距離。《翻譯名義集》卷三：「拘盧舍

（梵語之音譯），此云五百弓（一弓長八尺，一説六尺四寸），亦云一牛吼地，謂大牛鳴聲所極聞。或云一鼓聲。《俱舍》云二里，《雜寶藏》云五里。」二句謂佛寺距皇宫甚近。

〔四〕寶地：佛地，僧寺。沈佺期《遊少林寺》：「長歌遊寶地，徙倚對珠林。」此句謂心情隨着進入佛寺而平静（指無欲求煩惱）。

〔五〕花氎（dié 牒）：氎，又稱白氎或白疊，即棉布。慧琳《一切經音義》卷六四：「案氎者，西國木綿花如柳絮，彼國土俗皆抽撚以紡爲縷，織以爲布，名之爲氎。」《史記·貨殖列傳》正義：「白疊，木棉所織，非中國有也。」《後漢書·西南夷傳》注引《外國傳》曰：「諸薄國女子，織作白疊花布。」按，木棉即今之棉花，唐時始傳入中原地區。此指以白氎花布爲手巾。香帔（pèi 佩）稻畦：指薰香之袈裟。袈裟又稱水田衣、稻田衣、稻畦帔。蓋衣或繡作方格，或以方形布塊連綴而成，宛如水稻田之界畫，故稱。錢大昕《十駕齋養新録》卷一六：「釋子以袈裟爲水田衣，今杭州神尼塔下，有唐杭州刺史盧元輔磨厓刻七言詩，首句云：『水田十里學袈裟。』」《釋氏要覽》卷上：「《僧祇律》云：『佛住王舍城，帝釋石窟前經行，見稻田畦畔分明，語阿難言：過去諸佛，衣相如是，從今依此作衣相。』」成：謂完備。二句寫寺中僧人的衣物服飾。

〔六〕同舍：參見《重酬苑郎中》注〔二〕。時蘇盧與維並爲尚書郎，故曰「同舍」。考維于天寶五載至十三載官尚書郎，十四載轉給事中（參見《年譜》），盧在安史之亂以前的數年内官膳部員外郎，因此，本詩當作于天寶十三載以前的數年内。

〔七〕化城：借指佛寺，參見《登辨覺寺》注〔三〕。

〔八〕來往：偏指來、到。得似，底本原作「以得」，從宋蜀本、明十卷本、《全唐詩》等改。無生：參見《登辨覺寺》注〔八〕。此二句意謂，本來相約共遊佛寺，以求無生，哪知蘇不來至，閉門獨處，反而得以更似無生。

過盧員外宅看飯僧共題七韻〔一〕

三賢異七聖，青眼慕青蓮〔二〕。乞飯從香積〔三〕，裁衣學水田〔四〕。上人飛錫杖〔五〕，檀越施金錢〔六〕。趺坐簷前日，焚香竹下烟〔七〕。寒空法雲地，秋色淨居天〔八〕。身逐因緣法〔九〕，心過次第禪〔一〇〕。不須愁日暮，自有一燈燃〔一一〕。

〔一〕盧員外：疑即盧象，詩亦當作于安史之亂前。「盧」下宋蜀本、《全唐詩》多一「四」字。按，若作「盧四」，則非指盧象（象行八，崔顥有《贈盧八象》詩）。飯僧：施食給僧人。七韻，底本無此二字，據宋蜀本、述古堂本、明十卷本等補。

〔二〕三賢：即三賢位，佛教修行的初級階位。小乘佛教以「五停心觀」、「別相念處」、「總相念處」爲三賢位；大乘佛教以「十住」、「十行」、「十回向」爲三賢位，《仁王護國經疏》：「十住、十行、十回向諸位菩薩，皆稱賢者……未入聖位，故名賢。」此兩種三賢位皆屬見道（佛教修行的階位之一，在此道之前的修習均屬凡夫位，尚未獲得認識上的根本轉變，進入此道，則獲得認識上的根本轉變，升爲聖者）以前的修行階位。七聖：即七聖位，屬見道以後的修行階位。《俱舍論》卷二五：「學無學位（佛教修行的最高階位。因進入此位已達到最高覺悟，再無修學之必要，故稱）有七聖者，一切聖者皆此中攝。一隨信行，二隨法行，三信解，四見至，五身證，六慧解脱，七俱解脱。」七聖爲見道以後至修成無學位以前的階位。「聖」宋蜀本、明十卷本、奇字齋本等俱作「賢」。按，小乘以三賢位合四善根位爲七賢位（皆見道以前之修行階位），七賢中包括三賢，二者無根本不同，故此處不當作「賢」。青眼：《晋書・阮籍傳》：「籍又能爲青白眼。見禮俗之士，以白眼對之。及嵇喜來弔，籍作白眼，喜不懌而退。喜弟康聞之，乃賫（攜帶）酒挾琴造焉。籍大悦，乃見青眼。由是禮法之士，疾之若讎。」青蓮：譬佛之眼。《楞嚴經》卷一：「如來青蓮花眼。」《維摩詰經・佛國品》：「（佛）目淨修廣如青蓮。」僧肇注：「天竺有青蓮花，其葉修而廣，青白分明，有大人目相，故以爲喻也。」此二句意謂，對佛道的覺悟有高低之異，盧雖未必徹悟佛道，成爲聖者，却非常仰慕佛。

〔三〕「乞飯」句：香積，謂僧家之食廚或供僧人之飯食。蓋取香積世界香飯之意。《維摩詰經・香積佛品》：「上方界分……有國名衆香，佛號香積。……其食香氣周流十方無量世界。……於是維摩詰……化作菩薩。……時化菩薩即於會前昇于上方，舉衆皆見其去到衆香界禮彼佛足，又聞其言：『維摩詰稽首世尊足下……願得世尊所食之餘，欲於娑婆世界施作佛事。』……於是香積如來，以衆香鉢盛滿香飯與化菩薩。」此句借用其事，指僧人來員外宅中乞飯。

〔四〕此句指員外裁製袈裟施與僧人。參見上詩注〔五〕。

〔五〕飛錫杖：《文選》孫綽《遊天台山賦》：「王喬控鶴以冲天，應真（羅漢）飛錫以躡虚。」李周翰注：「執錫杖而行于虚空，故云飛也。」後用爲僧人遊方的美稱。

〔六〕檀越：即施主，指向僧人施捨財物、飲食的世俗信徒。《南海寄歸内法傳》卷一：「梵云陀那鉢底，譯爲施主。……而云檀越者，本非正譯，略去那字，取上陀音，轉名爲檀。更加越字，意道由行檀捨，自可越渡貧窮。」

〔七〕趺坐：參見《登辨覺寺》注〔六〕。此二句寫僧人在簷前的太陽下趺坐，在竹下焚香。

〔八〕法雲地：大乘菩薩十地（菩薩修行的十個階位）中之第十地。據稱達于此地，即可成就智波羅蜜，具足無邊功德，使智慧猶如大雲之覆蓋一切。參見《華嚴經》卷二三、《成唯識論》卷九。浄居天：佛教稱修四禪定，死後可生于色界四禪天（色界位于欲界之上，爲已離食、淫二欲者之所居）。四禪又分爲十七天，計初、二、三禪各三天，四禪八天。四禪八天中最勝的五天（無煩天、無熱天、善現天、善見天、色究竟天），稱浄居天（亦曰五浄居天）。《俱舍頌疏・世品》一：「（浄居天）唯聖人居，無異生（凡夫）雜，故曰浄居。」此二句借用佛教詞語來寫景，意謂寒空有雲彩覆蓋，秋色清浄明潔。

〔九〕逐：追隨。因緣：參見《山中示弟》注〔七〕。因緣法：指佛關於因緣的教法。因緣法是佛教重要理論之一，佛教用它解釋世界、社會、人生以及各種精神現象產生的根源。佛教各種經論均認爲成就佛教覺悟，有賴於對此法的認識。《維摩經・觀衆生品》：「以因緣法化衆生，故我爲辟支佛。」辟支佛即緣覺，謂觀悟十二因緣（因緣法的内容之一，佛教關於「三世輪迴」的基本理論）之理而得道，爲佛教引導教化衆生達到解脱的方法或教説之一。

〔一〇〕次第禪：佛教謂修習禪定，有自淺入深的九個次第，即所謂「九次第定」。詳見《爲舜闍黎謝御題大通大照和尚塔額表》注〔一五〕。

〔一一〕一燈：語義雙關，既實指燈，又隱喻佛之智慧能破迷暗。《華嚴經》卷七八：「譬如一燈入於暗室，百千年暗悉能破盡。」

與盧象集朱家〔一〕

主人能愛客〔二〕，終日有逢迎。貰得新豐酒〔三〕，復聞秦女箏〔四〕。柳條疎客舍，槐葉下秋城。語笑且爲樂，吾將達此生〔五〕。

〔一〕寫作時間疑與上二詩相去不甚遠。朱：未詳何人。

〔二〕愛，凌本作「對」。

〔三〕貰（shì世）：賒。新豐酒：參見《少年行四首》其一注〔二〕。

〔四〕秦女箏：箏形如瑟，是秦地的樂器，且多爲女伎所彈，故稱秦女箏。李斯《諫逐客書》：「夫擊甕叩缶，彈箏搏髀，而歌呼嗚嗚快耳目者，真秦之聲也。」《文選》曹植《箜篌引》：「秦箏何慷慨，齊瑟和且柔。」張詵注：「秦人善彈箏。」此句指宴席上彈箏娱賓。

〔五〕達此生：謂使此生放達。達，凌本作「適」。

春過賀遂員外藥園〔一〕

前年槿籬故〔二〕，今作藥欄成〔三〕。香草爲君子〔四〕，名花是長卿〔五〕。水穿盤石透〔六〕，藤繫古松生。畫畏開廚走〔七〕，來蒙倒屣迎〔八〕。蔗漿菰米飯〔九〕，蒟醬露葵羹〔一〇〕。頗識灌園意，於陵不自輕〔一一〕。

〔一〕賀遂員外藥園：李華《賀遂員外藥園小山池記》（載《全唐文》卷三一六）曰：「賀遂公，衣冠之鴻鵠，執憲起草，不塵其心，夢寢以青山白雲爲念。庭際有砥礪之材，礎礩之璞，立而象之衡巫；堂下有畚鍤之坳，圩填之凹，陂而象之江湖。種竹藝藥，以佐正性，華實相蔽，百有餘品。鑿井引汲，伏源出山，聲聞池中，尋竇而發。……其間有書堂琴軒，置酒娱賓。……賦情遺辭，取興茲境，當代文士，目爲詩園。」按，據獨孤及《檢校尚書吏部員外郎趙郡李公中集序》（《全唐文》卷三八八）及兩《唐書・李華傳》等的記載，華開元二十三年登進士第，天寶二年又舉博學宏詞，由南和尉擢祕書省校書郎。八載，任伊闕尉。十一載，拜監察御史。十四載，徙右補闕。安禄山陷長安，爲賊所獲，僞署鳳閣舍人。乾元元年，貶杭州司功參軍。據此，則《小山池記》當作于安史之亂前華在長安任職期間（賀遂員外藥園當在長安附近），維此詩之寫作時間同。

〔二〕槿（jǐn錦）籬：植木槿（灌木名）以爲籬。《文選》沈約《宿東園》：「槿籬疎復密，荆扉新且故。」槿，元本作「種」。故：舊；述古堂本、元本俱作「外」。

〔三〕今，宋蜀本、明十卷本、《全唐詩》等俱作「新」。藥欄：見《故人張諲頃以詩見贈聊獲酬之》注〔五〕。

〔四〕「香草」句：屈原《離騷》每以香草喻衆賢，故云。王逸《離騷經序》：「《離騷》之文，依《詩》取興，引類譬喻。故善鳥香草，以配忠貞；惡禽臭物，以比讒佞。」

〔五〕長卿：趙殿成注：「謂司馬長卿（司馬相如）也。喻風流豔麗之意。白樂天《東亭》詩云：『緑樹爲閑客，紅蕉當美人。』亦是此意。」按，趙説是。相如「雍容閒雅，甚都（美）」（《漢書·司馬相如傳》），所作辭賦詞采瑰麗，故以爲喻。一説長卿指徐長卿，乃藥草名。徐長卿本人名，常以此草治邪病，人遂用以名之。見《本草綱目》卷一三。

〔六〕盤：通「磐」。

〔七〕「畫畏」句：《晉書·顧愷之傳》：「愷之嘗以一廚畫糊題其前，寄桓玄，皆其深所珍惜者。玄乃發其廚後，竊取畫，而緘閉如舊以還之，紿云未開。愷之見封題如初，但失其畫，直云妙畫通靈，變化而去，亦猶人之登仙，了無怪色。」此句即用其事，謂賀廚中藏有名畫。畫，明十卷本作「書」。趙注曰：「《南史》《郗紹傳》：時有高平郗紹，作《晋中興書》，數以示何法盛。法盛有意圖之，紹不與。至書成，在齋内廚中，法盛詣紹，紹不在，直入竊書。紹還失之，無復兼本，於是遂行何書。是書畫二者，皆有開廚失去之事，愚意究以畫字爲是。」走，底本、《全唐詩》均注：「一作去。」

〔八〕倒屣：見《輞川别業》注〔五〕。

〔九〕菰米：見《晦日遊大理韋卿城南别業四首》其三注〔五〕。

〔一〇〕蒟（jǔ矩）醬：亦作枸醬，即蔞葉，蔓生木本植物，果實如桑椹，有辣味，可製醬。《文選》左思《蜀都賦》劉淵林注：「蒟，蒟醬也。緣樹而生，其子如桑椹，熟時正青，長二三寸，以蜜藏而食之，辛香。」露葵：見《積雨輞川莊作》注〔七〕。

〔一一〕此二句意謂，我知道你灌園的用意，就像於陵子那樣，而不是自輕自賤。參見《輞川閒居》注〔四〕。

送賀遂員外外甥〔一〕

南國有歸舟，荆門泝上流。蒼茫葭菼外，雲水與昭丘〔二〕。檣帶城烏去，江連暮雨愁〔三〕。猿聲不可聽，莫待楚山秋〔四〕。

〔一〕寫作時間當同上詩。

〔二〕南國：古指江漢一帶的諸侯國。《詩·小雅·四月》：「滔滔江漢，南國之紀。」《國語·周語上》韋昭注：「南國，江漢之間也。」後亦用以泛指南方。荆門：見《寄荆州張丞相》注〔二〕。泝（sù 素）：逆水而上。葭（jiā 加）：蘆葦。菼（tǎn 毯）：荻。與，底本、《全唐詩》均注：「一作同。」昭丘：春秋楚昭王墓，在湖北當陽市東南。《文選》王粲《登樓賦》：「北彌陶牧，西接昭丘。」李善注引《荆州圖記》曰：「當陽東南七十里，有楚昭王墓，登樓則見，所謂昭丘。」以上四句想象賀遂外甥自長安南歸溯江而行時所見到的景象。

〔三〕檣（qiáng 牆）：帆船上挂風帆的桅杆。烏：烏鴉。連：遍，滿。

〔四〕此二句意謂，應當速行，莫等秋天來到，彼時楚山之上猿聲已不堪聞。按，自荆門溯江而上，過宜昌後，即進入三峽，該地兩岸連山，略無闕處，每至秋冬之時，常有高猿長嘯，其聲淒厲（參見《水經注》卷三四《江水》），故云。

黄培芳曰：大氣霶霈，一滚而出，要知是高貴，若落粗豪便失之。又曰：（「蒼茫」二句）散落動盪，仍極完整。（翰墨園重刊本《唐賢三昧集箋注》卷上）

贈從弟司庫員外絿〔一〕

少年識事淺，强學干名利〔二〕。徒聞躍馬年，苦無出人智〔三〕。即事豈徒言〔四〕，累官非不試〔五〕。既寡遂性歡，恐招負時累〔六〕。清冬見遠山，積雪凝蒼翠。皓然出東林〔七〕，發我遺世意。惠連素清賞〔八〕，夙語塵外事〔九〕。欲緩攜手期，流年一何駛〔一〇〕！

〔一〕司庫員外：即庫部員外郎。庫部爲兵部四司之一，負責掌管邦國軍州的戎器、儀仗。趙殿成注：「《唐六典》：兵部屬官有庫部員外郎一人，從六品上，龍朔二年改爲司庫，咸亨元年復故。則右丞時不復有司庫之名矣，而猶襲用之者，當是取其名雅馴之故。」按，趙説非是，《通典》卷二三云：「庫部郎中……龍朔二年改爲司庫大夫，咸亨初復舊。天寶十一年又改庫部爲司庫，至德初復舊。」據此，本詩當作于天寶十一載之後、安史之亂以前。王緑：生平不詳。

〔二〕强：勉，盡力。干：求。

〔三〕「徒聞」句：《史記·范雎蔡澤列傳》：「蔡澤者，燕人也。游學干諸侯，小大甚衆，不遇，而從唐舉相。……曰：『富貴吾所自有，吾所不知者壽也，願聞之。』唐舉曰：『先生之壽，從今以往者四十三歲。』蔡澤笑謝而去，謂其御者曰：『吾持粱刺齒肥（索隱：「持粱，謂作粱米飯而持其器以食也。刺齒肥，當爲齧肥，謂食肥肉也。」），躍馬疾驅，懷黄金之印，結紫綬於要（腰），揖讓人主之前，食肉富貴四十三年，足矣！』」「躍馬」即對「躍馬疾驅」等語的概括，意謂「富貴得志」。《文選》左思《吴都賦》：「躍馬疊跡，朱輪累轍。」劉淵林注：「躍馬，騰躍之謂，言富貴也。《蔡澤傳》曰：躍馬肉食。」以上二句謂，空聞富貴得志四十三年之事，而自己苦于没有出人的才智，無從富貴得志。

〔四〕即事：就事，獲得職位前往任事之意。豈徒言：指自己真的出來做了官，而非只是説説而已。

〔五〕句謂自己累次爲官，並不是没有嘗試過。

〔六〕遂：順。負時累：語本《漢書・武帝紀》：「故馬或奔踶而致千里，士或有負俗之累而立功名。」此二句意謂，但自己做了官，既感到少有依順本性的歡樂，又恐怕有違于當世招致政治上的牽累。

〔七〕皓然：義同「浩然」。《文選》謝惠連《雪賦》：「縱心皓然，何慮何營。」李善注：「《孟子》曰：『吾善養吾浩然之氣。』」此處用來形容心情的開朗通達。皓，《全唐詩》作「浩」。

〔八〕惠連：即謝惠連，南朝宋人。《宋書・謝方明傳》：「子惠連，幼而聰敏，年十歲，能屬文，族兄謝靈運深相知賞。」此處喻指己之從弟王絿。清賞：猶清尚（賞通尚），即清高之義。《晋書・王戎傳》：「阮籍與渾（王渾，王戎之父）爲友。戎年十五，隨渾在郎舍。戎少籍二十歲，而籍與之交。籍每適渾，俄頃輒去，過視戎，良久然後出。謂渾曰：『濬沖（戎之字）清賞，非卿倫也。共卿言，不如共阿戎談。』」

〔九〕句謂從前曾談過隱居之事。

〔一〇〕流年：年華，時光。駛：迅疾。此二句謂，本想延緩與絿攜手共隱的日期，又感到時光迅速流逝，因而便急于歸隱了。

過崔駙馬山池〔一〕

畫樓吹笛妓，金椀酒家胡〔二〕。錦石稱貞女〔三〕，青松學大夫〔四〕。脱貂貰桂醑〔五〕，射鴈與山廚。聞道高陽會〔六〕，愚公谷正愚〔七〕。

〔一〕崔駙馬：趙殿成曰：「按《唐書·公主列傳》：玄宗二十九女，駙馬有崔惠童、崔嵩二人，未知孰是。」按，《新唐書·諸帝公主傳》曰：「（玄宗女）晉國公主，始封高都。下嫁崔惠童。貞元元年，與衛、楚……九公主同徙封。」「咸宜公主，貞順皇后所生。下嫁楊洄，又嫁崔嵩。薨興元時。」《舊唐書·肅宗紀》曰：「（上元二年）夏四月乙亥朔……駙馬都尉楊洄、薛履謙賜自盡。」知楊洄上元二年尚爲駙馬，則咸宜之再嫁崔嵩，應是上元二年洄死後之事；考王維卒於上元二年，故此詩之崔駙馬當指崔惠童。據《唐大詔令集》卷四一《封高都公主等制》載，晉國公主爲玄宗第十一女，開元二十五年九月「笄年甫及」，始封高都，則其下嫁崔惠童之時間，大抵當在開元末。又《新唐書·宰相世系表》載：惠童，駙馬都尉。兄孝童、嗣童。父庭玉，右驍衛將軍、冀州刺史。崔駙馬山池：在長安城東。《舊唐書·哥舒翰傳》：「（天寶）十一載……禄山、思順、翰並來朝，上使内侍高力士及中貴人於京城東駙馬崔惠童池亭宴會。」又，杜甫有《崔駙馬山亭宴集》詩，作于天寶十三載（參見《杜詩詳註》）。疑此詩亦當作于安史之亂前，具體時間不詳。

〔二〕吹笛妓：《晉書・王敦傳》：「愷嘗置酒，敦與導俱在坐，有女伎吹笛……」金椀：指酒器。「椀」同「碗」。酒家胡：辛延年《羽林郎》：「依倚將軍勢，調笑酒家胡。」二句指酒席上有女伎吹笛，胡姬侍飲。

〔三〕「錦石」句：《水經注》卷三九《洭水》：「（貞女）峽西岸高巖名貞女山，山下際有石如人形，高七尺，狀如女子，故名貞女峽。」錦石，謂石之有錦文者。亦用爲石之美稱。温子昇《擣衣詩》：「長安城中秋夜長，佳人錦石擣流黄。」此言山池中有石，狀如貞女峽之貞女。

〔四〕大夫：指泰山之五大夫松，參見《過秦皇墓》注〔七〕。

〔五〕「脱貂」句：《晉書・阮孚傳》：「（孚）遷黄門侍郎、散騎常侍。嘗以金貂（古代官員帽上的飾物。《晉書・輿服志》：「武冠……左右侍臣及諸將軍武官通服之。侍中、常侍則加金璫，附蟬爲飾，插以貂毛，黄金爲竿，侍中插左，常侍插右。」）換酒，復爲所司彈劾，帝宥之。」貰（shì世），賒。桂醑（xǔ胥），亦作桂花醑，即桂花酒。沈約《郊居賦》：「席布騂駒，堂流桂醑。」醑，底本原作「酌」，從宋蜀本、奇字齋本等改。此用阮孚事，以稱駙馬熱情待客。

〔六〕高陽會：趙殿成注：「徐友遜齋謂用山簡飲酒高陽池上事（參見《漢江臨汎》注〔五〕）；胡友澹園謂用高陽里德星聚事（東漢荀淑居西豪里，潁陰令苑康以爲昔高陽氏有才子八人，今荀氏亦有八子，因改其里爲高陽里。事見《後漢書・荀淑傳》。德星，指景星或歲星，又用以喻賢士。東漢陳寔從諸子姪造訪荀淑父子，於時德星聚，太史奏曰：「五百里内有賢人聚。」事見南朝宋劉敬叔《異苑》卷四）；郭友培元謂用《左傳》八愷事（《左傳》文公十八年：「昔高陽氏有才子八人……天下之民謂之八愷。」），借作才子字用，不必拘泥會字。三説皆得。」按，尋繹上下文意，似當以徐説爲是。此蓋以山簡飲酒高陽池上，喻諸人于崔駙馬山池宴集。

〔七〕愚公谷：見《愚公谷三首》其一注〔一〕。愚公谷蓋因愚者居于其地而得名，《愚公谷三首》其二云：「緣底名愚谷？都由愚所成。」「愚公谷正愚」，猶言愚公谷正有愚者（實際是賢人）。喻指駙馬山池正有高人隱士會聚。

送丘爲往唐州〔一〕

宛洛有風塵〔二〕，君行多苦辛。四愁連漢水〔三〕，百口寄隨人〔四〕。槐色陰清晝，楊花惹暮春〔五〕。朝端肯相送〔六〕，天子繡衣臣〔七〕。

〔一〕丘爲：參見《送丘爲落第歸江東》注〔一〕。據詩末二句，知是時丘爲已在朝爲官，因此本詩當作于天寶二年之後（丘爲天寶二年登第），具體時間不詳，姑繫于安史之亂前。唐州：唐代州名，天寶元年改爲淮安郡，治所在比陽（今河南泌陽）。此處係沿用舊稱。《全唐詩》卷一二九有丘爲《留别王維》詩，係爲往唐州前回贈王維之作，底本以此篇爲王維詩，題作《留别丘爲》，非是，説詳附録一《傳本誤收詩文》該詩按語。

〔二〕宛：今河南南陽市。洛：洛陽。宛洛爲丘爲自長安往唐州途中經行之地。

〔三〕「四愁」句：《文選》張衡《四愁詩》序曰：「張衡……出爲河間相。……時天下漸弊，鬱鬱不得志，爲《四愁詩》，依屈原以美人爲君子，以珍寶爲仁義，以水深雪雰爲小人，思以道術相報，貽於時君，而懼讒邪，不得以通。」詩曰：「一思曰：我所思兮在太山，欲往從之梁父艱，側身東望涕霑翰。美人贈我金錯刀，何以報之英瓊瑶。路遠莫致倚逍遥，何爲懷憂心煩勞。」詩凡「四思」。此句即用其事，言爲到唐州，内心充滿懷友之愁。唐州地近漢水，故有「連漢水」之語。

〔四〕百口：指全家。《晋書·周顗傳》：「(王)導呼顗謂曰：『伯仁，以百口累卿。』」隨：即隨州，治所在今湖北隨州市。此句謂丘爲把家屬托付給隨州之人。指其家屬寄居于隨州。

〔五〕惹：招引。

〔六〕朝端：朝廷，朝中。南朝梁任昉《齊竟陵文宣王行狀》：「敷奏朝端，百揆惟穆。」孟浩然《田園作》：「鄉曲無知己，朝端乏親故。」此指朝廷官員。

〔七〕繡衣臣：《漢書·百官公卿表》：「侍卿史有繡衣直指，出討姦猾，治大獄，武帝所制，不常置。」師古注：「衣以繡者，尊寵之也。」此指丘爲而言。疑丘時任御史，被朝廷派往唐州執行某種特殊任務。

楊慎曰：王右丞詩：「楊花惹暮春。」李長吉詩：「古竹老梢惹碧雲。」温庭筠：「暖香惹夢鴛鴦錦。」孫光憲：「六宫眉黛惹春愁。」用惹字凡四，皆絶妙。(《升菴詩話》卷一一)

問寇校書雙溪〔一〕

君家少室西〔二〕，爲復少室東〔三〕？別來幾日今春風。新買雙溪定何似〔四〕？餘生欲寄白雲中。

〔一〕寇校書：錢起《夜雨寄寇校書》云：「秋館煙雨合，重城鐘漏深。……此時蓬閣友，應念昔同衾。」蓬閣謂祕書省，錢起天寶九載登進士第，「釋褐祕書省校書郎」，此詩即其登第後至天寶末官祕書省校書郎時所作，説見傅璇琮《唐代詩人叢考》第四三一頁。起詩之寇校書，蓋即本詩之寇校書，故本詩之寫作時間，亦當同于起詩。雙溪：當是寇校書在嵩山附近購置的别業之名。

〔二〕少室：嵩山西峰，在河南登封市北。

〔三〕爲復：還是。

〔四〕定：疑問辭，猶言究竟。

春日與裴迪過新昌里訪吕逸人不遇〔一〕

桃源一向絶風塵〔二〕，柳市南頭訪隱淪〔三〕。到門不敢題凡鳥〔四〕，看竹何須問主人〔五〕？城外青山如屋裏〔六〕，東家流水入西鄰。閉户著書多歲月〔七〕，種松皆作老龍鱗〔八〕。

〔一〕裴迪：詳見《輞川集·孟城坳》注〔三〕。此詩裴迪有同詠，題作《春日與王右丞過新昌里訪吕逸人不遇》（載《全唐詩》卷一二九）。按，維自上元元年夏至卒前官尚書右丞（參見《年譜》），而迪安史之亂後入蜀爲官，上元元年至二年仍在蜀（參見《輞川集·孟城坳》注〔三〕）；又杜甫上元二年有《暮登四安寺鐘樓寄裴十迪》詩，可證是時迪仍在蜀，説見仇兆鰲注），不得在長安與維共訪吕逸人，故疑詩題之「王右丞」，乃係後人所改。又，迪安史之亂後既居于蜀，則本詩自當作于安史之亂前，具體時間不詳，姑繫于此。新昌里：長安皇城東之第三街，街東從北第一坊築入苑，第八坊即新昌坊，參見《長安志》卷九。新昌坊唐人詩文中亦謂曰新昌里，參見《唐兩京城坊考》卷三。逸人：隱逸之士。

〔二〕桃源：借指吕逸人的隱居處。一向，奇字齋本、凌本作「四面」，《唐詩正音》、《唐詩鼓吹》作「面面」。絶風塵：指無人世的紛擾。絶，《唐詩鼓吹》作「少」。

〔三〕柳市：見《同比部楊員外十五夜遊有懷静者季》注〔一三〕。此處疑借指唐長安之東市。東市在皇城東之第二街第五、六坊（參見《唐兩京城坊考》卷三），新昌里在其東南，故云「柳市南頭」。隱淪：指隱士。

〔四〕「到門」句：《世説新語·簡傲》：「嵇康與吕安善，每一相思，千里命駕。安後來，直康不在，喜（康兄）出户延之，不入，題門上作鳳字而去。喜不覺，猶以爲欣。故作鳳字，凡鳥也。」按，題一「鳳」字，意在譏刺嵇喜，説他不過是「凡鳥」（合書爲鳳）而已。此處用這一故實，表示自己訪逸人不遇，並贊其家中無俗人。

〔五〕「看竹」句：《晉書·王徽之傳》：「時吴中一士大夫家有好竹，欲觀之，便出坐輿造竹下，諷嘯良久。主人洒掃請坐，徽之不顧。將出，主人乃閉門，徽之便以此賞之，盡歡而去。」事又載《世説新語·簡傲》。此句變用其事，意謂主人不在，儘可自己觀賞景物。

〔六〕「城外」句：新昌坊在長安城盡東之處，其南街東出延興門，即是城外，故云。外，《全唐詩》作「上」。

〔七〕著，《文苑英華》作「看」。

〔八〕老龍鱗：指老松之表皮斑駁，猶如龍鱗。此句底本原作「皆老作龍鱗」，據宋蜀本、述古堂本、奇字齋本等改。

宋魏泰曰：王摩詰「閉户著書多歲月，種松皆作老龍鱗」，一本作「皆老作龍鱗」，尤佳。（《臨漢隱居詩話》）

顧璘曰：此篇似不經意，然結語奇突，不失盛唐。又曰：信手拈來，頭頭是道，不可因其真率，略其雅逸也。

黄培芳曰：一氣清澈，便是絶妙好詞。彼堆垛零星支架不起者，何止上下床之别，有志雅音，斷宜去彼取此。（翰墨園重刊本《唐賢三昧集箋注》卷上）

方東樹曰：起先寫新昌里，亦是定題法，然後過訪乃有根。三四「訪」字，警策入妙。五六

景。七八人。此又一章法，杜公亦用之。後半氣勢愈盛。（《昭昧詹言》卷一六）

奉和聖製從蓬萊向興慶閣道中留春雨中春望之作應制〔一〕

渭水自縈秦塞曲〔二〕，黄山舊繞漢宫斜〔三〕。鑾輿迥出仙門柳〔四〕，閣道迴看上苑花〔五〕。雲裏帝城雙鳳闕〔六〕，雨中春樹萬人家。爲乘陽氣行時令，不是宸遊重物華〔七〕。

〔一〕此詩李憕有同詠（載《全唐詩》卷一一五，題同維詩）。苗晋卿亦有同詠，王維《魏郡太守河北採訪處置使上黨苗公德政碑》云：「（晋卿）嘗奉和聖製《雨中春望》詩云：『雨後山川光正發，雲端花柳意無窮。』」詩當作於三人同在朝廷任職時。考李憕自開元二十八年即出爲地方長官，至天寶十一載冬方入爲尚書右丞，十三載，遷京兆尹，十四載春，轉光禄卿，同年秋冬，爲東京留守，同年十二月，安禄山陷東京，憕被執遇害。參見兩《唐書·李憕傳》。又考苗晋卿自天寶二年出爲州郡長官，至天寶十四載方入爲憲部尚書兼尚書左丞。參見兩《唐書·苗晋卿傳》。另，《苗公德政碑》云：「公既去官（指離魏郡太守任，時在天寶六載），多歷年所，人思愈甚，共立生祠。」知碑當作於天寶末。此詩寫春景，當作於十四載春，是時王維官給事中，李、苗兩人皆在京任職。蓬萊：即大明宫。《新唐書·地理志》：「大明宫在禁苑東南，西接宫城之東北隅……曰東内。本永安宫，貞觀八年置，九年曰大明宫。……高宗以風痺，厭西内湫濕，龍朔二年始大興葺，曰蓬萊宮……長安元年，復曰大明宮。」興慶：《新唐書・地理志》：「興慶宮在皇城東南……開元初置，至十四年又增廣之，謂之南内。」閣道：即複道，見《奉和聖製御春明樓賦樂賢詩應制》注〔二〕。《舊唐書・地理志》云：「自東内達南内，有夾城複道，經通化門達南内。人主往來兩宮，人莫知之。」又《玄宗紀》云：「（開元二十年六月）遣范安及於長安廣花萼樓，築夾城至芙蓉園。」《長安志》卷九：「（開元）二十年，築夾城入芙蓉園。自大明宮東夾羅城複道，經通化門觀，以達此宮（興慶宮），次經春明、延興門，至曲江芙蓉園，而外人不之知也。」詩題《文苑英華》作《奉和御製從蓬萊宮向興慶閣道中作》。

〔二〕縈：繞。秦塞：秦地四面有山關之固，形勢險要，故云。《戰國策・齊策三》：「今秦四塞之國。」高誘注：「四面有山關之固，故曰四塞之國也。」塞，《文苑英華》作「甸」。曲：曲折。指渭水。

〔三〕黄山：參見《奉和聖製上巳於望春亭觀禊飲應制》注〔一〇〕。張衡《西京賦》：「掩長楊而聯五柞，繞黄山而款牛首。」

〔四〕鑾輿：天子之車駕。迴：遠。仙門：指宮門。仙，《唐詩正音》、《唐詩品彙》、《全唐詩》俱作「千」。

〔五〕迴，《文苑英華》作「遥」。上苑：謂帝王之園林。

〔六〕鳳闕：漢長安宮闕名。此處泛指唐長安宮門兩旁的闕樓。

〔七〕陽氣：指春日的陽和之氣。《禮記・月令》云：「孟春之月……天氣下降，地氣上騰，天地和同，草木萌動。」鄭注：「此陽氣蒸達，可耕之候也。」又云：「季春之月……生氣方盛，陽氣發泄。……命司空曰：時雨將降，下水上騰，循行國邑，周視原野，修利隄防，道達溝渠。」時令，即月令，古時按季節制定的有關農事的政令。宸遊：帝王的巡遊。重，奇字齋本、凌本、《全唐詩》俱作「玩」。物華：自然景色。此二句言天子出行，本是乘陽氣暢達，施行有關農事的政令，並非重春景而欲賞玩之。

顧可久曰：温麗自然，景象如畫。

黄生曰：風格秀整，氣象清明，一脱初唐板滯之習。又曰：一二不出題，三四方出，此變化之妙；出題處帶寫景，此襯貼之妙；前後二聯，俱閣道中所見之景，而以三四横插于中，此錯綜之妙。凡皆妙于遣調也，而七八立言得體，則又妙于命意也。一二遠景，五六近景，二聯全景，三四半景，「迴出」字寫出「從」字「向」字之神，「迴看」字寫出「留」字「望」字之神。（《增訂唐詩摘鈔》卷三）

王夫之曰：人工備絶，更千萬人不可廢。若「九天閶闔」、「萬國衣冠」，直差排語耳。（《唐詩評選》卷四）

沈德潛曰：應制詩應以此篇爲第一。又曰：（「閣道」句）詩中有畫。（《唐詩别裁》卷一三）

方東樹曰：起二句先以山川將長安宫闕大勢定其方位，此亦擒題之命脈法也。……三四貼題中「從蓬萊向興慶閣道」。五六貼「春望」，貼「雨中」。收「奉和應制」字。通篇只一還題完密，

而興象高華，稱臺閣體。（《昭昧詹言》卷一六）

酬郭給事[一]

洞門高閣靄餘輝[二]，桃李陰陰柳絮飛。禁裏疎鐘官舍晚[三]，省中啼鳥吏人稀[四]。晨搖玉珮趨金殿，夕奉天書拜瑣闈[五]。强欲從君無那老[六]，將因卧病解朝衣[七]。

〔一〕郭給事：郭納。《元和姓纂》卷一〇潁川郭氏：「納，給事中，陳留採訪使。」《新唐書·玄宗紀》：「（天寶十四載十二月）安禄山……陷陳留郡，執太守郭納。」按，據蕭穎士《蓮池禊飲序》，知天寶十四載三月陳留太守尚爲李某，則郭納自給事中出爲陳留太守兼河南採訪使，不得早於十四載夏。據詩中「桃李」句，本詩當作于天寶十四載（七五五）春，時王維與郭納同爲給事中，故有「强欲從君無那老」之語。給事，見《同盧拾遺韋給事東山别業二十韻》注〔一〕。

〔二〕洞門：指宫殿或宅第深邃，有重重相對之門。《漢書·董賢傳》：「詔將作大匠爲賢起大第北闕下，重殿洞門，木土之工，窮極技巧。」注：「洞門，謂門門相當也。」靄：形容盛、多。此句謂宫中的重門高閣爲落日的餘輝所映照。

〔三〕官，凌本作「客」。

〔四〕省中：宫禁之内。《漢書·昭帝紀》：「帝姊鄂邑公主益湯沐邑，爲長公主，共（供）養省中。」注引伏儼曰：「蔡邕云：本爲禁中，門閤有禁，非侍御之臣，不得妄入。……孝元皇后父名禁，避之，故曰省中。」又師古曰：「省，察也。言入此中皆當察視，不可妄也。」此處也可能指門下省内（給事中爲門下省屬官）。唐門下省官署在大明宫宣政殿東，參見《東山别業二十韻》注〔六〕。

〔五〕玉珮：即玉佩，見《春日直門下省早朝》注〔四〕。奉，底本注：「一作捧。」天書：帝王之詔敕。天，凌本作「丹」。瑣闈：鏤刻有連瑣圖案的宫中側門。拜瑣闈：參見《春日直門下省早朝》注〔七〕。此二句寫給事中的生活。

〔六〕强：猶言十分、非常。參見王鍈《試論古代白話詞匯研究的意義與作用》一文（載《文史》第二十五輯）。那：猶奈。

〔七〕解朝衣：謂去官。張協《詠史詩》：「抽簪解朝衣，散髮歸海隅。」

顧璘曰：看渠結中下字，乃見盛唐温厚。

顧可久曰：清俊温雅。

黄培芳曰：起句不可太平熟，讀此種可思。（翰墨園重刊本《唐賢三昧集箋注》卷上）

别綦毋潛〔一〕

端笏明光宫〔二〕，歷稔朝雲陛〔三〕。詔看延閣書〔四〕，高議平津邸〔五〕。適意輕微禄〔六〕，遇人削繁禮〔七〕。盛得江左風，彌工建安體〔八〕。高張多絶弦〔九〕，截河有清濟〔一〇〕。嚴冬爽群木，伊洛方清泚。渭水冰下流，潼關雪中啓〔一一〕。荷蓧幾時還〔一二〕？塵纓待君洗〔一三〕。

〔一〕綦毋潛：參見《送綦毋潛落第還鄉》注〔一〕。潛天寶中復出爲宜壽尉（《新唐書·藝文志四》），十一載遷右拾遺（高適有《同崔員外綦毋拾遺九日宴京兆府李士曹》詩），並入集賢院待制；十三載八月出院，爲廣文博士（《玉海》卷一一二引《集賢注記》）；十四載，遷著作郎。玩詩意，本詩即十四載冬，潛去官東歸洛陽時，王維送之而作。

〔二〕端笏（hù互）：正身持笏。笏爲古代官員上朝時拿的手板。明光宫：參見《燕支行》注〔三〕。

〔三〕歷稔（rěn忍）：歷年。潛釋褐在開元十四年。雲陛：「陛」指宫殿的臺階，「雲」形容陛高。

〔四〕看，宋蜀本、明十卷本、《全唐詩》等作「刊」。延閣：西漢宫中的藏書閣。《太平御覽》卷二三三引劉歆《七略》云：「武帝廣獻書之路，百年之間，書積如邱山，故外有太常、太史、博士之藏，内則延閣、廣内、祕室之府。」又祕書省爲掌管圖書之官署，故後又稱祕書省爲延閣。《晋書·摯虞束晳傳》論曰：「或攝官延閣，裁成言事之書（謂史書）。」「攝官延閣」，指束晳爲祕書省佐著作郎，《晋書·束晳傳》：「（晳）轉佐著作郎，撰《晋書》帝紀、十志。」潛棄官前爲祕書省著作郎，故此曰「詔看延閣書」。

〔五〕「高議」句：謂曾在宰相的府第高談闊論。《漢書·公孫弘傳》：「元朔中，（弘）代薛澤爲丞相。……上於是下詔曰：『……其以高成之平津鄉户六百五十，封丞相弘爲平津侯，其後以爲故事。』……時上方興功業，婁（屢）舉賢良，弘……於是起客館，開東閣，以延賢人，與參謀議。」邸，舊時稱王侯之府第爲邸。

〔六〕輕微禄，底本作「偶輕人」，宋蜀本作「輕偶人」，述古堂本作「輕黴人」，此從《文苑英華》。

〔七〕遇人，底本原作「虚心」，此從《文苑英華》。此句謂潛以真情待人，不講求繁瑣的禮節。

〔八〕江左：古人叙地理以東爲左，以西爲右，故江東又名江左。另，東晉及宋、齊、梁、陳之根據地皆在江左，故當時人又稱這五朝及其統治下的全部地區爲江左。彌：更。建安體：漢末建安（一九六—二二〇）時期，文壇上出現「三曹」、「七子」等衆多作家，其創作悲凉慷慨，剛健明朗，有鮮明的時代特色，後人因謂之建安體。此二句言潛爲詩能繼承建安、南朝的傳統。

〔九〕「高張」句：《文選》顔延之《秋胡詩》：「高張生絶弦，聲急由調起。」李善注：「高張生於絶弦，以喻立節期於效命。……揚雄《解嘲》（應爲《解難》）曰：『弦者高張急徽。』《物理論》曰：『琴欲高張，瑟欲下聲。』」按，高張指聲音激越高揚，張協《七命》曰：「器舉樂奏，促調高張。」絶弦，謂弦獨一無二，《文選》陸機《演連珠》：「臣聞郁烈之芳，出於委灰；繁會之音，生於絶弦。」劉孝標注：「香以爓質而發芳，弦以特絶而流響。」此句意謂，激越高揚之音，多出自精妙絶倫之弦。比喻潛才高，故詩佳。

〔一〇〕「截河」句：謂截斷黄河而過的濟水流出後仍然保持它的清澈。《尚書・禹貢》：「（濟水）入于河，溢爲滎。」孔安國傳：「濟水入河，並流十數里，而南截河，又並流數里，溢爲滎澤。」孔穎達疏：「濟水既入于河，與河相亂，而知截河過者，以河濁濟清，南出還清，故可知也。」此處以清濟比喻綦毋潛的詩風。

〔一一〕爽：傷敗。伊洛：伊水、洛水。伊水源出河南盧氏縣熊耳山，東北流至偃師市南入洛水。洛水源出陝西雒南縣冢嶺山，東南流入河南省境，又東北流至鞏義市入黄河。清泚（cǐ此）：清澈，明净。謝朓《始出尚書省》：「邑里向疎蕪，寒流自清泚。」潼關：古稱桃林之塞，東漢建安中于此建關，因潼水而名。地當今陝西、山西、河南三省交界處，歷代皆爲軍事要地。此四句之伊、洛，爲潛欲往之地；渭水、潼關，皆潛自長安赴洛陽需經之地。

〔一二〕荷蓧（diào掉）：指隱者。《論語·微子》：「子路從而後，遇丈人，以杖荷蓧（用木杖挑着鋤草工具）。……明日，子路行以告。子曰：『隱者也。』」此句謂，歸隱者（指潛）幾時還抵家中？

〔一三〕「塵纓」句：《文選》沈約《新安江水至清淺深見底貽京邑遊好》：「紛吾隔囂滓，寧假濯衣巾。願以潺湲水，沾君纓上塵。」李善注曰：「囂滓，謂去京師囂塵之地，以往東陽（江名，即今浙江省金華江，其水與新安江相通），自然隔越，亦不須濯衣巾。」又曰：「《楚辭》《漁父》曰：『滄浪之水清，可以濯我纓（繫冠的帶子）。』」按，沈詩「願以」二句謂願「京邑遊好」能暫離京師囂塵之地，來遊新安；此句即用其意，言潛居于京師囂塵之地，纓已塵污，正待洗濯。

冬夜書懷〔一〕

冬宵寒且永，夜漏宮中發〔二〕。草白靄繁霜〔三〕，木衰澄清月〔四〕。麗服映頹顔，朱燈照華髮。漢家方尚少〔五〕，顧影慚朝謁〔六〕。

〔一〕據「麗服」二句，本詩當作于晚年，今姑繫天寶末。

〔二〕夜漏：漏，漏壺，古滴水計時之器。壺有浮箭，上刻符號表時間，分晝漏、夜漏，共百刻。《舊唐書·職官志》：「漏刻之法，孔壺爲漏，浮箭爲刻。……冬夏之間，有長短。冬至之日，晝漏四十刻，夜漏六十刻。夏至，晝漏六十刻，夜漏四十刻。春分秋分之時，晝夜各五十刻。」此句謂漏壺夜間在宮中發出滴漏之聲。

〔三〕靄：盛貌。

〔四〕澄：清朗貌。

〔五〕尚少：謂喜好年輕人。《後漢書·張衡傳》注引《漢武故事》曰：「上至郎署，見一老郎，鬢眉皓白，問何時爲郎，何其老也？對曰：『臣姓顔名駟，以文帝時爲郎，文帝好文而臣好武，景帝好老而臣尚少，陛下好少而臣已老，是以三葉不遇也。』上感其言，擢爲會稽都尉也。」

〔六〕慚朝謁：言己已老，愧于繼續爲官，上朝謁見天子。

過沈居士山居哭之〔一〕

楊朱來此哭〔二〕，桑扈返于真〔三〕。獨自成千古〔四〕，依然舊四鄰。閑簷喧鳥雀〔五〕，故榻滿埃塵。曙月孤鶯囀，空山五柳春〔六〕。野花愁對客，泉水咽迎人。善卷明時隱〔七〕，黔婁在日貧〔八〕。逝川嗟爾命〔九〕，丘井嘆吾身〔一〇〕。前後徒言隔〔一一〕，相悲詎幾晨〔一二〕？

〔一〕玩詩中「善卷明時隱」、「丘井嘆吾身」二句之意，此詩疑作於天寶末，具體時間不詳，姑繫此。詩題宋蜀本作《過沈居哭沈居士》，述古堂本作《過沈居士山居哭沈居士》。

〔二〕「楊朱」句：《列子·仲尼》：「隨梧之死，楊朱撫其尸而哭。」晋張湛注：「生不幸而死，故可哀也。」此處作者以楊朱自喻。

〔三〕「桑扈」句：桑扈，即桑户，《莊子·大宗師》：「子桑户、孟子反、子琴張三人相與友……莫然有閒，而子桑户死，未葬……或編曲（蠶薄），或鼓琴，相和而歌曰：『嗟來桑户乎！嗟來桑户乎！而（汝）已反其真，而我猶爲人猗。』」返于真，謂人死歸于自然。此以桑扈喻沈居士。

〔四〕千古：哀悼死者之詞，表示永别、不朽之意。

〔五〕雀，《全唐詩》作「鵲」。

〔六〕五柳：見《偶然作·陶潛任天真》注〔九〕。此指沈之山居。

〔七〕「善卷」句：《莊子·讓王》：「舜以天下讓善卷，善卷曰：『余立于宇宙之中……日出而作，日入而息，逍遥於天地之間而心意自得，吾何以天下爲哉？悲乎！子之不知余也。』遂不受，於是去而入深山，莫知其處。」事又見《高士傳》卷上。句以善卷喻沈居士。

〔八〕「黔婁」句：《列女傳》卷二《魯黔婁妻》云，黔婁先生死，曾子與門人往弔之，問何以爲謚，其妻曰：「以康爲謚。」曾子曰：「先生在時，食不充口，衣不蓋形；死則手足不斂，旁無酒肉，生不得其美，死不得其榮，何樂于此而謚爲康乎？」其妻曰：「昔先生，君嘗欲授之以政，以爲國相，辭而不爲，是有餘貴也；君嘗賜之粟三十鍾，先生辭而不受，是有餘富也。彼先生者，甘天下之淡味，安天下之卑位，不戚戚於貧賤，不忻忻於富貴，求仁而得仁，求義而得義，其謚爲康，不亦宜乎？」《漢書·藝文志》：「《黔婁子》四篇。」自注：「齊隱士，守道不詘，威王下之。」事又見《高士傳》卷中。

〔九〕逝川：逝去的流水。《論語·子罕》：「子在川上曰：『逝者如斯夫！不舍(止)晝夜。』」

〔一〇〕丘井：廢墟之枯井。喻身心衰老。《維摩經·方便品》：「是身如丘井，爲老所逼。」僧肇注：「(鳩摩羅)什曰：丘井，丘墟枯井也。」

〔一一〕前後：指先死者與後死者。徒言隔：只説彼此隔絶。

〔一二〕詎：豈。此句謂，自己爲沈而悲傷哪有幾時？指己即將隨沈而去，不久于人世。王夫之曰：挽詩得此，神理不滅。起結各用一意四句，長篇不如是則冗，沈雲卿《玩月》，李

太白《送儲邕》，通用此局陣，其源亦自康樂玄暉來。（唐詩評選》卷三）

夏日過青龍寺謁操禪師〔一〕

龍鍾一老翁〔二〕，徐步謁禪宫〔三〕。欲問義心義〔四〕，遥知空病空〔五〕。山河天眼裏〔六〕，世界法身中〔七〕。莫怪銷炎熱，能生大地風〔八〕。

〔一〕據首句及此詩有裴迪同詠（載《全唐詩》卷一二九。迪安史之亂後入蜀，説見《春日與裴迪過新昌里訪吕逸人不遇》注〔一〕），此詩當作于天寶末。青龍寺：見《青龍寺曇壁上人兄院集》注〔一〕。操禪師：不詳。禪師，對和尚的尊稱。詩題下《全唐詩》有「與裴迪同作」五字注語。

〔二〕龍鍾：衰老貌。

〔三〕禪宫：佛寺。

〔四〕義心：即第一義心，爲「自性清浄心」、「如來藏」、「真如」之異名。指一切衆生先天具有的佛性。《楞伽經》卷一：「此是過去未來現在諸如來應供等正覺，性自性第一義心，以性自性第一義心，成就如來世間出世間上上法。」句謂自己要向禪師詢問義心的道理。

〔五〕空病空：《維摩詰經·文殊師利問疾品》：「得是平等（指一切現象在共性或空性等上没有差别），無有餘病，唯有空病，空病亦空。」鳩摩羅什注：「上明無我（指人無我，即人空）無法（法空），而未遣（排遣）空；未遣空，則空爲累，累則是病，故明空病亦空也。」按，「空病空」即空空、一切皆空之義。《大智度論》卷四六：「何等爲空空？　一切法空（一切現象虚幻不實），是空亦空……是名空空。」嘉祥《仁王經疏》卷二：「空破五陰（五藴），空空破空。　如服藥能破病，病破已，藥亦應出，若藥不出，即復是病；以空破諸煩惱病，恐空復爲患，是故以空捨空，故名空空也。」空病，指將「空」絶對化，以爲「空」即虚無，而否認「假有」，「空病空」謂以空破除以爲空即虚無的空病，也即承認「假有」。　參見《胡居士卧病遺米因贈》注〔二〕。　此句意謂，禪師遥知一切皆空的佛理（正因爲如此，故欲問之）。

〔六〕天眼：佛教所稱五眼（肉眼、天眼、慧眼、法眼、佛眼）之一。《大智度論》卷五：「於眼，得色界（色界諸天）四大（指地、水、火、風等四種能造作一切物質的基本原素）造清浄色，是名天眼。　天眼所見，自地及下地六道（地獄、餓鬼、畜生、人、天、阿修羅）中衆生諸物，若近，若遠，若麤，若細，諸色無不能照。」《翻譯名義集》卷六：「天眼遠近皆見，前後内外，晝夜上下，悉皆無礙。」此句意謂，青龍寺地居高處，禪師目極明亮，山河皆在其眼中。

〔七〕世界：佛家語，猶宇宙。　世指時間，界指空間。《楞嚴經》卷四：「世爲遷流，界爲方位。　汝今當知，東、西、南、北、東南、西南、東北、西北、上、下爲界，過去、未來、現在爲世。」法身：《大乘義章》卷一八：「言法身者，解有兩義：　一顯法本性以成其身，名爲法身；二以一切諸功德法而成身，故名爲法身。」二即謂佛認識和體現了「法性」，構成「法性身」，亦稱「法身」。　法身，實即法性之同義語。佛教認爲，法身廣大無邊，遍布于一切現象，成爲它們的共性和本源。《維摩經·方便品》僧肇注：「法身者……微妙無象，不可爲有；備應萬形，不可爲無。彌綸八極，不可爲小；細入無間，不可爲大。故能入生出死，通洞乎無窮之化，變現殊方，應無端之求。……然則法身在天而天，在人而人，豈可近捨丈六，而遠求法身乎！」此句即指法身廣大無邊，涵蓋一切。

〔八〕此二句謂無須奇怪入寺後頓覺炎熱全消，因爲佛地清涼，似乎能生大地之風。

和太常韋主簿五郎温湯寓目〔一〕

漢主離宫接露臺〔二〕，秦川一半夕陽開〔三〕。青山盡是朱旗繞，碧澗翻從玉殿來〔四〕。新豐樹裏行人度〔五〕，小苑城邊獵騎迴〔六〕。聞道甘泉能獻賦，懸知獨有子雲才〔七〕。

〔一〕太常主簿：唐太常寺置主簿二人，從七品上，掌管印章簿書等事。温湯：見《和僕射晋公扈從温湯》注〔一〕。按，華清宫天寶末爲安史亂軍所毁，亂後稍事修復，遊幸遂稀（參見《長安志》卷一五），故疑此詩當作于安史之亂前，具體時間無從確考，姑繫于此。湯，凌本作「泉」。寓目：觀看之意。此二字下《全唐詩》多「之作」二字。

〔二〕漢主離宫：指華清宫。唐人詩中每以漢借指唐。趙殿成注則謂：「其曰漢主者，以漢武曾於此修飾堂宇，故遂以漢主離宫爲言。」露臺：又稱靈臺，古時用以觀察天文氣象。《漢書·文帝紀》

贊：「（文帝）嘗欲作露臺，召匠計之，直百金，上曰：『百金，中人十家之產也。吾奉先帝宮室，常恐羞之，何以臺爲？』」師古注：「今新豐縣南驪山之頂有露臺鄉，極爲高顯，猶有文帝所欲作臺之處。」又《翼奉傳》載翼奉上疏曰：「孝文欲作一臺，度用百金……廢而不爲。其積土基，至今猶存。」

〔三〕秦川：泛指今陝西、甘肅秦嶺以北的平原地帶。此句寫在夕陽餘輝的映照下，秦川半明半暗的景象。

〔四〕翻：反而。玉殿：指華清宮。

〔五〕新豐：見《少年行四首》其一注〔二〕。樹，底本注：「一作市。」

〔六〕小苑：謂宫苑之小者，參見《奉和聖製上巳於望春亭觀禊飲應制》注〔三〕。此處即指華清宫。

〔七〕「聞道」二句：《漢書·揚雄傳》：「揚雄，字子雲。……孝成帝時，客有薦雄文似相如者，上方郊祠甘泉泰畤、汾陰后土以求繼嗣，召雄待詔承明之庭。正月，從上甘泉，還，奏《甘泉賦》以風。」懸知，預知，料想。二句贊美韋郎有才。

宋蔡寬夫曰：樂天《聽歌詩》云：「長愛夫憐第二句，請君重唱夕陽開。」注謂王右丞辭「秦川一半夕陽開」，此句尤佳。今摩詰集載此詩，所謂「漢主離宫接露臺」者是也。然題乃是《和太常韋主簿温湯寓目》，不知何以指爲想夫憐之辭。大抵唐人歌曲，本不隨聲爲長短句，多是五言或七言詩，歌者取其辭與和聲相疊成音耳。……豈非當時人之辭，爲一時所稱者，皆爲歌人竊取而播之曲調乎？（《蔡寬夫詩話》，《苕溪漁隱叢話》前集卷二一引）

顧璘曰：此篇鋪寫景象，雄渾富麗，造作句律，温厚深長，皆足爲法。

顧可久曰：寫景如畫，清俊醖籍。

胡應麟曰：唐七言律起句之妙，自「盧家少婦」外……王維：「漢主離宫接露臺，秦川一半夕陽開。」賈至：「銀燭朝天紫陌長，禁城春色曉蒼蒼。」……皆冠裳宏麗，大家正脈，可法。（《詩藪》内編卷五）

黄培芳曰：此種都是盛唐正軌。又曰：（「秦川」句）接得開宕，不平弱。（翰墨園重刊本《唐賢三昧集箋注》卷上）

方東樹曰：先叙明温湯地方，以原題立案，所謂鹽腦也。中四句寓目。收切主簿及和詩。只是不脱題面，不拋漏題中應有事意。……首句寫地，次句兼及時。三四近景。五六遠景。收切人，切和詩。（《昭昧詹言》卷一六）

奉和聖製暮春送朝集使歸郡應制〔一〕

萬國仰宗周〔二〕，衣冠拜冕旒〔三〕。玉乘迎大客〔四〕，金節送諸侯〔五〕。祖席傾三省〔六〕，褰帷向九州〔七〕。楊花飛上路〔八〕，槐色蔭通溝〔九〕。來預鈞天樂〔一〇〕，歸分漢主憂。宸章類河漢，垂象滿中州〔一一〕。

〔一〕朝集使：參見《送李睢陽》注〔二三〕。《舊唐書·德宗紀》：「（建中元年）十一月辛酉朔，朝集使及貢使見於宣政殿。兵興已來，四方州府不上計、内外不朝會者二十有五年（自至德元年至建中元年，恰好二十五年），至此始復舊制。」據此，知本詩應作于安史之亂前。又，唐天寶元年改州爲郡，至德二載十二月復舊，此詩曰「歸郡」，似當作于天寶時，具體年代不詳，姑繫此。玄宗原賦今已不傳。

〔二〕萬國：猶言萬方；萬，宋蜀本作「方」。宗周：周爲諸侯所宗仰，故王都所在稱宗周。《詩·小雅·正月》：「赫赫宗周。」指武王所營的鎬京（今陝西西安）。《禮記·祭統》：「即宫於宗周。」則指平王所居之洛邑（今河南洛陽）。此借指唐都長安。

〔三〕衣冠：謂搢紳、士大夫。冕旒：天子的代稱。參見《三月三日曲江侍宴應制》注〔六〕。此句指朝集使入京拜見天子。

〔四〕玉乘：《文選》江淹《恨賦》：「若乃趙王既虜，遷於房陵……别豔姬與美女，喪金輿及玉乘。」李善注：「玉乘，玉輅也。」玉輅，飾玉之路；路即路車，古時諸侯所乘。《公羊傳》昭公二十五年：「乘大路。」注：「禮，天子大路，諸侯路車。」大客：周時指諸侯之孤卿出爲使臣者。《周禮·秋官·

大行人》：「大行人掌大賓（對諸侯一級來賓的稱呼）之禮，及大客之儀，以親諸侯。」鄭注：「大客，謂其孤卿（大賓之孤卿。孤卿指六卿之掌握國政者。其位獨尊，故稱孤）。」《周禮·地官·大司徒》賈公彦疏：「諸侯朝稱賓，卿大夫來聘稱客。」此處借指朝集使。此句指以車迎請朝集使入朝。

〔五〕金節：金屬製的符節。符節是古時朝廷用作憑證的信物，以竹、木或金屬製成，上刻文字，剖分爲二，使用時以兩片相合爲驗。其制唐時尚存，《舊唐書·職官志》：「符寶郎四員……凡國有大事，則出納符節，辨其左右之異，藏其左而班其右，以合中外之契焉。一曰銅魚符，所以起軍旅，易守長。……三曰隨身魚符，所以明貴賤，應徵召。……魚符之制，王畿之内，左三右一；王畿之外，左五右一。左者在内，右者在外。行用之日，從第一爲首，後事須用，以次發之，周而復始。大事兼敕書，小事但降符，函封遣使合而行之。……隨身魚符之制，左二右一，太子以玉，親王以金，庶官以銅，佩以爲飾。」諸侯：指郡太守（即朝集使）。漢時郡與國（諸侯王國）地位相當，後世因稱郡太守爲諸侯。此句謂朝集使歸郡前，天子授以信符。

〔六〕祖席：送别的宴席。傾三省：謂三省之官吏皆參加送别的宴會。唐時以尚書省、門下省、中書省爲三省。

〔七〕褰帷：用後漢賈琮事，參見《送封太守》注〔六〕。此句指朝集使各回本郡。

〔八〕上路：猶大路。

〔九〕通溝：指四通八達的溝渠。

〔一〇〕鈞天：見《奉和聖製十五夜燃燈繼以酺宴應制》注〔六〕。樂：趙殿成曰：「當作洛音，對下憂字，與沈佺期『稱觴獻壽樂鈞天』同意。」此句謂朝集使來朝，與君王同賞天上音樂的快樂。

〔一一〕宸（chén辰）章：帝王的詞章。指玄宗所作送朝集使歸郡之詩。河漢：銀河。「類河」下，底本、《全唐詩》均注：「一作在雲。」垂象：垂示星象。中州：《漢書·司馬相如傳》：「世有大人兮，在乎中州。」注：「中州，中國也。」「中」下，底本、《全唐詩》均注：「一作皇。」二句形容玄宗所賦之詩極有輝光。

冬日遊覽〔一〕

步出城東門，試騁千里目〔二〕。青山横蒼林，赤日團平陸〔三〕。渭北走邯鄲〔四〕，關東出函谷〔五〕。秦地萬方會，來朝九州牧〔六〕。雞鳴咸陽中〔七〕，冠蓋相追逐〔八〕。丞相過列侯〔九〕，群公餞光禄〔一〇〕。相如方老病，獨歸茂陵宿〔一一〕。

〔一〕據「秦地」二句，可知此詩當作于安史之亂前。説見上詩注〔一〕。

〔二〕騁千里目：縱目遠望之意。

〔三〕團：圓。何遜《學古詩三首》其一：「陣雲横塞起，赤日下城圓。」平陸：平坦的陸地，平原。

〔四〕走邯鄲：《漢書·張釋之傳》：「上指視慎夫人新豐道，曰：『此走邯鄲道也。』」注：「張晏曰：慎夫人，邯鄲人也。如淳曰：走音奏，趣也。」邯鄲在今河北邯鄲市西南。此句謂，渭水之北可趨赴邯鄲。

〔五〕關東：指函谷關以東地區。函谷舊關在今河南靈寶東北，漢元鼎三年（公元前一一四年）徙至今河南新安東。句謂至關東需出函谷。

〔六〕九州牧：泛指諸州長官。此二句寫是時適值朝集使入京朝見天子。

〔七〕咸陽：秦都。此借指唐都長安。中，《唐詩正音》作「市」。

〔八〕冠蓋：官員的服飾和車乘，借指官員或貴官。

〔九〕過（guō 鍋）：拜訪。

〔一〇〕光禄：指光禄卿。唐光禄寺置卿一員，從三品，負責掌管邦國的酒醴、膳羞之事。

〔一一〕「相如」二句：用因病免官家居的相如比喻失職的寒士，慨歎其生活之孤寂。參見《不遇詠》注〔七〕。「方」下，底本、《全唐詩》均注：「一作今。」

劉須溪曰：平實悲壯，古意雅辭，樂府所少。又曰：（「青山」二句）下字佳。

奉和聖製與太子諸王三月三日龍池春禊應制〔一〕

故事修春禊，新宮展豫遊〔二〕。明君移鳳輦〔三〕，太子出龍樓〔四〕。賦掩陳王作〔五〕，杯如洛水流〔六〕。金人來捧劍〔七〕，畫鷁去迴舟〔八〕。苑樹浮宮闕，天池照冕旒〔九〕。宸章在雲表，垂象滿皇州〔一〇〕。

〔一〕三月三日：參見《三月三日曲江侍宴應制》注〔一〕。龍池：見《大同殿生玉芝龍池上有慶雲聖恩便賜宴樂》注〔一〕。春禊：指三月三日在水邊舉行的祓除不祥之祭。參見《曲江侍宴應制》注〔四〕。《全唐詩》卷一一一載陳希烈《奉和聖製三月三日》詩曰：「上巳迂龍駕，中流泛羽觴。酒因朝太子，詩爲樂賢王。錦纜方舟渡，瓊筵大樂張。」尋繹詩意，希烈詩與維此詩當係同和之作，希烈詩只可能作于安史亂前（參見《和宋中丞夏日遊福賢觀天長寺之作》注〔一〕），維此詩亦然，具體時間不詳，姑繫此。

〔二〕新宮：指興慶宮。宮爲玄宗時新置，故云。《舊唐書·睿宗諸子傳》：「大足元年，（玄宗兄弟）從幸西京，賜宅於興慶坊，亦號『五王宅』。及先天之後，興慶是龍潛舊邸，因以爲宮。」按，興慶宮開元二年置，十四年，又取永嘉、勝業二坊之半增廣之，十六年正月，宮成。參見徐松《唐兩京城坊考》卷一。龍池即在興慶宮中。豫遊：參見《曲江侍宴應制》注〔二〕。

〔三〕鳳輦：天子之車駕。《唐會要》卷三二：「舊制，輦有七，一曰大鳳輦，二曰大芳輦……」

〔四〕龍樓：見《寓言二首》其一注〔五〕。句謂太子奉詔出宮同往龍池。

〔五〕掩：蓋過。陳王：陳思王曹植。魏明帝「以陳四縣封植爲陳王」，思爲植之謚號。《三國志·魏書・陳思王傳》：「陳思王植字子建。……時鄴銅爵臺新成，太祖悉將諸子登臺，使各爲賦。植援筆立成，可觀，太祖甚異之。」此句指太子諸王所作詩賦，勝過曹植。

〔六〕「杯如」句：《文選》顔延年《三月三日曲水詩序》李善注引梁吴均《續齊諧記》曰：「晋武帝問尚書摯虞曰：『三月曲水，其義何？』答曰：『漢章帝時，平原徐肇以三月初生三女，至三日而俱亡，一村以爲怪，乃招攜至水濱盥洗，遂因水以泛觴，曲水之義起於此。』帝曰：『若所談，非好事。』尚書郎束皙曰：『仲洽（摯虞字）小生，不足以知，臣請説其始。昔周公成洛邑，因流水以泛酒，故逸詩曰：「羽觴隨流波。」又秦昭王三日置酒河曲，見有金人出奉水心劍（劍名），曰：「令君制有西夏。」乃因其處立爲曲水，二漢相沿，皆爲盛集。』」事亦載《晋書・束皙傳》。按，古上巳節宴集，常在環曲的水渠旁張筵，將酒杯放置水上，酒杯隨波流行至前，便即取飲，謂之「流觴曲水」。《世説新語・企羨》注引王羲之《臨河叙》曰：「又有清流激湍，映帶左右，引以爲流觴曲水，列坐其次。」《文選》王融《三月三日曲水詩序》：「授几肆筵，因流波而成次；蕙肴芳醴，任激水而推移。」此句謂酒杯流行于水，猶如周公當年在洛水泛觴（即流觴）。

〔七〕「金人」句：用秦昭王三月三日置酒河曲的故實。

〔八〕畫鷁：參見《送祕書晁監還日本國》注〔五二〕。去，顧本、凌本俱作「出」。

〔九〕「苑樹」句：謂苑中的樹海漂浮起了巍峨的宫殿。天池：指皇宫之池。冕旒：見《曲江侍宴應制》注〔六〕。

〔一〇〕宸（chén 辰）章：天子的詩文詞章。表，底本原作「漢」，此從明十卷本、奇字齋本、《全唐詩》等。垂象：垂示星象。皇州：謂帝都。此二句以「在雲表」的星辰，喻天子所賦之詩。

奉和聖製重陽節宰臣及群官上壽應制〔一〕

四海方無事，三秋大有年〔二〕。百工逢此日，萬壽願齊天〔三〕。芍藥和金鼎，茱萸插玳筵〔四〕。玉堂開右个〔五〕，天樂動宫懸〔六〕。御柳踈秋影，城鴉拂曙烟。無窮菊花節〔七〕，長奉柏梁篇〔八〕。

〔一〕尋繹首句之意，本詩似當作于安史之亂前，具體時間不詳，姑繫此。官，底本原作「臣」，此從述古堂本、《全唐詩》。上壽：祝壽。應制，《文苑英華》作「之作」。

〔二〕方：正，恰。三秋：秋季三個月。大有年：大豐收。《穀梁傳》宣公十六年：「五穀大熟，爲大有年。」

〔三〕百工：衆官。《書·堯典》：「允釐百工，庶績咸熙。」傳：「工，官。」工，宋蜀本、述古堂本、明十卷本等俱作「生」。逢，《全唐詩》作「無」，宋蜀本作「逸」。此二句寫百官上壽。

〔四〕芍藥：同「勺藥」，指酸、苦、甘、辛、鹹五種調料的合劑。《史記·司馬相如傳·子虚賦》：「勺藥之和具，而後御之。」集解：「郭璞曰：勺藥，五味也。」茱萸：參見《九月九日憶山東兄弟》注〔三〕。

玳：玳瑁，動物名，似龜，其甲片可爲裝飾品。玳筵：飾以玳瑁的筵席（坐具），古設盛宴時每用之，故又代指盛宴。《初學記》卷一三引劉楨《瓜賦序》曰：「布象牙之席，薰玳瑁之筵。」江總《今日樂相樂》：「綺殿文雅遒，玳筵歡趣密。」二句謂天子在重九設盛宴，坐席上插有茱萸。

〔五〕玉堂：宫殿之美稱。右个：《禮記·月令》：「季秋之月……天子居總章右个。」「个」即正堂兩旁的側室。《吕氏春秋·孟春紀》高誘注：「（明堂）中方外圜，通達四出，各有左右房，謂之个，个猶隔也。」

〔六〕天樂：謂天上之音樂。參見《奉和聖製十五夜燃燈繼以酺宴應制》注〔六〕。宫懸：古時鐘磬一類樂器懸掛於架上，懸掛的形式視主人的身份地位而不同，帝王四面懸掛，謂之宫懸。《周禮·春官·小胥》：「正樂縣（通懸）之位。王宫縣，諸侯軒縣。」鄭玄注：「樂縣，謂鐘磬之屬縣于筍簴者。鄭司農云：宫縣四面縣，軒縣去其一面。……四面象宫室四面有牆，故謂之宫縣。」此句指宫中的樂器奏出美妙的音樂。

〔七〕菊花節：指重陽節。舊俗于此日採菊泛酒（參見《輞川集·茱萸沜》注〔三〕），故稱。菊花節每年都有，故云「無窮」。

〔八〕柏梁篇：指漢武帝在柏梁臺所作之詩。參見《奉和聖製賜史供奉曲江宴應制》注〔四〕。《古文苑》卷八載有《柏梁臺七言聯句》，相傳爲漢武帝在柏梁臺上與群臣所共賦，人各一句，每句用韻。此處借指唐玄宗在重陽節寫的詩。

方回曰：「此生已覺都無事，今歲仍逢大有年」，東坡之句，仍出於此。（《瀛奎律髓彙評》卷一六）

三月三日勤政樓侍宴應制〔一〕

綵仗連霄合〔二〕，瓊樓拂曙通〔三〕。年光三月裏，宮殿百花中。不數秦王日，誰將洛水同〔四〕！酒筵嫌落絮〔五〕，舞袖怯春風。天保無爲德〔六〕，人歡不戰功〔七〕。仍臨九衢宴〔八〕，更達四門聰〔九〕。

〔一〕勤政樓：在興慶宮中。《舊唐書·睿宗諸子傳》：「玄宗於興慶宮西南置樓，西面題曰花萼相輝之樓，南面題曰勤政務本之樓。」《長安志》卷九謂「樓南向，開元八年造」。趙殿成曰：「按《舊唐書》本紀：天寶四載春三月甲申，宴群臣于勤政樓。又十四載春三月丙寅，宴群臣于勤政樓，奏《九部樂》，上賦詩，效柏梁體。」按，詩題曰「三月三日」，天寶四載三月三日爲辛酉，十四載三月三日爲壬戌，則趙氏所引二事，皆非指上巳（三月三日）之宴，不與本詩相合。然據「天保」二句，大致可推知此詩當作于安史之亂前。

〔二〕綵仗：指天子的儀仗。姚合《和裴結端公早朝》詩云：「綵仗祥光動，彤庭霽色鮮。」合：聚集。

〔三〕瓊樓：即指勤政樓。

〔四〕「不數」二句：參見《奉和聖製與太子諸王龍池春禊應制》注〔六〕。不數，等于説「不讓」或「不亞于」。參見王鍈《詩詞曲語辭例釋》。誰，猶何、多麽。張籍《各東西》：「道路悠悠不知處，山高海闊誰辛苦！」將，猶與、共。此二句意謂，天子上巳設宴，不亞于當年秦昭王置酒河曲，與周公在洛水泛觴又多麽一樣！

〔五〕落絮：指柳絮。

〔六〕天保：《詩·小雅·天保》：「天保定爾，亦孔之固。」鄭箋：「保，安。爾，女也。女，王也。天之安定女，亦甚堅固。」句謂君王有清静無爲之德，天使其平安。

〔七〕不戰功：指不戰而使敵懾服之功。

〔八〕九衢：四通八達的道路。

〔九〕「更達」句：參見《奉和聖製御春明樓賦樂賢詩應制》注〔六〕。四門，四方之門。《書·堯典》：「賓於四門，四門穆穆。」此處指四方。句謂這樣更能廣聽遠聞四方之聲。

奉和聖製賜史供奉曲江宴應制〔一〕

侍從有鄒枚〔二〕，瓊筵就水開〔三〕。言陪柏梁宴，新下建章來〔四〕。對酒山河滿〔五〕，移舟草樹迴。天文同麗日，駐景惜行杯〔六〕。

〔一〕此詩寫作時間不詳，姑繫於安史之亂前。供奉：官名，即翰林供奉。《通鑑》卷二一七：「上（玄宗）即位，始置翰林院，密邇禁廷，延文章之士，下至僧、道、書、畫、琴、棋、數術之工皆處之，謂之『待詔』。刑部尚書張均及弟太常卿垍皆翰林院供奉。」《新唐書·百官志》：「玄宗初置翰林待詔，以張説、陸堅、張九齡等爲之，掌四方表疏批答、應和文章；既而又以中書務劇，文書多壅滯，乃選文學之士，號翰林供奉，與集賢院學士分掌制詔書敕。開元二十六年，又改翰林供奉爲學士，别置學士院，專掌内命。」按，實際上是開元二十六年於翰林院南别置學士院，選取部分文學之士入學士院，專掌内命，稱翰林學士，而原翰林院仍有翰林供奉（或稱翰林待詔），並不是在開元二十六年將所有翰林供奉都改稱爲學士，《新唐書·百官志》所言未確。史供奉：《全唐詩人名彙考》謂即史惟則。惟則開元、天寶年間爲「御書」，《寶刻類編》卷三録惟則官銜有「伊闕縣丞、殿中侍御史内供奉、太子洗馬、翰林待制」等，故呼爲史供奉。曲江：池名，在唐長安敦化坊南。參見《三月三日曲江侍宴應制》注〔一〕。

〔二〕鄒枚：鄒陽、枚乘，皆漢初人。「吴王濞招致四方游士，陽與吴嚴忌、枚乘等俱仕吴，皆以文辯著名」。後吴王欲謀爲逆，陽與乘皆上書諫，吴王不納，遂共去而之梁，爲梁孝王門客。事見《漢書·賈鄒枚路傳》。此處以「鄒枚」喻指文學侍從之臣。

〔三〕瓊筵：精美的筵席。

〔四〕言：謂，爲。柏梁宴：《三輔黄圖》（畢沅校本）卷五：「柏梁臺，武帝元鼎二年春起此臺，在長安城中北闕（未央宫北所建之闕觀）内。《三輔舊事》云：『以香柏爲梁也。帝嘗置酒其上，詔群臣和詩，能七言詩者乃得上。太初中臺災。』」下，《文苑英華》作「自」。建章：漢長安宫殿名。《漢書·武帝紀》：「太初元年……二月，起建章宫。」師古注：「在未央宫西，今長安故城西。」二句指史由禁中（翰林院在禁中）出至曲江陪宴。

〔五〕此句意謂，在山河間面對酒杯斟滿而飲。

〔六〕天文：比喻帝王的詩文詞章。景：日光。行杯：猶行觴，謂宴會上巡行酌酒勸飲。二句意謂，玄宗所作《賜史供奉曲江宴》詩，就像麗日一般壯美；侍從們珍惜曲江之宴，願留住日光不使移動。

奉和聖製十五夜燃燈繼以酺宴應制〔一〕

上路笙歌滿〔二〕，春城漏刻長〔三〕。遊人多晝日〔四〕，明月讓燈光。魚鑰通翔鳳，龍輿出建章〔五〕。九衢陳廣樂〔六〕，百福透名香〔七〕。仙妓來金殿〔八〕，都人繞玉堂〔九〕。定應偷妙舞，從此學新粧〔一〇〕。奉引迎三事〔一一〕，司儀列萬方〔一二〕。願將天地壽〔一三〕，同以獻君王。

〔一〕十五夜燃燈：《白孔六帖》卷四引唐鄭處誨《明皇雜録》（今本《明皇雜録》無此條）云：「上在東都，遇正月望（十五日）夜，移仗上陽宫，大陳影燈，設庭燎，自禁中至於殿庭，皆設蠟炬，連屬不絶。時有匠毛順，巧思結創繒綵爲燈樓三十間，高一百五十尺，懸珠玉金銀，微風一至，鏘然成韻，乃以燈爲龍鳳虎豹騰躍之狀，似非人力。」趙殿成注：「《菊坡叢話》：『唐明皇在東都，正月望夜，移仗上陽宫，設蠟炬連屬不絶……當時惟王右丞奉和聖製一詩，括盡時事。』」按，若此詩果述明皇於東都燃燈事，當作於開元二十四年（七三六）正月十五日（玄宗於開元二十二年正月至東都，二十四年十月還西京，自此不復東幸；考維二十三年三月九日以後方離嵩山至東都任右拾遺，故此詩只能作於二十四年正月十五日）。又按，正月十五夜燃燈，中宗時已有此制，且非僅在東都一地舉行，《舊唐書·中宗紀》曰：「（景龍）四年春正月……丙寅上元（正月十五日）夜，帝與皇后微行觀燈……是夜，放宫女數千人看燈，因此多有亡逸者。」《睿宗紀》曰：「（先天）二年春正月……上元日夜，上皇御安福門（長安皇城西面之門）觀燈，出内人連袂踏歌，縱百僚觀之，一夜方罷。」《玄宗紀》曰：「（天寶三載十一月）癸丑，每載依舊取正月十四日、十五日、十六日開坊市門燃燈，永以爲常式。」因此，没有足够證據可以證明此詩必作於東都；又尋繹「魚鑰」四句之意，此詩似作於長安，具體時間未詳，姑繫於安史之亂前。酺（pú蒲）宴：謂天子詔賜臣民聚飲。詩題《文苑英華》作《奉和十五夜燃燈繼以酺宴之作應制》。

〔二〕上路：猶大道。

〔三〕漏刻：古計時之器，又借指時刻。漏刻長：謂時間已晚（指已到了晚上）。

〔四〕多晝日：言夜間的遊人多於白天。

〔五〕魚鑰：魚形之鎖鑰。梁簡文帝《秋閨夜思》：「夕門掩魚鑰，宵牀悲畫屏。」唐丁用晦《芝田録》：「門鑰必以魚者，取其不瞑目守夜之義。」翔鳳：《初學記》卷二四曰：「晋有伺星樓、儀鳳樓、翔鳳樓，見《晋宫閣名》。」又曰：「《晋宫閣名》曰：總章觀有翔鳳樓。」《唐六典》卷七謂唐長安宫城有「薰風、就日、翔鳳……等殿，凌煙、翔鳳等閣」。龍輿：天子的車駕。建章：漢長安宫殿名。參見《奉和聖製賜史供奉曲江宴應制》注〔四〕。此二句意謂，節日之夜宫門大開，天子外出觀燈。

〔六〕九衢：《楚辭·天問》：「靡蓱九衢，枲華安居？」王逸注：「九交道曰衢。」此指四通八達的道路。廣樂：即鈞天廣樂，《史記·趙世家》載，趙簡子患病，數日不醒，後寤，語大夫曰：「我之帝（天帝）所甚樂，與百神游於鈞天，廣樂九奏萬舞，不類三代之樂，其聲動人心。」此指宫中美妙的音樂。

〔七〕百福：指唐宫殿。《初學記》卷二四曰：「《洛陽宫殿簿》曰：九華殿，百福殿。」又曰：「《洛陽宫殿簿》有魏……九華、承光諸殿。」《唐六典》卷七：「（長安宫城）兩儀（殿名）之左曰獻春門，右曰宜秋門，宜秋之右曰百福門，其内曰百福殿。」《唐兩京城坊考》卷一：「百福殿，前有百福門，睿宗崩於此殿，宣宗改爲雍和殿，内有親親樓，爲諸王宴會之所。」透名香：謂宫中焚名香，其氣透出。「透」下，《全唐詩》注：「一作迓。」

〔八〕仙妓：姿容才藝若仙之歌妓。仙，底本注：「一作神。」金殿：天子的宫殿。

〔九〕句謂京都之人繞宫殿圍觀仙妓的妙舞。

〔一〇〕定，《文苑英華》作「止」。妙，《全唐詩》注：「一作艷。」此二句謂都人定當偷走仙妓的妙舞，並學其新粧。

〔一一〕奉引：天子出行，公卿在其車前引路。《史記·韓長孺列傳》：「安國行丞相事，奉引墮車，蹇。」集解：「如淳曰：爲天子導引而墮車跛足。」三事：指三公之位，參見《苑舍人能書梵字兼達梵音皆曲盡其妙戲爲之贈》注〔八〕。此句意謂，迎請三公爲天子導引。

〔一二〕司儀：《周禮》秋官之屬，掌接待賓客的禮儀。《周禮·秋官·司儀》：「司儀掌九儀（《周禮·秋官·大行人》鄭玄注：「九儀，謂命者五，公、侯、伯、子、男也；爵者四，孤、卿、大夫、士也。」）之賓客擯相之禮，以詔儀容辭令揖讓之節。」鄭玄注：「出接賓曰擯，入贊禮曰相；以詔者，以禮告王。」列，《文苑英華》作「立」。此句意謂，天子出宫時，掌禮儀的官吏分列各方。

〔一三〕天地壽：謂長久若天地之壽命。

奉和聖製上巳於望春亭觀禊飲應制〔一〕

長樂青門外〔二〕，宜春小苑東〔三〕。樓開萬户上〔四〕，輦過百花中。畫鷁移仙妓〔五〕，金貂列上公〔六〕。清歌邀落日〔七〕，妙舞向春風〔八〕。渭水明秦甸〔九〕，黄山入漢宫〔一〇〕。君王來祓禊〔一一〕，灞滻亦朝宗〔一二〕。

〔一〕望春亭：即望春宫，在長安城東九里。《新唐書·地理志》載京兆府萬年縣「有南望春宫，臨滻水，西岸有北望春宫，宫東有廣運潭」。《舊唐書·韋堅傳》：「(堅)於長安城東九里長樂坡下、滻水之上架苑牆，東面有望春樓，樓下穿廣運潭以通舟楫，二年而成。」《唐兩京城坊考》卷一：「(禁)苑中宫亭二十四所，可考者曰南望春亭，曰北望春亭。」即望春宫。天寶二年韋堅引滻水抵苑東望春樓下爲潭，名廣運潭，在長安城東九里。」禊飲：上巳日於水濱祓除不祥並宴飲。應制，《文苑英華》作「之作」。此詩寫作時間難於確考，疑當作於天寶二年廣運潭挖成之後、十四載安史之亂爆發以前。

〔二〕長樂：漢長安宫殿名。此借指望春宫。青門：參見《韋侍郎山居》注〔五〕。此句謂望春宫在長安東門外。

〔三〕宜春：秦離宫有宜春宫，宫之東爲宜春苑，漢時稱宜春下苑。《史記·司馬相如傳》正義：「《括地志》云：秦宜春宫在雍州萬年縣西南三十里，宜春苑在宫之東，杜(縣)之南。」《漢書·元帝紀》：「詔罷……宜春下苑。」師古注：「宜春下苑，即今京城東南隅曲江池是。」小苑：《丁寓田家有贈》趙殿成注：「小苑字始見《漢書·蕭望之傳》，昔賢不注地在何處，六朝及唐人詩中多用之，或謂唐人所稱小苑，即宜春苑是。成按，右丞『長樂青門外，宜春小苑東』之句，則不得謂宜春即小苑矣，當是指曲江之芙蓉園也。唐大内有西内苑，有東内苑，有禁苑，凡三苑，芙蓉園不及三苑之闊遠，故謂之小苑。」按，《唐兩京城坊考》卷三曰：「考《太平寰宇記》，曲江與芙蓉園相連，李肇《國史補》謂芙蓉園即秦之宜春苑。」芙蓉園即秦之宜春苑，則不得謂宜春在小苑（芙蓉園）之東明矣。小苑，蓋謂宮苑之小者，非專名。《漢書·蕭望之傳》：「（望之）署小苑東門候。」王先謙補注：「此宮苑門。」庾信《春賦》：「停車小苑，連騎長楊。」《南史·齊武帝諸子傳》：「文惠皇太子長懋……求于東田起小苑，上許之。」右丞詩中「小苑」字凡四見，或指華清宮，或指興慶宮，此處疑即指興慶宮，言宜春宮（借指唐望春宮，與上句同例）在興慶宮之東。

〔四〕樓：當指望春樓。户，《文苑英華》、《全唐詩》作「井」。此句寫樓之高。

〔五〕畫鷁：見《送祕書晁監還日本國》注〔五二〕。妓，《唐詩品彙》作「仗」。

〔六〕金貂：見《過崔駙馬山池》注〔五〕。唐制，中書令、侍中、散騎常侍，冠皆飾以金蟬貂尾。參見《唐六典》卷八。上公：周以太師、太傅、太保爲三公（八命），三公有德者加一命（爲九命，是周代官爵的最高等級），稱上公（參見《周禮·春官·典命》鄭玄注）；漢置太傅，位在三公（大司馬、大司徒、大司空）之上，稱上公（參見《漢書·百官公卿表》、《後漢書·百官志》）；晋以太宰、太傅、太保爲上公（參見《晋書·職官志》）。此處泛指貴官。

〔七〕遏：遏，遮留。《列子·湯問》：「薛譚學謳於秦青，未窮青之技，自謂盡之，遂辭歸。秦青弗止，餞於郊衢，撫節悲歌，聲振林木，響遏行雲（美妙的音響留住了天上的行雲）。」此句即隱用其意，謂歌聲清美，使落日爲之不行。

〔八〕妙，《文苑英華》作「妍」。

〔九〕秦甸：指長安郊外之地。古時稱都城郊外爲甸。

〔一〇〕黄山：山名，又稱黄麓山，漢時於其地置黄山宫。《漢書·地理志》載：右扶風槐里縣（治所在今陝西興平東南）「有黄山宫，孝惠二年起」。《三輔黄圖》卷三：「黄山宫在興平縣（今陝西興平）西三十里，武帝微行西至黄山宫（按，事見《漢書·東方朔傳》），即此。」句謂黄山山色進入了漢代離宫。

〔一一〕祓禊：見《三月三日曲江侍宴應制》注〔四〕。

〔一二〕灞：水名，源出陝西藍田縣藍田谷，西北行，至今西安市東北入渭水。滻：水名，源出藍田西南秦嶺山中，北流至霸陵（今西安市東北）入灞水。朝宗：《詩·小雅·沔水》：「沔彼流水，朝宗于海。」鄭玄箋：「水流而入海，小就大也，喻諸侯朝天子，亦猶是也。諸侯春見天子曰朝，夏見曰宗。」孔穎達正義：「朝宗者，本諸侯於天子之禮……臣之朝君，猶水之趨海，故以水流入海爲朝宗也。」此句指灞滻趨渭，猶如來朝見天子。

王夫之曰：收合不妄。（《唐詩評選》卷三）

王壽昌曰：詩之天然成韻者，如謝康樂之「遠巖映蘭薄，白日麗江皋」，……王右丞之「樓開萬户上，輦過百花中」，「遠樹蔽行人，長天隱秋塞」，「五湖三畝宅，萬里一歸人」，「隔牖風驚竹，開門雪滿山」。（《小清華園詩談》卷下）

登樓歌〔一〕

聊上君兮高樓，飛甍鱗次兮在下〔二〕。俯十二兮通衢〔三〕，緑槐參差兮車馬。却瞻兮龍首〔四〕，前眺兮宜春〔五〕，王畿鬱兮千里〔六〕，山河壯兮咸秦〔七〕。舍人下兮青宮，據胡牀兮書空〔八〕。執戟疲於下位〔九〕，老夫好隱兮牆東〔一〇〕。亦幸有張伯英草聖兮龍騰虬躍，擺長雲兮捩回風〔一一〕。琥珀酒兮彫胡飯，君不御兮日將晚〔一二〕。秋風兮吹衣，夕鳥兮爭返。孤砧發兮東城〔一三〕，林薄暮兮蟬聲遠〔一四〕。時不可兮再得〔一五〕，君何爲兮偃蹇〔一六〕？

〔一〕疑作於天寶末。時維已老，在長安過一種亦官亦隱的生活，故詩中云「老夫好隱兮牆東」。

〔二〕甍（méng萌）：屋脊。甍之兩端揚起，有飛舉之勢，故曰「飛甍」。此句語本鮑照《詠史》：「京城十二衢，飛甍各鱗次。」

〔三〕俯：俯視。十二通衢：亦用鮑照之語，非實指。《唐兩京城坊考》卷二：「（西京）郭中南北十四街，東西十一街。」

〔四〕却瞻：回頭望。龍首：古山名，在今陝西西安市舊城北。起于渭水南岸漢長安故城，止于樊川，長六十餘里。首高二十丈，尾高五、六丈。漢唐於其地營建城郭宮殿後，山原已漸堙平。

〔五〕宜春：見《奉和聖製上巳於望春亭觀禊飲應制》注〔三〕。

〔六〕王畿：王城附近縱横千里之地。《周禮·夏官·職方氏》：「乃辨九服之邦國，方千里曰王畿。」此指長安附近地區。鬱：林木積聚貌。

〔七〕咸秦：秦都咸陽。故址在今陝西咸陽市東北二十里。此處借指長安。

〔八〕舍人：當指太子中舍人（正五品上）、太子舍人（正六品上）或太子通事舍人（正七品下）。青宫：太子宫。《神異經》：「東海外有東明山，有宫焉。……青石爲牆，面一門，門有銀榜，以青石碧鏤，題曰『天地長男之宫』。」後因稱太子宫曰青宫。胡牀：一種可折疊的輕便坐具，又稱交椅、交牀。本由胡地傳入，故曰「胡牀」。書空：《晉書·殷浩傳》：「浩雖被黜放（浩爲中軍將軍，率師北伐失利，被黜放），口無怨言，夷神委命，談詠不輟，雖家人不見其有流放之慼。但終日書空，作『咄咄怪事』四字而已。」尋繹詩意，「舍人」與「君」應爲一人。二句謂「君」失志，暗中抱屈。

〔九〕執戟：秦漢郎官有中郎、侍郎、郎中等，掌守衛宫殿門户，值勤時皆手持戟。《史記·淮陰侯列傳》：「臣事項王，官不過郎中，位不過執戟。」曹植《與楊德祖書》：「昔揚子雲，先朝執戟之臣耳（揚雄爲郎，歷成、哀、平三世不徙官，故云）。」疲：困。潘岳《夏侯常侍誄》：「執戟疲揚，長沙投賈。」此句即用揚雄事，謂「君」居于卑位，不得升遷。

〔一〇〕老夫：老年男子自稱。《左傳》隱公四年：「石碏使告于陳曰：『衛國褊小，老夫耄矣，無能爲也。』」牆東：參見《酬慕容十一》注〔四〕。句謂老夫我却喜歡隱居在都城集市。

〔一一〕張伯英：參見《戲贈張五弟諲三首》其二注〔二〕。龍騰虬躍：指草書有龍虬飛騰之勢。虬，傳説中的一種龍。「擺長」句：形容龍虬騰躍於空的情狀。擺，分開。捩（liè列），扭轉。回風，旋風。此二句謂「君」雖困于下位，幸而喜好草書，足可自娱。

〔一二〕琥珀酒：謂色如琥珀之酒。琥珀，松柏樹脂的化石。色紅褐者曰琥珀，黄而透明者曰蠟珀。彫胡：即菰米。御：進用。二句勸「君」進食，保重自己。

〔一三〕砧：擣衣石。此指擣衣聲。

〔一四〕林薄：草木叢雜之地。

〔一五〕「時不」句：《楚辭·九歌·湘君》：「時不可兮再得，聊逍遥兮容與。」

〔一六〕偃蹇：《文選》司馬相如《長門賦》：「澹偃蹇而待曙兮，荒亭亭而復明。」李善注引李奇曰：「偃蹇，佇立貌也。」句謂君爲何佇立而待？話中含有勸其速下决心退隱之意。

張謙宜曰：比騷差多，爲其明白光滑也。（《絸齋詩談》卷五）

送友人歸山歌二首〔一〕

山寂寂兮無人，又蒼蒼兮多木。群龍兮滿朝〔二〕，君何爲兮空谷？文寡和兮思深〔三〕，道難知兮行獨〔四〕。悦石上兮流泉，與松間兮草屋〔五〕。入雲中兮養雞〔六〕，上山頭兮抱犢〔七〕。

神與棗兮如瓜〔八〕，虎賣杏兮收穀〔九〕。愧不才兮妨賢〔一〇〕，嫌既老兮貪禄。誓解印兮相從〔一一〕，何詹尹兮可卜〔一二〕！

〔一〕玩末四句之意，此詩疑當作于天寶末。詩題《楚辭後語》作《山中人》。

〔二〕群龍：《後漢書·郎顗傳》：「昔唐堯在上，群龍爲用。」注：「群龍，喻賢臣也。」

〔三〕此句謂友人文高和寡，思想深沉。

〔四〕道難知：謂其道高妙玄深，不易測知。

〔五〕與（yù預）：稱譽，贊美。

〔六〕養雞：劉向《列仙傳》卷上：「祝雞（呼雞）翁者，洛人也。居尸鄉北山下，養雞百餘年。雞有千餘頭，皆立名字，暮棲樹上，晝放散之。欲引呼名，即依呼而至。」

〔七〕「上山」句：抱犢上山墾種之意。《元和郡縣志》卷一一：「抱犢山在（沂州承）縣北六十里，壁立千仞，頂寬而有水。此山去海三百餘里，天氣澄明，宛然在目。昔有遁隱者，抱一犢於其上墾種，故以爲名。」按，山在今山東棗莊市東北。

〔八〕棗兮如瓜：《史記·封禪書》：「（李少君言：）臣常游海上，見安期生（古之仙人）。安期生食巨棗，大如瓜。」

〔九〕「虎賣」句：晋葛洪《神仙傳》卷六：「董奉者，字君異……廬山下居……不種田，日爲人治病，亦不取錢。重病愈者，使栽杏五株，輕者一株，如此數年，計得十萬餘株，鬱然成林。……後杏子大熟，于林中作一草倉，示時人曰：『欲買杏者，不須報奉，但將穀一器置倉中，即自往取一器杏去。』常有人置穀來少而取杏去多者，林中群虎出吼逐之，大怖，急挈杏走，路傍傾覆，至家量杏，一如穀多少。……奉一日竦身入雲中去，妻與女猶存其宅，賣杏取給，有欺之者，虎還逐之。」此句借用其事，以表現友人隱居學仙的生活。

〔一〇〕妨賢：《漢書·王尊傳》：「又出教勑掾功曹……其不中用，趣自避退，毋久妨賢。」此句謂，自愧不才而居位，妨礙了賢人的進用。

〔一一〕解印：去職。

〔一二〕何，宋蜀本作「向」。詹尹：《楚辭·卜居》：「屈原既放，三年不得復見。竭知盡忠，而蔽障于讒，心煩慮亂，不知所從。乃往見太卜（國家掌管卜筮的官）鄭詹尹曰：『余有所疑，願因先生決之。』」可，宋蜀本、述古堂本、《全唐詩》俱作「何」。句謂決心已下，何須再找什麼詹尹問卜。

劉須溪曰：不用楚調，自適目前，詞少而意多，尚覺《盤谷歌》意爲凡。

山中人兮欲歸，雲冥冥兮雨霏霏〔一〕。水驚波兮翠菅靡〔二〕，白鷺忽兮翻飛，君不可兮褰衣〔三〕！山萬重兮一雲，混天地兮不分。樹晻曖兮氛氳〔四〕，猿不見兮空聞。忽山西兮夕陽，見東皋兮遠村〔五〕。平蕪緑兮千里〔六〕，眇惆悵兮思君〔七〕。

〔一〕冥冥：晦暗貌。霏霏：盛貌。

〔二〕翠菅（jiān兼）：青茅。《説文》：「菅，茅也。」趙殿成注：「翠菅靡與水鷺波對列，皆承上雨霏霏而言，非謂翠菅因鷺波而靡（倒伏）也。」

〔三〕褰（qiān千）衣：指提起衣服下襬冒雨涉水而去。

〔四〕晻曖（ǎn ài俺愛）：暗貌。氛氲（yūn暈）：雲霧瀰漫貌。

〔五〕東皋：見《歸輞川作》注〔四〕。

〔六〕平蕪：雜草叢生的原野。

〔七〕眇：極目遠視貌。

劉須溪曰：宋玉之下，淵明之上，甚似晉人，不知者以爲氣短，知者以爲《琴操》之餘音也。

顧可久曰：模寫景物，各有分屬，玄虚、高古、俊彩。

沈德潛曰：「山萬重兮」以下，寫去後情事，如披畫圖。（《唐詩别裁》卷五）

歎白髮〔一〕

我年一何長，鬢髮日已白。俛仰天地間，能爲幾時客〔二〕？悵惆故山雲〔三〕，徘徊空日夕〔四〕。何事與時人，東城復南陌〔五〕？

〔一〕此篇一作盧象詩，重見《全唐詩》王維及盧象集中。按，王維集宋元諸刻俱録此詩，《唐詩品彙》亦作王維；尋繹詩意，此詩或係維在天寶末年所作。詩題宋蜀本、述古堂本、元本俱作《歎白髮二首》，其第二首即七絶《歎白髮》。

〔二〕「俛仰」二句：《古詩十九首·青青陵上柏》：「人生天地間，忽如遠行客。」俛仰，俯仰，周旋。

〔三〕悵惘，《全唐詩》作「惘悵」。故山：疑指藍田山居。

〔四〕句謂徒然日夜徘徊而不得歸山。

〔五〕此二句自問：爲什麽要同世人一起，來回奔走於東城南陌，而不毅然棄官還山隱居？

送李太守赴上洛〔一〕

商山包楚鄧〔二〕，積翠藹沉沉〔三〕。驛路飛泉灑，關門落照深〔四〕。野花開古戍，行客響空林。板屋春多雨〔五〕，山城晝欲陰〔六〕。丹泉通虢略，白羽抵荆岑〔七〕。若見西山爽，應知黄綺心〔八〕。

〔一〕上洛：唐郡名，治所在今陜西商洛市。《舊唐書·地理志》：「商州……天寶元年，改爲上洛郡。乾元元年，復爲商州。」據此，本詩當作于天寶年間，今姑繫天寶末。

〔二〕商山：又名地肺山、楚山，在陝西商洛市東南。楚鄧：唐鄧州（治所在今河南鄧州市），春秋時屬楚地；又，春秋鄧國（在今湖北襄陽市北），公元前六七八年爲楚所滅，故云。包：包容。此句極言商山之大。

〔三〕藹沉沉：茂盛貌。

〔四〕關：疑指嶢關。在陝西藍田東南，因臨嶢山而得名。《元和郡縣志》卷一：「藍田關在（藍田）縣南九十里，即嶢關也。秦趙高將兵拒嶢關，沛公引兵攻嶢關，踰蕢山擊秦軍，大破之。」嶢關爲李自長安赴上洛途中必經之地。深：指歷時久。

〔五〕板屋：《詩·秦風·小戎》：「在其板屋，亂我心曲。」孔疏：「《地理志》云：『天水、隴西山多林木，民以板爲屋，故秦詩云「在其板屋」。』然則秦之西垂，民亦板屋。」此指上洛民俗，多以木板爲屋。

〔六〕山城：上洛郡城居亂山中，故云。欲：猶如，似。參見王鍈《詩詞曲語辭例釋》。

〔七〕丹泉：即丹淵（避李淵諱改爲泉）。《漢書·律曆志下》：「（堯）讓天下於虞，使子朱處於丹淵爲諸侯。」丹淵故地，即秦漢時之丹水縣（參見《史記·五帝本紀》正義）。《水經》卷二〇《丹水》：「丹水出京兆上洛縣（今陝西商洛市）西北冢嶺山，東南過其縣南，又東南過商縣（今陝西丹鳳、商南一帶）南，又東南至于丹水縣（今河南淅川西）入于均（水名，又作鈞，上、中游即今河南淅河，下游即匯合淅河以後的丹江）。」虢略：《左傳》僖公十五年：「賂秦伯以河外列城五，東盡虢略。」孔疏：「虢略，虢之境界也。獻公滅虢而有之。」按，虢指西虢，都上陽（唐陝州陝縣，今河南三門峽），公元前六五五年爲晋所滅。又，《後漢書·郡國志》曰：「陸渾（今河南嵩縣東北）西有虢略地。」則以虢略爲地名。楊伯峻《春秋左傳注》：「今河南省靈寶縣治即舊虢略鎮。」白羽：《左傳》昭公十八年：「楚子使王子勝遷許於析，實白羽。」杜注：「於《傳》時，白羽改爲析。」蓋白羽爲舊名，析爲作《傳》時之新名。故地在今河南西峽縣境。荆岑：王粲《登樓賦》：「平原遠而極目兮，蔽荆山之高岑。」即荆山，在今湖北南漳縣西。岑，小而高的山。二句寫上洛周圍的地理形勢。

〔八〕西山爽：《世説新語·簡傲》：「王子猷（徽之）作桓車騎（沖）參軍，桓謂王曰：『卿在府日久，比當相料理。』徽之初不答，直高視，以手版柱頰云：『西山朝來致有爽氣。』」事亦載《晋書·王羲之傳》。爽氣，指明朗開豁的自然景象。黄綺：夏黄公、綺里季。陶淵明《飲酒二十首》其六：「咄咄俗中愚，且當從黄綺。」黄、綺與東園公、甪里先生合稱商山四皓（四人鬚眉皆白，故稱）。秦始皇時，四皓見秦政暴虐，遂共入商山隱居，以待天下之定。及秦敗，高祖聞而徵之，不應。後高祖欲廢太子，吕后用張良計，迎四皓，使輔太子，于是高祖遂輟廢太子之議。事見《史記·留侯世家》、《高士傳》卷中。二句意謂，四皓之心，像商山（此處蓋以西山借指商山）的自然景象一樣清朗。

顧可久曰：全篇叙行色，結句着弔古意，詞多老成醇雅。

王夫之曰：點染亦富，而終不雜。「驛路」二字便是入題，藏于排偶中，不復有痕。「關門落照深」，靈心警筆。（《唐詩評選》卷三）

清毛先舒曰：王維「商山包楚鄧」篇十二句，凡十二見地形，雖全敘行色，而寫送流利，不覺煩，終是詩律未細處。（《詩辯坻》卷三）

趙殿成曰：詩中複二「泉」字，三「山」字，凡十二見地形，竟無太守意，古人不以爲病。李于鱗選唐詩，去取極刻，亦登此首，則詩之所尚，概可知矣。彼吹毛索垢者，必執一例以繩古人之詩，又安能得佳搆于牝牡驪黄之外哉！

送熊九赴任安陽〔一〕

魏國應劉後〔二〕，寂寥文雅空〔三〕。漳河如舊日〔四〕，之子繼清風〔五〕。阡陌銅臺下，閭閻金虎中〔六〕。送車盈灞上〔七〕，輕騎出關東〔八〕。相去千餘里，西園明月同〔九〕。

〔一〕熊九：名未詳。安陽：即今河南安陽，唐時爲相州鄴郡治所。據《通鑑》載，安史之亂爆發後不久，鄴郡即爲安史叛軍所據，直至寶應元年（七六二）十一月（是時維已卒），其地方入于唐。據此，可知本詩的寫作時間，當在安史之亂前。

〔二〕應劉：三國魏應瑒、劉楨，皆以能文著名當時，爲曹丕、曹植兄弟所禮遇。《三國志·魏書·王粲傳》：「始文帝爲五官將，及平原侯植，皆好文學，粲與北海徐幹，字偉長，廣陵陳琳，字孔璋，陳留阮瑀，字元瑜，汝南應瑒，字德璉，東平劉楨，字公幹，並見友善。……瑒、楨各被太祖辟爲丞相掾屬，瑒轉爲平原侯庶子，楨以不敬被刑，刑竟署吏。咸著文賦數十篇。」

〔三〕文雅：猶藝文。《文選》揚雄《劇秦美新》：「是以發祕府，覽書林；遥集乎文雅之囿，翱翔乎禮樂之場。」

〔四〕漳河：有清漳河、濁漳河兩源，均出山西東部，在河北涉縣合漳鎮會合後稱漳河。《元和郡縣志》卷一六：「濁漳水在（相州鄴）縣北五里。」按，近代漳水南移，古鄴城的一部分已被隔在漳水北岸。

〔五〕之子：指熊九。繼清風：指承繼應劉的清風。

〔六〕銅臺：即銅爵（雀）臺。《三國志・魏書・武帝紀》：「（建安）十五年……冬，作銅爵臺。」晋陸翽《鄴中記》：「銅爵、金鳳（即金虎，避石虎諱改）、冰井三臺皆在鄴城北城（今河北臨漳縣西南鄴鎮、三臺村迤東一帶）西北隅，因城爲基址。」又謂：「銅爵臺高一十丈，有屋一百二十間，周圍彌覆。」閭閻：指里巷。金虎：《魏志・武帝紀》：「（建安）十八年……九月，作金虎臺，鑿渠引漳水入白溝以通河。」《水經注》卷一〇《濁漳水》：「（鄴）城之西北有三臺……中曰銅雀臺……南則金虎臺，高八丈，有屋百九間。」此二句寫古鄴城（唐時曰相州鄴縣，其地距安陽甚近）之風物。

〔七〕灞上：一作霸上，又名霸頭，因地處霸水之上而得名。其地在唐長安城東。

〔八〕關東：指潼關以東地區。

〔九〕西園：《文選》曹植《公讌詩》：「公子敬愛客，終宴不知疲。清夜遊西園，飛蓋相追隨。」吕向注：「西園，謂魏氏鄴都之西園也。文帝每以月夜，集文人才子，共遊于西園。」《大清一統志》卷一九七：「西園，在臨漳縣西，魏武所作。」

送張判官赴河西〔一〕

單車曾出塞，報國敢邀勳〔二〕？見逐張征虜〔三〕，今思霍冠軍〔四〕。沙平連白雪，蓬卷入黄雲。慷慨倚長劍〔五〕，高歌一送君。

〔一〕判官：見《涼州賽神》注〔一〕。河西：即河西節度，景雲元年（七一〇）始置。統八軍三守捉，屯涼、肅、瓜、沙、會五州之境，治涼州（今甘肅武威），兵七萬三千人。按，《舊唐書·吐蕃傳》曰：「及潼關失守（安禄山陷潼關），河洛阻兵，於是盡徵河、隴、朔方之將，鎮兵入靖國難，謂之行營，曩時軍營邊州無備預矣。」《通鑑》卷二二三亦曰：「及安禄山反，邊兵精鋭者皆徵發入援。」又卷二一八載至德元載（七五六）七月，徵河西、安西兵赴行在，卷二一九載至德二載二月，「上至鳳翔旬日，隴右、河西、安西、西域之兵皆會」，知安史之亂發生後，邊兵大量内調，此詩寫送人赴河西從軍，疑當作于安史之亂前。

〔二〕此句謂出塞爲報國，豈敢邀求功勳。

〔三〕見：音義同「現」。逐：追隨。張征虜：《三國志·蜀書·張飛傳》：「先主既定江南，以飛爲宜都太守、征虜將軍。……飛雄壯威猛，亞于關羽，魏謀臣程昱等咸稱羽飛，萬人之敵也。」此借指猛將。

〔四〕霍冠軍：即西漢名將霍去病。以其嘗封冠軍侯，故稱。霍前後凡六擊匈奴，斬獲十餘萬人，立下赫赫戰功。事見《史記·衛將軍驃騎列傳》。

〔五〕倚長劍：拄劍。李白《發白馬》：「倚劍登燕然，邊烽列嵯峨。」或釋爲「佩劍」，《文選》江淹《雜體詩三十首·鮑參軍戎行》：「息徒税征駕，倚劍臨八荒。」李周翰注：「倚，佩也。」

顧可久曰：雄渾。

送宇文三赴河西充行軍司馬〔一〕

横吹雜繁笳〔二〕，邊風捲塞沙。還聞田司馬〔三〕，更逐李輕車〔四〕。蒲類成秦地，莎車屬漢家〔五〕。當令犬戎國〔六〕，朝聘學昆邪〔七〕。

〔一〕疑作于安史之亂前，説見上詩注〔一〕。宇文三：名未詳。行軍司馬：唐節度使僚屬有行軍司馬一人，掌輔佐節度使治理軍務。《通鑑》卷二一六胡三省注：「唐制，行軍司馬位節度副使之上，天寶以後，節鎮以爲儲帥。」

〔二〕横吹：樂器名，即横笛（竹笛之横吹者），又名短簫。《册府元龜》卷九六一《土風》：「党項羌，三苗之後……有琵琶、横吹。」吹，《文苑英華》作「笛」。笳：古管樂器名，漢時即流行於西域一帶少數民族中。此句寫邊地的胡樂，謂横笛聲與繁密的笳聲相混雜。

〔三〕田司馬：《漢書·田廣明傳》：「田廣明，字子公，鄭人也。以郎爲天水司馬（漢邊郡佐吏有司馬，掌兵事）。」此借指宇文三。

〔四〕李輕車：漢李廣從弟李蔡爲輕車將軍，從大將軍擊匈奴右賢王有功，封樂安侯。事見《史記·李將軍列傳》。鮑照《代東武吟》：「始隨張校尉，占募到河源；後逐李輕車，追虜窮塞垣。」此處借指唐河西節度使。

〔五〕蒲類：古西域國名，在今新疆東部巴里坤湖（漢時曰蒲類海）附近。原爲匈奴右部地，後屬姑師（西域國名，即車師，在今新疆阜康一帶）。漢宣帝神爵二年，漢軍破姑師，各分其地置車師前後國與蒲類前後國。至唐，地屬伊州（治所在今新疆哈密）。莎車：漢西域國名，在今新疆莎車縣，唐時爲安西都護府轄地。二句謂西域之地，俱屬於漢（借指唐）。

〔六〕犬戎：古戎族的一支，殷周時居于我國西部。此處泛指西部的少數民族。

〔七〕朝聘：古時諸侯定期朝見天子。昆邪（hún yé 渾耶）：漢時匈奴的一個部落，活動地區在今甘肅中部武威至酒泉一帶。漢武帝元狩二年，匈奴單于怒昆邪王、休屠王屢爲漢所敗，欲召誅之，昆邪王、休屠王恐，謀降漢，漢使驃騎將軍霍去病迎之；昆邪王殺休屠王，并將其衆降漢，凡四萬餘人。漢乃令降者居邊五郡故塞外，爲屬國。參見《漢書·霍去病傳》、《匈奴傳》。

送韋評事〔一〕

欲逐將軍取右賢〔二〕，沙場走馬向居延〔三〕。遥知漢使蕭關外〔四〕，愁見孤城落日邊〔五〕。

〔一〕玩詩意，韋評事所往，亦在河西一帶，故本詩之寫作時間當同上二詩。評事：唐大理寺置評事十二人，從八品下，「掌出使推覈」。參見《舊唐書·職官志》。

〔二〕右賢：即右賢王，匈奴貴族的封號之一。《史記·匈奴列傳》：「然至冒頓而匈奴最彊大……其世傳國官號，乃可得記云。置左、右賢王，左、右谷蠡王，左、右大將……諸大臣皆世官。……各有分地，逐水草移徙，而左、右賢王，左、右谷蠡王，最爲大國。」漢武帝元朔五年，令車騎將軍衛青將六將軍兵十餘萬人擊匈奴，圍右賢王，獲右賢裨王十餘人，其衆男女萬五千餘人，事見《史記·衛將軍驃騎列傳》、《漢書·武帝紀》。

〔三〕居延：見《使至塞上》注〔二〕。

〔四〕漢使：指韋評事。蕭關：見《使至塞上》注〔六〕。

〔五〕落日邊：謂極西之地。

送劉司直赴安西〔一〕

絶域陽關道〔二〕，胡沙與塞塵〔三〕。三春時有雁〔四〕，萬里少行人。苜宿隨天馬，蒲桃逐漢臣〔五〕。當令外國懼，不敢覓和親〔六〕。

〔一〕疑作于安史之亂前，説見《送張判官赴河西》注〔一〕。司直：唐大理寺置司直六人，從六品上，掌出使推覈。安西：即安西節度，又稱四鎮或磧西節度。景雲元年以安西都護兼四鎮經略大使，至開元六年始用節度之號。統龜兹、焉耆、于闐、疏勒四鎮，治龜兹城（今新疆庫車），兵二萬四千。

〔二〕絶域：極遠的地域。陽關：古關名，西漢置，唐時尚存，故址在今甘肅敦煌西南古董灘附近，與玉門關同爲我國古代通往西域的重要門户。

〔三〕沙，底本原作「煙」，此從宋蜀本、述古堂本、《文苑英華》等。

〔四〕三春：春季三個月。

〔五〕苜蓿（mù xu 牧需）：牧草名，原産于西域。天馬：指大宛良馬。蒲桃：亦作蒲陶，即葡萄，原産于西域。漢，凌本作「使」。按，此二句指漢武帝遣李廣利伐大宛取良馬，苜蓿、葡萄亦隨之傳入中國事。《漢書·西域傳》曰：「大宛左右以蒲陶爲酒……俗耆（嗜）酒，馬耆目宿（苜蓿）。宛別邑七十餘城，多善馬，馬汗血，言其先天馬子也。張騫始爲武帝言之，上遣使者持千金及金馬，以請宛善馬，宛王……不肯與。……於是天子遣貳師將軍李廣利將兵前後十餘萬人伐宛，連四年，宛人斬其王母寡首，獻馬三千匹。……宛王蟬封與漢約，歲獻天馬二匹，漢使採蒲陶、目宿種歸。天子以天馬多，又外國使來衆，益種蒲陶、目宿，離宫館旁極望焉。」

〔六〕覓：求。和親：謂與邊疆異族統治者議和，結爲姻親。《史記·劉敬叔孫通列傳》：「（高祖）取家人子名爲長公主，妻單于，使劉敬往結和親約。」此二句承上二句而言，意謂應當像漢武帝那樣使外國畏懼，不敢求與中國和親。

沈德潛曰：一氣渾淪，神勇之技。（《唐詩别裁》卷九）

黄培芳曰：此是雄渾一派，所謂五言長城也。（翰墨園重刊本《唐賢三昧集箋注》卷上）

王壽昌曰：鍊字不如鍊句，鍊句不如鍊意，鍊意不如鍊格。……右丞之「絶域陽關道……」，……格之最整鍊者也。（《小清華園詩談》卷上）

送平淡然判官〔一〕

不識陽關路，新從定遠侯〔二〕。黄雲斷春色，畫角起邊愁〔三〕。瀚海經年到〔四〕，交河出塞流〔五〕。須令外國使〔六〕，知飲月支頭〔七〕。

〔一〕此詩爲送人赴安西或北庭而作，寫作時間當同上詩。平淡然：無考。淡，宋蜀本、《全唐詩》作「澹」。判官：見《涼州賽神》注〔一〕。

〔二〕定遠侯：即班超。東漢班固之弟。明帝時，奉命出使西域，前後經營西域三十一年，使西域五十餘國全部内附，以功封定遠侯。事見《後漢書·班超傳》。此借指安西或北庭（治所在今新疆吉木薩爾北）節度使。

〔三〕畫角：外有彩繪的角。參見《從軍行》注〔二〕。

〔四〕瀚海：指大沙漠。經年到：極言道路之遥遠。到，底本原作「别」，此從宋蜀本、明十卷本、《文苑英華》等。

〔五〕交河：《漢書·西域傳》：「車師前國，王治交河城（唐曰西州交河縣，在今新疆吐魯番西北約五公里處），河水分流繞城下，故號交河。」《元和郡縣志》卷四〇：「交河出（西州交河）縣北天山，水分流於城下，因以爲名。」

〔六〕須，《文苑英華》作「預」。疑非是。

〔七〕「知飲」句：參見《燕支行》注〔一七〕。

王夫之曰：匀。（《唐詩評選》卷三）

清姚鼐曰：此首氣不逮「絶域」一首（《送劉司直赴安西》），而工與相埒。（《五言今體詩鈔》卷二）

黄培芳曰：收亦最重，此極神旺。（《唐賢三昧集箋注》卷上）

送元二使安西〔一〕

渭城朝雨裛輕塵〔二〕，客舍青青柳色新〔三〕。勸君更盡一杯酒，西出陽關無故人。

〔一〕此詩爲送人出使安西而作，寫作時間當同上二詩。元二：名未詳。詩題《詩人玉屑》作《贈别》，《樂府詩集》、《全唐詩》作《渭城曲》。郭茂倩曰：「《渭城》一曰《陽關》，王維之所作也。本送人使安西詩，後遂被於歌。劉禹錫《與歌者詩》云：『舊人唯有何戡在，更與慇懃唱《渭城》。』白居易《對酒詩》云：『相逢且莫推辭醉，聽唱《陽關》第四聲。』《陽關》第四聲，即『勸君更盡一杯酒，西出陽關無故人』也。《渭城》《陽關》之名，蓋因辭云。」（《樂府詩集》卷八〇）按，《渭城曲》本送别之徒詩，初不爲歌唱之需要而設疊句，樂人爲之譜曲後方設疊句，因又謂之《陽關三疊》。蘇軾《仇池筆記·陽關三疊》曰：「舊傳《陽關》三疊，今歌者每句再疊而已，若通一首又是四疊，皆非是。每句三唱以應三疊，則叢然無復節奏。有文勳者，得古本《陽關》，每句皆再唱，而第一句不疊，乃知唐本三疊如此。樂天詩云：『相逢且莫推辭醉，聽唱《陽關》第四聲。』第四聲者，『勸君更盡一杯酒』也。以此驗之，若第一句再疊，則此句爲第五聲，今爲第四聲，則第一句不疊審矣。」蓋二、三、四句皆疊唱，故稱三疊。

〔二〕渭城：地名。漢改秦咸陽縣爲新城縣，尋又改爲渭城縣（見《漢書·地理志》），至唐時，屬京兆府咸陽縣轄地，在今陝西咸陽市東北。裛（yì益）：亦作「浥」，濕潤。

〔三〕青青，宋蜀本、述古堂本、元本等均注：「一作依依。」柳色：《全唐詩》作「楊柳」。新，宋蜀本、《萬首唐人絶句》、《樂府詩集》等俱作「春」。

宋魏慶之曰：折腰體。謂中失粘而意不斷。（《詩人玉屑》卷二）

明李東陽曰：作詩不可以意徇辭，而須以辭達意。辭能達意，可歌可詠，則可以傳。王摩詰「陽關無故人」之句，盛唐以前所未道。此辭一出，一時傳誦不足，至爲三疊歌之。後之詠別者，千言萬語，殆不能出其意之外。必如是方可謂之達耳。（《麓堂詩話》）

顧可久曰：惜別意悠長不露。

胡應麟曰：自是口語而千載如新。又曰：盛唐絶，「渭城朝雨」爲冠。（《詩藪》内編卷六）

黄生曰：先點別景，後寫別情，唐人絶句多如此，畢竟以此首爲第一。惟其氣度從容，風味雋永，諸作無出其右故也。失粘，須將一二倒過，然畢竟移動不得，由作者一時天機湊拍，寧可失粘，而語勢不可倒轉，此古人神境，未易到也。（《增訂唐詩摘鈔》卷四）

王士禛曰：七言（絶句）……昔李滄溟推「秦時明月漢時關」一首壓卷，余以爲未允。必求壓卷，則王維之「渭城」，李白之「白帝」，王昌齡之「奉帚平明」，王之涣之「黄河遠上」，其庶幾乎！

而終唐之世，絶句亦無出四章之右者矣。（《帶經堂詩話》卷四刪訂類）

張謙宜曰：（「勸君」二句）凡情真以不説破爲佳。（《繭齋詩談》卷五）

趙翼曰：李太白「今人不見古時月，今月曾經照古人」，王摩詰「勸君更盡一杯酒，西出陽關無故人」，至今猶膾炙人口，皆是先得人心之所同然也。（《甌北詩話》卷一一）

相思〔一〕

紅豆生南國〔二〕，秋來發幾枝〔三〕。勸君多採擷〔四〕，此物最相思。

〔一〕此詩載《萬首唐人絶句》、《唐詩紀事》，奇字齋本外編、凌本、《全唐詩》、底本外編俱録之，其餘各本未録。詩題《萬首絶句》作《相思子》，凌本作《江上贈李龜年》，疑非是。唐范攄《雲溪友議》卷中《雲中命》曰：「明皇幸岷山，百官皆竄辱……唯李龜年奔迫江潭。……龜年曾于湘中採訪使筵上唱：『紅豆生南國，秋來發幾枝。贈君多採擷，此物最相思。』又：『清風朗月苦相思，蕩子從戎十載餘。征人去日殷勤囑：歸雁來時數附書。』此辭皆王右丞所製，至今梨園唱焉。歌闋，合座莫不望南幸而慘然。」據此，知本詩當作于安史之亂前。

〔二〕紅豆：相思木所結子，産于亞熱帶地區。古多以之象徵相思。《文選》左思《吴都賦》：「楠榴之木，相思之樹。」劉淵林注：「相思，大樹也。材理堅，邪斫之則文，可作器。其實如珊瑚，歷年不變，東冶（今福建閩侯縣東北）有之。」梁武帝《歡聞歌》其二：「南有相思木，含情復同心。」唐李匡乂《資暇集》卷下：「豆有圓而紅，其首烏者，舉世呼爲相思子，即紅豆之異名也。其木，斜斫之則有文……其樹也，大株而白枝，葉似槐。其花與皂莢花無殊。其子若穞豆，處于甲中，通身皆紅。李善云其實赤如珊瑚是也。」李時珍《本草綱目》卷三五曰：「相思子生嶺南，樹高丈餘，白色，其葉似槐，其花似皁莢，其莢似扁豆，其子大如小豆，半截紅色，半截黑色，彼人以嵌首飾。」

〔三〕此句指相思樹上長出若干枝紅豆莢果。莢果初生時極小，在樹梢上不爲人所見，等到秋天長大成熟，才被發現，故云「秋來發幾枝」。幾，《萬首絶句》、《全唐詩》俱作「故」。

〔四〕勸，《唐詩紀事》、凌本作「贈」，《全唐詩》作「願」。多，《萬首絶句》作「休」。擷（xié 協）：摘取。

清管世銘曰：王維「紅豆生南國」，王之涣「楊柳東門樹」，李白「天下傷心處」，皆直舉胸臆，不假雕鎪，祖帳離筵，聽之惘惘，二十字移情固至此哉！（《讀雪山房唐詩序例·五絶凡例》）

失題〔一〕

清風明月苦相思〔二〕，蕩子從戎十載餘〔三〕。征人去日殷勤囑〔四〕：「歸雁來時數寄書〔五〕！」

〔一〕作于安史之亂前，説見上詩注〔一〕。此詩載《萬首唐人絶句》、《唐詩紀事》、《樂府詩集》，奇字齋本、凌本、《全唐詩》、底本外編俱録之，其餘各本未録。詩題《萬首絶句》、奇字齋本作《李龜年所歌》，凌本作《雜詩》，《樂府詩集》作《伊州第一疊》（未署作者姓名），《全唐詩》作《伊州歌》。

〔二〕清，《樂府詩集》、凌本作「秋」。明，《雲溪友議》、《萬首絶句》作「朗」。苦相思，《樂府詩集》作「獨離居」。

〔三〕戎，凌本作「軍」。

〔四〕征人：即「蕩子」。

〔五〕「歸雁」句：叮嚀丈夫要多寄家書。古有雁足繫書的説法，故云。寄，《雲溪友議》、《萬首絶句》、《唐詩紀事》、凌本等俱作「附」。

王維集校注卷五

編年詩（輞川之什）

輞川集并序〔一〕

余别業在輞川山谷，其遊止有孟城坳、華子岡、文杏館、斤竹嶺、鹿柴、木蘭柴、茱萸沜、宫槐陌、臨湖亭、南垞、欹湖、柳浪、欒家瀨、金屑泉、白石灘、北垞、竹里館、辛夷塢、漆園、椒園等〔二〕，與裴迪閒暇各賦絶句云爾〔三〕。

孟城坳〔四〕

新家孟城口，古木餘衰柳。來者復爲誰？空悲昔人有〔五〕。

〔一〕輞川：王維的别業，在陝西藍田南輞谷内。《長安志》卷一六：「輞谷在（藍田）縣南二十里。」「清源寺在縣南輞谷内，唐王維母奉佛山居，營草堂精舍，維表乞施爲寺焉。」輞谷是一條長二十餘華里、多數地段寬約二百至五百公尺的峽谷，呈西北、東南走向，其北口即嶢山之口，在藍田縣城南八華里。谷中有一條輞水（又稱輞谷水）流貫。《長安志》卷一六：「輞谷水出南山輞谷，北流入灞水。」輞川之「川」，大抵爲平川之意，蓋係沿輞水而形成的一道山中平川，故稱輞川。王維輞川别業地處輞谷南端，原爲宋之問藍田别業，後維得之，復加營治。李肇《唐國史補》卷上：「王維……得宋之問輞川别業，山水勝絶，今清源寺是也。」《舊唐書·王維傳》：「維……得宋之問藍田别墅，在輞口，輞水周於舍下，别漲竹洲花塢，與道友裴迪浮舟往來，彈琴賦詩，嘯詠終日。嘗聚其田園所爲詩，號《輞川集》。」《輞川集》爲王維與裴迪歌詠輞川之五絶（各二十首）的合集。王維得輞川别業在天寶初，自得别業至天寶十五載陷賊前，他每每在公餘閒暇或休假期間回輞川小憩（説見《年譜》），他寫的與輞川有關的詩歌皆作于此期間，具體年代則難以確切考定。現將王維寫的與輞川有關的詩歌編排在一起（即本書卷五），以便于讀者瞭解王維在輞川的隱逸生活和詩歌創作。

〔二〕木蘭柴，宋蜀本「柴」作「花」。下同。

〔三〕裴迪：《唐詩品彙》卷首《詩人爵里詳節》：「裴迪，關中人。」行十。孟浩然有《從張丞相游紀南城獵戲贈裴迪張參軍》詩，據此詩可知迪開元末年曾居張九齡荆州幕府，然孟集宋本「迪」作「迴」，則此説又未必能成立。《唐詩紀事》卷一六曰：「迪初與王維、興宗俱居終南。天寶後，爲蜀州刺史，與杜甫友善。」按，杜集中有《和裴迪登新津寺寄王侍郎》（新津爲蜀州屬縣）、《和裴迪登蜀州東亭送客逢早梅相憶見寄》詩，仇注皆繫於上元元年，故迪入蜀爲官（《紀事》謂爲蜀州刺史，疑非是），當是安史亂後之事。又，李頎《聖善閣送裴迪入京》曰：「舊託含香署，雲霄何足難！」「含香署」謂郎署，據此，知迪嘗爲尚書郎。又，《唐語林》卷二：「長安菩薩寺僧弘道，天寶末，見王右丞爲賊所囚于經藏院，與左丞裴迪密往還。」按，此條記載不可信，維陷賊後被拘于洛陽菩提寺，而非長安菩薩寺，維陷賊前官給事中，而非右丞，裴迪時未居官，而非任左丞，參見《菩提寺禁裴迪來相看》詩注釋。另，《新唐書·宰相世系表一上》有裴迪，爲任城尉裴回侄輩，據王維《裴回墓誌銘》，回之生卒年爲七〇五—七四三，則其侄輩，生活時代當與王維不相及；然趙超《新唐書宰相世系表集校》卷一據《唐代墓誌彙編》大曆〇七八《裴适墓誌》，謂《新表》所記有誤，表中裴回侄輩迪、通、造、達等「當上移一格」，即謂迪等，乃裴回之弟，此説不無道理，但《新表》之裴迪是否即王維之至友裴迪，尚難確定。因爲《新表》中未載迪之歷官，王維《裴回墓誌銘》中，亦未談及裴回爲其至友裴迪之兄。迪之同詠凡二十首，載《全唐詩》卷一二九。

〔四〕孟城坳：迪同詠曰：「結廬古城下，時登古城上。古城非疇昔，今人自來往。」知孟城原爲古城。《重修輞川志》卷二：「孟城坳，土人呼爲關，即此。」可見孟城是一處古關城。這處古關城應該就是《藍田縣志》卷六所説南朝宋武帝征關中時在藍田縣所築的思鄉城。《類編長安志》卷七：「思鄉城，一名柳城……以城傍多柳，故曰柳城。」參見拙作《王維論稿》第三六八—三六九頁。坳，山間平地。

〔五〕此二句意謂，後我而來此居住的人爲誰，不得而知，所以只能爲此地昔日的主人而悲傷。空，只。《唐音癸籤》卷二一：「輞川舊爲宋之問别業，摩詰後得之爲莊。昔人似指之問，非爲昔人悲，悲後人誰居此耳。總達者之言。」《唐詩别裁》卷一九：「言後我而來者不知何人，又何必悲昔人之所有耶！達人每作是想。」

劉須溪曰：如此俯仰曠達，不可得。

華子岡〔一〕

飛鳥去不窮，連山復秋色。上下華子岡，惆悵情何極〔二〕！

〔一〕華子岡：輞川山谷東西兩側都是連綿的群山，據王維《輞川圖》（明刻石本，凡七石，現藏藍田縣文物管理所），華子岡是輞川山谷中段東側的一座山峰，屬於自然景觀。

〔二〕何極：不盡，没有終極。

劉須溪曰：蕭然更欲無言。

顧璘曰：調古興高，幽深有味，無出此者。

張謙宜曰：根在上截。（《絸齋詩談》卷五）

文杏館〔一〕

文杏裁爲梁〔二〕，香茅結爲宇〔三〕。不知棟裏雲，去作人間雨〔四〕。

〔一〕文杏：即銀杏。《西京雜記》卷一：「初修上林苑，群臣遠方各獻名果異樹。……杏二：文杏、蓬萊杏。」注：「材有文采者。」據石本《輞川圖》，文杏館是輞川山谷南段東側山腰的幾座亭子，其四周有圍欄。

〔二〕此句意本司馬相如《長門賦》：「刻木蘭以爲榱兮，飾文杏以爲梁。」

〔三〕香茅：茅的一種，又名菁茅，生湖南及江、淮間，葉有三脊，其氣芬芳。《管子·輕重丁》：「江、淮之間，有一茅而三脊……名之曰菁茅。」《穀梁傳》僖公四年注：「菁茅，香草，所以縮酒，楚之職貢。」《文選》左思《吴都賦》：「食葛香茅。」劉淵林注：「香茅，生零陵。」宇：屋檐。

〔四〕此二句寫文杏館之高。郭璞《遊仙詩七首》其二：「青溪千餘仞，中有一道士。雲生梁棟間，風出窗户裏。」裴迪同詠曰：「迢迢文杏館，躋攀日已屢。」亦寫文杏館之高。

顧可久曰：當是館在空山中云，然景色虚曠可想。

張謙宜曰：力注下截。（《絸齋詩談》卷五）

斤竹嶺〔一〕

檀欒映空曲〔二〕，青翠漾漣漪〔三〕。暗入商山路〔四〕，樵人不可知。

〔一〕斤竹嶺：據石本《輞川圖》，斤竹嶺是輞川山谷南段鄰近文杏館的一處長着斤竹的山嶺。圖中竹林四周無圍欄，當屬天然景觀。斤竹，趙殿成注曰：「《通志略》：竹之良者，惟有篁竹，謝靈運所遊之澗（謝靈運有《從斤竹澗越嶺溪行》詩），今在雁蕩，則斤竹即箽竹是矣。」按，《集韵》：「箽，竹名，通作斤。」又《重修輞川志》卷二：「斤竹嶺，一名金竹嶺，其竹葉如斧斤，故名。」說法不一。

〔二〕檀欒：竹美貌。枚乘《梁王兔園賦》：「修竹檀欒，夾池水旋。」《文選》左思《吴都賦》：「其竹則……檀欒嬋娟。」吕向注：「皆美貌。」空曲：指高峻險僻的山峰。宋之問《景龍四年春祠海》：「筵端接空曲，目外唯雰霧。」杜甫《重經昭陵》：「陵寢盤空曲，熊羆守翠微。」

〔三〕此句謂風起處竹林裏蕩漾着緑色的波浪。

〔四〕商山：在陝西商洛市東南。唐時自長安赴襄陽的驛道，經藍田縣城、藍田關、商山、武關等地。其中自藍田縣城至藍田關一段，有幾條通道可供行人選擇，輞谷即是這幾條通道中的一條，故云「暗入商山路」。《長安志》卷一六：「采谷……與輞谷並有細路通商州上洛縣（今商洛市）。」

顧可久曰：模寫竹深處，正不在雕琢。

張謙宜曰：呼吸甚緊。（《絸齋詩談》卷五）

鹿柴〔一〕

空山不見人，但聞人語響。返景入深林〔二〕，復照青苔上〔三〕。

〔一〕柴（zhài債）：通「寨」、「砦」，即栅欄、籬障。鹿柴大概是山林中一處周圍有栅欄的養鹿的地方。

〔二〕返景：落日的迴光。《初學記》卷一：「日西落，光反射於東，謂之反景。」

〔三〕苔，底本注：「一作莓。」

劉須溪曰：無言而有畫意。

李東陽曰：詩貴意，意貴遠不貴近，貴淡不貴濃。濃而近者易識，淡而遠者難知。如杜子美「鈎簾宿鷺起，丸藥流鶯囀」，……王摩詰「返景入深林，復照莓苔上」，皆淡而愈濃，近而愈遠，可與知者道，難與俗人言。（《麓堂詩話》）

顧璘曰：此篇寫出幽深之景。

張謙宜曰：悟通微妙，筆足以達之。「不見人」之人，即主人也，故能見返照青苔。（《絸齋詩談》卷五）

沈德潛曰：佳處不在語言，與陶公「採菊東籬下，悠然見南山」同。（《唐詩別裁》卷一九）

木蘭柴〔一〕

秋山斂餘照，飛鳥逐前侶。彩翠時分明〔二〕，夕嵐無處所〔三〕。

〔一〕木蘭：落葉喬木，葉子互生，倒卵形或卵形，花大，内白外紫。從石本《輞川圖》上看，木蘭柴與斤竹嶺相鄰，是山坡上的一片周圍有栅欄的木蘭林。

〔二〕彩翠：指在秋天落日餘輝的映照下，滿山秋葉顯露的鮮豔色彩。翠，宋蜀本作「峰」。

〔三〕嵐（lán 籃）：山上的霧氣。無處所：指霧氣消散。宋玉《高唐賦》：「風止雨霽，雲無處所。」

顧可久曰：一時景色逼人，造化盡在筆端矣。

王士禛曰：余兩使秦蜀，其間名山大川多矣，經其地始知古人措語之妙。如右丞：「秋山斂餘照……」二十字真爲終南寫照也。（《帶經堂詩話》卷一四遺跡類下）

茱萸沜〔一〕

結實紅且緑，復如花更開〔二〕。山中倘留客，置此芙蓉杯〔三〕。

〔一〕茱萸沜：沜（pàn 判），水涯。水邊的一片茱萸，因名茱萸沜。

〔二〕「結實」二句：描寫結滿果實的茱萸樹的美麗。茱萸分山茱萸、吴茱萸、食茱萸三種，山茱萸花黄色，果實長橢圓形，棗紅色；吴茱萸花緑黄色，果實小，紅色；食茱萸花淡緑黄色，果實球形，成熟時呈紅色。三種茱萸之果實皆可入藥。

〔三〕芙蓉：喻杯之美；底本原作「茱萸」，從宋蜀本、明十卷本、《全唐詩》等改。此句指把茱萸之果實放到酒裏待客。按，古有置茱萸於酒中而食的習俗，《太平御覽》卷三二引《齊人月令》曰：「重陽之日，必以餻酒登高眺迥……酒必採茱萸、甘菊以泛之，既醉而還。」

宫槐陌〔一〕

仄徑蔭宫槐〔二〕，幽陰多緑苔。應門但迎掃〔三〕，畏有山僧來。

〔一〕宫槐：槐的一種。即守宫槐。《爾雅·釋木》：「守宫槐，葉晝聶宵炕。」邢疏：「此亦槐也。聶，合也；炕，張也。言其葉晝合夜開者，别名守宫槐。」此指槐樹。裴迪同詠曰：「門前宫槐陌，是向欹湖道。」知宫槐陌是一條路旁植有槐樹的通向欹湖的小路。

〔二〕仄：狹窄。蔭宫槐：爲宫槐所遮蓋。

〔三〕應門：指照看門户的僕人。李密《陳情表》：「内無應門五尺之僮。」

顧可久曰：襯出閒景閒情。

臨湖亭〔一〕

輕舸迎上客，悠悠湖上來〔二〕。當軒對樽酒，四面芙蓉開〔三〕。

〔一〕臨湖亭：欹湖旁的一座亭子。

〔二〕舸（gě葛）：大船。上，《萬首唐人絶句》作「仙」。此二句寫派人駕船迎客。

〔三〕芙蓉：荷花。此二句寫與客人在臨湖亭上臨窗飲酒賞荷。

顧可久曰：遠景彌幽，近景可即，澹適乃爾，意興極玄着。

南垞〔一〕

輕舟南垞去，北垞淼難即〔二〕。隔浦望人家〔三〕，遥遥不相識。

〔一〕南垞：垞（chá 茶），小丘。《集韻》：「垞，直加切，同𡋯，小丘名。」裴迪同詠曰：「孤舟信風泊，南垞湖水岸。」知南垞臨湖。南垞當是欹湖南岸的一個小村寨。

〔二〕北垞：當是欹湖北岸的一個小村寨。淼（miǎo 秒）：水大貌。即：靠近。

〔三〕句指隔湖遥望北垞之人家。

顧可久曰：模寫玄妙，不容更添一物。

欹湖〔一〕

吹簫凌極浦〔二〕，日暮送夫君〔三〕。湖上一迴首〔四〕，山青卷白雲〔五〕。

〔一〕欹湖：輞水匯積成的一個天然湖泊，今已乾涸。輞水發源于秦嶺北麓梨園溝（見《藍田縣志》卷六），自輞谷南口流入谷，由北口流出谷。輞水唐時流量大，當其北流至輞谷北口附近時，由于水道狹窄（自輞谷北口入谷，前五里處谷地險狹，見《藍田縣志》卷六），水流受阻，因而就在輞谷中段偏北的一段地勢較低的山谷中，匯積而成爲欹湖。欹（qī 欺），傾斜，謂湖底呈傾斜狀。

〔二〕凌極浦：指乘舟送客，越過遥遠的水邊。《楚辭·九歌·湘君》：「望夫君兮未來，吹參差兮誰思？」

〔三〕夫君：以稱友朋。夫，語氣詞。

〔四〕首，述古堂本、元本作「看」。

〔五〕山青，宋蜀本、明十卷本、《全唐詩》等作「青山」。

顧可久曰：前《臨湖亭》迎客，此送客，各具足一時之景，極閒澹會情。

柳浪〔一〕

分行接綺樹〔二〕，倒影入清漪。不學御溝上，春風傷別離〔三〕。

〔一〕柳浪：當是在欹湖旁的一片柳林。裴迪同詠曰：「映池同一色，逐吹散如絲。」

〔二〕分行，奇字齋本、淩本作「行分」，疑非。綺樹：猶美樹，指柳。此句謂柳樹分行排列，一棵挨一棵。

〔三〕御溝：參見《寓言二首》其二注〔一〕。二句謂不學御溝上的柳樹，春日爲別離而傷情。長安御溝多楊柳，爲行人往來之地，而古又有折柳贈別的習俗，故云。駱賓王《代女道士王靈妃贈道士李榮》：「落花泛泛浮靈沼，垂柳長長拂御溝。御溝大道多奇賞，俠客妖容遞來往。」王之渙《送別》：「楊柳東門樹，青青夾御河。近來攀折苦，應爲別離多。」

欒家瀨〔一〕

颯颯秋雨中，淺淺石溜瀉〔二〕。跳波自相濺，白鷺驚復下。

〔一〕欒家瀨（lài 賴）：當是輞水的一段急流。瀨，湍急之水。

〔二〕淺淺（jiān 箋）：水流迅急貌。《楚辭·九歌·湘君》：「石瀨兮淺淺，飛龍兮翩翩。」石溜：亦作石留，即石間流水。《戰國策·韓策一》：「成皋石溜之地也，寡人無所用之。」《文選》左思《魏都賦》：「林藪石留而蕪穢。」張銑注：「石間有水曰石留。」謝朓《郊遊詩》：「潺湲石溜瀉。」

顧璘曰：此景常有，人多不觀，唯幽人識得。

顧可久曰：閒景閒情，豈塵囂者所能領會？只平平寫，景自見。

金屑泉〔一〕

日飲金屑泉，少當千餘歲。翠鳳翔文螭，羽節朝玉帝〔二〕。

〔一〕金屑泉：當是輞川山谷中的一眼天然良泉。

〔二〕翠鳳：仙人所乘。王嘉《拾遺記》卷三：「西王母乘翠鳳之輦而來，前導以文虎、文豹，後列雕麟、紫麏。」翔，宋蜀本、明十卷本、《全唐詩》等作「翊」。文螭（chī 癡）：有花紋的螭（傳説中一種無角的龍）。羽節：飾以鳥羽的節。指仙人的儀仗。李嶠《太平公主山亭侍宴應制》：「龍舟下瞰鮫人室，羽節高臨鳳女臺。」梁佚名《桓真人昇仙記》：「五色霞内見霓旌羽節，仙童靈官百餘人。」此二句謂成仙後乘龍鳳上天朝見玉帝。

顧可久曰：極狀泉有仙靈氣，藻麗中復飄逸。

白石灘〔一〕

清淺白石灘，綠蒲向堪把〔二〕。家住水東西〔三〕，浣紗明月下。

〔一〕白石灘：當是輞水的一處多白石的淺灘（今日輞河灘上，仍時見白石）。此篇《全唐詩》重見皎然集中，題云《浣紗女》（見《全唐詩》卷八一八）。按，白石灘爲輞川山谷二十處遊止之一，裴迪亦有詠白石灘之詩，作皎然詩者非是。

〔二〕蒲：草名。生于水邊，有香氣。向堪把：謂綠蒲已長高，差不多可以用手握住了。向，臨近，將近，《唐詩紀事》作「尚」。

〔三〕水東西：指輞水的東西岸。輞水自東南往西北流。

顧可久曰：如此白石灘，安得不浣紗？有清斯濯纓之意。曰「明月下」，景益清切。

北垞

北垞湖水北〔一〕，雜樹映朱欄。逶迤南川水〔二〕，明滅青林端。

〔一〕北垞：見《南垞》注〔二〕。湖：指欹湖。裴迪同詠曰：「南山（「山」或作「上」）北垞下，結宇臨欹湖。」可證。

〔二〕逶迤：彎彎曲曲、延續不絶的樣子。南川：當指從南邊流來的輞水。

顧可久曰：「逶迤」、「明滅」字，曲盡叢林長流景色。

竹里館〔一〕

獨坐幽篁裏〔二〕，彈琴復長嘯。深林人不知，明月來相照。

〔一〕竹里館：當是竹林中的一座房舍。

〔二〕幽篁（huáng 黄）：深密幽暗的竹林。《楚辭·九歌·山鬼》：「余處幽篁兮終不見天。」

顧璘曰：一時清興，適與景會。

顧可久曰：幽迴之思。

辛夷塢〔一〕

木末芙蓉花〔二〕，山中發紅萼。澗户寂無人〔三〕，紛紛開且落〔四〕。

〔一〕辛夷：一名木筆，落葉喬木。其花初出時，苞長半寸，尖鋭如筆頭；及開，似蓮花，有桃紅、紫二色。塢（wù 誤）：四面高中間低的谷地。尋繹詩意，蓋因山坳中有辛夷樹，遂名辛夷塢。

〔二〕「木末」句：辛夷花如芙蓉（蓮花），而開于木末，故云。《楚辭·九歌·湘君》：「搴芙蓉兮木末。」裴迪同詠曰：「況有辛夷花，色與芙蓉亂。」

〔三〕澗户：澗中的居室。盧照鄰《羈卧山中》：「澗户無人跡，山窗聽鳥聲。」

〔四〕紛紛，述古堂本、元本、顧本俱作「絲絲」。

劉須溪曰：其意不欲着一字，漸可語禪。

胡應麟曰：五言絶之入禪者。（《詩藪》内編卷六）

沈德潛曰：幽極。（《唐詩别裁》卷一九）

漆園〔一〕

古人非傲吏，自闕經世務〔二〕。偶寄一微官〔三〕，婆娑數株樹〔四〕。

〔一〕漆園：種漆樹的園子。

〔二〕「古人」句：古人，《鶴林玉露》作「漆園」。《文選》郭璞《遊仙詩七首》其一：「漆園有傲吏，萊氏有逸妻。」《史記·老莊申韓列傳》：「莊子者，蒙人也，名周。周嘗爲蒙漆園吏……楚威王聞莊周賢，使使厚幣迎之，許以爲相。莊周笑謂楚使者曰：『……子亟去，無污我，我寧游戲污瀆之中自快，無爲有國者所羈，終身不仕，以快吾志焉。』」此句一反璞詩之意，謂莊周並非傲吏。經：治理。務，《鶴林玉露》作「具」。下句謂莊周不出來任事，是由於自己缺少治理世事的才幹。

〔三〕偶，顧本、凌本俱作「惟」。寄：依。微官：指漆園吏。

〔四〕婆娑：《文選》班固《答賓戲》：「婆娑乎術藝之場。」李善注：「婆娑，偃息也。」郭璞《客傲》：「莊周偃蹇（偃卧不事事之意）於漆園，老萊婆娑於林窟。」句謂逍遥於林下。全詩借寫莊周以自況。

宋朱熹曰：余平生愛王摩詰詩云：「漆園非傲吏，自缺經世具。……」以爲不可及，而舉以語人，領解者少。（見宋羅大經《鶴林玉露》甲編卷六《朱文公論詩》）

劉須溪曰：口語皆成高韻。

顧可久曰：引古自況。即此漆園不必有景色，自與古人高情會。

椒園〔一〕

桂尊迎帝子，杜若贈佳人〔二〕。椒漿奠瑶席〔三〕，欲下雲中君〔四〕。

〔一〕椒：即花椒。

〔二〕桂尊：桂，肉桂，常緑喬木，其皮可爲香料。尊，酒器。「桂尊」疑指盛桂酒之尊。《漢書·禮樂志》：「尊桂酒，賓八鄉。」師古注：「應劭曰：桂酒，切桂置酒中也。晋灼曰：尊，大尊也。元帝時大宰丞李元記云：以水漬桂爲大尊酒。」亦指用桂木製作的尊。駱賓王《帝京篇》：「春朝桂尊尊百味，秋夜蘭燈燈九微。」帝子：《楚辭·九歌·湘夫人》：「帝子降兮北渚，目眇眇兮愁予。」帝子，指湘夫人；相傳湘夫人爲堯女，故稱「帝子」。杜若：香草名，葉廣披針形，味辛香。《九歌·湘君》：「采芳洲兮杜若，將以遺兮下女。」桂與杜若，當皆爲椒園中所生之物。

〔三〕椒漿：《九歌·東皇太一》：「蕙肴蒸兮蘭藉，奠桂酒兮椒漿。」王逸注：「椒漿，以椒置漿中也。」漿，薄酒。奠：置物而祭。瑶席：形容席子光潤如玉。《東皇太一》：「瑶席兮玉瑱，盍將把兮瓊芳。」

〔四〕下：使神下降。雲中君：雲神。《九歌》有《雲中君》，王逸注：「雲神豐隆也，一曰屏翳。」君，述古堂本、元本、顧本俱作「身」。

劉須溪曰：首首素淨。

胡應麟曰：右丞《輞川》諸作，却是自出機軸，名言兩忘，色相俱泯。又曰：「千山鳥飛絶」二十字，骨力豪上，句格天成，然律以《輞川》諸作，便覺太鬧。（《詩藪》内編卷六）

清宋徵璧曰：王摩詰胸中真有輞川，非强爲之詞者。（《抱真堂詩話》）

王士禛曰：嚴滄浪以禪喻詩，余深契其説，而五言尤爲近之。如王、裴《輞川》絶句，字字入禪。他如「雨中山果落，燈下草蟲鳴」，「明月松間照，清泉石上流」，以及太白「却下水精簾，玲瓏望秋月」，……妙諦微言，與世尊拈花，迦葉微笑，等無差別。（《帶經堂詩話》卷三微喻類）

宋犖曰：王維、裴迪輞川唱和，開後來門逕不少。（《漫堂説詩》）

洪亮吉曰：庾信《哀江南賦》，無意學《騷》，亦無一類《騷》，而轉似《騷》。王維、裴迪《輞川》諸作，元結《春陵》篇及《浯溪》等詩，無意學陶，亦無一類陶，而轉似陶。則又當於神明中求之耳。（《北江詩話》卷五）

潘德輿曰：輞川唱和，須溪論王優于裴，漁洋論裴、王勁敵，吾以須溪之言爲允。（《養一齋詩話》

卷一）

施補華曰：《輞川》諸五絶清幽絶俗，其間「空山不見人」、「獨坐幽篁裏」、「木末芙蓉花」、「人間桂花落」四首尤妙，學者可以細參。（《峴傭説詩》）

輞川閒居贈裴秀才迪〔一〕

寒山轉蒼翠〔二〕，秋水日潺湲。倚杖柴門外，臨風聽暮蟬。渡頭餘落日，墟里上孤烟〔三〕。復值接輿醉〔四〕，狂歌五柳前〔五〕。

〔一〕秀才：參見《送嚴秀才還蜀》注〔一〕。

〔二〕轉，顧本作「積」。

〔三〕墟里：村落。陶淵明《歸園田居五首》其一：「曖曖遠人村，依依墟里烟。」

〔四〕接輿：參見《偶然作·楚國有狂夫》注〔二〕。此處以佯狂遯世的接輿喻裴迪。

〔五〕五柳：參見《偶然作·陶潛任天真》注〔九〕。此處借指作者的隱居處輞川別業。

王夫之曰：通首都有贈意，在言句文身之外，不可徒以結用兩古人爲贈也。楚狂、陶令俱凑手偶然，非著意處。又曰：以高潔寫清幽，故勝。「日」字重用。（《唐詩評選》卷三）

喬億曰：右丞詩如《輞川閒居》二首，並體認「閒」字極細，句句與幽居迴別。前首（即本篇）

結處，合兩事鎔成一片以贈裴，妙有「閒」字餘情。（《劍谿説詩》又編）

高步瀛曰：自然流轉，而氣象又極闊大。（《唐宋詩舉要》卷四）

答裴迪輞口遇雨憶終南山之作〔一〕

淼淼寒流廣〔二〕，蒼蒼秋雨晦〔三〕。君問終南山，心知白雲外〔四〕。

〔一〕輞口：指輞谷南口，參見《輞川集・孟城坳》注〔一〕。詩題底本原作《答裴迪》，《萬首唐人絶句》作《答裴迪憶終南山》，此從《全唐詩》。按，裴迪《輞口遇雨憶終南山因獻王維》曰：「積雨晦空曲，平沙滅浮彩。輞水去悠悠，南山復何在？」本詩就是答裴迪此詩的。

〔二〕淼淼：水大貌。

〔三〕蒼蒼：大貌。

〔四〕外：猶言内中。見王鍈《詩詞曲語辭例釋》。

張謙宜曰：全從「晦」字生意。（《絸齋詩談》卷五）

贈裴十迪〔一〕

風景日夕佳〔二〕，與君賦新詩。澹然望遠空〔三〕，如意方支頤〔四〕。春風動百草，蘭蕙生我籬。暖暖日暖閨〔五〕，田家來致詞：「欣欣春還皋〔六〕，澹澹水生陂〔七〕。桃李雖未開，荑蕚滿其枝〔八〕。請君理還策〔九〕，敢告將農時〔一〇〕。」

〔一〕尋繹詩末六句之意，本詩疑當作於王維已得輞川别業之後。

〔二〕日夕：近黄昏之時。陶淵明《飲酒二十首》其五：「山氣日夕佳，飛鳥相與還。」

〔三〕澹然：安静貌。

〔四〕如意：一名搔杖，長三尺許，柄端作手指狀，爲搔背癢之具。《晋書・王敦傳》：「以如意打唾壺爲節，壺邊盡缺。」頤：腮，下巴。

〔五〕暖暖：温暖貌。閨：内室。此句《文苑英華》作「暖暖閨日暖」。

〔六〕皋：水邊之地。當指輞川。唐時輞川水系發達。

〔七〕澹澹：水波動盪貌。宋玉《高唐賦》：「水澹澹而盤紆兮，洪波淫淫之溶潏。」

〔八〕荑（tí啼）：草木初生的葉芽。其，奇字齋本、凌本、《全唐詩》俱作「芳」。

〔九〕策：杖。《淮南子・墬形訓》：「夸父棄其策，是爲鄧林。」高誘注：「策，杖也。」「還策」猶言還歸，「理還策」即準備歸來之意。《南史・褚伯玉傳》：「望其還策之日，暫紆清塵。」作者擬還歸之地，蓋即輞川。

〔一〇〕此句意謂，我冒昧地告訴您現在已快到耕種的時候了。

顧可久曰：流彩中復冲古，景與興會。

張謙宜曰：汁清味厚，此加料鯉血湯也。（《絸齋詩談》卷五）

黎拾遺昕裴秀才迪見過秋夜對雨之作〔一〕

促織鳴已急，輕衣行向重〔二〕。寒燈坐高館，秋雨聞疎鐘。白法調狂象〔三〕，玄言問老龍〔四〕。何人顧蓬徑？空愧求羊蹤〔五〕。

〔一〕玩詩末二句之意，是時作者似居于輞川。黎昕：《元和姓纂》卷三：「宋城唐右拾遺犂昕。」岑仲勉《元和姓纂四校記》卷三曰：「《備要》（《合璧事類備要》）、《類稿》（《賢氏族言行類稿》）均作『黎』，又『右』作『左』。」李白《與韓荊州書》：「中間崔宗之、房習祖、黎昕、許瑩之徒，或以才名見知，或以清白見賞。」拾遺：諫官名，左屬門下省，右隸中書省。秀才，底本無此二字，據宋蜀本、《全唐詩》補。見過：過訪自己。

〔二〕行：且，將要。向，底本注：「劉本作尚。」句謂單衣就要再添好多層。

〔三〕白法：佛教總稱一切善法爲白法。意謂此法可使諸行光潔白净。《大集經》卷五一：「後五百年，鬬諍堅固，白法隱没。」狂象：喻妄心狂迷，難以禁制。《遺教經》：「譬如狂象無鈎，猿猴得樹，騰躍踔躑，難可禁制。」《涅槃經》卷三一：「心輕躁動轉，難捉難調，馳騁奔逸，如大惡象。」又卷二五云：「譬如醉象，狂騃暴惡，多欲殺害，有調象師以大鐵鉤鉤斲其項，即時調順，惡心都盡。一切衆生，亦復如是，貪欲瞋恚愚癡醉，故欲多造惡，諸菩薩等以聞法鉤斲之令住，更不得起造諸惡心。」此句謂以佛法調理自己，滅除諸妄心惡念。

〔四〕玄言：謂道家之言。《晉書・王衍傳》：「（衍）妙善玄言，唯談《老》、《莊》爲事。」老龍：即老龍吉。《莊子・知北遊》：「婀荷甘與神農同學於老龍吉。」陸德明《音義》：「老龍吉，李云：懷道人也。」此句指己兼學道家之言。

〔五〕空：只，獨。求羊蹤：《文選》謝靈運《田南樹園激流植援》：「唯開蔣生徑，永懷求羊蹤。」李善注：「《三輔決録》曰：蔣詡字元卿，隱於杜陵，舍中三徑，惟羊仲、求仲從之遊，二仲皆挫廉逃名。」《太平御覽》卷五一〇引嵇康《高士傳》曰：「蔣詡字元卿，杜陵人，爲兗州刺史。王莽爲宰衡，詡奏事，到灞上，稱病不進，歸杜陵，荆棘塞門，舍中三徑，終身不出。」陶潛《群輔録》云：「求仲、羊仲，右二人，不知何許人，皆治車爲業，挫廉逃名。蔣元卿之去兗州，還杜陵，荆棘塞門，舍中有三徑，不出，惟二人從之游，時人謂之二仲。」此二句意謂，黎、裴二友過訪我的隱居處，自己只覺得心裏有愧。

張謙宜曰：（「寒燈」二句）寫意畫令人想出妙景。（《絸齋詩談》卷五）

贈裴迪〔一〕

不相見，不相見來久〔二〕。日日泉水頭，常憶同攜手〔三〕。攜手本同心，復歎忽分襟〔四〕。相憶今如此，相思深不深？

〔一〕詩題下宋蜀本、述古堂本俱有「雜言」二字。

〔二〕來：等于説「……時」或「……以來」。

〔三〕尋繹此二句之意，似作者是時居于輞川。

〔四〕分襟：意同分袂，即離别。

登裴迪秀才小臺作〔一〕

端居不出户，滿目望雲山〔二〕。落日鳥邊下〔三〕，秋原人外閒〔四〕。遥知遠林際，不見此簷間〔五〕。好客多乘月，應門莫上關〔六〕。

〔一〕疑居輞川時所作。裴迪小臺：疑距輞川不甚遠。詩題宋蜀本、《全唐詩》俱作《登裴秀才迪小臺》。

〔二〕端居：平居，猶言平時、平素。望，底本、《全唐詩》均注：「一作空。」此二句意謂，因有此小臺，故平時不出門，也可眺望山景。

〔三〕邊：猶「中」，與下句之「外」相對。高適《信安王幕府》：「大漠風沙裏，長城雨雪邊。」即此義。

〔四〕人外：世外。《後漢書·陳寵傳》：「屏居人外，荆棘生門。」閒：静。

〔五〕此二句謂，相信從遠處我家所在的林子那邊，是望不見這小臺的。遠林：疑指輞川别業。

〔六〕乘月：趁月光明亮出外閒遊。《晋書·袁宏傳》：「秋夜乘月，率爾與左右微服泛江。」關：門門。庾肩吾《南苑看人還詩》：「洛橋初度燭，青門欲上關。」此二句謂，主人好客，多半要留客乘月外出閒遊，照看門户的僕人且莫閉門。

王夫之曰：自然清韻，較襄陽褊佻之音固别。又曰：起句拙好。（《唐詩評選》卷三）

張謙宜曰：（「遥知」二句）懸想題外，却是轉入題中，此法又妙。（《䌹齋詩談》卷五）

沈德潛曰：轉從遠林望小臺，思路曲折。遠林，己之家中也。故結言應門有待，莫便上關。（《唐詩别裁》卷九）

酌酒與裴迪〔一〕

酌酒與君君自寬〔二〕，人情翻覆似波瀾〔三〕。白首相知猶按劍，朱門先達笑彈冠〔四〕。草色全經細雨濕，花枝欲動春風寒〔五〕。世事浮雲何足問〔六〕？不如高卧且加餐〔七〕。

〔一〕王維得輞川别業後，常與裴迪往還唱酬，本詩或即作于維已得輞川之後，今姑録入「輞川之什」

中。酌酒：斟酒。

〔二〕「酌酒」句：意本鮑照《擬行路難十八首》其四：「酌酒以自寬，舉杯斷絶歌《路難》。」

〔三〕「人情」句：語本陸機《君子行》：「天道夷且簡，人道險而難。休咎相乘躡，翻覆若波瀾。」

〔四〕按劍：以手撫劍把，指發怒時準備拔劍爭鬥的一種動作。《史記·蘇秦列傳》：「於是韓王勃然作色，攘臂瞋目按劍。」《平原君虞卿列傳》：「毛遂按劍而前曰：『……今十步之内，王不得恃楚國之衆也，王之命懸於遂手。』」《漢書·鄒陽傳》：「燕王按劍而怒。」先達：先顯達之人。晋庾亮《讓中書監表》：「十餘年間，位超先達。」彈冠：彈去帽上的灰塵，準備出來做官。《漢書·王吉傳》：「吉與貢禹爲友，世稱：『王陽（吉字子陽，故曰王陽）在位，貢公彈冠。』言其取捨同也。」師古注：「彈冠者，言入仕也。」此二句接寫「人情翻覆」之事：上句謂，白首相知的故交，尚有反目成仇、怒而相鬥之時；下句説，豪貴之家那些自己先發跡的人，却嘲笑别人受援引準備入仕。

〔五〕「草色」二句：言草色變緑都經過細雨濕潤，花枝已長出却遇到春寒風冷。趙殿成曰：「草色一聯，乃是即景托諭。以衆卉而邀時雨之滋，以奇英而受春寒之痼，即植物一類，且有不得其平者，況世事浮雲變幻，又安足問耶？擬之六義，可比可興。」顧璘曰：「草色、花枝固是時景，然亦托喻小人冒寵，君子顛危耳。」

〔六〕浮雲：喻世事猶如天上之浮雲，不值得關心。《論語·述而》：「不義而富且貴，於我如浮雲。」又比喻翻覆變幻。岑參《梁園歌送河南王説判官》：「萬事翻覆如浮雲，昔人空在今人口。」

〔七〕加餐：《古詩十九首·行行重行行》：「棄捐勿復道，努力加餐飯。」

黄周星曰：律詩八句皆失粘，此拗體也。然語氣岸兀不群，亦何必以常格繩之。（《唐詩快》卷一一）

黄培芳曰：爐火純青妙極矣，此又七律中高一着者也。極紆徐淡與之致，立論故不見其輕薄。第七句「世事浮雲」，妙與「春風」「細雨」相爲映帶，「何足問」三字將上所論人情世事，一切消納。第八句乃爲繳足，去路悠然。（翰墨園重刊本《唐賢三昧集箋注》卷上）

王壽昌曰：（于朋友）懇切周詳，無微不至，尤見交情之篤云。（《小清華園詩談》卷上）

施補華曰：唐初七律有平仄一順者。至摩詰、少陵猶未改。如摩詰「酌酒與君」一首，第三聯「草色全經」平仄一順……此類甚多，要是當時初創此體，格調未嚴，今人不必學也。（《峴傭説詩》）

聞裴秀才迪吟詩因戲贈〔一〕

猿吟一何苦，愁朝復悲夕〔二〕。莫作巫峽聲〔三〕，腸斷秋江客！

〔一〕此亦與裴迪酬唱之作，姑録入「輞川之什」中。詩題《萬首唐人絶句》作《聞裴迪吟詩戲贈》。

〔二〕悲，凌本作「愁」。

〔三〕巫峽：長江三峽之一，在重慶巫山縣東，湖北巴東縣西。巫峽聲：指淒厲的猿聲。《水經注·江水二》：「丹山西即巫山者也。……其間首尾百六十里，謂之巫峽，蓋因山爲名也。……每至晴初霜旦，林寒澗肅，常有高猿長嘯，屬引淒異，空谷傳響，哀轉久絶。故漁者歌曰：『巴東三峽巫峽長，猿鳴三聲淚沾裳。』」

過感化寺曇興上人山院〔一〕

暮持筇竹杖，相待虎溪頭〔二〕。催客聞山響〔三〕，歸房逐水流〔四〕。野花叢發好，谷鳥一聲幽〔五〕。夜坐空林寂，松風直似秋〔六〕。

〔一〕感化寺，宋蜀本作「感配寺」，《文苑英華》作「化感寺」。維另有《遊感化寺》詩，《文苑英華》、宋蜀本、明十卷本、張本俱作《遊化感寺》。又維《山中與裴秀才迪書》曰：「輒便獨往山中，憩感配寺。」按，嚴挺之《大智禪師碑銘》（《全唐文》卷二八〇）云：「遨至京師，遊於終南化感寺。」《舊唐書·方伎傳》曰：「義福……初止藍田化感寺。」《宋高僧傳》卷九亦謂義福「初止藍田化感寺」。「大智禪師」即義福，據以上三書所載，化感寺當在藍田縣山中；王維下一首《遊感化寺》詩云：「郢路雲端迥，秦川雨外晴。」維作于藍田輞川之《林園即事寄舍弟紞》亦曰：「後浦通河渭，前山包鄢郢。」細玩二詩之意，此「感化寺」亦當在藍田山中，疑即義福所居化感寺之誤倒，則詩亦當從宋蜀本等作《遊化感寺》爲是。本詩裴迪同詠《游感化寺曇興上人山院》（《全唐詩》卷一二九）云：「不遠灞陵邊，安居向十年。入門穿竹徑，留客聽山泉。」灞陵在今西安市東十三公里處霸陵鄉，其地近白鹿原，則本詩之感化寺不在藍田，與化感寺不是一寺。又，王維集宋蜀本、《唐詩品彙》録裴迪此詩，「感化」俱作「感配」，化、配草書形近，因而致誤，然本詩之「感化寺」與「感配寺」究竟以何者爲是，則難確斷。本詩有裴迪同詠，姑收入「輞川之什」中。曇興上人：不詳。

〔二〕筇竹杖：見《謁璿上人》注〔三〕。虎溪：《蓮社高賢傳》曰：「時遠（慧遠）法師居東林（廬山東林寺），其處流泉匝寺，下入於溪，每送客過此，輒有虎號鳴，因名虎溪。後送客未嘗過，獨陶淵明、修静（陸修静）至，語道契合，不覺過溪，因相與大笑。」《高僧傳》卷六亦曰：「自遠卜居廬阜三十餘年，影不出山，迹不入俗，每送客遊履常以虎溪爲界焉。」此二句指上人在寺外的溪邊等候自己。

〔三〕山響：指山谷的回聲。句謂山中的泉聲彷彿在催促客人快來的聲音引起山谷回響。

〔四〕句指作者和上人一起順水流回山院。

〔五〕此二句寫作者回山院途中所見之景。

〔六〕林，元本、明十卷本等作「村」。此二句寫作者在山寺夜坐的景象。《王維詩選》説：「這詩的作法很別致。本是作者過山院訪人，却轉從被訪者方面落墨：先寫上人日暮策杖溪頭相待；復寫客散後上人歸房途中所見之美景；末寫上人夜坐時山寺的蕭森氣象。」解釋有異，特録之以備讀者採擇。

顧可久曰：幽邃之景宛然，清雅。

遊感化寺〔一〕

翡翠香烟合〔二〕，瑠璃寶地平〔三〕。龍宫連棟宇，虎穴傍簷楹〔四〕。谷静惟松響，山深無鳥聲。瓊峰當户拆〔五〕，金澗透林鳴〔六〕。郢路雲端迥〔七〕，秦川雨外晴〔八〕。雁王銜果獻，鹿女踏花行〔九〕。抖擻辭貧里〔一〇〕，歸依宿化城〔一一〕。繞籬生野蕨，空館發山櫻〔一二〕。香飯青菰米〔一三〕，嘉蔬緑筍莖〔一四〕。誓陪清梵末〔一五〕，端坐學無生〔一六〕。

〔一〕感化寺，當作「化感寺」。詩爲居輞川時所作，説俱見上詩注〔一〕。

〔二〕翡翠：緑色的硬玉，半透明，有光澤。此處指香烟色如翡翠。梁簡文帝《詠煙》詩：「欲持翡翠色，時吐鯨魚燈。」

〔三〕瑠璃：寶石名，又稱吠瑠璃、璧流離、琉璃、流離。佛書以爲是七寶（金、銀、硨磲、瑪瑙等七種珍寶）之一。《漢書·西域傳》：「（罽賓國）出……虎魄、璧流離。」孟康注：「流離，青色如玉。」師古注引《魏略》云：「大秦國出赤、白、黑、黄、青、緑、縹、紺、紅、紫十種流離。」《大般若波羅蜜多經》

卷四九：「吠瑠璃，梵語寶名也，或云毘瑠璃，或但云瑠璃，皆訛略省轉也。……其寶青色，瑩徹有光……非是人間鍊石造作焰火所成瑠璃也。」此指以瑠璃裝飾寺殿之地。地：凌本作「殿」。

〔四〕龍宫：水中龍神所居。棟宇：房屋。此指寺殿。傍：近。簷楹：指房屋。楹，柱。謝惠連《七月七日夜詠牛女》：「落日隱櫩（同「檐」）楹，升月照簾櫳。」此二句指寺旁有水潭、洞穴。

〔五〕瓊：喻山峰之美。拆：裂，分開。指山峰不止一個。

〔六〕金潤：潤之美稱。鮑照《從登香爐峰》：「霜崖滅土膏，金潤測泉脈。」鳴，宋蜀本、《文苑英華》、《全唐詩》俱作「明」。

〔七〕郢（yǐng 影）路：往郢州（今湖北鍾祥）去的驛路。此道經商山，路盤曲於山間，故云「雲端迥」。

〔八〕秦川：泛指今陝西、甘肅秦嶺以北平原地帶。外：方位詞，有「中」義，説見王鍈《詩詞曲語辭例釋》。

〔九〕雁王：《大方便佛報恩經》卷四載，昔有國王，欲得雁肉，使獵師捕雁，時有五百雁飛空南過，中有雁王，誤落獵網中，獵師將取殺之。時有一雁，悲鳴吐血，來投雁王，五百雁亦徘徊虚空不去，獵師見之，不忍殺雁王，放之使去，國王聞之，爲斷雁肉。「雁」宋蜀本作「鳳」。銜果獻：《法苑珠林》卷一〇九云：「宋京師道林寺有沙門僧伽達多……以元嘉之初，來遊宋境。達多常在山中坐禪，日時將逼，念欲受齋，乃有群鳥銜果飛來授之。達多思惟，昔獼猴奉蜜，佛亦受而食之，今飛鳥授食，何爲不可？於是受進食之。」按，雁王無「銜果獻」事，此處乃作者有意將二事合爲一事用。「鹿女」句：《雜寶藏經》卷一載，過去久遠時，雪山有一仙人，名提婆延。此仙常於石上小便，精氣流墮石宕，一雌鹿來舐小便處，便有娠。月滿，詣仙人窟下生一女子，端正殊妙，有蓮花裹其身。仙人知是己子，取而畜養，漸長大，「腳蹈地處，皆生蓮華」。踏，《文苑英華》作「蹈」。此二句借雁王、鹿女之事，以寫佛寺的靈異。

〔一〇〕「抖擻」句：抖擻，梵語頭陀的意譯，即去掉塵垢煩惱之義。此句用《法華經》「窮子」事，參見《西方變畫讚》一段注〔一二〕。此處作者以「窮子」自喻，言己本爲三界之衆生，今忽至佛門，將領略佛理，猶如「窮子」辭别貧里，往至富長者家，將得寶藏也。

〔一一〕歸依：梵文的意譯，亦作「皈依」。與「信奉」義同。信奉佛、法、僧，謂之「三歸依」。化城：見《登辨覺寺》注〔三〕。此處借指感化寺。

〔一二〕櫻：落葉喬木，高二、三丈，開鮮艷的淡紅色花。

〔一三〕菰米：見《晦日遊大理韋卿城南别業四首》其三注〔五〕。

〔一四〕緑，宋蜀本作「紫」。筍莖，底本原作「芋羹」，此從《文苑英華》、《全唐詩》。

〔一五〕清梵：謂和尚誦經之聲。梁元帝《謝敕送齊王瑞像還啓》：「清梵騰空，雜埧篪以相韻。」此指誦經的僧人。

〔一六〕無生：參見《登辨覺寺》注〔八〕。

臨高臺送黎拾遺〔一〕

相送臨高臺，川原杳何極〔二〕！日暮飛鳥還，行人去不息。

〔一〕臨高臺：漢樂府鼓吹鐃歌十八曲之一。《樂府詩集》卷一六云：「《樂府解題》曰：『古詞言：「臨高臺，下見清水中有黄鵠飛翻，關弓射之，令我主萬年。」若齊謝朓「千里常思歸」，但言臨望傷情而已。』宋何承天《臨高臺篇》曰：『臨高臺，望天衢，飄然輕舉凌太虚。』則言超帝鄉而會瑶臺也。」《萬首唐人絶句》無此三字。黎拾遺：即黎昕，參見《黎拾遺昕裴秀才迪見過》注〔一〕。此詩或昕至輞川訪維，維送之而歸時所作。

〔二〕杳：廣遠。

顧可久曰：景中寓情不盡。古淡中極沉着。

施補華曰：所謂語短意長而聲不促也，可以爲法。（《峴傭説詩》）

輞川閒居

一從歸白社〔一〕，不復到青門〔二〕。時倚簷前樹，遠看原上村。青菰臨水映〔三〕，白鳥向山翻。寂寞於陵子，桔槔方灌園〔四〕。

〔一〕白社：洛陽里名，故址在今河南洛陽東。《晋書·董京傳》：「董京字威輦，不知何郡人也。初與隴西計吏俱至洛陽，被髪而行，逍遥吟詠，常宿白社中。……孫楚時爲著作郎，數就社中與語……後數年，遁去，莫知所之。」《水經注·穀水》：「……水南即馬市，北則白社故里，昔孫子荆（孫楚)會董威輦於白社,謂此矣。」詩文中多以白社稱隱者所居之地。此借指輞川别業。

〔二〕青門:參見《韋侍郎山居》注〔五〕。

〔三〕青菰:茭白。映,宋蜀本作「拔」,《全唐詩》作「拔」。「拔」蓋即「披」之形誤字。

〔四〕於(wū烏)陵子:即陳仲子。《孟子・滕文公下》:「仲子,齊之世家也;兄戴,蓋禄萬鍾;以兄之禄爲不義之禄而不食也,以兄之室爲不義之室而不居也,辟兄離母,處于於陵。」《高士傳》卷中:「陳仲子者,齊人也,其兄戴,爲齊卿,食禄萬鍾,仲子以爲不義,將妻子適楚,居於陵,自謂於陵仲子。……楚王聞其賢,欲以爲相,遣使持金百鎰,至於陵聘仲子。仲子入謂妻曰……於是出謝使者,遂相與逃去,爲人灌園。」按,於陵爲戰國齊邑,在今山東鄒平東南;《高士傳》稱於陵爲楚地,非是。桔槔(jié gāo劫高):井上汲水的一種工具。此二句作者以於陵子自喻。

方回曰:右丞有六言《田園樂七首》。……「山下孤煙遠村,天邊獨樹高原」,與此「時倚簷前樹,遠看原上村」,予獨心醉不已。(《瀛奎律髓彙評》卷二三)

張謙宜曰:(「時倚」二句)無景中有景。(《絸齋詩談》卷五)

何焯曰:三四閒趣。(《瀛奎律髓彙評》卷二三)

紀昀曰:青、白二字究是重複,不可爲訓。詩則静氣迎人,自然超妙,不能以小疵廢之。又曰:三四自然流出,興象天然。(同上)

積雨輞川莊作〔一〕

積雨空林烟火遲〔二〕，蒸藜炊黍餉東菑〔三〕。漠漠水田飛白鷺〔四〕，陰陰夏木囀黄鸝〔五〕。山中習静觀朝槿〔六〕，松下清齋折露葵〔七〕。野老與人争席罷，海鷗何事更相疑〔八〕！

〔一〕積雨：久雨。宋蜀本、《文苑英華》俱作「秋雨」，《衆妙集》作「秋歸」。「莊」下《全唐詩》注：「一有上字。」輞川莊：即輞川別業，爲王維在輞川的宅第，石本《輞川圖》上的「輞口莊」（此圖既畫了輞川山谷二十處遊止，又畫了輞口莊，可見輞口莊不在二十處遊止之内）。其處依山傍水，爲一兩進院落，中有樓閣殿堂，水亭回廊。後王維施爲寺，稱清源寺（宋改名鹿苑寺）。故址在輞谷南端，臨近輞谷南口，故又稱輞口莊。參見拙作《輞川別業遺址與王維輞川詩》（見《王維論稿》）。

〔二〕烟火遲：謂久雨後烟火之燃徐緩。

〔三〕藜：一年生草木植物，嫩葉可食。餉東菑（zī孜）：往田裏送飯。菑，開墾了一年的田地。此泛指田畝。

〔四〕漠漠：形容廣漠無際。

〔五〕陰陰：幽暗貌。

〔六〕習静：猶静修。類如静坐、坐禪。何遜《苦熱詩》：「習静悶衣巾，讀書煩几案。」朱超《對雨詩》：

「當夏苦炎埃，習静對花臺。」朝槿（jǐn錦）：槿，木槿，落葉灌木，仲夏始花。花鐘形，有白、紅、紫等顏色，朝開午萎，故稱朝槿。觀朝槿可悟人生之無常。

〔七〕清齋：謂素食。清，《文苑英華》作「行」。露葵：葵，草本植物，有菟葵、鳧葵、楚葵等，其嫩葉皆可食。《文選》曹植《七啓》：「芳菰精粺，霜蓄露葵。」李善注：「宋玉《諷賦》曰：『爲臣煑露葵之羹。』」張銑注：「蓄與葵，宜于霜露之時。」

〔八〕爭席：《莊子・寓言》：「陽子居（《列子・黄帝》作「楊朱」）南之沛……至於梁（沛郊地名）而遇老子，老子中道仰天而歎曰：『始以汝爲可教，今不可也。』陽子居不答，至舍……膝行而前曰：『……請問其過。』老子曰：『而（汝）睢睢盱盱（跋扈貌），而誰與居？ 大白若辱（汙），盛德若不足。』陽子居蹵然變容曰：『敬聞命矣。』其往也（之沛），舍者（旅舍之人）迎將其家，公執席，妻執巾櫛，舍者避席，煬者（燃火之人）避竈；其反也，舍者與之爭席矣（郭注：「去其夸矜故也。」）。」海鷗：參見《濟上四賢詠三首・崔録事》注〔七〕。事，宋蜀本、元本俱作「處」。此二句意謂，自己（「野老」）與人相處，不自矜夸，不拘形跡，恐怕連海鷗也不會相猜疑了。

唐李肇曰：「維有詩名，然好取人文章嘉句。「行到水窮處，坐看雲起時」，《英華集》中詩也（此句《太平廣記》卷一九八引《國史補》作「人以爲《含英集》中詩也」）。「漠漠水田飛白鷺，陰陰夏木囀黄鸝」，李嘉祐詩也。（《唐國史補》卷上）

宋范季隨曰：杜少陵詩云：「兩箇黄鸝鳴翠柳，一行白鷺上青天。」王維詩云：「漠漠水田飛白鷺，陰陰夏木囀黄鸝。」極盡寫物之工。（《陵陽先生室中語》，《詩人玉屑》卷一四引）

宋葉夢得曰：詩下雙字極難，須使七言五言之間除去五字三字外，精神興致，全見于兩言，方爲工妙。唐人記「水田飛白鷺，夏木囀黄鸝」爲李嘉祐詩，王摩詰竊取之，非也。此兩句好處，正在添「漠漠」、「陰陰」四字，此乃摩詰爲嘉祐點化，以自見其妙，如李光弼將郭子儀軍，一號令之，精彩數倍。不然，如嘉祐本句，但是詠景耳，人皆可到。（《石林詩話》卷上）

宋周紫芝曰：「水田飛白鷺，夏木囀黄鸝」，此李嘉祐詩也。王摩詰乃云：「漠漠水田飛白鷺……」摩詰四字下得最爲穩切。（《竹坡詩話》）

宋李錞曰：唐人詩流傳訛謬，有一詩傳爲兩人者。如「漠漠水田飛白鷺……」，既曰王維，又曰李嘉祐，以全篇考之，摩詰詩也。（《李希聲詩話》，《苕溪漁隱叢話》前集卷一五引）

宋晁公武曰：李肇記維「漠漠水田飛白鷺……」之句，以爲竊李嘉祐者，今嘉祐之集無之，豈肇厚誣乎？（《郡齋讀書記》卷四上）

劉須溪曰：寫景自然，造意又極辛苦。

顧璘曰：東坡云摩詰「詩中有畫，畫中有詩」者此耳。

胡應麟曰：世謂摩詰好用他人詩，如「漠漠水田飛白鷺」，乃李嘉祐語，此極可笑。摩詰盛

唐，嘉祐中唐，安得前人預偷來者？此正嘉祐用摩詰詩。宋人習見摩詰，偶讀嘉祐集，得此便爲奇貨。（《詩藪》内編卷五）

宋徵璧曰：摩詰加以「漠漠」、「陰陰」四字，情景俱妙，固知摩詰善畫也。（《抱真堂詩話》）

趙殿成曰：吴江周篆之則謂……澹雅幽寂，莫過右丞「積雨」。

沈德潛曰：俗説謂「水田飛白鷺，夏木囀黄鸝」，乃李嘉祐句，右丞襲用之，不知本句之妙，全在「漠漠」、「陰陰」，去上二字，乃死句也，況王在李前，安得云王襲李耶？（《唐詩别裁》卷一三）

清張宗柟曰：又案李嘉祐天寶七年進士，視右丞開元登第時後二十載，然考右丞之殁在上元初年，固非渺不相及也。（《帶經堂詩話》卷一五襲故類）

方東樹曰：此題命脈，在「積雨」二字。起句叙題。三四寫景極活現，萬古不磨之句。後四句，言己在莊上事與情如此。（《昭昧詹言》卷一六）

戲題輞川别業

柳條拂地不須折，松樹梢雲從更長〔一〕。藤花欲暗藏猱子〔二〕，柏葉初齊養麝香〔三〕。

〔一〕樹，凌本作「枝」。梢：通「箾」，擊。明十卷本、奇字齋本、《全唐詩》等並作「披」。從：猶「任」。

〔二〕欲暗：猶已暗，指藤花繁密，不透陽光。猱（náo 撓）：猿的一種。

〔三〕「柏葉」句：麝，通稱香獐子，雄麝的肚臍和生殖器之間有腺囊，能分泌麝香。《文選》嵇康《養生論》：「蝨處頭而黑，麝食柏而香。」李善注引《本草》云：「（麝）常食柏葉，五月得香。」

楊慎曰：絶句者，一句一絶，起于《四時詠》「春水滿四澤，夏雲多奇峰，秋月揚明輝，冬嶺秀孤松」是也。……王維詩：「柳條拂地不忍折……」……皆此體也。樂府有「打起黄鶯兒」一首，意連句圓，未嘗間斷，當參此意，便有神聖工巧。（《升菴詩話》卷一一）

張謙宜曰：此截中四句法，比老杜好看，遂似勝之。（《絸齋詩談》卷五）

歸輞川作

谷口疎鐘動〔一〕，漁樵稍欲稀。悠然遠山暮〔二〕，獨向白雲歸。菱蔓弱難定〔三〕，楊花輕易飛。東皋春草色〔四〕，惆悵掩柴扉。

〔一〕谷口：即輞谷口，有北口與南口。參見《輞川集·孟城坳》注〔一〕。

〔二〕悠然：閒静貌。

〔三〕蔓：指菱初生的細莖。此句謂菱蔓細弱，隨波飄蕩不定。

〔四〕東皋：《文選》潘岳《秋興賦》：「耕東皋之沃壤兮，輸黍稷之餘税。」皋即水邊之地，《離騷》王逸注云：「澤曲曰皋。」此「東皋」指輞川。

顧可久曰：仕而不得意之作。含蓄不露。

春中田園作〔一〕

屋上春鳩鳴，村邊杏花白。持斧伐遠揚〔二〕，荷鋤覘泉脈〔三〕。歸燕識故巢〔四〕，舊人看新曆〔五〕。臨觴忽不御，惆悵遠行客〔六〕。

〔一〕疑作于輞川。春中：謂春季之中，即春二月。「中」凌本作「日」。「作」字下宋蜀本有「二首」二字，其第二首即《淇上即事田園》。

〔二〕「持斧」句：《詩·豳風·七月》：「蠶月條桑（修剪桑枝），取彼斧斨，以伐遠揚（長得太遠而揚起的枝條）。」

〔三〕覘（chān 掺）：察看。泉脈：伏流于地下的泉水。謝朓《賦平民田》：「察壤見泉脈，覘星視農正。」

〔四〕歸，述古堂本作「新」。故，宋蜀本、述古堂本、《文苑英華》俱作「舊」。

〔五〕舊，底本、《全唐詩》均注：「一作故。」看新曆：爲知節氣，以便耕種。

〔六〕御：進用。遠行，《文苑英華》作「思遠」。此二句謂，對着酒杯忽又不飲，我爲遠行客而惆悵。此處作者觸景生情，由春燕的回歸故巢，聯想到那些遠行在外的人，尚未得還鄉。

劉須溪曰：《卷耳》之後，得此吟調。情致自然，抑揚有態。

黄培芳曰：神境高極。一結從「嗟我懷人，寘彼周行」化出。（翰墨園重刊本《唐賢三昧集箋注》卷上）

清延君壽曰：此詩整而不板，舊而實新，學右丞此種爲最。（《老生常談》）

春園即事〔一〕

宿雨乘輕屐〔二〕，春寒著弊袍〔三〕。開畦分白水〔四〕，間柳發紅桃〔五〕。草際成棋局〔六〕，林端舉桔槔。還持鹿皮几，日暮隱蓬蒿〔七〕。

〔一〕居輞川時作。

〔二〕宿雨：昨夜之雨。乘輕屐：謂雨後地濕路滑，在園中走動，須登木屐。

〔三〕袍：夾層中著以綿絮的長衣。

〔四〕句謂雨後開畦排水。

〔五〕此句謂與柳樹相間開着紅色的桃花。

〔六〕棋局：棋枰。此指弈棋。

〔七〕鹿皮几：裹以鹿皮的几。此二句謂，日暮持几在長滿蓬蒿的草叢中静坐。

山居即事〔一〕

寂寞掩柴扉，蒼茫對落暉〔二〕。鶴巢松樹徧〔三〕，人訪蓽門稀〔四〕。嫩竹含新粉〔五〕，紅蓮落故衣〔六〕。渡頭燈火起，處處採菱歸。

〔一〕居輞川時作。

〔二〕「蒼茫」句：庾信《擬詠懷二十七首》其十七：「日晚荒城上，蒼茫餘落暉。」

〔三〕樹，凌本作「徑」。

〔四〕蓽（bì 弊）門：用荊條或竹子編成的門。指簡陋的住處。

〔五〕嫩，宋蜀本、明十卷本、《全唐詩》等俱作「綠」。新生竹的表皮上有一層白色粉末，故曰「嫩竹含新粉」。

〔六〕落故衣：指蓮花凋謝時花瓣脱落。庾信《入彭城館》：「槐庭垂綠穗，蓮浦落紅衣。」

王夫之曰：八句景語，自然含情，亦自齊梁來，居然風雅典則。俗漢輕詆六代鉛華，談何容易！又曰：「落」字重用。（《唐詩評選》卷三）

張謙宜曰：「鶴巢松樹遍，人訪蓽門稀」，寂寞中景色鮮活。（《絸齋詩談》卷五）

山居秋暝〔一〕

空山新雨後，天氣晚來秋。明月松間照，清泉石上流。竹喧歸浣女，蓮動下漁舟。隨意春芳歇，王孫自可留〔二〕。

〔一〕居輞川時作。暝：天黑。

〔二〕「隨意」二句：《楚辭・招隱士》：「王孫遊兮不歸，春草生兮萋萋。……王孫兮歸來，山中兮不可以久留。」此爲招致隱士之詞。這裏作者反用其意，言任他春天的花草消歇，秋景仍然很美，王孫公子自可留居山中。

劉須溪曰：總無可點，自是好。

王夫之曰：凡使皆新，此右丞之似儲者。頷聯同用力求切押。（《唐詩評選》卷三）

宋徵璧曰：王摩詰「明月松間照，清泉石上流」，魏文帝「俯視清水波，仰看明月光」，俱自然妙境。（《抱真堂詩話》）

吴喬曰：右丞之「明月松間照，清泉石上流」，極是天真大雅，後人學之，則爲小兒語也。（《圍爐詩話》卷三）

張謙宜曰：「空山新雨後，天氣晚來秋」，起法高潔，帶得通篇俱好。（《絸齋詩談》卷五）

沈德潛曰：中二聯不宜純乎寫景。如：「明月松間照……蓮動下漁舟。」景象雖工，詎爲模楷？（《説詩晬語》卷上）

高步瀛曰：隨意揮寫，得大自在。（《唐宋詩舉要》卷四）

田園樂七首〔一〕

出入千門萬户，經過北里南鄰〔二〕。蹀躞鳴珂有底，崆峒散髮何人〔三〕？

〔一〕居輞川時作。詩題《詩林廣記》作《輞川六言》。詩題下宋蜀本有「六言走筆立成」六字。述古堂本同，唯無「立」字。

〔二〕出入，宋蜀本、明十卷本、奇字齋本等俱作「厭見」。千門萬户：《史記·孝武本紀》：「於是作建章宫，度爲千門萬户。」後世因稱皇宫之門户爲千門萬户。北里南鄰：謂王侯貴族所居之地，語本左思《詠史八首》其四：「濟濟京城内，赫赫王侯居。……南鄰擊鐘磬，北里吹笙竽。」此二句寫達官貴人之生活。

〔三〕蹀躞（dié xiè 蝶屑）：馬行貌；宋蜀本、明十卷本、奇字齋本等俱作「官府」。珂：馬勒上的玉飾，馬行時作聲，故曰「鳴珂」。蹀躞鳴珂：謂貴人出行之狀。底：何。崆峒：亦作空同，山名，相傳古仙人廣成子居于此。《莊子·在宥》：「黄帝立爲天子十九年，令行天下，聞廣成子在於空同之上，故往見之。」葛洪《神仙傳》卷一：「廣成子者，古之仙人也。居崆峒之山石室之中，黃帝聞而造焉。」散髮：披散頭髮，狂放不羈之態。此二句謂，貴人「蹀躞鳴珂」算不了什麽，崆峒山上還有「散髮」的仙人呢。指貴人不能與仙人相比。

再見封侯萬户，立談賜璧一雙〔一〕。詎勝耦耕南畝〔二〕，何如高卧東窗〔三〕！

〔一〕「再見」二句：揚雄《解嘲》：「或七十説而不遇，或立談而封侯。」按，立談而封侯，指虞卿説趙孝成王事。《史記·平原君虞卿列傳》：「虞卿者，游説之士也。躡蹻擔簦，説趙孝成王，一見賜黃金百鎰、白璧一雙，再見爲趙上卿，故號爲虞卿。」集解：「譙周曰：食邑於虞。」虞卿後封萬户侯。二句即用其事，謂頃刻間立致富貴。

〔二〕詎：豈。耦耕南畝：謂躬耕自給。《論語·微子》：「長沮、桀溺耦而耕（兩人並耕），孔子過之，使子路問津焉。」

〔三〕高卧東窗：指隱者的閒適生活。陳貽焮《王維詩選》云：「暗用陶淵明《與子儼等疏》『嘗言五六月中北窗下卧，遇涼風暫至，自謂是羲皇上人』意。」

採菱渡頭風急〔一〕，策杖村西日斜〔二〕。杏樹壇邊漁父〔三〕，桃花源裏人家〔四〕。

〔一〕急，述古堂本、元本等均注：「一作起。」

〔二〕策杖：拄杖。村，宋蜀本、奇字齋本作「林」。

〔三〕「杏樹」句：《莊子·漁父》：「孔子遊乎緇帷之林（司馬彪注：「黑林名也。」），休坐乎杏壇之上（司馬彪注：「澤中高處也。」），弟子讀書，孔子絃歌，鼓琴奏曲未半，有漁父者下船而來，須眉交白，被髮揄袂，行原以上，距陸而止，左手據膝，右手持頤以聽。」今山東曲阜孔廟大成殿前有杏壇，乃後人所修。句指此地有能聽琴的高雅漁父。

〔四〕桃花源：見《桃源行》注釋。

顧璘曰：首首如畫。

萋萋芳草春緑〔一〕，落落長松夏寒〔二〕。牛羊自歸村巷，童稚不識衣冠〔三〕。

〔一〕萋萋：草盛貌。芳，諸本皆作「春」，底本據《唐詩品彙》改爲「芳」。春，宋蜀本、《全唐詩》等作「秋」。緑，凌本作「碧」。

〔二〕落落：《文選》孫綽《遊天台山賦》：「藉萋萋之纖草，蔭落落之長松。」吕延濟注：「落落，松高貌。」

〔三〕不，《萬首唐人絶句》作「未」。衣冠：士大夫的穿戴。

張謙宜曰：《田園樂》：「萋萋春草秋緑……」比范石湖高數倍，只從味歛味泄上分。宋人極

力爽快處，正是格低。（《覞齋詩談》卷五）

山下孤烟遠村，天邊獨樹高原。一瓢顔回陋巷〔一〕，五柳先生對門〔二〕。

〔一〕「一瓢」句：顔回，字子淵，亦稱顔淵，春秋魯人，孔子的弟子。家貧而好學，孔子屢稱其賢。《論語・雍也》：「子曰：『賢哉，回也！一簞食（用一個竹器吃飯），一瓢飲（用一個瓢喝水），在陋巷，人不堪其憂，回也不改其樂。賢哉，回也！』」此句謂，這裏有像顔回那樣安貧樂道的賢者。

〔二〕五柳先生：見《偶然作・陶潛任天真》注〔九〕。這句説，對門就住着像陶淵明那樣的高士。

明董其昌曰：「『山下孤烟遠村，天邊獨樹高原』，非右丞工于畫道，不能得此語，米元暉猶謂右丞畫如刻畫，故余以米家山寫其詩。（《畫禪室隨筆》卷二）

桃紅復含宿雨〔一〕，柳緑更帶春烟〔二〕。花落家僮未掃〔三〕，鶯啼山客猶眠〔四〕。

〔一〕此首亦載《皇甫冉集》，題作《閑居》，《全唐詩》重見王維及皇甫冉集中。按，此首王維集諸本皆收録，《萬首唐人絶句》以爲王作，歷來選本、詩話亦多作維詩，且内容、格調又與《田園樂》諸篇相合，故著作權當屬之王維。宿雨：昨夜之雨。「宿」《萬首絶句》作「夜」。

〔二〕春，《全唐詩》作「朝」。

〔三〕僮，宋蜀本、《全唐詩》作「童」。

〔四〕鶯，凌本作「鳥」。山客：指隱士。

胡仔曰：「桃紅復含宿雨……鳥啼山客猶眠。」苕溪漁隱曰：每哦此句，令人坐想輞川春日之勝，此老傲睨閒適於其間也。（《苕溪漁隱叢話》後集卷九）

宋黄昇曰：六言絶句，如王摩詰「桃紅復含夜雨」及王荆公「楊柳鳴蜩緑暗」二詩，最爲警絶，後難繼者。近世惟楊誠齋《醉歸》一章：「月在荔枝梢上，人行豆蔻花間。但覺胸吞碧海，不知身落南蠻。」雄健富麗，殆將及之。（《玉林詩話》，《詩人玉屑》卷一九引）

方回曰：右丞有六言《田園樂七首》。「花落家童未掃，鶯啼山客猶眠」，舉世稱歎。（《瀛奎律髓彙評》卷二三）

張謙宜曰：何嘗不風流，只是渾含。（《絸齋詩談》卷五）

潘德輿曰：或問六言詩法，予曰：王右丞「花落家童未掃，鳥啼山客猶眠」，康伯可「啼鳥一聲村晚，落花滿地人歸」，此六言之式也。必如此自在諧協方妙，若稍有安排，只是減字七言絶耳，不如無作也。（《養一齋詩話》卷五）

酌酒會臨泉水〔一〕，抱琴好倚長松。南園露葵朝折〔二〕，東谷黄粱夜舂〔三〕。

〔一〕會：適。

〔二〕露葵：見《積雨輞川莊作》注〔七〕。

〔三〕東谷，宋蜀本、述古堂本作「東舍」，凌本作「西舍」。黄粱：小米的一種。

顧可久曰：有是情景，難得副是清閒淡適語。

謝榛曰：六言體起于谷永、陸機，長篇一韻。迨張説、劉長卿八句，王維、皇甫冉四句，長短不同，優劣自見。（《四溟詩話》卷二）

汎前陂〔一〕

秋空自明迥〔二〕，況復遠人間〔三〕。暢以沙際鶴〔四〕，兼之雲外山〔五〕。澄波澹將夕〔六〕，清月皓方閒〔七〕。此夜任孤棹〔八〕，夷猶殊未還〔九〕。

〔一〕據詩中所寫景物及「況復遠人間」之語，此篇似當作於輞川。前陂（bēi 杯）：疑指欹湖。陂，池塘。

〔二〕自明，底本、《全唐詩》均注：「一作明月。」迥：高遠。

〔三〕 間，《文苑英華》作「寰」。

〔四〕 暢：指心情舒暢；宋蜀本作「揚」。以：因。

〔五〕 兼之：加以。外：有「内中」義。

〔六〕 澄波，宋蜀本作「登陂」。「登」蓋即「澄」之形誤字。澹：水摇蕩。

〔七〕 閒：閒静。

〔八〕 任孤棹：謂任憑孤舟在水中飄蕩。

〔九〕 夷猶：從容自得。殊：竟然。

楊慎曰：王右丞詩：「暢以沙際鶴，兼之雲外山。」孟浩然云：「重以觀魚樂，因之鼓枻歌。」雖用助語辭，而無頭巾氣。宋人黄陳輩效之，如：「且然聊爾耳，得也自知之。」又如：「命也豈終否，時乎不暫留。」豈止學步邯鄲，效顰西子？乃是醜婦生瘡，雪上再霜也。（《升菴詩話》卷三）

山茱萸〔一〕

朱實山下開〔二〕，清香寒更發。幸與叢桂花〔三〕，窗前向秋月。

〔一〕 輞川有茱萸沜，此詩或即維居輞川時所作。山茱萸：參見《輞川集·茱萸沜》注〔二〕。詩題宋蜀本作《山茱萸詠》。

〔二〕朱實，奇字齋本作「茱萸」。

〔三〕幸：猶「正」。與，底本原作「有」，此從宋蜀本、述古堂本、《全唐詩》。

酬虞部蘇員外過藍田別業不見留之作〔一〕

貧居依谷口〔二〕，喬木帶荒村〔三〕。石路枉迴駕〔四〕，山家誰候門〔五〕？漁舟膠凍浦，獵犬繞寒原。惟有白雲外，疎鐘聞夜猿〔六〕。

〔一〕虞部：工部四司之一，置員外郎一人，從六品上，掌京城街巷種植、山澤苑囿及草木薪炭等事。藍田別業：即輞川別業。不見留：指蘇訪維不遇，未在輞川停留。

〔二〕谷口：指輞谷南口。輞川莊臨近輞谷南口。

〔三〕喬木：高木。帶：圍繞。

〔四〕枉迴駕：謂屈尊見訪，不遇而返。

〔五〕此句指己不在，家中無人候門待客。

〔六〕膠：黏著。獵犬繞，底本原作「獵火燒」，此從宋蜀本。聞，底本原作「聞」，趙殿成曰：「聞字疑是間字之誤。」按，元本正作「間」，今據改。夜猿：指夜間的猿啼聲。以上四句寫冬日荒村薄暮的凄清景象，借以表現作者歸來後見蘇已去的悵惘心情。

藍田山石門精舍〔一〕

落日山水好，漾舟信歸風〔二〕。玩奇不覺遠〔三〕，因以緣源窮〔四〕。遥愛雲木秀〔五〕，初疑路不同〔六〕。安知清流轉，偶與前山通〔七〕。捨舟理輕策〔八〕，果然愜所適〔九〕。老僧四五人，逍遥蔭松柏〔一〇〕。朝梵林未曙〔一一〕，夜禪山更寂〔一二〕。道心及牧童〔一三〕，世事問樵客〔一四〕。暝宿長林下，焚香卧瑶席〔一五〕。澗芳襲人衣〔一六〕，山月映石壁。再尋畏迷誤，明發更登歷。笑謝桃源人，花紅復來覿〔一七〕。

〔一〕此詩乃維居輞川時往遊藍田山之作。殷璠在《河嶽英靈集》中評維詩，曾稱引本篇之「落日」二句及「澗芳」二句，據此，知本詩當作於天寶十二載（七五三）前。藍田山：在陝西藍田縣東南。《元和郡縣志》卷一：「藍田山一名玉山，一名覆車山，在（藍田）縣東二十八里。」《長安志》卷一六：「藍田山在（藍田）縣東南三十里。……其山出玉，亦名玉山。……灞水之源，出藍田谷西。」石門精舍：陳貽焮《王維詩選》謂「或即指大興湯院」。按，《長安志》卷一六云：「石門湯在（藍田）縣西南四十里石門谷口。舊圖經曰：唐初有異僧止于此，大雪，其地雪融不積，僧曰：必温泉也。掘之，果有湯泉湧出，遂置舍兩區。……明皇時賜名大興湯院。」大興湯院不在藍田山，此石門精舍當爲藍田山佛寺名。詩題《文苑英華》作《藍田山石門精舍二首》，且分前八句爲第一首。

〔二〕漾舟：《文選》謝惠連《西陵遇風獻康樂》：「成裝候良辰，漾舟陶嘉月。」李周翰注：「漾舟，泛舟也。」信：聽任。歸風：迴風，旋風。《文選》木華《海賦》：「於是舟人漁子，徂南極（至）東。……或乃萍流而浮轉，或因歸風以自反。」李周翰注：「或因迴風以自歸也。」

〔三〕玩，《全唐詩》作「探」。

〔四〕緣：尋。《文選》謝朓《敬亭山詩》：「緣源殊未極，歸徑窅如迷。」劉良注：「緣，尋也。」《唐詩紀事》作「尋」。按，輞水北流入灞水，自輞水乘舟入灞，復溯灞水而上，尋其源頭，即可抵藍田山。

〔五〕秀，底本、《全唐詩》均注：「一作翠。」

〔六〕疑，《文苑英華》作「言」。路不同：指沿水而行，不能到達那生長着「雲木」（參天古木）的地方。

〔七〕安，《文苑英華》作「誰」。二句意謂，哪知水流轉向，却恰巧與前山（指生長着「雲木」之地）相通。

〔八〕策：杖。

〔九〕愜所適：對所到之地感到滿意。

〔一〇〕蔭松柏：謂有松柏遮蓋其上。《楚辭·九歌·山鬼》：「山中人兮芳杜若，飲石泉兮蔭松柏。」

〔一一〕朝梵：和尚早晨誦經。未，底本、《全唐詩》均注：「一作方。」

〔一二〕夜禪：夜晚坐禪。山，《全唐詩》注：「一作心。」

〔一三〕道心：即菩提心。菩提乃梵文之音譯，意譯爲「覺」「智」等，指對佛教「真理」的覺悟。舊譯借用《老》、《莊》術語，稱之爲「道」。「道心」猶言覺知佛教「真理」之心。此句謂，和尚的道心影響到了牧童。

〔一四〕此句言佛寺與世隔絶，欲知世事，只有向樵夫打聽。「問」《文苑英華》作「聞」。

〔一五〕瑶席：形容席子光潤如玉。

〔一六〕此句下宋蜀本注：「一云澗風吹人衣。」

〔一七〕明發：黎明。登歷：登臨游歷之意。謝：告辭。桃源：見《桃源行》注釋。覿（dí狄）：相見。以上四句用陶淵明《桃花源記》中所寫的武陵漁人偶入桃源、離去後又欲前往即迷失道路的故事，説怕再來時迷路，黎明又四處察看一番；行前含笑與這世外桃源裏的人們辭别，約定明年桃花開時再來相見。

明鍾惺曰：妙在説得變化，似有步驟而無端倪，作記之法亦然。（《唐詩歸》卷八）

黄周星曰：一幅石門精舍圖，讀至「道心」二語，則又别有天地，非人間矣。（《唐詩快》卷四）

張謙宜曰：一氣渾成中極掩映合沓之妙。（《絸齋詩談》卷五）

黄培芳曰：擷康樂之英。（翰墨園重刊本《唐賢三昧集箋注》卷上）

王壽昌曰：發端語如……「落日山水好，漾舟信歸風」之清麗恬適，……「萬壑樹參天，千山

響杜鵑」之瀏亮，……皆可法也。（《小清華園詩談》卷下）

山中〔一〕

荊溪白石出〔二〕，天寒紅葉稀。山路元無雨〔三〕，空翠濕人衣〔四〕。

〔一〕此詩首見于奇字齋本《外編》，凌本、底本《外編》俱收録；《全唐詩》王維集收作《闕題二首》，此詩即其第一首。其他各本未見收録。宋蘇軾《書摩詰藍田煙雨圖》（見《東坡題跋》卷五）云：「詩曰：『藍溪（亦名藍水，源出藍田縣東藍田谷，西北流入灞水）白石出，玉山紅葉稀。山路元無雨，空翠濕人衣。』此摩詰之詩也。或曰：非也，好事者以補摩詰之遺。」《唐音癸籤》卷三三：「坡公嘗戲爲摩詰之詩，以摹寫摩詰之畫，編《詩紀》者，認爲真摩詰詩，採入集中。世人無識，那可與分辨？」下即引《書摩詰藍田煙雨圖》之文，且曰：「此活語被人作死語看，摩詰增一首好詩，失却一幅好畫矣。」按，宋釋惠洪《冷齋夜話》卷四録此首，謂之曰「王維摩詰《山中》詩」，今姑從其説，斷此詩爲王維所作。又荊溪在藍田，此詩當即作于維居輞川期間。

〔二〕荊溪：即長水，又名荊谷水，源出藍田縣西北，西北流，經長安縣東南入灞水。《水經注·渭水》：「長水出自杜縣白鹿原，西北流，謂之荊溪，又西北左合狗枷川，北入霸水（即灞水），俗謂之滻水，非也。」《長安志》卷一六藍田縣：「荊谷水自白鹿原（在藍田縣西五里，西北入萬年縣界）東流入萬年縣唐邨界。」此二字《冷齋夜話》作「溪清」（《詩人玉屑》卷一〇引《冷齋夜話》則作「荆溪」），底本注：「一作藍田。」

〔三〕元：原。

〔四〕此句形容高山上的嵐氣蒼翠欲滴。謝靈運《過白岸亭》：「空翠難强名，漁釣易爲曲。」杜甫《大曆三年春白帝城放船出瞿塘峽》：「石苔凌几杖，空翠撲肌膚。」

釋惠洪曰：吾弟超然喜論詩，其爲人純至有風味，嘗曰：……王維摩詰《山中》詩曰：「溪清白石出……。」舒王《百家夜休》曰：「相看不忍發，慘澹暮潮平，欲別更攜手，月明洲渚生。」此皆得于天趣。（《冷齋夜話》卷四）

贈劉藍田〔一〕

籬中犬迎吠〔二〕，出屋候柴扉〔三〕。歲晏輸井税〔四〕，山村人夜歸。「晚田始家食〔五〕，餘布成我衣〔六〕。詎肯無公事，煩君問是非〔七〕。」

〔一〕劉藍田：藍田縣令劉某，名未詳。此詩《唐百家詩選》卷一作盧象詩，《全唐詩》重見王維集及卷八八二盧象詩補遺。按，王維集諸本皆收載此詩，《河嶽英靈集》、《唐文粹》亦俱以此詩爲王維所作，故其著作權似當屬之王維。尋繹詩意，此詩應是維居輞川時所作；又《河嶽英靈集》録此詩，它當作于天寶十二載前。

〔二〕中，《河嶽英靈集》、《唐文粹》、《全唐詩》俱作「間」。

〔三〕候柴扉：所等候的對象，即下二句所寫歲末到藍田縣銜「輸井税」，夜裏歸來的山村人。柴，《河嶽英靈集》、《唐文粹》、《全唐詩》俱作「荆」。

〔四〕井税：田税。

〔五〕始：方，纔。家食：家中的糧食。《易林·無妄》之《訟》：「不耕而穫，家食不給。」食，《唐文粹》作「熟」。此句謂，晚熟之田的收穫，纔成爲家中的糧食。

〔六〕餘布：指納調（唐時每丁每年需繳納一定數量的布或綾、絹等物，稱之爲「調」）後剩下的布。

〔七〕詎肯：猶言豈能。問，奇字齋本作「聞」。此二句爲山村人向詩人的訴説之辭，意謂並不求無公家之事（指向官府納税之事），煩君過問一下其中的是非。又，此二句盧象詩作「對此能無憶，勞君問是非」。

顧可久曰：急徵繁苦之意，見於言外。

山中送别〔一〕

山中相送罷，日暮掩柴扉。春草明年緑，王孫歸不歸〔二〕？

〔一〕疑居輞川時作。詩題底本原作《送别》，此從宋蜀本、《萬首唐人絶句》、《唐詩品彙》；又《全唐詩》注云：「一作《送友》。」

〔二〕明年，明十卷本、奇字齋本等作「年年」。此二句語本《楚辭・招隱士》，參見《山居秋暝》注〔二〕。

胡仔曰：摩詰《山中送别》詩云：「山中相送罷……」蓋用《楚詞》：「王孫遊兮不歸，春草生兮萋萋。」此善用事也。（《苕溪漁隱叢話》後集卷九）

劉須溪曰：今古斷腸，理不在多。

顧璘曰：古語翻案。

顧可久曰：自謂因歸人感懷，悵恨不窮，婉曲、含蓄、多味、高古。

早秋山中作〔一〕

無才不敢累明時〔二〕，思向東溪守故籬〔三〕。豈厭尚平婚嫁早〔四〕，却嫌陶令去官遲〔五〕。草間蛩響臨秋急〔六〕，山裏蟬聲薄暮悲〔七〕。寂寞柴門人不到，空林獨與白雲期〔八〕。

〔一〕細玩詩意，本詩當爲居輞川時作。中，顧本作「居」。

〔二〕累：牽累，妨礙。

〔三〕東溪：見《東溪翫月》注〔一〕。句指思棄官隱居。

〔四〕豈，底本原作「不」，此從宋蜀本、明十卷本、奇字齋本等。尚平：即尚長，一作「向長」，字子平，詩文中多稱作「尚平」或「向平」。《後漢書・逸民列傳》：「向長，字子平，河内朝歌人也。隱居不仕，性尚中和。……建武中，男女嫁娶既畢，勑斷家事勿相關，『當如我死也』。於是遂肆意與同好北海禽慶俱遊五嶽名山，竟不知所終。」此句意謂，不厭尚平早辦完子女婚嫁之事，出遊名山大川。

〔五〕「却嫌」句：參見《偶然作・陶潛任天真》注〔三〕。

〔六〕間，底本原作「堂」，此從述古堂本、元本、明十卷本等。蛩（qióng 窮）：蟋蟀；《文苑英華》作「蟲」。

〔七〕聲，《文苑英華》作「鳴」。

〔八〕期：約會；底本注：「一作歸。」此句謂，空林無人，獨與白雲爲伴。管世銘曰：「凡律例最重起結，七言尤然。起句之工于發端，如……王維『無才不敢累明時，思向東溪守故籬』。」（《讀雪山房唐詩序例・七律凡例》）

林園即事寄舍弟紞〔一〕

寓目一蕭散〔二〕，消憂冀俄頃〔三〕。青草肅澄陂〔四〕，白雲移翠嶺。後浦通河渭〔五〕，前山包鄢郢〔六〕。松含風裏聲，花對池中影。地多齊后癚〔七〕，人帶荆州癭〔八〕。徒思赤筆書〔九〕，詎有丹砂井〔一〇〕？ 心悲常欲絶，髮亂不能整。 青簟日何長〔一一〕，閑門晝方静。 頽思茅簷下〔一二〕，彌傷好風景〔一三〕！

〔一〕疑居輞川時作，説見本詩注〔五〕。 紞（dǎn 膽）：王維最小的弟弟，生平事跡參見《年譜》。 詩題下奇字齋本注云：「公次荆州時作。」《全唐詩》同，唯無「公」字。 趙殿成曰：「後浦，諸本俱誤作後沔，惟劉須溪本是浦字。 顧玄緯因沔、鄢、郢、荆州諸字俱是楚地，遂於題下註云：『公次荆州時作。』成按，沔水不通河渭……其爲浦字之誤明甚（按，述古堂本、元本俱作浦）；鄢郢雖是楚地，然前山則指秦地之山而言，與《送李太守赴上洛》詩云『商山包楚鄧，積翠靄沉沉』，文意一例；荆州與齊后對用，是引故事，非實指楚地，參互考之，非次荆州時作也。」趙説是。

〔二〕寓目：觀看，過目。 此指觀看風景。 一：一旦，一時。 蕭散：蕭灑閒散之意。《顔氏家訓·雜藝》：「風流才士，蕭散名人。」

〔三〕此句謂，希望頃刻間能消除憂愁。

〔四〕肅：静。 澄陂：清池。 陂，述古堂本、元本作「波」。

〔五〕「後浦」句：輞水入灞水，灞水入渭水，渭水入河，故云。 據此，本詩或即作於輞川。 後浦，後面的河流。

〔六〕前山：當指秦嶺。 包：包容。 鄢（yān 焉）：楚别都，在今湖北宜城西南。 郢：楚郢都，在今湖北荆州西北。此句極言前山之大。

〔七〕齊后瘧：齊后，齊君，指齊景公。《晏子春秋·内篇·諫上》：「景公疥（疥瘡，皮膚病名）且瘧（瘧疾），期年不已。」

〔八〕荆州癭（yǐng影）：《晋書·杜預傳》載，預拜鎮南大將軍、都督荆州諸軍事，率衆伐吴，「吴人知預病癭，憚其智計，以瓠繫狗頸示之。每大樹似癭，輒斫使白，題曰『杜預頸』。」荆州，三國魏時治所在南陽（今河南南陽市）。癭，長在脖子上的一種囊狀瘤。《博物志》卷一：「山居之民多癭腫疾，由於飲泉之不流者。今荆南諸山郡東多此疾瘇。」

〔九〕赤筆書：趙殿成曰：「二顧注俱引《漢官儀》『尚書丞郎月給赤管大筆一雙』，可久氏並解其下云：『謂昔仕朝時。』成謂非是。赤筆書，當作仙書符篆之解，《魏書·釋老志》所謂丹書紫字，《雲笈七籤》所謂紫書紫筆縉文之類是也。」句謂仙書符篆不可得。

〔一〇〕詎：豈。丹砂井：《抱朴子·内篇·仙藥》：「余亡祖鴻臚少卿曾爲臨沅令，云此縣有廖氏家，世世壽考，或出百歲，或八九十，後徙去，子孫轉多夭折。他人居其故宅，復如舊，後累世壽考，由此乃覺是宅之所爲，而不知其何故。疑其井水殊赤，乃試掘井左右，得古人埋丹砂數十斛，去井數尺。此丹砂汁因泉漸入井，是以飲其水而得壽。」句指長壽乏術。

〔一一〕「青簟」句：用江淹《别賦》「夏簟清兮晝不暮」之意。簟（diàn店），竹席。簟爲夏時而設，句謂夏日卧于青簟之上，難渡長晝。

〔二二〕頽思：《文選》司馬相如《長門賦》：「無面目之可顯兮，遂頽思而就牀。」李善注：「《廣雅》曰：『頽，壞也。』言壞其思慮而就牀。」

〔二三〕此句意謂，本來觀看風景，希望能消除憂愁，誰知面對好風景却更加憂傷！

酬諸公見過時官出在輞川莊〔一〕

嗟余未喪〔二〕，哀此孤生〔三〕。屏居藍田〔四〕，薄地躬耕。歲晏輸税，以奉粢盛〔五〕。晨往東皋〔六〕，草露未晞〔七〕。暮看煙火，負擔來歸〔八〕。我聞有客，足掃荆扉〔九〕。簞食伊何〔一〇〕？副瓜抓棗〔一一〕。仰廁群賢〔一二〕，皤然一老〔一三〕。愧無莞簟〔一四〕，班荆席藁〔一五〕。汎汎登陂〔一六〕，折彼荷花〔一七〕。静觀素鮪〔一八〕，俯映白沙。山鳥群飛，日隱輕霞。登車上馬，倏忽雨散〔一九〕。雀噪荒村，雞鳴空館。還復幽獨，重欷累歎〔二〇〕。

〔一〕天寶九、十載間居母喪時作于輞川，説見《年譜》。見過：過訪自己。「時」字上，宋蜀本、述古堂本、元本俱多「四言」二字。官出：指離職。此二字宋蜀本、《全唐詩》俱作「官未出」三字。

〔二〕余，述古堂本作「今」，《全唐詩》作「予」。未喪：謂母、妻皆喪獨己尚在。

〔三〕孤生：孤獨的人。

〔四〕屏（bǐng 餅）居：隱居。藍田：唐縣名，即今陝西藍田縣；趙殿成謂指藍田山，按，輞川莊不在藍田山，參見《輞川集·孟城坳》注〔一〕。

〔五〕奉：給與，供給。粢（zī 資）：穀類總稱。粢盛（chéng 成）：指盛在祭器内供祭祀用的穀物。《孟子·滕文公下》：「諸侯耕助（即耕藉），以供粢盛。」此二句謂，年底繳納租稅，用來供朝廷充作祭品。按，唐代官吏的職分田等，需納地租，參見《唐會要》卷九二。

〔六〕東皋：參見《歸輞川作》注〔四〕。

〔七〕晞（xī 希）：乾。

〔八〕負擔：背負肩挑。負，宋蜀本作「魚」，奇字齋本、凌本作「漁」。疑「負」形近誤作「魚」，「魚」形近又誤而爲「漁」。

〔九〕足：猶言「充分地」。

〔一〇〕簞（dān 單）：古時盛食物的一種竹器。伊：助辭，無義。這句説，簞中盛的食物是什麼？

〔一一〕副（pì 僻）瓜：剖開的瓜。抓（guā 瓜）棗：打下的棗。抓，擊。

〔一二〕仰：向上，有表示恭敬之意。廁：置身其中，混雜在裏面。群賢：指來訪的客人。

〔一三〕皤（pó 婆）然：髮白貌。是時作者五十或五十一歲，故云「皤然一老」。

〔一四〕莞（guān 官）：《詩·小雅·斯干》：「下莞上簟。」鄭箋：「莞，小蒲之席也。」莞又名小蒲，生沼澤中，莖高五六尺，細而圓，可織席。簟（diàn 店）：竹席。古時以蒲席鋪墊於竹席下，以求安適。

〔一五〕班荆：鋪荆條於地而坐。《左傳》襄公二十六年：「伍舉奔鄭，將遂奔晉；聲子將如晉，遇之於鄭郊，班荆相與食，而言復故。」席藁（gǎo 搞）：鋪藁於地而坐。藁，同稾，禾稈，又指用禾稈編的墊子。

〔一六〕汎汎：舟浮貌。登陂：上池塘。何焯校本《王摩詰集》版框下方有朱筆校云：「登，元（刻）作澄。」

〔一七〕此句宋蜀本、明十卷本、張本俱作「折枝作花」。

〔一八〕静，底本原作「浄」，此從《全唐詩》。素：白色。鮪（wěi 僞）：古書上指鱘。

〔一九〕倏（shū 抒）忽：指極短的時間。雨散：喻離散。謝朓《和劉中書》：「山川隔舊賞，朋僚多雨散。」雨，《全唐詩》作「雲」。

〔二〇〕欷（xī 西）：抽咽聲。句謂不禁多次抽咽連續歎息。

鍾惺曰：韻高氣厚。（《唐詩歸》卷八）

明譚元春曰：四言詩字字欲學《三百篇》，便遠干《三百篇》矣。右丞以自己性情留之，味長而氣永，使人益厭劉琨、陸機諸人之拙。（同上）

張謙宜曰：只是一篇雅詞，尚未到漢魏境界，《雅》、《頌》又無論矣。向後人作四言詩，却只宗此派。（《絸齋詩談》卷五）

別輞川別業〔一〕

依遲動車馬〔二〕，惆悵出松蘿〔三〕。忍别青山去，其如緑水何〔四〕！

〔一〕此詩王縉有同詠，載《全唐詩》卷一二九。此題或維、縉兄弟服闋後離開輞川還長安時所同作。

〔二〕依遲：依依不捨的樣子。

〔三〕松蘿：地衣類植物，常寄生松樹上。「出松蘿」猶言離開山林。

〔四〕忍：忍心，狠心。如：奈。二句意謂，即使忍心離别青山而去，同緑水也難分難捨！

顧可久曰：青山緑水誰是可别去者？淺語情深。

輞川别業

不到東山向一年〔一〕，歸來纔及種春田。雨中草色緑堪染，水上桃花紅欲燃〔二〕。優婁比丘經論學〔三〕，傴僂丈人鄉里賢〔四〕，披衣倒屣且相見〔五〕，相歡語笑衡門前〔六〕。

〔一〕東山：借指輞川别業，參見《送綦毋潛落第還鄉》注〔三〕。向一年：王維「事母崔氏以孝聞」（《舊唐書》本傳），如果是時崔氏仍在世，王維當不至於會有近一年時間不回輞川省母，故此詩當作於天寶末王維守母喪期滿又出而爲官之後。

〔二〕欲燃：梁元帝《宫殿名詩》：「林間花欲然（同「燃」），竹徑露初圓。」「欲」述古堂本作「亦」。

〔三〕優婁比丘：指佛教僧人。優婁，人名，優樓頻螺伽葉之略稱。原是有五百弟子的外道（指佛教之外的其他宗教哲學派别）論師，後與其二弟及弟子共歸佛出家。參見《四分律》卷三二。比丘，梵文的音譯，指出家後受過具足戒（佛教比丘與比丘尼的戒律，因同沙彌、沙彌尼所受十戒相比，戒品具足，故稱。出家人依戒法規定受持此戒，即取得正式僧尼資格）的男僧。經論：佛教典籍分經、律、論三部分，謂之三藏。經爲佛所自説，論是經義的解釋，律則記佛教戒規。此句謂，僧人中通經論之學者。

〔四〕傴僂（yǔ lǚ宇旅）丈人：《莊子·達生》：「仲尼適楚，出於林中。見痀僂（同傴僂，駝背）者承蜩（用長竿黏蟬），猶掇（以手拾物）之也。仲尼曰：『子巧乎！有道邪？』曰：『我有道也。五六月，累丸二而不墜，則失者錙銖；累三而不墜，則失者十一；累五而不墜，猶掇之也。吾處身也，若厥（橛）株拘（斷木頭）；吾執臂也，若槁木之枝。雖天地之大，萬物之多，而唯蜩翼之知。吾不反不側，不以萬物易蜩之翼，何爲而不得！』孔子顧謂弟子曰：『「用志不分，乃凝於神（精神乃專一集中）。」其痀僂丈人之謂乎！』」此句謂，像傴僂丈人那樣的鄉里賢者。

〔五〕倒屣：古人家居，脱鞋席地而坐。客人來，急於出迎，將鞋子倒穿。《三國志·魏書·王粲傳》：「（蔡邕）聞粲在門，倒屣迎之。」後以「倒屣」形容熱情迎客。

〔六〕衡門：參見《偶然作·田舍有老翁》注〔一〕。

鄭果州相過〔一〕

麗日照殘春〔二〕，初晴草木新。牀前磨鏡客，林裏灌園人〔三〕。五馬驚窮巷〔四〕，雙童逐老身〔五〕。中廚辦麤飯〔六〕，當恕阮家貧〔七〕。

〔一〕據「林裏灌園人」、「雙童逐老身」等語，此詩或維天寶末年居輞川時所作。鄭果州：果州刺史鄭某，名不詳。果州，天寶元年改名南充郡，治所在今四川南充北。此處蓋沿用舊稱。相，凌本作「見」。

〔二〕麗，述古堂本、元本作「斜」。

〔三〕前，奇字齋本、凌本俱作「頭」。磨鏡客：謂負局先生。《列仙傳》卷下：「負局先生者，不知何許人也。語似燕代間人。常負磨鏡局（箱），徇（巡行）吴市中，衒磨鏡一錢（沿街叫賣磨鏡只取一錢），因磨之，輒問主人：『得無有疾苦者？』輒出紫丸藥以與之，得者莫不愈，如此數十年。後大疫病，家至户到，與藥，活者萬計，不取一錢，吴人乃知其真人（修真得道之人）也。」林裏，宋蜀本作「樹裏」，明十卷本、《全唐詩》等作「樹下」，凌本作「花下」。灌園人：指陳仲子，見《輞川閒居》注〔四〕。此二句指己與道士、隱者往來。

〔四〕五馬：謂太守之車。又用爲太守的代稱。漢樂府《陌上桑》：「使君從南來，五馬立踟躕。」句指鄭果州來訪。

〔五〕雙童：庾信《奉和永豐殿下言志十首》其四：「五馬遥相問，雙童來夾車。」老身：老年人之自稱。此句謂，兩個僕人跟隨自己出迎。

〔六〕「中厨」句：漢樂府《隴西行》：「談笑未及竟，左顧勑（吩咐）中厨，促令辦麤飰（粗飯），慎莫使稽留。」中厨，内厨房；《文苑英華》作「厨中」。

〔七〕當恕，《文苑英華》作「常恐」。阮家貧：《晋書·阮咸傳》：「咸與籍居道南，諸阮居道北，北阮富而南阮貧。」此以阮家自喻。

酬張少府〔一〕

晚年惟好静〔二〕，萬事不關心。自顧無長策〔三〕，空知返舊林〔四〕。松風吹解帶〔五〕，山月照彈琴。君問窮通理〔六〕，漁歌入浦深〔七〕。

〔一〕晚年居輞川時作。少府：即縣尉。

〔二〕年，底本注：「一作來。」

〔三〕長策：良策。底本注：「長，一作良。」

〔四〕空：只。

〔五〕解帶：古人上朝或見客時需束帶，在家無事時則可解帶。句謂松風吹來我解開了衣帶。

〔六〕君，宋蜀本作「苦」。窮通：困厄與顯達，得意與失意。

〔七〕此句謂，我駕船唱着漁歌進入漁浦深處。這句話寫出了過窮困的隱居生活的樂趣，是對「窮通理」的形象回答。

黄周星曰：可解不可解，正是妙處。（《唐詩快》卷八）

張謙宜曰：「晚年惟好静，萬事不關心」，含一篇之脈，此方是起法。三四虚承，五六實地，用筆淺深俱到，章法之妙也。（《絸齋詩談》卷五）

沈德潛曰：收束或放開一步，或宕出遠神，或本位收住。……王右丞：「君問窮通理，漁歌入浦深。」從解帶彈琴宕出遠神也。（《説詩晬語》卷上）

又曰：結意以不答答之。（《唐詩别裁》卷九）

王壽昌曰：何謂高？曰：《古詩十九首》尚矣，……近體則……王右丞之「晚年惟好静……」。（《小清華園詩談》卷上）

題輞川圖〔一〕

老來懶賦詩，惟有老相隨。宿世謬詞客〔二〕，前身應畫師。不能捨餘習，偶被世人知〔三〕。

名字本習離，此心還不知〔四〕。

〔一〕此詩諸本皆作《偶然作》之第六首。按，唐朱景玄《唐朝名畫録》曰：「（維）復畫《輞川圖》，山谷鬱盛，雲飛水動，意出塵外，怪生筆端，嘗自題詩云：『當世謬詞客，前身應畫師。』其自負也如此。」唐張彦遠《歷代名畫記》卷一〇云：「清源寺壁上畫輞川，筆力雄壯，常自製詩曰：『當世謬詞客，前身應畫師。不能捨餘習，偶被時人知。』誠哉是言也。」宋郭若虚《圖畫見聞志》卷五亦云：「嘗于清源寺壁畫《輞川圖》，巖岫盤鬱，雲飛水動，自製詩曰：『當世謬詞客……』」據以上記載，此詩當作《題輞川圖》，不應曰《偶然作》；《萬首唐人絶句》即採「宿世」四句爲一絶，題作《題輞川圖》。又，《輞川圖》既畫于清源寺（即輞川莊，維施莊爲寺後，改用此名）壁，則此首題圖之詩，亦當作于維晚年（據首二句可知）居輞川時。《輞川圖》有明刻石本傳世，現藏於藍田縣文物管理所。

〔二〕宿世：佛教指過去的一世，即前生；《唐朝名畫録》等作「當世」（見注〔一〕），《唐詩紀事》作「當代」。謬詞客：妄爲詩人。即本來不配當詩人却當了詩人之意。謬，謙詞。

〔三〕世，《萬首唐人絶句》、《唐詩紀事》俱作「時」。此二句意謂，自己不能捨棄前生遺留之習，繼續寫詩作畫，名字遂偶然爲世人所知。

〔四〕習離，底本原作「皆是」，此從述古堂本。心，宋蜀本、述古堂本俱作「知」。又此詩韻字用二

「知」字，趙殿成曰：「疊用二『知』字，疑誤。」此二句意謂，我的名字與自己原本的習尚（好寫詩作畫）相離，而自己的心裏却不明白。指我用佛教居士維摩詰之名作爲自己的名字，本不應去追求詩人、畫家的浮名。

清余成教曰：「宿世謬詞客……偶被時人知」，四句善于自寫。（《石園詩話》卷一）

崔濮陽兄季重前山興山西去，亦對維門〔一〕

秋色有佳興，況君池上閒。悠悠西林下，自識門前山。千里横黛色〔二〕，數峰出雲間。嵯峨對秦國〔三〕，合沓藏荆關〔四〕。殘雨斜日照，夕嵐飛鳥還〔五〕。故人今尚爾，歎息此頽顔〔六〕。

〔一〕崔季重：蘇源明《小洞庭洄源亭讌四郡太守詩》序曰：「天寶十二載七月辛丑，東平太守扶風蘇源明，觴濮陽太守清河崔公季重、魯郡太守隴西李公蘭、濟南太守太原田公琦、濟陽太守隴西李公倰于洄源亭。」知季重天寶十二載爲濮陽（即濮州，天寶元年更名，治所在今山東鄄城北）太守。高步瀛《唐宋詩舉要》曰：「觀原注，似此時季重已罷濮陽守而居藍田矣。」按，高説是。既然季重門前之山「亦對維門」，則是時維之居處自然也當在山間；而天寶末維在山間的居處，無疑就是位于藍田的輞川别業。綜上所述，本詩應是天寶十三載（七五四）或十四載秋維居輞川時所作。前山：即詩中之「門前山」。興：興致，情趣。

〔二〕黛色：指青黑的山色。據此句，季重的「門前山」，或爲秦嶺。

〔三〕嵯（cuó 矬）峨：山高峻貌。秦國：指秦都咸陽一帶。

〔四〕合沓：指山峰重疊。《文選》王褒《洞簫賦》：「薄索合沓。」李善注：「合沓，重沓也。」荆關：柴門。謝莊《山夜憂》：「迴舲拓繩户，收棹掩荆關。」此指隱者的住所。

〔五〕嵐：指山間霧氣。

〔六〕「故人」句：《古詩十九首·客從遠方來》：「相去萬餘里，故人心尚爾。」此二句謂，故人（指崔）如今絲毫未變（指仍未老），只爲自己這衰老的容顔而歎息。

顧璘曰：學陶。

黄周星曰：何其澹遠。（《唐詩快》卷四）

黄培芳曰：起爽朗。此首略近青蓮。又曰：（「千里」四句）四語闊大。（翰墨園重刊本《唐賢三昧集箋注》卷上）

高步瀛曰：超逸。（《唐宋詩舉要》卷一）

山中示弟〔一〕

山林吾喪我〔二〕，冠帶爾成人〔三〕。莫學嵇康懶〔四〕，且安原憲貧〔五〕。山陰多北户〔六〕，泉水在東隣。緣合妄相有〔七〕，性空無所親〔八〕。安知廣成子，不是老夫身〔九〕？

〔一〕詩中自稱「老夫」，疑是天寶末年居輞川時所作。「弟」下底本多一「等」字，今從宋蜀本、明十卷本、《全唐詩》等刪去。

〔二〕吾喪我：指進入自忘（不感到自己的存在）的精神境界。《莊子·齊物論》：「（南郭）子綦曰：『……今者吾喪我，汝知之乎？』」郭象注：「吾喪我，我自忘矣；我自忘矣，天下有何物足識哉！故都忘外内，然後超然俱得。」

〔三〕冠帶：戴帽束帶，指仕宦。《後漢書·儒林傳》：「冠帶縉紳之人，圜橋門而觀聽者蓋億萬計。」成人：猶言成器、成材。《鶴林玉露》卷九：「諺云：成人不自在，自在不成人。」

〔四〕嵇康懶：嵇康《與山巨源絶交書》：「（吾）性復疏嬾（懶散），筋駑肉緩，頭面常一月十五日不洗；不大悶癢，不能沐也。」

〔五〕原憲貧：《史記·仲尼弟子列傳》：「原憲，字子思。……孔子卒，原憲亡在草澤中，子貢相衛，而結駟連騎，排藜藿，入窮閻，過謝原憲。憲攝敝衣冠見子貢，子貢耻之，曰：『夫子豈病乎？』原憲曰：『吾聞之，無財者謂之貧，學道而不能行者謂之病，若憲，貧也，非病也。』子貢慙，不懌而去。」

〔六〕此句謂，房屋在山之北，門多朝北開（即不面山而開）。

〔七〕緣：佛教用語，即因緣，指事物賴以産生和存在的原因和條件。其中起主要直接作用的條件稱

「因」，起間接輔助作用的條件叫「緣」。但有時也以「緣」指「因」或「因緣」。佛教認爲，世間一切事物和現象，皆因緣和合所生。《俱舍論》卷六：「因緣合，諸法（即一切事物和現象）即生。」《維摩詰經·佛國品》僧肇注：「諸法要因緣相假，然後成立。」《俱舍論》卷九：「種種緣和合已，令諸行法聚集升起。」相：指事物之相狀。《大乘義章》卷三：「諸法體狀，謂之爲相。」《唯識述記》卷一：「相謂相狀。」有：梵文之意譯，猶言「存在」。蓋「緣合」即生諸法，而諸法可見可知，各有其相狀，所以説「緣合」「相」就存在；然佛教又認爲，諸法本無實性，皆是虚妄，故又曰「妄相」（諸法既假而不實，其相狀自然也是虚妄的）。《大日經疏》卷一：「可見可現之法，即爲有相。凡有相者，皆是虚妄。」

〔八〕性空：佛教名詞。謂一切法皆由因緣所生，不斷生滅變化，没有自己固有的性質和獨立的實體。這也即是説，諸法之體性虚幻不實，故謂曰「空」。此句意謂，一切事物皆虚幻不實，對它們不必有所親近。

〔九〕廣成子：參見《田園樂七首》其一注〔三〕。此二句意謂，安知老夫不是仙人的化身？從佛教的觀點看，世界一切事物皆不斷變化，剎那生滅，故云。

秋夜獨坐〔一〕

獨坐悲雙鬢〔二〕，空堂欲二更。雨中山果落，燈下草蟲鳴。白髮終難變〔三〕，黄金不可成〔四〕。欲知除老病〔五〕，惟有學無生〔六〕。

〔一〕疑天寶末年居輞川時所作。

〔二〕悲雙鬢：爲雙鬢變白而悲傷。

〔三〕「白髮」句：《列仙傳》卷下載，稷丘君朱璜入浮陽山八十餘年，「白髮盡黑」。

〔四〕「黄金」句：語本江淹《從建平王遊紀南城》：「丹沙信難學，黄金不可成。」按，世傳丹砂（又作丹沙，即硃砂）可化爲黄金，《史記·孝武本紀》：「致物而丹砂可化爲黄金，黄金成，以爲飲食器則益壽，益壽而海中蓬萊僊者可見，見之以封禪則不死。」《抱朴子·内篇·黄白》曰：「仙經云，丹精生金。此是以丹作金之説也。」又曰：「《銅柱經》曰：丹沙可爲金，河車可作銀。」此即古之方士、道士所謂燒煉丹藥化爲金銀之術，又稱黄白之術。此句意謂，神仙黄白之術不能有所成，長生無望。

〔五〕欲：猶已。參見王鍈《詩詞曲語辭例釋》。老病：佛教稱生、老、病、死爲四苦。《釋迦譜》卷二：「以畏老病生死之苦，故於五欲不敢愛著。」

〔六〕無生：見《登辨覺寺》注〔八〕。

顧璘曰：極平易，有點化。

清賀貽孫曰：「楓落吴江冷」，「空梁落燕泥」，與摩詰「雨中山果落」，老杜「葉裏松子僧前

落」，四「落」字俱以現成語爲靈幻。（《詩筏》）

黄培芳曰：真意溢于楮墨，其氣充足。（翰墨園重刊本《唐賢三昧集箋注》卷上）

清冒春榮曰：寫景之句，以工緻爲妙品，真境爲神品，淡遠爲逸品。如「芳草平仲緑，清夜子規啼」沈佺期，「明月松間照，清泉石上流」王維，「雨中山果落，燈下草蟲鳴」同上，……皆逸品也。如「日落江湖白，潮來天地青」王維，「四更山吐月，殘夜水明樓」杜甫……皆神品也。（《葚原詩説》卷一）

潘德輿曰：一唱三歎，由於千錘百鍊。今人都以平澹爲易易，知其未喫甘苦來也。右丞「雨中山果落，燈下草蟲鳴」，其難有十倍於「草枯鷹眼疾，雪盡馬蹄輕」者。到此境界，乃自領之，略早一步，則成口頭語而非詩矣。（《養一齋詩話》卷三）

王維集校注卷六

編年詩（至德、乾元、上元）

菩提寺禁裴迪來相看説逆賊等凝碧池上作音樂供奉人等舉聲便一時淚下私成口號誦示裴迪〔一〕

萬户傷心生野煙〔二〕，百官何日再朝天〔三〕。秋槐葉落空宫裏〔四〕，凝碧池頭奏管絃。

〔一〕作于至德元載（七五六）八月，説見《年譜》。菩提寺禁：指作者被安禄山軍拘于菩提寺中，參見《年譜》。趙殿成注謂菩提寺在長安平康坊南門之東，按，凝碧池既在洛陽，菩提寺也當在洛陽，《舊唐書·王維傳》即謂「（禄山）遣人迎（維）置洛陽，拘于普施寺（普施寺疑爲菩提寺之誤）」。宋吴曾《能改齋漫録》卷一一「李西臺詩」云：「『龍門雙闕湧雲烟……』李西臺詩也，題于菩提寺。菩提寺在龍門鎮。」則菩提寺在洛陽城南龍門。裴迪來相看：疑迪天寶年間未嘗居官（維天寶時贈迪之詩多稱迪爲「秀才」。《唐語林》卷二稱維爲賊所囚，「與左丞裴迪密往還」，非是），故安禄山軍陷長安後不在被搜捕、拘禁之列（安禄山軍入長安後，搜捕的對象爲百官、宦者、宮女等，見《通鑑》至德元載六月)，得以至菩提寺看維。説逆賊……一時淚下：《通鑑》至德元載八月載：「禄山宴其群臣於凝碧池，盛奏衆樂；梨園弟子往往歔欷泣下，賊皆露刃睨之。樂工雷海清不勝悲憤，擲樂器於地，西向慟哭。禄山怒，縛於試馬殿前，支解之。」趙殿成注謂凝碧池在長安西内苑，按，《通鑑》至德元載六月載：「安禄山……遣孫孝哲將兵入長安。」《考異》曰：「徧檢諸書，禄山自反後未嘗至長安。」趙注誤。《唐六典》卷七謂洛陽禁苑中有「芳樹、金谷二亭，凝碧之池」。《唐兩京城坊考》卷五曰：「(洛陽神都)苑内……最東者凝碧池，東西五里，南北三里。……禄山入東都，宴其群臣于凝碧池。《通鑑》大業元年：『築西苑，周二百里，其内爲海，周十餘里……』蓋唐改海爲凝碧池，隋煬帝之積翠池，蓋即凝碧池，水隨地易名耳。」供奉人，在宮中侍奉天子之人。唐時上自文詞經學之士，下至卜醫技術之流，凡有一材一藝者，皆可供奉内庭。此處指樂工。舉聲，發聲。口號：詩的題名，表示隨口吟成，與「口占」相似。

〔二〕生野煙：指安史之亂爆發。

〔三〕官，宋蜀本、《唐詩紀事》作「寮」，《全唐詩》作「僚」。再，宋蜀本、述古堂本、《唐詩紀事》等俱作「更」。朝天：謁見天子。

〔四〕葉，《舊唐書·王維傳》作「花」。空，《唐詩紀事》作「深」。

顧可久曰：感慨、沉着、婉曲、深長。

張謙宜曰：此謂怨而不怒。（《繭齋詩談》卷五）

口號又示裴迪〔一〕

安得捨塵網〔二〕，拂衣辭世喧〔三〕；悠然策藜杖〔四〕，歸向桃花源〔五〕？

〔一〕此詩蓋繼上詩而作，故曰「又示」。詩題《萬首唐人絶句》作《菩提寺禁示裴迪》，《全唐詩》作《菩提寺禁口號又示裴迪》。

〔二〕塵網：塵世的網羅。人居世間有種種約束，故云。此處隱指自己被囚禁的境遇。塵，《全唐詩》作「羅」。

〔三〕拂衣：提衣，振衣。有表示決絶之意。《後漢書·楊震傳》：「（孔融曰：）孔融魯國男子，明日便當拂衣而去，不復朝矣！」世喧：人世的喧擾。

〔四〕策藜杖：拄着藜杖。藜，一年生草木植物，莖堅老者可爲杖。

〔五〕向，《萬首絶句》作「去」。桃花源：參見《桃源行》注釋。此句謂己欲隱居避亂。

既蒙宥罪旋復拜官伏感聖恩竊書鄙意兼奉簡新除使君等諸公〔一〕

忽蒙漢詔還冠冕〔二〕，始覺殷王解網羅〔三〕。日比皇明猶自暗，天齊聖壽未云多。花迎喜氣皆知笑〔四〕，鳥識歡心亦解歌。聞道百城新佩印〔五〕，還來雙闕共鳴珂〔六〕。

〔一〕作于乾元元年（七五八）春，説見《年譜》。既蒙宥罪旋復拜官：指作者陷賊，被迫接受僞職，唐軍收復兩京後，與諸陷賊官俱被收繫獄中，後肅宗赦其罪，旋復拜爲太子中允事，參見《年譜》。伏感：俯伏感激，下對上的敬詞。奉簡：指書詩于簡札，獻給新除使君等。除：授職。

〔二〕還冠冕：指恢復官職。

〔三〕殷王解網羅：《史記·殷本紀》：「湯出，見野張網四面，祝曰：『自天下四方皆入吾網。』湯曰：『嘻，盡之矣！』乃命去其三面，祝曰：『欲左，左；欲右，右。不用命，乃入吾網。』諸侯聞之曰：『湯德至矣，及禽獸。』」此指天子行法尚寬，恩澤優渥。

〔四〕皆知，述古堂本、元本俱作「猶能」。笑：指花開。

〔五〕百城：指州刺史（使君）的轄境。又指州刺史。參見《送封太守》注〔六〕。

〔六〕珂：馬勒上的玉飾，馬行時作聲，故曰「鳴珂」。此句指新除使君等連騎至宫前謝恩。

金人瑞曰：既赦罪，又復官，若順事各寫，此成何章句，今看其小出手法，只將二事摶作二句，言我直至復官之後，始悟既已赦罪矣。便令前此畏罪之深，後此蒙恩之重；前此驚魂一片，後此銜感萬重，所有意中意外，如恍如惚，無數情事，不覺盡出。此謂臨文變化生心之能也。（《金聖歎選批唐詩》卷三上）

和賈舍人早朝大明宫之作〔一〕

絳幘雞人送曉籌〔二〕，尚衣方進翠雲裘〔三〕。九天閶闔開宫殿〔四〕，萬國衣冠拜冕旒〔五〕。日色纔臨仙掌動〔六〕，香煙欲傍衮龍浮〔七〕。朝罷須裁五色詔，珮聲歸向鳳池頭〔八〕。

〔一〕作于乾元元年（七五八）春末，時作者亦官中書舍人，説見《年譜》。舍人：即中書舍人，見《苑舍人能書梵字兼達梵音戲爲之贈》注〔一〕。賈舍人：即賈至。字幼鄰（一作幼幾），河南洛陽人，兩《唐書》有傳。至自天寶末至乾元元年春官中書舍人，説詳《年譜》。大明宫：見《奉和聖製從蓬萊向興慶閣道中留春雨中春望之作應制》注〔一〕。《舊唐書·地理志》曰：「高宗已後，天子常居東内（大明宫）。」按，賈至原賦題作《早朝大明宫呈兩省僚友》，載《全唐詩》卷二三五。又，岑參有《奉和中書賈至舍人早朝大明宫》，杜甫有《奉和賈至舍人早朝大明宫》，皆同和之作。

〔二〕絳幘：紅色頭巾。仇兆鰲《杜詩詳註》卷五引《漢官儀》曰：「宫中與臺並不得畜雞，夜漏未明三刻雞鳴，衛士候於朱雀門外，著絳幘（象雞冠），雞唱。」參見《駢字類編》卷一四六引《漢官儀》。雞人：《周禮·春官·雞人》：「雞人掌共（供）雞牲，辨其物（毛色）；大祭祀，夜嘑旦以嘂（《説文》：「嘂，高聲也，一曰大呼也。」）百官。」鄭注：「夜，夜漏未盡雞鳴時也，呼旦以警起百官使夙興。」絳幘雞人，此處借指宫中夜間報更之人。送曉籌：即報曉之意。籌，指更籌、更籤，古時報更用的牌。《陳書·世祖紀》：「每雞人伺漏，傳更籤於殿中，乃敕送者，必投籤於階石之上，令鎗然有聲。」

〔三〕尚衣：唐殿中省有尚衣局，掌天子之服冕。參見《舊唐書·職官志》。翠雲裘：用翠羽編織成的雲紋之裘。《古文苑》卷二宋玉《諷賦》：「主人之女，翳承日之華，披翠雲之裘。」宋章樵注：「緝翠羽爲裘。」此處指天子之衣。

〔四〕九天：喻皇宫，言其高大。「天」《文苑英華》作「重」。閶闔：指宫門。

〔五〕萬國：萬方。衣冠：謂百官。冕旒：指天子。

〔六〕色，《瀛奎律髓》作「影」。仙掌：承露盤上的仙人手掌。漢武帝作承露盤，立銅仙人舒掌擎盤以承甘露。班固《西都賦》：「抗仙掌以承露，擢雙立之金莖。」《漢書·郊祀志上》：「其後（武帝）又作柏梁銅柱，承露僊人掌之屬矣。」注引蘇林曰：「仙人以手掌擎盤承甘露。」又引《三輔故事》云：「建章宫承露盤……以銅爲之，上有仙人掌承露。」此處也可能指燈架或燭臺作仙人舒掌擎盤之狀。謝脁《雜詩三首·燈》：「抽莖類仙掌，銜光似燭龍。」動：謂曉日照于仙掌，其光閃動。也可能指曉日初出，殿中尚黑，銀燭閃動（賈原賦有「銀燭朝天」之語）。

〔七〕香煙：指朝會時殿中設爐燃香。《新唐書·儀衛志》：「朝日殿上設黼扆、躡席、熏爐、香案。」欲：猶「已」。傍：貼近，靠近。衮：天子禮服，上畫龍，又稱龍衮、卷龍衣。《禮記·禮器》：「禮有以文爲貴者，天子龍衮。」浮：指早朝時燃香，衮上所繡之龍如浮游于煙霧之中。

〔八〕五色詔：用五色紙書寫的詔書。《鄴中記》：「石虎詔書，以五色紙著鳳雛口中。」珮：玉珮。唐五品以上官員之飾物有珮（中書舍人正五品上）。向，凌本、《瀛奎律髓》俱作「到」。鳳池：即鳳凰池，指中書省。本義爲禁苑中的池沼。魏晋以後，設中書省于禁苑，因其專掌機要，接近天子，故稱爲鳳凰池。《晋書·荀勖傳》：「勖久在中書，專管機事。及失之（指勖遷尚書令），甚罔悵恨。或有賀之者，勖曰：『奪我鳳凰池，諸君賀我邪！』」此二句與賈至原賦的末二句（「共沐恩波鳳池裏，朝朝染翰侍君王。」）相應。是時維與賈同官中書舍人（見《年譜》），故有「須裁五色詔」（中書舍人掌草詔）、「歸向凰池頭」之語。

胡仔曰：老杜《和早朝大明宫》詩，賈至爲唱首，王維、岑參皆有和，四詩皆佳絶。（《苕溪漁隱叢話》前集卷一〇）

宋楊萬里曰：七言褒頌功德，如少陵、賈至諸人倡和《早朝大明宫》，乃爲典雅重大。和此詩者，岑參云：「花迎劍佩星初落，柳拂旌旗露未乾」，最佳。（《誠齋詩話》）

方回曰：四人《早朝》之作，俱偉麗可喜，不但東坡所賞子美「龍蛇」、「燕雀」一聯也。（《瀛奎律髓彙評》卷二）

元楊載曰：榮遇之詩，要富貴尊嚴，典雅温厚。寫意要閒雅，美麗清細，如王維、賈至諸公《早朝》之作，氣格雄深，句意嚴整，如宫商迭奏，音韻鏗鏘，真麟遊靈沼，鳳鳴朝陽也。學者熟

之，可以一洗寒陋。（《詩法家數》）

顧璘曰：右丞此篇，直與老杜頡頏，後惟岑參及之，他皆不及。蓋氣概闊大，音律雄渾，句法典重，用字清新，無所不備故也。或猶未全美，以用衣服字太多耳。

胡應麟曰：《蚤朝》四詩妙絶今古。賈舍人起結宏響，其工語在「千條弱柳」一聯，第非作者所難也。工部詩全首輕揚，較他篇沉著渾雄，如出二手。……王、岑二作俱神妙，間未易優劣。昔人謂王服色太多，余以它句猶可，至「冕旒」「龍衮」之犯，斷不能爲詞。嘉州較似工密，迺「曙光」「曉鐘」，亦覺微纇。又「春」字兩見篇中，則二君之作，尚匪絶瑕之璧也。（《詩藪》内編卷五）

又曰：細校王、岑之作，岑通章八句，皆精工整密，字字天成。頸聯絢爛鮮明，早朝意宛然在目。獨頷聯雖絶壯麗，而氣勢迫促，遂至全篇音韻微乖，不爾，當爲唐七言律冠矣。王起語意偏，不若岑之大體；結語思窘，不若岑之自然。頸聯甚活，終未若岑之駢切。獨頷聯高華博大，而冠冕和平，前後映帶，遂令全首改色，稱最當時。大概二詩力量相等，岑以格勝，王以調勝；岑以篇勝，王以句勝；岑極精嚴縝匝，王較寬裕悠揚。（同上）

趙殿成曰：《早朝》四作，氣格雄深，句調工麗，皆律詩之佳者。結句俱用鳳池事，惟老杜獨别，此其妙處不容掩者也。若評較全篇，定其軒輊，則岑爲上，王次之，杜、賈爲下，雖蘇子瞻所賞在「旌旗日暖」二句，楊誠齋所取在「花迎劍佩」一聯，文人愛尚，各有不同。

紀昀曰：四公皆盛唐巨手，同時唱和，世所豔稱。然此種題目無性情風旨之可言，仍是初唐應制之體。但色較鮮明，氣較生動，各能不失本質耳。後人拈爲公案，評議紛紛，似可不必。（《瀛奎律髓彙評》卷二）

晚春嚴少尹與諸公見過〔一〕

松菊荒三徑，圖書共五車〔二〕。烹葵邀上客〔三〕，看竹到貧家〔四〕。鵲乳先春草〔五〕，鶯啼過落花〔六〕。自憐黄髮暮，一倍惜年華〔七〕。

〔一〕作于乾元元年（七五八）三月。嚴少尹：即嚴武，兩《唐書》有傳。武自至德二載（七五七）九月至乾元元年六月官京兆少尹，説見《年譜》。少尹，唐京兆、河南、太原等府，各置尹（正長官）一員，從三品；少尹（副長官）二員，從四品下。見過：過訪自己。

〔二〕「松菊」句：語本陶淵明《歸去來兮辭》：「三徑就荒，松菊猶存。」三徑，見《黎拾遺昕裴秀才迪見過秋夜對雨之作》注〔五〕。五車：見《戲贈張五弟諲三首》其二注〔一〕。此二句謂己之家園荒蕪，唯有松菊尚存，圖書還有不少。

〔三〕「烹葵」句：《古文苑》卷二宋玉《諷賦》：「上客遠來，……乃炊雕胡之飯，烹露葵之羹以食之。」沈約《詠菰詩》：「匹彼露葵羹，可以留上客。」葵，見《積雨輞川莊作》注〔七〕。上客，尊貴的客人。

〔四〕看竹：參見《春日與裴迪過新昌里訪吕逸人不遇》注〔五〕。

〔五〕鵲：喜鵲，《唐詩品彙》作「雀」。乳：《説文》：「人及鳥生子曰乳。」

〔六〕句謂春殘花落，鶯猶啼不已。

〔七〕黄髮：年老之徵。《詩・魯頌・閟宫》：「黄髮台背。」鄭箋：「皆壽徵也。」蓋老人髮白，白久而黄，故云。此二句觸景生情，言鵲先春而動，鶯春殘猶啼，似皆有惜春之意；自憐已到暮年，更宜加倍珍惜時光。

方回曰：三四唐人不曾犯重，極新。第六句尤妙。（《瀛奎律髓彙評》卷一〇）

黄生曰：五六起下意，言鵲乳甫先春草，鶯啼倏過落花，此年華之所以可惜也。分明有倏、甫二字在句内，名縮脈句。諸公皆有見過之作，詩中必有惜年華之語，故結處答其意，言諸公皆以年華爲可惜，自憐暮景，故惜年華之心，比諸公更加一倍也。七八二句，上仍有説話，謂之意在句前。（《增訂唐詩摘鈔》卷一）

清陸貽典曰：三四用事，天然湊合。（《瀛奎律髓彙評》卷一〇）

查慎行曰：「過」字千錘百鍊，而出以自然。（同上）

紀昀曰：句句清新而氣韻天成，不見刻畫之迹。五六句賦中有比，末句從此過脈，渾化無痕。（同上）

酬嚴少尹徐舍人見過不遇〔一〕

公門暇日少〔二〕，窮巷故人稀。偶值乘籃轝，非關避白衣〔三〕。不知炊黍否〔四〕，誰解掃荆扉〔五〕？君但傾茶椀〔六〕，無妨騎馬歸〔七〕。

〔一〕嚴少尹：嚴武。詩約作于乾元元年（七五八）春夏間，參見上詩注〔一〕。徐舍人：指徐浩。參見《送徐郎中》注〔一〕。浩于至德元載（七五六）自襄州刺史召拜中書舍人。至乾元元年（七五八）四月二十八日，仍在中書舍人任。旋徙國子祭酒。説見嚴耕望《唐僕尚丞郎表》卷八。

〔二〕公門：衙門，官府。

〔三〕乘籃轝：《宋書·陶潛傳》：「江州刺史王弘欲識之，不能致也。潛嘗往廬山，弘令潛故人龐通之齎酒具於半道栗里要之。潛有腳疾，使一門生、二兒轝（舉，擡）籃輿（竹轎，也作「籃轝」）。既至，欣然便共飲酌。俄頃弘至，亦無忤也。」避白衣：白衣，指王弘派去給陶潛送酒的人。參見《偶然作·陶潛任天真》注〔四〕。《晉書·陶潛傳》：「刺史王弘以元熙中臨州，甚欽遲之，後自造焉。潛稱疾不見，既而語人云：『我性不狎世，因疾守閑，幸非潔志慕聲，豈敢以王公紆軫（枉駕）爲榮邪！』」此二句就嚴、徐「見過不遇」而言，意謂偶然遇到自己外出，並非有意避而不見。

〔四〕此句謂，自己不在，不知家人是否炊黍待客。

〔五〕此句謂，客人來，不知家人中有誰懂得灑掃迎客？

〔六〕但：僅。傾茶椀：喝乾椀（碗）中的茶。

〔七〕此句意謂，來訪不遇，復騎馬而歸，君以爲無妨。

顧可久曰：意思真率，冲澹古雅。

同崔傅答賢弟〔一〕

洛陽才子姑蘇客，桂苑殊非故鄉陌〔二〕。九江楓樹幾回青〔三〕，一片揚州五湖白〔四〕。揚州時有下江兵〔五〕，蘭陵鎮前吹笛聲〔六〕。夜火人歸富春郭〔七〕，秋風鶴唳石頭城〔八〕。周郎陸弟爲儔侶，對舞《前溪》歌《白紵》。曲几書留小史家，草堂棋賭山陰墅〔九〕。衣冠若話外臺臣，先數夫君席上珍〔一〇〕。更聞臺閣求三語，遥想風流第一人〔一一〕。

〔一〕據詩中述及永王璘東巡事，此詩疑當作于乾元元年（七五八）春維被宥復官之後，具體時間無從確知，姑繫此。同：猶和。崔傅：無考。

〔二〕洛陽才子：潘岳《西征賦》：「終童山東之英妙，賈生洛陽之才子（賈誼洛陽人，故云）。」姑蘇：蘇州（今蘇州市）之别稱。因州西南有姑蘇山而得名。桂苑：趙殿成謂即三國吴之桂林苑。《文選》左思《吴都賦》：「數軍實乎桂林之苑，饗戎旅乎落星之樓。」劉淵林注：「吴有桂林苑、落星樓，樓在建鄴東北十里。」故址在今南京市東北落星山之陽。又，《文選》謝莊《月賦》：「乃清蘭路，肅桂苑。」李善注：「蘭路，有蘭之路。桂苑，有桂之苑。」按，《説文》曰：「桂，江南木。」此處桂苑疑用《月賦》之意，指姑蘇的「有桂之苑」。此二句謂，崔傅與「賢弟」爲洛陽才子，在蘇州作客，該地同他們的故鄉有别。

〔三〕九江：見《漢江臨汎》注〔二〕。楓樹幾回青：指崔傅與「賢弟」已在蘇州住了幾年。按，蘇州與九江漢時俱屬揚州，又《楚辭·招魂》曰：「湛湛江水兮上有楓，目極千里兮傷春心。」所以此處不説「蘇州楓樹」而説「九江楓樹」。

〔四〕揚州：唐揚州轄境相當今江蘇揚州、泰州市及江都、高郵、寶應等地；五湖在蘇州附近，不在唐揚州轄區之内，因此這裏的揚州，當指漢揚州。今安徽淮河以南與江蘇長江以南地區，江西、浙江、福建三省及湖北英山、黄梅、武穴，河南固始、商城等縣，漢時俱爲揚州轄地。五湖：見《送丘爲落第歸江東》注〔三〕。此句寫蘇州一帶景色。

〔五〕下江兵：《漢書·王莽傳》：「是時南郡張霸、江夏羊牧、王匡等起雲杜緑林，號曰下江兵。」注：「晋灼曰：本起江夏雲杜縣，後分西上入南郡……故號下江兵也。」按，南郡治所在今湖北荆州，長江自荆州以下屬下游，古謂之下江。唐安史之亂前，江淮地區不曾有争戰，下江兵疑指永王璘引兵東巡事。《通鑑》至德元載（七五六）十二月：「上皇命諸子分總天下節制……璘領四道節度都使，鎮江陵。……甲辰，永王璘擅引兵東巡，沿江而下，軍容甚盛，然猶未露割據之謀

（璘謀割據江東，如東晉故事）。吴郡（蘇州）太守兼江南東路採訪使李希言平牒璘，詰其擅引兵東下之意。璘怒，分兵遣其將渾惟明襲希言於吴郡，季廣琛襲廣陵（揚州）長史、淮南採訪使李成式於廣陵。璘進至當塗（今安徽當塗），希言遣其將元景曜及丹楊（治所在今江蘇鎮江市）太守閻敬之將兵拒之，李成式亦遣其將李承慶拒之。璘擊斬敬之以徇，景曜、承慶皆降於璘，江淮大震。」又，《通鑑考異》謂，璘擊斬閻敬之後，據有丹楊郡城；後兵敗，自丹楊奔晉陵（今江蘇常州）以趨鄱陽（見《通鑑》卷二一九胡注）。永王璘引兵東巡與本詩所言下江兵事涉及的地區頗相合。

〔六〕蘭陵鎮：東晋、南朝置蘭陵縣，治所在今江蘇常州市西北。笛：管樂器名，古軍中之樂多用之。

〔七〕富春：古縣名，秦置。晋太元中改名富陽。治所在今浙江富陽。句謂兵事起，有人連夜逃往富春。

〔八〕秋風鶴唳：《晋書·謝玄傳》：「（苻堅）餘衆棄甲宵遁，聞風聲鶴唳，皆以爲王師已至。」按，肥水之戰發生於秋冬之際，又作者此處爲求與上句「夜火」偶對，因改「風聲」爲「秋風」，並非謂下江兵事起於秋日。石頭城：古城名，三國吴孫權築。故址在今南京市清凉山。句指兵事起，石城之人皆驚慌疑懼。

〔九〕周郎：周瑜。《三國志·吴書·周瑜傳》：「瑜時年二十四，吴中皆呼爲周郎。」此喻指崔傅，言其有周瑜的才幹。陸弟：陸機之弟陸雲。雲少與兄機齊名，時人號爲「二陸」。此喻指「賢弟」，説他有陸雲的文才。儔侶：同輩，伴侣。《前溪》：舞曲名，屬樂府《吴聲歌曲》。《晉書·樂志下》：「《前溪歌》者，車騎將軍沈充所制。」《樂府詩集》卷四五：「《宋書·樂志》曰：『《前溪歌》者，晉車騎將軍沈玩所製。』郗昂《樂府解題》曰：『《前溪》，舞曲也。』」《白紵》：吴之舞曲，屬樂府《舞曲歌辭》。「古詞盛稱舞者之美，宜及芳時爲樂」。參見《宋書·樂志》、《樂府詩集》卷五五。「曲几」句：用王羲之事：「（羲之）嘗詣門生家，見棐几（用榧木做的几）滑浄，因書之，真草相半。後爲其父誤刮去之，門生驚懊者累日。」（《晉書·王羲之傳》）小史，侍從。「草堂」句：用謝安事：「（苻）堅後率衆，號百萬，次于淮肥，京師震恐。加安征討大都督。（謝）玄入問計，安夷然無懼色，答曰：『已別有旨。』既而寂然。玄不敢復言，乃令張玄重請。安遂命駕出山墅，親朋畢集，方與玄圍棋賭別墅。」（《晉書·謝安傳》）山陰，山北。以上四句意謂，兵事起，二人依舊歌舞、寫字、下棋，態度極其鎮定從容。

〔一〇〕外臺：指州刺史。《後漢書·謝夷吾傳》載，夷吾曾任荆州刺史，司徒第五倫令班固爲文薦夷吾曰：「爰牧荆州，威行邦國。……尋功簡能，爲外臺之表；聽聲察實，爲九伯（九州的長官）之冠。」夫君：對友人的敬稱。謝朓《酬德賦》：「聞夫君之東守，地隱蓄而懷僊。」席上珍：《禮記·儒行》：「儒有席上之珍以待聘。」喻具有美善的才德，如席上之有珍（寶玉）。二句意謂，搢紳大夫若話及州郡長官，當先推崔傳爲美善的人選。

〔一一〕臺閣：謂尚書臺。《後漢書·仲長統傳》：「光武皇帝……政不任下，雖置三公，事歸臺閣。」注：

「臺閣謂尚書也。」按，東漢置尚書臺（相當於皇帝的機要秘書處），權皆歸于此，故云。此處借指中央的最高官署（三省）。三語：《世説新語·文學》：「阮宣子（晋阮修）有令聞，太尉王夷甫（王衍）見而問曰：『老莊與聖教同異？』對曰：『將無同（大約差不多吧）。』太尉善其言，辟之爲掾（官府屬員），世謂三語掾。」按，《太平御覽》卷二〇九《衛玠别傳》記此事作阮瞻與王衍，而《晋書·阮瞻傳》則作阮瞻與王戎。第一人：《南史·謝晦傳》：「時謝混風華，爲江左第一。」二句意謂，更知三省徵求掾屬，當首推「賢弟」爲傑出不凡的人選。

沈德潛曰：寓疎蕩於隊仗之中，此盛唐人身分。（《唐詩别裁》卷五）

和宋中丞夏日遊福賢觀天長寺之作即陳左相所施〔一〕

已相殷王國〔二〕，空餘尚父溪〔三〕。釣磯開月殿，築道出雲梯〔四〕。積水浮香象，深山鳴白雞〔五〕。虚空陳妓樂，衣服製虹霓〔六〕。墨點三千界〔七〕，丹飛六一泥〔八〕。桃源勿遽返〔九〕，再訪恐君迷。

〔一〕約作于乾元元年（七五八）夏，説見後。宋中丞：即宋若思。《舊唐書·玄宗紀》：「（天寶十五載六月）庚子……以監察御史宋若思爲御史中丞充置頓使。」又《地理志》謂江州至德縣，「至德二年（七五七）九月，中丞宋若思奏置」。李白有《爲宋中丞自薦表》、《爲宋中丞請都金陵表》、《爲宋中丞祭九江文》、《陪宋中丞武昌夜飲懷古》等詩文，皆作于至德二載，宋中丞即指宋若思。中丞，唐御史臺置中丞二人，正五品上，掌察舉非法，爲御史大夫（御史臺正長官）之副貳。福賢觀、天長寺：據詩意，原係陳希烈之山中別墅，後施爲一觀一寺，其地疑在長安附近。《唐會要》卷五〇：「（天寶）七年八月十五日，勑兩京及諸郡所有千秋觀、寺，宜改天長名。」按，天寶七載八月一日，改玄宗生日千秋節爲天長節。陳左相：即陳希烈。字子明，潁川人，以講《老》、《莊》得進，專用神仙符瑞取媚於上。天寶五載四月同平章事，六載四月官左相（即侍中，天寶元年改爲左相）兼兵部尚書，十三載八月爲太子太師，罷知政事。安禄山反，受僞命爲相。至德二載十二月，定罪賜死于家。參見《舊唐書·玄宗紀》、《陳希烈傳》及《陳希烈墓誌》（《隋唐五代墓誌彙編》陝西卷）。希烈施山莊爲寺觀，蓋在其任左相期間，故云「即陳左相所施」。詩題宋蜀本作《和宋中丞夏日遊福賢觀天長寺即陳左相宅所施之作》；述古堂本同，唯「即」字以下九字作題下注語；明十卷本、張本同宋蜀本，唯無「宅」字；《全唐詩》亦同宋蜀本，唯「寺」下又多一「寺」字。

〔二〕「已相」句：此處以殷紂王喻安禄山，謂希烈已爲安禄山之相。

〔三〕空：只。尚父：周武王尊稱吕尚爲尚父。《詩·大雅·大明》：「維師尚父，時維鷹揚。」毛傳：「師，大師也；尚父，可尚可父。」鄭箋：「尚父，吕望（即吕尚）也，尊稱焉。」尚父溪：劉向《列仙傳》卷上：「（吕尚）西適周，匿于南山，釣于磻溪。」《水經注》卷一七《渭水》：「渭水之右，磻溪水注之。水出南山兹谷，乘高激流，注於溪中。溪中有泉，謂之兹泉。……即《吕氏春秋》所謂太公釣兹泉也。……東南隅有一石室，蓋太公所居也。水次平石釣處，即太公垂釣之所也。其投竿跽餌，兩厀遺跡猶存，是有磻溪之稱也。」按，溪在今陝西寶雞市東南。此處以周喻唐，以「尚父溪」喻希烈在唐爲相時的山莊。蓋是時希烈已卒，故曰「空餘」。據此，本詩當約作于乾元元年。

〔四〕磯（jī基）：水邊石灘或突出的大石。開：開建，創立。月殿：佛書指月天子（佛教菩薩大勢至的别稱。大勢至爲阿彌陀佛右脅侍者，與阿彌陀佛及其左脅侍者觀世音合稱「西方三聖」）所居之宫殿。《立世阿毘曇論》卷五：「月宫殿，瑠璃所成，白銀所覆。……是月天子于其中住。」此處泛指佛殿。出：出現。雲梯：《文選》郭璞《遊仙詩七首》其一：「靈谿可潛盤，安事登雲梯？」李善注：「雲梯，言仙人昇天因雲而上。」又指山間石磴。謝靈運《登石門最高頂》：「惜無同懷客，共登青雲梯。」盧象《家叔徵君東溪草堂二首》其一：「未暇掃雲梯，空慚阮氏子。」此處兼用二義，既實指新修山間石磴，又隱謂其上有道觀，居之可修煉成仙。此二句指希烈捨山居爲佛寺、道觀。

〔五〕積水：指池塘。香象：即青香象，謂青色帶香氣之象。僧肇《注維摩詰經》卷一曰：「香象菩薩。（鳩摩羅）什曰：青香象也。身出香風，菩薩身香風亦如此也。」按，《大唐西域記》卷九載摩揭陁國有香象池，其文曰：「菩提樹東渡尼連禪那河，大林中有窣堵波，其北有池，香象侍母處也。

如來在昔修菩薩行，爲香象子，居北山中，遊此池側。其母盲也，採藕根，汲清水，恭行孝養，與時推移。」此句即用其事，指該處爲佛地。也可能實指池中有石象。白雞：《續博物志》卷七曰：「陶隱居云：學道之士，居山宜養白犬白雞，可以辟邪。」此句謂「深山」乃道士所居之地。以上二句，上句指寺而言，下句指觀而言。

〔六〕「虛空」句：《法華經·譬喻品》：「爾時四部衆……見舍利弗（釋迦牟尼十大弟子之一）於佛前受阿耨多羅三藐三菩提（梵文之音譯，意譯「無上正等正覺」）記，心大歡喜，踊躍無量，各各脱身所著上衣，以供養佛。……所散天衣住虛空中，而自迴轉。諸天伎樂百千萬種，於虛空中一時俱作。」此處疑指寺殿梁棟或粉壁上雕繪有飛天妓樂之像。「衣服」句：《楚辭·九歌·東君》：「青雲衣兮白霓裳。」此處蓋指道士服霞帔（道士的一種服飾，上有雲霞花紋，披于肩背）。《一切道經音義妙門由起》引《三洞奉道科戒》曰：「大洞法師，元始冠……五色雲霞帔。三洞講法師，元始冠……九色雲霞帔。」此二句亦分别指寺、觀而言。

〔七〕「墨點」句：《法華經·化城喻品》：「佛告諸比邱：乃往過去無量無邊不可思議阿僧祇（佛教用以表示異常久遠的時間單位，據稱是一個不復能知的極數）劫（佛教或稱天地由形成到毁滅爲一劫），爾時有佛名大通智勝如來……諸比丘，彼佛滅度（指成佛）已來，甚大久遠。譬如三千大千世界（佛家語，言以須彌山爲中心，以鐵圍山爲外郭，同一日月所照的四天下爲一小世界，一千小世界合爲一小千世界，一千小千世界合爲一中千世界，一千中千世界合爲一大千世界，總稱三千大千世界）所有地種，假使有人磨以爲墨，過于東方千國土，乃下一點，大如微塵，又過千國土，復下一點，如是展轉，盡地種墨，於汝等意云何？是諸國土，若（或）算師，若算師弟子，能得邊際，知其數不？」南朝梁法雲《法華義記》卷七云：「從『諸比丘，彼佛滅度已來』以下，用三千大千世界作墨爲往古久遠作譬也。」三千界，即三千大千世界。句指和尚修煉成佛可得永生。

〔八〕飛：指除去藥物中的雜質以煉丹。六一泥：《抱朴子・内篇・金丹》：「第一之丹，名曰丹華。當先作玄黄，用雄黄水、礬石水。戎鹽、鹵鹽、礜石、牡礪、赤石脂、滑石、胡粉各數十斤，以爲六一泥，封之，火之三十六日，成，服之七日仙。」此以戎鹽、鹵鹽等七物，加水搗合如泥，六與一合爲七，故謂之六一泥。其他道書所稱六一泥，所用原料，有與此異者。句指道士煉丹可以成仙。

〔九〕桃源：借指希烈之山莊。

春夜竹亭贈錢少府歸藍田〔一〕

夜静群動息〔二〕，時聞隔林犬。却憶山中時，人家澗西遠〔三〕。羡君明發去〔四〕，采蕨輕軒冕〔五〕。

〔一〕約作于乾元二年（七五九）春，説見下篇注〔一〕。錢少府：即錢起。起字仲文，吴興人，天寶九載登第，釋褐祕書省校書郎。自乾元二年至寶應二年（七六三），官藍田縣尉。參見傅璇琮《唐代詩人叢考·錢起考》。少府：即縣尉。此詩錢起有和章，題作《酬王維春夜竹亭贈别》，載《全唐詩》卷二三六。

〔二〕群動：各種動物。陶淵明《飲酒》其七：「日入群動息。」

〔三〕「却憶」句：維嘗居於藍田輞川别業，故云。澗，澗水。此指輞水。

〔四〕明發：黎明。《詩·小雅·小宛》：「明發不寐，有懷二人。」朱熹《集傳》：「明發，謂將旦而光明開發也。」

〔五〕蕨（jué决）：多年生草木植物，野生。嫩葉可食，地下莖可製澱粉。輕軒冕：謝脁《休沐重還丹陽道中詩》：「志狹輕軒冕，恩甚戀閨闈。」軒冕，見《寓言二首》其一注〔一〇〕。此句意謂，輕視官位爵禄而情願過隱居生活。是時起既官藍田尉，何以又稱他「采蕨輕軒冕」？大概是由于藍田多山水勝景，錢起在其地又有别業，可以過半官半隱的生活，故云。參見下篇注〔三〕。

顧可久曰：幽景遠情，想像不盡，脱洗塵垢矣。

沈德潛曰：五言用長易，用短難，右丞工于用短。（《唐詩别裁》卷一）

送錢少府還藍田〔一〕

草色日向好，桃源人去稀〔二〕。手持平子賦，目送老萊衣〔三〕。每候山櫻發，時同海燕歸〔四〕。今年寒食酒，應得返柴扉〔五〕。

〔一〕錢少府：見上詩注〔一〕。《唐詩紀事》卷三〇曰：「起還藍田，王維贈别曰：『草色日向好……』起答詩曰：『卑栖却得性……』」按，起答詩載《錢考功集》卷四及《全唐詩》卷二三七，題作《晚歸藍田酬王維給事贈别》（《王右丞集》各本俱收此詩，題作《留别錢起》，非是，説見附録一《傳本誤收詩文》），據此，可知本詩當作于乾元二年春維官給事中期間（參見《年譜》）。

〔二〕桃源：此指藍田的山水佳勝之地。

〔三〕「手持」句：平子，東漢張衡之字（參見《後漢書·張衡傳》）。平子賦，指張衡的《歸田賦》，載《文選》，李善注曰：「《歸田賦》者，張衡仕不得志，欲歸於田，因作此賦。」此句表示被送者將歸田和送者也有歸田之意。「目送」句：老萊，老萊子，春秋時楚隱士。性至孝，年七十，父母猶存，常身著「五彩斑斕」之衣，仿效小兒的習性與動作，以娱其雙親。事見《初學記》卷一七引《孝子傳》、《藝文類聚》卷二〇引《列士傳》及《太平御覽》卷四一三引《孝子傳》。此句謂錢起欲歸家行孝娱親。按，錢起《初黄綬赴藍田縣作》云：「居人散山水，即景真桃源。」《藍溪休沐寄趙八給事》云：「蟲鳴歸舊里，田野秋農閒。即事敦夙尚，衡門方再關。」《酬元祕書晚出藍溪見寄》曰：「拙宦不忘隱，歸休常在兹。知音倘相訪，炊黍掃茅茨。」《晚歸藍田酬王維給事贈別》曰：「卑棲（本指鳥棲息於低處，此指居于卑位）却得性，每與白雲歸。徇祿（指爲藍田尉，徇，曲從）仍懷橘（謂歸家孝順父母，用陸績見袁術，在座間私取橘三枚藏於懷，欲歸遺其母的故實，事見《三國志・吴書・陸績傳》），看山免採薇。」諸詩皆起爲藍田尉時所作。根據這些詩，可知藍田多山水勝景，起在藍溪（水名，在藍田縣境）有別業，每公餘閒暇，常歸休于此；又起之父母，是時亦居藍田，故維送起還藍田，而有以上二句之語。

〔四〕山櫻發：指山上的櫻桃開花。櫻桃，見《敕賜百官櫻桃》注〔一〕。海燕：燕子的別稱。古人以爲燕子産於南方，渡海而至，故稱。二句謂起常在櫻桃開花、南燕北返時歸家探視父母。

〔五〕寒食：見《送綦毋潛落第還鄉》注〔六〕。得，宋蜀本、《全唐詩》俱作「是」。此二句預計寒食節放假時（唐制，寒食通清明節放假四日），自己應能返回輞川。

左掖梨花〔一〕

閒灑階邊草，輕隨箔外風〔二〕。黄鶯弄不足，銜入未央宫〔三〕。

〔一〕作于乾元二年（七五九）春，說見《年譜》。左掖：即門下省。唐大明宫宣政殿（朝會行儀之處）

前有兩廊，各有門，東門曰日華，西門曰月華。日華門外爲門下省，月華門外爲中書省。門下省地處殿左，稱左省、左掖（兩旁爲掖）、東省；中書省地處殿右，稱右省、右掖、西省。梨花，《文苑英華》作「海棠花」，宋蜀本、述古堂本作「梨花詠」。此詩丘爲、皇甫冉有同詠，爲詩載《全唐詩》卷一二九，題作《左掖梨花》；冉詩載《全唐詩》卷二五〇，題作《和王給事維禁省梨花詠》（給事爲左掖屬官）。

〔二〕箔：簾。

〔三〕入，《文苑英華》作「向」。未央宫：漢長安宫殿名，高祖七年蕭何主持營建，故址在今西安市西北漢長安故城西南角。參見《漢書·高帝紀》、《三輔黄圖》卷二。此處借指唐皇宫。

王夫之曰：「黄鶯弄不足，銜入未央宫」，斷不可移詠梅、桃、李、杏，而超然玄遠，如九轉還丹，仙胎自孕矣。（《薑齋詩話》卷二）

送韋大夫東京留守〔一〕

人外遺世慮，空端結遐心〔二〕。曾是巢許淺，始知堯舜深〔三〕。蒼生詎有物〔四〕，黄屋如喬林〔五〕。上德撫神運〔六〕，沖和穆宸襟〔七〕。雲雷康屯難〔八〕，江海遂飛沉〔九〕。天工寄人英，龍衮瀹君臨〔一〇〕。名器苟不假〔一一〕，保釐固其任〔一二〕。素質貫方領，清景照華簪〔一三〕。慷慨念王室，從容獻官箴〔一四〕。雲旗蔽三川，畫角發龍吟〔一五〕。晨揚天漢聲〔一六〕，夕捲大河陰〔一七〕。窮人業已寧〔一八〕，逆虜遺之擒〔一九〕，然後解金組〔二〇〕，拂衣東山岑〔二一〕。給事黃門省〔二二〕，秋光正沉沉〔二三〕。壯心與身退〔二四〕，老病隨年侵〔二五〕。君子從相訪〔二六〕，重玄其可尋〔二七〕？

〔一〕作于乾元二年（七五九）秋。韋大夫：即韋陟（參見《奉寄韋太守陟》注〔一〕）。陟至德年間嘗官御史大夫（御史臺正長官），故稱。《舊唐書·肅宗紀》：「（乾元二年）秋七月乙丑朔，以禮部尚書韋陟充東京留守。」東京：即東都洛陽，天寶元年改名東京。留守：官名。唐時天子或居長安，或居洛陽，其不在長安或洛陽時，則置留守，以大臣充任。另北都太原府也有留守，例以府尹兼任。

〔二〕人外：世外。《後漢書·陳寵傳》：「屏居人外，荆棘生門。」空端：空際，指高山上。結：積聚。遐心：指避世隱居之心。此二句意謂，自己曾居世外，遺落了世間之慮，存有避世隱居之心。

〔三〕巢許：巢父、許由。相傳爲堯時隱士，堯欲讓位於二人，俱不受。參見《莊子·逍遥遊》、晉皇甫謐《高士傳》卷上。此二句謂，巢許的避世是膚淺的，自己從前曾加以肯定，而今方知堯舜爲天下百姓而操勞之深刻。

〔四〕詎：豈。物：事。

〔五〕黃屋：古時天子之車，用黃繒做車蓋裏，稱黃屋車。《漢書·高帝紀》：「紀信乃乘王車，黃屋左纛。」喬林：成林的大樹。謝朓《郡内高齋閑坐答呂法曹》：「牕中列遠岫，庭際俯喬林。」句謂天子就像喬林覆物一樣蔭庇蒼生。

〔六〕上德：至上之德。《老子》三十八章：「上德不德，是以有德。」河上公注：「上德謂太古無名號之君，德大無上，故言上德也。」此指唐天子的功德。撫：安，使安。神運：猶氣數、氣運。氣運難測，故曰「神」。《史記・十二諸侯年表》：「曆人取其年月，數家（陰陽術數之家）隆於神運。」此指國家的命運。

〔七〕沖和：虚静平和。《晋書・阮瞻傳》：「神氣沖和，而不知向人所在。」穆：和美。宸襟：帝王之胸襟。何遜《九日侍宴樂遊苑》：「宸襟動時豫，歲序屬涼氛。」宸，述古堂本、元本俱作「衣」。此句稱頌天子的胸懷之美。

〔八〕雲雷：《易・屯》：「《象》曰：雲雷，屯，君子以經綸。」屯之卦象爲雲在上，雷在下，《象傳》以雨比恩澤，雷比刑罰，故雲雷指兼用恩澤與刑罰，以治理國家。康屯難：消除屯難，使天下安寧（是時禄山及其子慶緒已死，賊勢漸微，故云）。謝靈運《述祖德詩二首》其一：「屯難既云康，尊主隆斯民。」屯難，《易・屯・彖》：「屯，剛柔始交而難生。」後因謂時運艱難爲屯難。此句指唐肅宗平定了安史之亂。

〔九〕遂，奇字齋本、凌本俱作「逐」。飛沉：猶言鳥飛于空、魚沉于水。亦指飛于空之鳥與沉于水之魚。《後漢書・李膺傳》載荀爽與膺書曰：「願怡神無事，偃息衡門，任其飛沉，與時抑揚（浮沉）。」此句謂天下安寧，江海上之魚鳥，或飛于空，或沉于水，自由自在，不受干擾。

〔一〇〕天工：天的職能，天道當行之事。《書・臯陶謨》：「無曠庶官（曠，空也。位非其人，是爲空官），天工人其代之。」人英：人中之英。《淮南子・泰族》：「故智過萬人者謂之英。……明於天道，察於地理，通於人情，大足以容衆，德足以懷遠，信足以一異，知足以知變者，人之英也。」龍袞：見《和賈舍人早朝大明宫之作》注〔七〕。澹：恬静，安定；底本原作「贍」，此從述古堂本、顧本。君臨：居人君之位而臨（治理）其下民。《左傳》襄公十三年：「赫赫楚國，而君臨之。」二句意謂，依託人英代天爲治，天子安閒恬静地君臨天下。

〔一一〕「名器」句：《左傳》成公二年：「唯器與名，不可以假（借）人，君之所司也。……若以假人，與人政也。政亡，則國家從之，弗可止也已。」名器，指表示等級地位的名號、器物。此句意謂，名器如果不借給別人，而由天子掌握，這也就可以了。

〔一二〕保釐：治理安定。《書・畢命》：「命畢公保釐東郊。」句謂治理安定國家原是人英的責任。這裏轉寫韋，隱謂其即人英。

〔一三〕素質：白色質地。《逸周書・克殷》：「及期，百夫荷素質之旗于王前。」「質」，底本原作「資」，此從宋蜀本、明十卷本、奇字齋本等。貫：連。方領：《漢書・韓延壽傳》：「延壽衣黄紈方領。」注：「以黄色素作直領也。」《後漢書・馬援傳》：「（朱）勃衣方領，能矩步。」注：「頸下施衿領正方，學者之服也。」清景：清光。華簪：華貴的髮簪，貴官用之。陶淵明《和郭主簿二首》其一：「此事真復樂，聊用忘華簪。」此二句寫韋的衣飾。

〔一四〕官箴：指百官對帝王的勸誡之詞。《左傳》襄公四年：「昔周辛甲之爲大史也，命百官，官箴王闕。」杜注：「使百官各爲箴詞，戒王過。」

〔一五〕雲旗：《文選》司馬相如《上林賦》：「拖蜺旌，靡雲旗。」李善注引張揖曰：「畫熊虎於旒，爲旗，似雲氣也。」又《文選》張衡《東京賦》薛綜注：「爲高至雲，故曰雲旗也。」此處泛指旌旗。三川：郡名，秦置，以境内有河（黄河）、洛、伊三川得名。治所在雒陽（今河南洛陽市東北）。漢改爲河南郡。此借指唐洛陽一帶。「畫角」句：角，軍中樂器。外加彩繪，故稱畫角。《晉書·樂志下》：「角，説者云，蚩尤氏帥魑魅與黄帝戰於涿鹿，帝乃始命吹角爲龍鳴以禦之。」此二句寫唐軍的軍容、聲勢。按，是時唐軍駐守河陽（今河南孟州市南）一帶（參見《通鑑》卷二二一），與史思明相拒；東京地近河陽，亦有唐重兵駐守，故有此二句之語。

〔一六〕天漢：漢之美稱。借指唐。此句謂傳揚大唐聲威。

〔一七〕大河陰：黄河之南。此句形容唐軍的氣勢迅猛浩大。

〔一八〕窮人：困厄之人。

〔一九〕逆虜：指史思明等。遺之擒：謂送上門來當俘虜。語本《左傳》昭公五年：「使群臣往遺之禽（通擒）。」

〔二〇〕金組：《文選》顔延之《赭白馬賦》：「具服金組，兼飾丹雘。」李善注：「金組，二甲也。」二甲指金甲與組甲。組甲，用組（絲帶）連結皮革或鐵片製成的鎧甲，一謂以漆塗甲成組文。「解金組」

猶言解甲，即去軍職。按陟爲東京留守，負有守衛東京之責，故云。

〔二一〕拂衣：指隱居。謝靈運《述祖德二首》其二：「高揖七州外，拂衣五湖裏。」東山：見《送綦毋潛落第還鄉》注〔三〕。

〔二二〕給事：給事中的省稱。黄門省：即門下省。《通典》卷二一：「（門下省）開元元年改爲黄門省，五年復舊。」此句謂己在門下省爲給事中（給事中爲門下省屬官）。

〔二三〕沉沉：盛貌。

〔二四〕壯心，底本原作「功名」，此從宋蜀本、《全唐詩》。與身退：隨着身體的衰弱而消退。

〔二五〕隨年侵：謂隨歲月之流逝而漸進。陸機《豫章行》：「寄世將幾何，日昃無停陰。前路既已多，後塗隨年侵。」

〔二六〕君子：指韋陟。從：通「縱」。

〔二七〕重玄：即玄之又玄，亦曰玄玄，指道家之道或道家之義理。陸機《漢高祖功臣頌》：「重玄匪奧，九地匪沉。」孔稚珪《北山移文》：「覈玄玄於道流。」《老子》一章：「玄之又玄（指道而言），衆妙之門。」其：難道。尋：求。此句言己已老且病，異日不可與陟共隱居求道，與上「然後」二句相應。

別弟縉後登青龍寺望藍田山〔一〕

陌上新別離，蒼茫四郊晦。登高不見君，故山復雲外。遠樹蔽行人〔二〕，長天隱秋塞。心悲宦游子，何處飛征蓋〔三〕？

〔一〕此詩係維在長安郊區送別弟縉後，登青龍寺眺望時所作。詩中稱藍田山爲「故山」，可見在這之前，王維曾在藍田山附近住過；作者這一在藍田山附近的住處，應該就是藍田山居（即輞川别業）。據此，本詩或當作于維捨山居爲寺（約在乾元元年冬）之後。具體時間不詳，姑繫此。弟縉：見《留别山中温古上人兄並示舍弟縉》注〔一〕。青龍寺：見《青龍寺曇壁上人兄院集》注〔一〕。藍田山：見《藍田山石門精舍》注〔一〕。

〔二〕樹，宋蜀本作「木」。

〔三〕宦游，凌本作「游宦」。征蓋：遠行之車。蓋，車蓋。此二句意謂，宦游子飛車遠行，欲向何處？自己心中爲他們感到悲傷。二句就登寺所見而言，同時又暗含有爲弟縉的遠行而悲傷之意。

瓜園詩并序〔一〕

維瓜園高齋，俯視南山形勝〔二〕，二三時輩〔三〕，同賦是詩，兼命詞英數公〔四〕，同用園字爲韻，韻任多少；時太子司議郎薛璩發此題〔五〕，遂同諸公云〔六〕。

余適欲鋤瓜，倚鋤聽叩門。鳴騶導驄馬，常從夾朱軒〔七〕。窮巷正傳呼〔八〕，故人儻相存〔九〕。攜手追涼風〔一〇〕，放心望乾坤〔一一〕。藹藹帝王州〔一二〕，宫觀一何繁！林端出綺道〔一三〕，殿頂摇華幡〔一四〕。素懷在青山〔一五〕，若值白雲屯〔一六〕。迴風城西雨〔一七〕，返景原上村〔一八〕。前酌盈樽酒，往往聞清言〔一九〕。黄鸝囀深木〔二〇〕，朱槿照中園〔二一〕。猶羨松下客〔二二〕，石上聞清猿〔二三〕。

〔一〕約作于上元元年（七六〇）春，説見本詩注〔五〕。瓜園：似是王維施輞川莊爲寺後營置的一處園林。

〔二〕高齋：瓜園中的建築，或因地勢高而得名。形勝：風景優美。

〔三〕時輩：當時的有名人物。《三國志·魏書·孫禮傳》：「禮與盧毓同郡時輩，而情好不睦。」

〔四〕詞英：謂詞章出衆者。

〔五〕司議郎：唐東宮置司議郎四人，正六品上，掌啓奏記注宫内之事，每年終送史館。薛璩（qú渠）：趙殿成注云：「《唐詩紀事》作薛據，云：『薛據與王摩詰、杜子美最善，子美有《喜薛三據授司議郎》詩云……又有《寄薛三郎中》詩云……』又云：『薛據，河中寶鼎人，中書舍人文思曾孫。父元暉，什邡令。開元、天寶間，據與弟播、揔相繼登科，終禮部侍郎。』成按，《工部集·秦州見勅目薛三璩授司議郎》云云，本是璩字，與右丞同，疑薛據、薛璩本是二人，《紀事》誤作一人，錢牧齋《杜詩箋注》謂薛三璩當刊作薛三據，非也。薛據以天寶六載風雅古調科及第，見《唐會要》，後爲尚書水部郎中，贈給事中，見韓昌黎《薛君公達墓誌銘》，劉昫《唐書》亦附見《薛播傳》中，俱不言其爲司議郎。」按，杜甫《寄薛三郎中璩》（大曆二年作）曰：「天未厭戎馬，我輩本常貧。

子尚客荆州，我亦滯江濱。……賦詩賓客間，揮灑動八垠。乃知蓋代手，才力老益神。」謂璩客居荆州，善爲詩。《别崔潩因寄薛據孟雲卿》（大曆元年作）曰：「荆州遇薛孟，爲報欲論詩。」亦謂據居荆州。《遣悶十二首》其四（大曆元年作）曰：「沈范（沈約、范雲）早知何水部（何遜），曹劉不待薛郎中。獨當省署開文苑，兼泛滄浪學釣翁。」原注：「水部郎中薛據。」以何遜喻據，蓋稱其善詩；至「泛滄浪」，則謂據客居荆楚。又薛據亦行三（見《唐人行第録》），杜甫《秦州見勅目薛三璩授司議郎……凡三十韻》詩，「璩」一本作「據」，岑仲勉《讀全唐詩札記》曰：「按薛三據累見王昌齡等諸家詩，今同函八册亦收薛據，作據者是。」綜上所述，薛璩、薛據應即一人；又據弟曰摠、播（見《舊唐書·薛播傳》），字皆作手旁，則作據者是，作璩者非也。另，據《秦州見勅目》詩（作于乾元二年秋），可知據于乾元二年秋始爲司議郎；又本詩寫春景，故最早當作于上元元年春。

〔六〕同：猶「和」。

〔七〕鳴騶（zōu 鄒）：「騶」謂騶從（貴人出行時隨從的騎士）；「鳴」指騶從喝道。《南史·到溉傳》：「恒鳴騶枉道，以相存問。」驄馬：淺青色馬。此指貴人車上的馬。常從：隨從。《三國志·吴書·孫權傳》：「（權）親乘馬射虎於庱亭……常從張世擊以戈，獲之。」朱軒：古貴者所乘之車，飾以朱色，故稱。江淹《别賦》：「至若龍馬銀鞍，朱軒繡軸。」此二句寫諸公乘車來訪。

〔八〕窮巷：陋巷。傳呼：《漢書·蕭望之傳》：「仲翁出入，從倉頭廬兒（師古注：「皆官府之給賤役者也。」），下車趨門，傳呼甚寵。」師古注：「傳聲而呼侍從者，甚有尊寵也。」

〔九〕儻：或者。存：慰問，省視。

〔一〇〕追涼風：謂走往高處有涼風之地。

〔一一〕放心：縱意，縱情。

〔一二〕藹藹：繁盛貌。

〔一三〕綺道：縱横交錯的道路。

〔一四〕摇，奇字齋本、凌本俱作「播」。華幡：有文彩畫飾的旗幟。

〔一五〕素懷：平素的志趣。

〔一六〕若：乃。白雲屯：謂白雲聚集於青山之上。謝靈運《入彭蠡湖口》：「春晚緑野秀，巖高白雲屯。」

〔一七〕迴風：旋風。

〔一八〕返景：落日的迴光。

〔一九〕聞，述古堂本、元本俱作「間」。清言：指清雅的言談、議論。陶淵明《扇上畫贊》：「鄭叟（後漢鄭敬）不合，垂釣川湄，交酌林下，清言究微。」此言置酒待客，宴會上往往有清雅的言談。

〔二〇〕囀，底本原作「轉」，此從《全唐詩》。

〔二一〕朱槿：花名。又稱扶桑、日及。樹高四五尺，枝條柔弱，葉深緑，似桑；花色深紅，大如蜀葵。參見晉嵇含《南方草木狀》卷中、李時珍《本草綱目》卷三六。中園：猶園中。底本注：「中，一本作空。」

〔二〕松下客：指山林中隱士。

〔三〕清猿：淒清的猿聲。

張謙宜曰：鋪叙有次第，以章法錯行，不覺其板，當學此。（《絸齋詩談》卷五）

送楊長史赴果州〔一〕

褒斜不容幰〔二〕，之子去何之〔三〕？　鳥道一千里〔四〕，猿啼十二時〔五〕。　官橋祭酒客，山木女郎祠〔六〕。　別後同明月〔七〕，君應聽子規〔八〕。

〔一〕楊長史，《瀛奎律髓》「長史」下多一「濟」字。陳貽焮《王維詩選》曰：「《舊唐書·吐蕃傳》載：『永泰二年（公元七六六）二月，命大理少卿兼御史中丞楊濟，修好于吐蕃。』或即此人。」長史，見《送岐州源長史歸》注〔一〕。果州：見《鄭果州相過》注〔一〕。按，唐大理少卿從四品上，御史中丞正四品下；果州唐時爲中州，置長史一人，正六品上。依唐代官員遷除常例，濟爲果州長史，應在其官大理少卿之前。又果州天寶時曰南充郡，乾元元年（七五八）復爲果州，此詩疑即乾元元年之後、上元二年（七六一）維卒以前所作，具體時間不詳，姑繫此。

〔二〕「褒斜」句：參見《送崔五太守》注〔六〕。

〔三〕之子：此子。指楊長史。去，《方輿勝覽》作「欲」。之：往。

〔四〕鳥道：形容道路險絶難行，唯有飛鳥能過。

〔五〕啼，《瀛奎律髓》、《全唐詩》等作「聲」。十二時：古分一日夜爲十二時，以十二地支紀之，曰子時、丑時等。

〔六〕官橋：官道上的橋梁。祭酒客：祖道登程的旅客。祭酒，酹酒祭神。《儀禮·鄉飲酒禮》：「坐捝（拭）手，遂祭酒。」此指爲祖道之祭（出行時祭路神）。李賀《出城别張又新酬李漢》：「今將下東道，祭酒而别秦。」即此義。木，元本作「水」。女郎祠：《水經注》卷二七《沔水》：五丈溪「南注漢水，南有女郎山（按，山在陝西省舊褒城縣境），山上有女郎冢……山上直路下出，不生草木，世人謂之女郎道，下有女郎廟及搗衣石，言張魯女也。有小水北流入漢，謂之女郎水」。又，高步瀛《唐宋詩舉要》謂祭酒蓋用張魯事，《三國志·魏書·張魯傳》：「張魯，字公祺。……據漢中，以鬼道（五斗米道）教民，自號師君。其來學道者，初皆名鬼卒，受本道已信，號祭酒，各領部衆。……諸祭酒皆作義舍，如今之亭傳。又置義米肉，懸於義舍，行路者量腹取足。」云「詩用祭酒、女郎，皆言異俗荒陋之義」。此解亦可備一説。又《唐音癸籤》卷二一云：「蜀道艱險，行必有禱祈。女郎，其叢祠之神；客，即禱神之行客也。合兩句讀之，深無限遠宦跋涉之感。有辨女郎爲何許人者，都是説夢。」

〔七〕「别後」句：意本謝莊《月賦》：「美人邁兮音塵絶，隔千里兮共明月。」

〔八〕子規：鳥名，又稱杜鵑、布穀，多出蜀中，傳説爲古蜀帝杜宇之魂所化。其鳴聲淒厲，能動旅人歸思，故亦名思歸、催歸。杜甫《子規》詩云：「峽裏雲安縣，江樓翼瓦齊。兩邊山木合，終日子規啼。……客愁那聽此，故作傍人低。」此言君至蜀中，應聽聽子規之啼，從而惹動歸思。《唐詩別裁》卷九曰：「子規叫不如歸去，蓋望其歸也。」

黄周星曰：（「鳥道」二句）此亦摹擬語耳。至今遂令讀者眼中如有鳥道，耳畔如有猿聲，詩之移人如此。（《唐詩快》卷八）

馮班曰：起句得宋人體。澄景隆而清之矣，却渾秀無圭角。（《瀛奎律髓彙評》卷四）

黄生曰：（「別後」二句）説兩地別情，淒楚已極，却只以景語出之，寓意俱在言外，筆意高人十倍。（《增訂唐詩摘鈔》卷一）

張謙宜曰：（「鳥道」二句）一直説出，險怪淒涼，味在言外。毛稚黄以爲意興欲盡，非也。（《絸齋詩談》卷五）

紀昀曰：一片神骨，不比凡馬空多肉。（《瀛奎律髓彙評》卷四）

黄培芳曰：收忌太平熟，此惟得之。（翰墨園重刊本《唐賢三昧集箋注》卷上）

慕容承攜素饌見過〔一〕

紗帽烏皮几〔二〕，閒居懶賦詩。門看五柳識〔三〕，年算六身知〔四〕。靈壽君王賜〔五〕，雕胡弟子炊〔六〕。空勞酒食饌，特底解人頤〔七〕。

〔一〕玩詩意，當作于晚年，具體時間不詳，姑繫此。慕容承：無考。素饌：《舊唐書·王維傳》云：「維弟兄俱奉佛，居常蔬食，不茹葷血。晚年長齋，不衣文綵。」故承見過而攜素饌。

〔二〕紗帽：見《故人張諲工詩善易卜兼能丹青草隸》詩注〔二〕。烏皮几：裹以黑色皮革的几。謝朓有《同詠座上玩器得烏皮隱几》詩。杜甫《寄劉峽州伯華使君四十韻》：「憑久烏皮綻，簪稀白帽稜。」

〔三〕五柳：見《偶然作·陶潛任天真》注〔九〕。

〔四〕「年算」句：《左傳》襄公三十年：「晋悼夫人食輿人（役卒）之城杞者，絳縣人或年長矣，無子而往，與於食。有與疑年（有人疑其年齡），使之年（讓他自言年齡）。曰：『臣，小人也，不知紀年。臣之生歲，正月甲子朔，四百有四十五甲子矣（六十日輪一次甲子，已經歷四百四十五個甲子日），其季於今三之一也（最末一個甲子日到今天剛剛二十天）。』吏走問諸朝。師曠曰：『……七十三年矣。』史趙曰：『亥有二首六身（亥字以「二」字爲頭，「六」字爲身），下二如身（以上二置於下，與身相并），是其日數也。』士文伯曰：『然則二萬六千六百有六旬也。』」按，亥「二首六身」，蓋就晋國當時字體言之；疑亥之下半，由三個丄及丅（一横爲五，一豎爲一，丄及丅皆六也）所構成，故「下二如身」，遂得二六六六之數。又，以老人自言所歷甲子計算，即得二六六六〇日，化爲年，恰好滿七十三歲。此句即用其事，意謂自己年紀已經很大了。或將王維所用「年算六身」的典故坐實，並以之確定王維作此詩時的年齡和生年。按，筆者考察過唐人詩文中使用這一典故的所有例子，皆作年老之義使用，無一例是將七十三歲當作實事來使用的。將詩文中所用的典故坐實，並以之考證作家的生平事迹，這種做法是很靠不住的。説見拙作《考證古代作家生平事迹易陷入的兩個誤區》，載《文學遺産》二〇一七年第四期。

〔五〕靈壽：木名，又曰椐。此處指靈壽杖。《漢書·孔光傳》：「賜太師靈壽杖。」注：「孟康曰：扶老杖也。服虔曰：靈壽，木名。師古曰：木有枝節，長不過八九尺，圍三四寸，自然有合杖制，不似竹須削治也。」

〔六〕雕胡：見《晦日遊大理韋卿城南別業四首》其三注〔五〕。

〔七〕空：只。特底：又作特地，即特意，特別。「特」宋蜀本、《全唐詩》俱作「持」。解人頤：《漢書·匡衡傳》：「無説《詩》，匡鼎來；匡語《詩》，解人頤。」如淳注：「使人笑不能止也。」此二句謂，只是有勞你攜酒食來訪，特別使我感到高興。

酬慕容十一〔一〕

行行西陌返，駐幰問車公〔二〕。挾轂雙官騎，應門五尺僮〔三〕。老年如塞北，强起離牆東〔四〕。爲報壺丘子〔五〕，來人道姓蒙〔六〕。

〔一〕慕容十一，底本原作「慕容上」，此從宋蜀本、《全唐詩》。《唐人行第録》云：「按維又有《慕容承攜素饌見過》，比觀兩詩詞意，余以爲十一即承。」據此，本詩之寫作時間或與上詩相去不甚遠。

〔二〕駐幰：停車。車公：見《河南嚴尹弟見宿弊廬訪別人賦十韻》注〔一六〕。此借指慕容十一。

〔三〕挾轂：同夾轂，猶夾車。車輪中心可插軸的部分稱「轂」。漢樂府《長安有狹斜行》：「長安有狹斜，狹斜不容車，適逢兩少年，挾轂問君家。」官騎：供貴族顯宦私人使用的官府騎兵。《後漢書・百官志》：「（將軍）賜官騎三十人及鼓吹。」「應門」句：參見《輞川集・宮槐陌》注〔三〕。二句謂慕容氏外出有官騎護衛，家中有五尺之僮照看門户。

〔四〕老年，宋蜀本作「若思」。如：往。塞北：泛指我國北部地區。古詩文中常與江南對稱。牆東：《後漢書・逢萌傳》：「初萌與同郡徐房、平原李子雲、王君公相友善，並曉陰陽，懷德穢行。……君公遭亂獨不去，儈牛（做買賣牛的居間人）自隱，時人爲之語曰：『避世牆東王君公。』」後因以牆東稱隱者所居之地。二句謂慕容氏值老年時復强起出仕。

〔五〕壺丘子：《吕氏春秋・下賢》：「子産相鄭，往見壺丘子林，與其弟子坐，必以年。」《列子・仲尼》：「子列子既師壺丘子林，友伯昏瞀人，乃居南郭……」《高士傳》卷中：「壺丘子林者，鄭人也，道德甚優，列禦寇師事之。」此以壺丘子喻慕容氏，言其乃有道之士。

〔六〕姓蒙：趙殿成曰：「姓字疑是住字之訛。」《史記・老莊申韓列傳》：「莊子者，蒙人也，名周。」《文選》潘岳《悼亡詩三首》其二：「上慙東門吴，下愧蒙莊子。」李善注：「莊子蒙人，故云蒙莊子。」此處作者以莊周自喻，表示自己有效法莊周的志向。

飯覆釜山僧〔一〕

晚知清浄理〔二〕，日與人群疏。將候遠山僧，先期掃敝廬〔三〕。果從雲峰裏，顧我蓬蒿居〔四〕。藉草飯松屑〔五〕，焚香看道書〔六〕。燃燈晝欲盡，鳴磬夜方初〔七〕。一悟寂爲樂，此生閒有餘〔八〕。思歸何必深，身世猶空虚〔九〕。

〔一〕王維被宥復官後至卒前的三、四年間，每于京師飯僧（參見《年譜》），本詩疑即此一期間所作。覆釜山：趙殿成注：「山名覆釜者，不止一處，然右丞所指，疑在長安，未詳所在。」按，詩曰「遠山」，疑非在長安；唐虢州湖城縣（今河南靈寶市閿鄉）南有覆釜山，一名荆山（參見《新唐書・地理志》、《大清一統志》卷二二〇），本詩之覆釜山或即指此。

〔二〕清浄：佛家語。謂遠離一切惡行與煩惱。《俱舍論》卷一六：「暫永遠離一切惡行煩惱垢，故名爲清浄。」浄，宋蜀本作「静」。

〔三〕敝廬：謙稱己之居室。《左傳》昭公三年：「小人糞除（掃除）先人之敝廬。」

〔四〕蓬蒿居：長滿蓬蒿的住處。《文選》江淹《雜體詩三十首・左記室詠史》：「顧念張仲蔚，蓬蒿滿中園。」李善注：「趙岐《三輔決録》注（晋摯虞注）曰：『張仲蔚，扶風人也。少與同郡魏景卿隱身不仕，明天官，博學，好爲詩賦，所居蓬蒿没人也。』」其事亦載晋皇甫謐《高士傳》卷中。此處謙稱自己的住處。

〔五〕藉草：見《座上走筆贈薛璩慕容損》注〔一〇〕。松屑：指松花。見《河南嚴尹弟見宿弊廬訪別人賦十韻》注〔一〇〕。

〔六〕道書：指釋氏之書。

〔七〕磬：佛教法器名，有圓磬、引磬等，作法事（指念經、供佛、施僧、爲人追福等宗教儀式）念誦時鳴之。夜方初：舊分一夜爲五更，初更又稱初夜。《後漢書・班超傳》：「初夜，遂將吏士往奔虜營。」又佛教以初夜爲六時之一，參見《燕子龕禪師詠》注〔八〕。句謂初夜時僧人擊磬作佛事（疑指飯僧後僧人誦經爲施主求福）。

〔八〕一：一旦；底本原作「已」，此從述古堂本、元本、《全唐詩》。寂：佛家語，即滅、寂滅、涅槃。《維摩經・問疾品》：「導人入寂。」佛教認爲，世俗世界的一切，本性皆爲「苦」；在人生社會中，造成「苦」的直接根源是煩惱，斷滅一切煩惱，就可進入涅槃境界；而涅槃對世俗諸「苦」而言，即是「樂」。《大般涅槃經》卷二：「有爲之法，其性無常。生已不住，寂滅爲樂。」生，《全唐詩》作「日」。二句謂，一旦了悟寂滅即是快樂的道理，此生就閒静有餘（一旦了悟此理，必當力斷煩惱，從而使身心閒静安寧，故云）。

〔九〕此二句謂，思返田里之心何必深切，人自身及所處之世同於空虛。意即從佛教的觀點看，現實世界的一切皆虚幻不實，因此是否一定棄官而歸，也就無關緊要了。

歎白髮〔一〕

宿昔朱顔成暮齒〔二〕，須臾白髮變垂髫〔三〕。一生幾許傷心事〔四〕，不向空門何處銷〔五〕！

〔一〕玩詩意，疑當作於安史之亂後。詩題宋蜀本、述古堂本、元本俱作《歎白髮二首》，其第一首爲五古《歎白髮》，第二首即本詩。

〔二〕宿昔：猶旦夕。比喻短時間之内。暮齒：晚年。《高僧傳》卷六《釋道碧傳》：「僧碧法師學優早年，德芳暮齒，可爲國内僧正。」

〔三〕變垂髫：改變了幼時垂髫的模樣。古時兒童不束髮，頭髮下垂，謂之垂髫。

〔四〕傷心事：疑指陷賊、禄山迫以僞署、被收繫獄中等事。

〔五〕空門：指佛教。佛教宣揚「諸法皆空」，以「悟空」爲入道之門，故稱空門。銷，宋蜀本作「消」。

和陳監四郎秋雨中思從弟據〔一〕

嫋嫋秋風動〔二〕，淒淒烟雨繁。聲連鳷鵲觀〔三〕，色暗鳳凰原〔四〕。細柳疎高閣〔五〕，輕槐落洞門〔六〕。九衢行欲斷〔七〕，萬井寂無喧。忽有《愁霖》唱〔八〕，更陳多露言〔九〕。平原思令弟〔一〇〕，康樂謝賢昆〔一一〕。逸興方三接，衰顔强七奔〔一二〕。相如今老病，歸守茂陵園〔一三〕。

〔一〕疑作于安史之亂後，參見本詩注〔二〕。陳監四郎：不詳。岑仲勉《唐人行第録》曰：「以余考之，陳監四郎應希烈之孫，《姓纂》言希烈子汭爲少府少監，元和初尚存，疑此四郎爲汭之子（希烈尚有子洳爲祕書少監），名已不可知矣。」《元和姓纂》卷三：「開元左相、太子太師希烈，世居均州。左司郎中（《元和姓纂四校記》謂「左司」上當奪一人名，即希烈之子也）、鴻臚大卿。汭，少府少監。潤，户部郎中。洳，祕書少監。」按，《陳希烈墓誌》（見《隋唐五代墓誌彙編》陝西卷）有希烈「第二子前太僕、少府少監汭」語，然「陳監」是否即指陳汭，尚乏確據，姑録以備考。監，官名。唐祕書省及殿中省各置監一人，從三品，少監二人，從四品上；又少府監置監一人，從三品，少監二人，從四品下。

〔二〕嫋嫋（niǎo 鳥）：《楚辭·九歌·湘夫人》：「嫋嫋兮秋風，洞庭波兮木葉下。」洪興祖補注：「嫋嫋，長弱貌。」

〔三〕鳷（zhī 支）鵲觀：《文選》司馬相如《上林賦》：「蹷石闕，歷封巒；過鳷鵲，望露寒。」李注：「張揖曰：此四觀武帝建元中作，在雲陽甘泉宮（在陝西淳化縣西北甘泉山上）外。」

〔四〕鳳凰原：在陝西西安市臨潼區驪山。《長安志》卷一五《臨潼縣》：「鳳皇原，後漢延光二年（應作「三年」）鳳皇集新豐，即此原也。……唐韋嗣立構别廬於驪山鳳皇原、鸚鵡谷。」《後漢書·安帝紀》：「（延光）三年……新豐上言鳳皇集西界亭。」注：「今新豐縣（在今臨潼東北）西南有鳳皇原，俗傳云即此時鳳皇所集之處也。」

〔五〕句謂高閣邊的細嫩柳條已稀疎。

〔六〕洞門：見《酬郭給事》注〔二〕。

〔七〕九衢：見《奉和聖製十五夜燃燈繼以酺宴應制》注〔六〕。

〔八〕《愁霖》唱：《文選》謝瞻《答靈運》：「忽獲《愁霖》唱，懷勞奏所成。」李善注：「靈運《愁霖》詩序云：示從兄宣遠。」吕向注：「靈運寄《愁霖》詩于瞻，故有此答。」此處借指陳監四郎所作《秋雨中思從弟據》詩。

〔九〕多露：《詩·召南·行露》：「厭浥（潮濕貌）行（道）露，豈不夙夜（豈不欲早夜而行），謂行多露（以爲道上多露，畏沾濡故不行）。」句謂詩中陳説「多露」之言，指勸諭從弟，行事須謹慎。

〔一〇〕平原：指陸機。《晉書·陸機傳》：「（成都王）穎以機參大將軍軍事，表爲平原内史。」令弟：賢弟。謝靈運《酬從弟惠連》：「末路值令弟，開顔披心胸。」此指陸雲，參見《同崔傅答賢弟》注〔九〕。此句以陸機、陸雲喻陳監四郎與其從弟據。

〔一一〕康樂：謝靈運。謝襲封康樂公，世謂之謝康樂。賢昆：賢兄，指謝瞻。《南史·謝瞻傳》：「瞻字宣遠……與從叔混、族弟靈運俱有盛名。……瞻文章之美，與從叔混、族弟靈運相抗。」此句以康樂喻陳據，謝瞻喻陳監四郎。

〔二〕三接：語出《易·晉》：「晝日三接。」疏：「言……一晝之間，三度接見也。」七奔：《左傳》成公七年：「吴始伐楚、伐巢、伐徐，子重（楚臣）奔命（奉命奔馳以救援巢、徐）。馬陵之會，吴入州來（國名，屬楚），子重自鄭（時子重率師伐鄭）奔命。子重、子反（楚臣）於是乎一歲七奔命（七次奉命奔馳以禦吴軍）。」此二句謂，陳氏兄弟俱有逸興，方多次相會，却遇世亂，於年衰時多次勉力奔馳以禦敵（疑指在安史亂中禦敵）。

〔三〕「相如」二句：參見《不遇詠》注〔七〕。此二句以病免家居的相如喻陳監四郎。

冬晚對雪憶胡居士家〔一〕

寒更傳曉箭〔二〕，清鏡覽衰顔〔三〕。隔牖風驚竹〔四〕，開門雪滿山〔五〕。灑空深巷静，積素廣庭閑。借問袁安舍，翛然尚閉關〔六〕。

〔一〕據「衰顔」之語，此詩或作于晚年，具體時間不詳，姑繫此。居士：在家奉佛之人。此篇《文苑英華》作王邵詩，題爲《冬晚對雪憶胡處士》，《全唐詩》重見王維及王邵集中。按，司空曙《過胡居士覩王右丞遺文》曰：「舊日相知盡，深居獨一身。閉門空有雪，看竹永無人。每許前山隱，曾憐陋巷貧。題詩今尚在，暫爲拂流塵。」「閉門」二句，實承此詩「隔牖」二句及「借問」二句之意而來；「曾憐」句，則指維曾賙濟過胡（維有《胡居士卧病遺米因贈》詩，即述其事），而曙所睹王右丞遺文，當即此詩，故此詩無疑應爲王維所作。

〔二〕寒更：指寒夜的更鼓聲。傳曉箭：即報曉之意；底本、《全唐詩》均注：「一作催唱曉。」箭，指漏壺上標示時間的浮箭。

〔三〕覽，底本、《全唐詩》均注：「一作減。」

〔四〕牖：窗户。

〔五〕門，底本、《全唐詩》均注：「一作簾。」

〔六〕「借問」二句：《後漢書·袁安傳》注引《汝南先賢傳》曰：「時大雪，積地丈餘，洛陽令自出案行，見人家皆除雪出，有乞食者。至袁安門，無有行路，謂安已死，令人除雪入户，見安僵卧，問何以不出，安曰：『大雪，人皆餓，不宜干人。』令以爲賢，舉爲孝廉也。」翛（xiāo 消）然：形容自然超脱。此以袁安喻胡，言其賢而貧困。

宋曾季貍曰：東湖言王維雪詩不可學，平生喜此詩。其詩云：「寒更催曉箭……」（《艇齋詩話》）

王士禛曰：或問余古人雪詩何句最佳，余曰：莫踰羊孚贊云：「資清以化，乘氣以霏；值象能鮮，即潔成輝。」陶淵明詩云：「傾耳無希聲，在目皓已潔。」王摩詰云：「隔牖風驚竹，開門雪滿山。」……此爲上乘。又曰：余論古今雪詩，唯羊孚一贊，及陶淵明「傾耳無希聲……」，及祖詠

「終南陰嶺秀」一篇，右丞「灑空深巷静，積素廣庭閒」，韋左司「門對寒流雪滿山」句最佳。（《帶經堂詩話》卷一二賦物類）

張謙宜曰：（「隔牖」二句）得驀見之神，却又不費造作。（《絸齋詩談》卷五）

沈德潛曰：寫對雪意，不削而合，不繪而工，憶胡居士，只末一見。（《唐詩别裁》卷九）

洪亮吉曰：古今詠雪月詩，高超者多，詠正面者殊少。王右丞「灑空深巷静，積素廣庭閒」，可云詠正面矣。（《北江詩話》卷一）

潘德輿曰：詩之妙全以先天神運，不在後天迹象。……王摩詰「隔牖風驚竹，開門雪滿山」，詠雪之妙，全在上句「隔牖」五字，不言雪而全是雪聲之神，不至「開門」句矣。……大抵能詩者無不知此妙，低手遇題，乃寫實跡，故極求清脱，而終欠渾成。（《養一齋詩話》卷二）

朱庭珍曰：詠雪詩最難出色，古人非不刻劃，而超脱大雅，絶不黏滯，後人著力求之，轉失妙諦。如……右丞「灑空深巷静，積素廣庭閒」，工部「燭斜初近見，舟重竟無聞」，一寫城市曉雪，一寫江湖夜雪，亦工傳神。（《筱園詩話》卷四）

胡居士卧病遺米因贈〔一〕

了觀四大因〔二〕，根性何所有〔三〕？妄計苟不生，是身孰休咎〔四〕？色聲何謂客，陰界復誰守〔五〕？徒言蓮花目，豈惡楊枝肘〔六〕？既飽香積飯，不醉聲聞酒〔七〕。有無斷常見〔八〕，生滅幻夢受〔九〕，即病即實相〔一〇〕，趨空定狂走〔一一〕。無有一法真，無有一法垢〔一二〕。居士素通達，隨宜善抖擻〔一三〕。牀上無氈卧，鎘中有粥否〔一四〕？齋時不乞食〔一五〕，定應空漱口〔一六〕。聊持數斗米，且救浮生取〔一七〕。

〔一〕寫作時間同上詩。遺（wèi位）：饋送。

〔二〕了觀：明觀。四大：佛教名詞。指地、水、火、風四種構成色法（相當于物質現象）的基本原素。佛教認爲，世界萬物及人之身體，均由四大組成。《金光明最勝王經》卷五：「地水火風共成身。」因四大能造作一切色法，故曰「四大因」（凡能造果者，皆謂之因）。

〔三〕根性：指受教修道的素質。根有「能生」之義，人性有生善業或惡業之力，故曰根性。《止觀輔行》卷二之四：「能生爲根，數習爲性。」此言由四大所造作的人身之根性有何物？意即人的根性是如何構成的，人身同由四大組成，何以有根性的差異？

〔四〕妄計：猶妄慮、妄念，佛教指世俗的認識和思想。孰：何。休咎：吉凶。此二句意謂，妄念如不産生，此身有何吉凶？意即也就無所謂吉凶了。

〔五〕色聲：指色聲等六境，即眼、耳、鼻、舌、身、意等六識所感覺認識的六種境界：色、聲、香、味、觸、法。六境都是人的認識對象，是人的身外之物，故謂曰「客」。但佛教的某些宗派又認爲，識外無境，六境均屬一心之變現。陰界：趙殿成注：「謂五陰十八界。」其説是。五陰，即五蘊（色蘊、受蘊、想蘊、行蘊、識蘊），廣義指物質世界（色蘊）和精神世界（其餘四蘊）的總和。十八界，即六根（眼根、耳根、鼻根、舌根、身根、意根）、六識和六境，這是以人的認識爲中心，對世界一切現象所作的概括。此二句謂，色聲等爲什麼稱爲「客」？世界的一切現象又由誰來持守？

〔六〕蓮花目：指佛眼。參見《過盧員外宅看飯僧共題七韻》注〔二〕。佛教稱佛眼能洞察一切，見知衆生之生死及善惡業緣等。參見《智度論》卷三三、《翻譯名義集》卷六。「豈惡」句：典出《莊子・至樂》：「支離叔與滑介叔觀於冥伯之丘……俄而柳生其左肘，其意蹶蹶然惡之。支離叔曰：『子惡之乎？』滑介叔曰：『亡（無），予何惡？……死生爲晝夜，且吾與子觀化，而化及我，我又何惡焉？』」柳，借作「瘤」；又此處以「楊」指「柳」，説見《老將行》注〔二〕。此二句謂，只説佛眼能洞察一切、見知生死，但又哪裏厭惡生老病死的變化？

〔七〕「既飽」句：參見《過盧員外宅看飯僧共題七韻》注〔三〕。又，《維摩詰經・香積佛品》載，維摩詰化作菩薩，至衆香國，謂香積佛曰：「願得世尊所食之餘，當於娑婆世界（釋迦牟尼所教化的世界，實即現實世界）施作佛事（謂化衆生），令此樂小法者得弘大道，亦使如來名聲普聞。」於是香積如來即以衆香鉢盛滿香飯與化菩薩。此飯雖少，而食之終不可盡，維摩詰遂以此飯，悉飽諸地神、虛空神及欲色界諸天大衆。關於「樂小法者」，僧肇《注維摩詰經》卷八云：「（鳩摩羅）什曰：樂不勝遠者，皆名爲小，非但小乘也。」又云：「肇曰：其土（衆香國）純一大乘，不聞樂小之名，故生斯問也（指衆香國諸大士問香積佛何名爲樂小法者而言）。」此句以「飽香積飯」喻胡居士已捨小法，「得弘大道」。聲聞：佛教三乘（聲聞、緣覺、菩薩）之一。《大乘義章》卷一七曰：「從佛聲聞而得道者悉名聲聞。」又曰：「觀察四諦（苦、集、滅、道）而得道者悉名聲聞。」指只能遵照佛的説教修行，以修學四諦爲内容，以達到自身的解脱爲目的的出家者。按，此乘即所謂「樂小法者」。大乘佛教倡導修習六度、普渡衆生，與此乘異。此二句謂，我們已得大乘之旨，不欲爲聲聞小法。

〔八〕有見：指執着物實有的見解。無見：指執着物實無的見解。斷見：屬於無見，指執着身心斷滅，認爲人死後更不受生，可以不受果報的見解。常見：屬於有見，指執着身心常住（法無生滅變遷謂之常住）不變的見解。有、無、斷、常之見，俱屬于五見（五種錯誤見解）中的邊見（片面極端的見解）。參見《大智度論》卷七、《成唯識論》卷六。

〔九〕生：指事物的産生和形成。滅：指事物的壞滅。幻夢：喻一切事物變化無常，虚而不實。《金剛般若波羅蜜經·應化非真分》：「一切有爲法，如夢、幻（幻術）、泡、影。」受：五藴之一，指由眼、耳、鼻、舌、身、意六觸引生的對外界的感受。句指事物的生滅與如幻夢一般的變化給人的感受。

〔一〇〕即：不二、不離之義。佛教認爲「有無斷常見」是錯誤的見解，故曰「即病」。又認爲由人們的觸覺引生的對事物生滅變化的感受，能把人引向迷妄，使産生各種煩惱，故亦曰「即病」。實相：

指諸法的真實相狀，即「空」。《肇論·宗本義》：「本無、實相、法性、性空、緣會，一義耳。」佛教認爲諸法（「有無斷常見，生滅幻夢受」皆包括在世間諸法的範疇之内）皆空，故曰「即實相」。

〔一一〕趨空：參見下篇其一注〔四〕。此指只趨向空，而不止于有。句謂若只趨向空，以爲一切虚無，定使思慮狂逸，不可約束。

〔一二〕無有一法真：謂諸法皆虚幻不實。垢：即垢染。佛教認爲，外境外物能垢染人的情識；但如認識到外境外物的虚幻不實（空），那麼它們也就不會垢染人的情識了，故云「無有一法真，無有一法垢」。

〔一三〕隨宜：就其所宜而行。抖擻：《法苑珠林》卷一〇一：「西云頭陀，此云抖擻。」參見《與蘇盧二員外期遊方丈寺》詩注〔二〕。此言抖去煩惱。

〔一四〕鬲（lì吏）：本作鬲，古代炊具，樣子像鼎；顧本作「鍋」。

〔一五〕齋時：食齋之時，即日中。佛教戒律規定，僧人不食非時食（即正午過後不進食），居士齋日期間，亦需「迎中（日中）而食」。乞食：佛教的十二頭陀行（關於衣、食、住方面的十二種修行規定）之一。

〔一六〕漱口：釋氏法，每食後必漱口，並以楊枝（剔牙籤）淨齒。此句之下凌本多「露葵自朝折，黄粱不煩剖」二句。

〔一七〕浮生：《莊子·刻意》：「其生若浮，其死若休。」言人生于世，虚浮無定，後因稱人之生于世或生于世之人爲浮生。取：語助辭，猶「着」。

與胡居士皆病寄此詩兼示學人二首〔一〕

一興微塵念，横有朝露身〔二〕；如是覩陰界，何方置我人〔三〕？礙有固爲主，趣空寧捨賓〔四〕！洗心詎懸解？悟道正迷津〔五〕。因愛果生病〔六〕，從貪始覺貧〔七〕。色聲非彼妄，浮幻即吾真〔八〕。四達竟何遺，萬殊安可塵〔九〕？胡生但高枕，寂寞與誰鄰？戰勝不謀食〔一〇〕，理齊甘負薪〔一一〕。子若未始異，詎論疏與親〔一二〕！

〔一〕寫作時間當同上二詩。學人：指學佛者。述古堂本、元本詩題下俱有「梵志體」三字注語。

〔二〕横：意外，突然。朝露身：《漢書·蘇武傳》：「人生如朝露，何久自苦如此？」師古注：「朝露見日則晞乾，人命短促，亦如之。」此二句意謂，一旦滋生微小的塵念，便忽然感到人命短促如朝露。按，以佛教的觀點看來，人本身就是虚幻的，更無須計其命長命促。

〔三〕陰界：見上詩注〔五〕。「陰」宋蜀本、述古堂本、明十卷本俱作「蔭」。我人：謂我與人。《圓覺經》：「一切衆生，從無始來，妄想執有我人衆生及與壽命，認四顛倒爲實我體。」我，佛教名詞，相當于物體自性、獨立的實在自體。此指輪迴六道的自體。人，指「我」輪迴至于人道（六道之一），即有情衆生。此二句意謂，用這種世俗的思想觀察世界，便覺「我人」無處安身。按，佛教主張

「無我」、「人空」，謂人原無自性，無客觀獨立的實體。「我人」既非實有，自然也就不存在難以安身的問題；而世俗的看法，則與此相反。

〔四〕礙有：止於有。趣空：趨向空。佛教謂諸法皆空，又謂空非虛無，稱爲「假有」。若謂一切法實有或一切法虛無（否認假有），皆爲偏執，必不空不有，始爲真諦。《後漢書・西域傳》論：「詳其清心釋累之訓，空有兼遣之宗，道書之流也。」注：「不執著爲空，執著爲有。兼遣謂不空不有，虛實兩忘也。」寧：豈。此二句以賓主喻空有，謂當亦空亦有、非空非有。

〔五〕洗心：《易・繫辭上》：「六爻之義易以貢（疏：「貢，告也。六爻有吉凶之義，變易以告人也。」），聖人以此洗心（疏：「聖人以此易之卜筮洗蕩萬物之心，萬物有疑則卜之，是蕩其疑心；行善得吉，行惡遇凶，是盪其惡心也。」），退藏於密。」詎：豈。懸解：《莊子・養生主》：「適（偶然）來（指生），夫子時（應時）也；適去（指死），夫子順（順乎自然）也。安時而處順，哀樂不能入也。古者謂是帝之縣（同「懸」）解。」成玄英疏：「爲生死所繫者爲縣，則無死無生者縣解也。夫死生不能繫，憂樂不能入者，而遠古聖人謂是天然之解脱也。」迷津：迷路。《論語・微子》：「孔子過之，使子路問津焉。」陶淵明《桃花源記》：「（漁人）尋向所誌，遂迷不復得路。……後遂無問津者。」孟浩然《南還舟中寄袁太祝》：「桃源何處是，遊子正迷津。」此二句意謂，只是洗濯邪惡之心並不能從生死中解脱出來，在領悟佛家之道的途中還正迷路呢。

〔六〕「因愛」句：《維摩詰經・文殊師利問疾品》：「從癡有愛，則我病生。」《注維摩詰經》卷五：「道融曰：衆生受癡故有愛，有愛故受身，受身則病。」愛，指貪愛、愛欲，佛教視它爲世俗生活得以發生而不得解脱的最重要原因。

〔七〕從：由，由於。貪：貪欲。《俱舍論》卷一六：「于他財物惡欲名貪。」

〔八〕色聲：見上詩注〔五〕。佛教謂六境能引人迷妄，因又名六妄。浮幻：虚而不實。蕭統《令旨解二諦義》：「未審俗諦之體，即云浮幻，何得於真實之中，見此浮幻？」吾：同「我人」之「我」。即物體自性。此二句意謂，並非色聲等認識對象能引人迷妄，因爲虚幻不實就是物體自身的真實性狀。意即能如實地認識事物的這一性狀，則色聲等也就不會引人迷妄了。

〔九〕四達：四通八達的道路。《爾雅·釋宫》：「四達謂之逵。」此指四衢道，佛經以之譬喻苦、集、滅、道四諦之理。《法華文句》卷五：「衢道正譬四諦，四諦觀異名爲四衢。」四諦是佛教的基本教義之一，其内容包括超脱世間因果關係，達到出世間之涅槃寂静的一切理論説教和修習方法。萬殊：世間各種不同的現象和事物。《淮南子·本經訓》：「包裹風俗，斟酌萬殊。」塵：佛教名詞，即垢染之義。《大乘義章》卷八：「能坌（垢染）名塵，坌污心故。」此二句承上二句而言，意謂通向涅槃之路究竟須排除何物？萬殊本虚而不實，安能染污人的情識？

〔一〇〕戰勝：《韓非子·喻老》：「子夏見曾子，曾子曰：『何肥也？』對曰：『戰勝故肥也。』曾子曰：『何謂也？』子夏曰：『吾入見先王之義則榮之，出見富貴之樂又榮之，兩者戰於胸中，未知勝負，故臞（瘦）。今先王之義勝，故肥。』是以志之難也，不在勝人，在自勝也。」此指居士以佛家之道戰勝追求富貴的欲望。不謀食：《論語・衛靈公》：「子曰：君子謀道不謀食（謀求行道，不謀求衣食）。」

〔二〕理齊：見《留别山中温古上人兄》注〔九〕。甘負薪：情願任樵采之事（指過貧困的隱居生活）。

〔三〕異：佛教名詞，指事物的變異衰敗。《俱舍論》卷五：「此于諸法……能衰名異。」此二句意謂，君雖病，如身體還没有開始衰敗，當自行其是，不必考慮他人同自己是疏遠還是親近！

浮空徒漫漫，汎有定悠悠〔一〕。無乘及乘者，所謂智人舟〔二〕。詎捨貧病域，不疲生死流，無煩君喻馬，任以我爲牛〔三〕。植福祠迦葉，求仁笑孔丘〔四〕。何津不鼓棹，何路不摧輈〔五〕？念此聞思者，胡爲多阻修〔六〕？空虚花聚散〔七〕，煩惱樹稀稠〔八〕。滅想成無記〔九〕，生心坐有求〔一〇〕，降吴復歸蜀〔一一〕，不到莫相尤〔一二〕。

〔一〕浮空：浮汎於空域。指認爲一切法虚無。漫漫：無涯際貌。汎有：指認爲一切法實有。悠悠：遥遠，無窮盡。此二句謂，浮汎於空或有之域，皆悠遠無際，不能到達菩提涅槃的彼岸。

〔二〕乘：運載、乘載，意謂能運載衆生到達解脱的彼岸。實指佛教所説的修行方法、途徑或教説。有一乘、二乘、三乘、四乘、五乘等等説法。無乘及乘者：没有各種乘和能乘坐各種乘的人。即指一乘（謂引導教化一切衆生成佛的唯一方法、途徑或教説）。《大乘入楞伽經》卷三：「天乘及梵乘，聲聞緣覺乘，諸佛如來乘，諸乘我所說。乃至有心起，諸乘未究竟。彼心轉滅已，無乘及乘者，無有乘建立，我說爲一乘。」寶臣《注大乘入楞伽經》卷五曰：「言有心動計有諸乘，即非究竟（指破除妄執，解脱生死，得成正覺的大法）。若妄想心滅，即無諸乘，亦無能乘諸乘之人，以無人故，亦不建立諸乘，是名一乘。」一乘能運載衆生到達菩提涅槃的彼岸，使衆生成爲有佛教智慧者，故曰「智人舟」。

〔三〕詎：苟。生死流：佛教謂生死能使人漂没，故名之爲「流」。《無量壽經》卷下：「設備世界火，必過要聞法，要當成佛道，廣濟生死流。」喻馬：《涅槃經》卷三三：「譬如大王有三種馬，一者調壯大力，二者不調，齒壯大力，三者不調，羸老無力，王若乘者，當先乘誰？應當先乘調壯大力，次乘第二，後及第三。調壯大力喻菩薩僧（指修持大乘六度，求無上菩提，以利益衆生的修行者），其第二者喻聲聞僧（參見《胡居士卧病遺米因贈》注〔七〕），其第三者喻一闡提（指斷絶一切善根之人）。」爲牛：《莊子·天道》：「老子曰：『……昔者子呼我牛也，而謂之牛，呼我馬也，而謂之馬。』」以上四句意謂，若能丢開貧病（不以貧病爲意），不爲生死所困（解脱生死），就無須煩君以馬爲喻，謂己爲何種修行者，而任憑君呼己爲牛爲馬皆可。

〔四〕迦葉：指摩訶迦葉，又稱大迦葉，相傳爲釋迦牟尼的十大弟子之一。光宅《法華經疏》卷一：「摩訶言大，迦葉是姓。」《注維摩詰經》卷二僧肇曰：「迦葉弟子中苦行第一，出婆羅門種姓迦葉也。」又曰：「迦葉以貧人昔不植福，故生貧里，若今不積善，後復彌甚，愍其長苦，多就乞食。」二句謂修行立福，禱祠迦葉，而嘲笑孔丘之追求仁德。

〔五〕鼓棹：摇動船槳。《晋書·陶稱傳》：「鼓棹渡江，二十餘里。」輈（zhōu舟）：車轅。二句意謂，什麽渡口不須鼓棹而渡？什麽道路不會毁壞車轅？喻欲到達解脱的彼岸，須依賴「乘載」（如船、車），經歷挫折。

〔六〕聞思修：即三慧。聞慧，指依見聞經教而生之智慧；思慧，指依思惟道理而生之智慧；修慧，指依修持禪定而生之智慧。聞思二慧爲散智，僅是發起修慧之緣；修慧爲定智，有斷惑證理之用。參見《成實論》卷二〇。二句謂，念此有聞慧、思慧之人，爲何多阻滯于修慧？此處是就修慧不易獲得而提出問題。

〔七〕空虚花：喻一切事物和現象虚而不實。《楞伽阿跋多羅寶經》卷二：「觀一切有爲（亦稱有爲法），猶如虚空花。」聚散：或聚或散，變化無常。

〔八〕煩惱樹：《佛遺教經》曰：「實智慧者，伐煩惱樹之利斧也。」煩惱，佛教所説擾亂衆生身心使發生迷惑、苦惱等作用的思想與情緒。句指煩惱有多有少，景況不定。

〔九〕滅想：息滅各種思想、念頭（包括煩惱、妄念與正念、善念）。無記：佛教名詞。「記」爲判斷、斷定之意。「無記」指人的思想行爲，不可斷爲善，也不可斷爲惡，爲非善非惡。《俱舍論》卷二：「不可記爲善、不善性，故名無記。」

〔一〇〕生心：滋生各種思想、念頭。坐：猶「致」。求：指欲求。

〔二〕「降吴」句：《三國志·蜀書·黄權傳》：「（權降魏，曰：）臣過受劉主殊遇，降吴不可，還蜀無路，是以歸命。」此句借用其語，謂滅想、生心，皆非入道之徑。

〔三〕句謂我的這些話説得不周到，莫相責怪。

恭懿太子輓歌五首〔一〕

何悟藏環早〔二〕，纔知拜璧年〔三〕。翀天王子去〔四〕，對日聖君憐〔五〕。樹轉宫猶出，笳悲馬不前〔六〕。雖蒙絶馳道，京兆别開阡〔七〕。

〔一〕恭懿太子：《舊唐書·肅宗代宗諸子傳》曰：「恭懿太子佋，肅宗第十二子。至德二載封興王，上元元年六月薨。佋，皇后張氏所生，上尤鍾愛。后屢危太子，欲以興王爲儲貳，會薨而止。七月丁亥，詔曰：『……第十二子故興王佋……可贈太子，謚曰恭懿……』詔宰臣李揆持節册命。……其哀册曰：『維上元元年……粤八月丁亥，册贈皇太子，廟號恭懿。冬十一月庚寅，詔葬于長安之高陽原……』佋薨時年八歲。既薨之夕，肅宗、張后俱夢佋有如平昔，拜辭流涕而去。帝方寢疾，追念過深，故特以儲闈之贈寵之。」輓歌例當作于下葬時，詩又述及爲佋送葬事，當作于上元元年十一月。

〔二〕藏環：《晋書·羊祜傳》：「祜年五歲，時令乳母取所弄金環。乳母曰：『汝先無此物。』祜即詣鄰人李氏東垣桑樹中探得之。主人驚曰：『此吾亡兒所失物也，云何持去！』乳母具言之，李氏悲惋。時人異之，謂李氏子則祜之前身也。」此句指佋幼而聰穎，猶如羊祜，絶早即能悟知金環藏於何處。

〔三〕拜璧：《左傳》昭公十三年：「初，共王無冢適（嫡長子），有寵子五人，無適立焉（不知立誰）。乃大有事於群望（徧祭名山大川之神），而祈曰：『請神擇於五人者，使主社稷。』乃徧以璧見（展示）於群望，曰：『當璧而拜者，神所立也，誰敢抗之？』既（祭事已畢），乃與巴姬（共王妾）密埋璧於大室（祖廟）之庭，使五人齊（齋），而長入拜（依長幼次第入拜）。康王跨之，靈王肘加焉，子干、子晳皆遠之（離璧遠）。平王弱（幼小），抱而入，再拜，皆厭（壓）紐（璧紐）。」此句即用平王拜璧事，言佋卒時尚幼。

〔四〕「翀天」句：用周靈王太子晉乘鶴昇天事，參見《奉和聖製幸玉真公主山莊》注〔六〕。翀，通「沖」。句謂佋成仙而去（對死的諱稱）。

〔五〕對曰：《晉書·明帝紀》：「明皇帝諱紹……幼而聰哲，爲元帝所寵異。年數歲，嘗坐置膝前，屬長安使來，因問帝曰：『汝謂日與長安孰遠？』對曰：『長安近。不聞人從日邊來。』居然可知也，元帝異之。明日宴群僚，又問之。對曰：『日近。』元帝失色，曰：『何乃異間者之言乎？』對曰：『舉目則見日，不見長安。』由是益奇之。」句指佋聰慧，受到天子的憐愛。

〔六〕猶：已，已經。説見《詩詞曲語辭例釋》。此二句描寫靈車出宫後的情狀。

〔七〕絶馳道：《漢書・成帝紀》：「元帝即位，帝爲太子。壯好經書，寬博謹慎。初居桂宫，上嘗急召，太子出龍樓門（注：「張晏曰：門樓上有銅龍。」），不敢絶馳道（注：「應劭曰：馳道，天子所行道也，若今之中道。師古曰：絶，横度也。」），西至直城門，得絶乃度，還入作室門，上遲之，問其故，以狀對，上大説（悦）。乃著令，令太子得絶馳道云。」阡：墓道，代指墳墓。此二句謂，佋雖蒙受天子的特殊恩寵，却早死，京兆府特爲之建墳墓。

蘭殿新恩切〔一〕，椒宫夕臨幽〔二〕。白雲隨鳳管〔三〕，明月在龍樓〔四〕。人向青山哭，天臨渭水愁。雞鳴常問膳〔五〕，今恨玉京留〔六〕。

〔一〕蘭殿：猶香殿，指后妃所居宫殿。《文選》顔延之《宋文皇帝元皇后哀策文》：「蘭殿長陰，椒塗弛衛。」吕向注：「蘭殿椒塗，后妃所居也。言蘭殿，取其香也。」也泛指宫殿。謝朓《奉和隨王殿下十六首》其十四：「風入芳帷散，釭華蘭殿明。」唐太宗《帝京篇十首》其十：「望古茅茨約，瞻今蘭殿廣。」此指天子。新恩：指天子册贈佋爲皇太子。「恩」字下述古堂本注：「一本作哀。」切：深切。

〔二〕椒宫：漢皇后所居宫殿，以椒和泥塗壁，謂之椒房。亦用爲后妃代稱。應劭《漢官儀》卷下（孫星衍輯本）：「皇后稱椒房，取其蕃實之義也。……以椒塗室，取温煖除惡氣也。」後因稱皇后居住的宫殿爲椒宫。臨（lìn 吝）：哭弔。幽：深沉。

〔三〕鳳管：指笙（管樂器名）。《説文》：「笙，十三簧，象鳳之身。」故稱。太子晋「好吹笙」，此句即謂其攜笙昇天。

〔四〕龍樓：即龍樓門。此借指佋所居宫殿之門。此句謂太子已去，明月尚在。

〔五〕「雞鳴」句：《禮記·文王世子》：「文王之爲世子，朝於王季（文王父）日三。雞初鳴而衣服，至於寢門外，問内豎之御者曰：『今日安否何如？』内豎曰：『安。』文王乃喜。……食上，必在（察）視寒煖之節；食下（食畢徹饌而下），問所膳（孔疏：「問進食之人，其父所膳何食。」），命膳宰曰：『末有原（孔疏：「言在後進食之時，皆須新好，無得使前進之物而有再進。」）。』應曰：『諾。』然後退。」此句即用其事，謂佋孝親。

〔六〕玉京：見《雙黄鵠歌送别》注〔五〕。玉京留：指佋已成仙。

騎吹凌霜發〔一〕，旌旗夾路陳。禮容金節護〔二〕，册命玉符新〔三〕。傅母悲香褓〔四〕，君家擁畫輪〔五〕。射熊今夢帝〔六〕，秤象問何人〔七〕？

〔一〕騎吹：唐段安節《樂府雜録》：「鼓吹部，即有鹵簿、鉦鼓及角樂，用絃鼗笳簫……已上樂人，皆騎馬樂，即謂之騎吹，俗樂亦有騎吹也。」唐時自天子至于貴戚顯宦遇吉凶之禮皆用之。凌：冒着。此句寫出殯時奏樂。

〔二〕禮容：禮節法度。此處指喪葬的禮節法度。「禮」底本原作「愷」，此從元本。金節：金屬製的符節。漢時，「與郡守爲銅虎符」，故又稱郡守爲金符或金節，參見《故西河郡杜太守輓歌三首》其一注〔七〕及其二注〔一〕。此指京兆尹。唐府尹與上州刺史（上郡太守）地位相當（皆從三品），故稱京兆尹爲金節。護：監領。《舊唐書·肅宗代宗諸子傳》載佋薨，肅宗詔曰：「應緣喪葬，所司準式，仍令京兆尹劉晏充監護使。」

〔三〕玉符：唐時太子所佩隨身魚符，以玉製成，故稱。參見《奉和聖製暮春送朝集使歸郡應制》注〔五〕。句謂佋薨後天子册贈爲太子。

〔四〕傅母：傅，傅父；母，保姆；古時保育、輔導貴族子女的老年男女。《公羊傳》襄公三十年「不見傅母不下堂」注：「禮，后夫人必有傅母，……選老大夫爲傅，選老大夫妻爲母。」褓：小兒衣。

〔五〕君家：即「君」。「家」爲語尾。擁：載，乘。《爾雅·釋言》：「邕、支，載也。」疏：「邕，字又作擁。」畫輪：《晋書·輿服志》：「畫輪車，駕牛，以綵漆畫輪轂，故名曰畫輪車。……至尊出朝堂舉哀乘之。」句謂天子爲佋舉哀。

〔六〕「射熊」句：《史記·晋世家》：「趙簡子疾，五日不知人，大夫皆懼……居二日半，簡子寤，語大夫曰：『我之帝（天帝）所甚樂……有一熊欲來援我，帝命我射之，中熊，熊死；又有一羆來，我又射之，中羆，羆死，帝甚喜，賜我二笥，皆有副。』」此句即用其事，謂佋今夢至帝所射熊（對死的諱稱)。

〔七〕秤象:《三國志·魏書·鄧哀王沖傳》:「鄧哀王沖,字倉舒。少聰察岐嶷(形容幼年聰慧),生五六歲,智意所及,有若成人之智。時孫權曾致巨象,太祖(曹操)欲知其斤重,訪之群下,咸莫能出其理。沖曰:『置象大船之上,而刻其水痕所至,稱物以載之,則校可知矣。』太祖大悦,即施行焉。」此以曹沖喻佋,謂其幼而聰慧。

蒼舒留帝寵〔一〕,子晋有仙才〔二〕。五歲過人智〔三〕,三天使鶴催〔四〕。心悲陽禄館〔五〕,目斷望思臺〔六〕。若道長安近〔七〕,何爲更不來?

〔一〕蒼舒:即曹沖,字倉舒。倉與「蒼」通。留帝寵:謂沖卒後,帝之寵(曹操對沖的愛)猶存。《魏志·鄧哀王沖傳》曰:「沖仁愛識達……太祖數對群臣稱述,有欲傳後意。年十三,建安十三年疾病,太祖親爲請命。及亡,哀甚,文帝寬喻太祖,太祖曰:『此我之不幸而汝曹之幸也。』言則流涕,爲娉甄氏亡女與合葬。」

〔二〕子晋:即周靈王太子晋。

〔三〕「五歲」句:用曹沖事。

〔四〕三天:即三清。道教指三十六天中僅次于大羅天的最高天界,是神仙居住的至高仙境。《雲笈七籤》卷三：「其三清境者，玉清、上清、太清是也。又名三天。其三天者，清微天、禹餘天、大赤天是也。」此句用太子晉事，言天界使鶴來催子晉昇天。

〔五〕「心悲」句：《漢書·外戚傳》：「孝成班倢伃……居增成舍，再就館（注：「蘇林曰：外舍産子也。晉灼曰：謂陽禄與柘觀。」），有男數月，失之。……倢伃退處東宫，作賦自傷悼，其辭曰：『……痛陽禄與柘館兮，仍襁褓而離災（注：「服虔曰：二館名也，生子此館，皆失之也。師古曰：二觀並在上林中。仍，頻也。離，遭也。」）。』」此句即用其事，謂皇后心悲失子。

〔六〕目斷：盡目力所及，一直到看不見。望思臺：《漢書·戾太子據傳》載，據因巫蠱事起，亡至湖（縣名，在今河南靈寶市西），自縊死。「上憐太子無辜，乃作思子宫，爲歸來望思之臺於湖（師古曰：「言己望而思之，庶太子之魂來歸也。其臺在今湖城縣之西、閿鄉之東，基址猶存。」），天下聞而悲之」。句指皇帝思子，盼其來歸。

〔七〕長安近：參見本詩第一首注〔五〕。

西望昆池闊〔一〕，東瞻下杜平〔二〕。山朝豫章館，樹轉鳳凰城〔三〕。五校連旗色，千門疊鼓聲〔四〕。金環如有驗，還向畫堂生〔五〕。

〔一〕「西望」句：語本沈約《游鐘山詩應西陽王教》：「南瞻儲胥觀，西望昆明池。」昆池，即昆明池。故址在今陝西西安市西南豐水與潏水之間。漢武帝元狩三年，爲訓練水軍，準備同昆明國作戰而開鑿，周圍約四十里。參見《漢書·武帝紀》及注、《三輔黃圖》卷四。

〔二〕下杜：即故杜城。《漢書·宣帝紀》曰：「（宣帝微時，）尤樂杜、鄠之間（注：「二縣之間也。」），率常在下杜（注：「孟康曰：在長安南。師古曰：率者，總計之言也。下杜，即今之杜城。」）。」又曰：「元康元年春，以杜東原上爲初陵，更名杜縣爲杜陵。」按，杜縣西周時爲杜伯國，秦武公時始置縣，治所在今陝西西安市東南；蓋宣帝修杜之東原爲陵，故杜城即在陵下，因謂之下杜。

〔三〕山：指太子之山陵。朝：對，向。豫章館：《三輔黃圖》卷五：「豫章觀，武帝造，在昆明池中，亦曰昆明觀。」《文選》張衡《西京賦》：「豫章珍館，揭焉中峙。」薛綜注：「皆豫章木爲臺館也。」李善注：「《三輔黃圖》曰：上林有豫章觀。」鳳凰城：亦曰鳳城，指京都之城。言陵上的樹木都轉向京城的方向生長。以上四句寫墓地（長安高陽原，在長安西南二十里，見《長安志》卷一一）的地理位置。

〔四〕五校：《漢書·霍光傳》：「（光薨，）發材官（材官將軍）、輕車（輕車將軍）、北軍五校士軍陣至茂陵，以送其葬。」趙殿成注：「《後漢書·百官志》有屯騎校尉、越騎校尉、步兵校尉、長水校尉、射聲校尉，皆屬北軍中候，所謂五校也。」按，西漢有中壘校尉，掌管北軍營壘之事，東漢省，但置北軍中候，以監五營（五校）。此處泛指宮廷侍衛。色：景象。疊鼓：擊鼓。此二句寫出殯時的情狀。

〔五〕金環：見本詩第一首注〔二〕。畫堂：《漢書·成帝紀》：「孝成皇帝，元帝太子也。母曰王皇后，元帝在太子宫，生甲觀畫堂，爲世嫡皇孫。」注：「如淳曰：甲觀，觀名。畫堂，堂名。《三輔黄圖》云太子宫有甲觀。師古曰：甲者，甲乙丙丁之次也。……畫堂，但畫飾耳……霍光止畫室中，是則宫殿中通有綵畫之堂室。」謂宫中有彩繪的殿堂，此處借指皇室。此二句意謂，轉生之事如可信，佋還當復投生帝王之家。

河南嚴尹弟見宿弊廬訪别人賦十韻〔一〕

上客能論道〔二〕，吾生學養蒙〔三〕。貧交世情外〔四〕，才子古人中〔五〕。冠上方安豸〔六〕，車邊已畫熊〔七〕。拂衣迎五馬〔八〕，垂手憑雙童〔九〕。花醥和松屑，茶香透竹叢〔一〇〕。薄霜澄夜月〔一一〕，殘雪帶春風。古壁蒼苔黑，寒山遠燒紅〔一二〕。眼看東候别〔一三〕，心事《北山》同〔一四〕。爲學輕先輩，何能訪老翁〔一五〕？欲知今日後，不樂爲車公〔一六〕。

〔一〕作于上元二年（七六一）初春，説見《年譜》。河南嚴尹：指河南尹嚴武。武於上元元年閏四月之後、上元二年五月以前爲河南尹（河南府正長官），時洛陽（河南府治所）爲史朝義所據，河南府治所暫時設在長水（今河南洛寧縣西）。參見《年譜》。此詩即武官河南尹後因事入京復欲還長水前至維宅訪别時所作。

〔二〕上客：指嚴武。

〔三〕養蒙：涵養蒙昧、愚拙之意。《易·蒙》：「蒙以養正，聖功也。」孔疏：「蒙者，微昧闇弱之名。」「能以蒙昧隱默自養正道，乃成至聖之功。」

〔四〕此句謂己與武爲貧賤之交，絶無世俗間的情態。

〔五〕才子：指嚴武。此句謂武有古人之風。

〔六〕方：已。安豸（zhì 致）：《舊唐書·輿服志》：「法冠，一名獬豸冠，以鐵爲柱，其上施珠兩枚，爲獬豸之形，左右御史臺流内九品以上服之。」安，底本原作「簪」，此從宋蜀本、《文苑英華》。豸，即獬豸，傳説中的一種能别曲直、决争訟的神獸（參見《晋書·輿服志》引漢楊孚《異物志》）。御史掌執法，故名其冠爲獬豸冠。此句指武爲御史，服獬豸冠。按，是時武兼任御史中丞（説見《年譜》），故云。

〔七〕畫熊：《後漢書·輿服志》劉昭注引《古今注》曰：「武帝天漢四年，令諸侯王大國朱輪，特（獨，一個）虎居前，左兕右麋；小國朱輪，畫特熊居前，寢麋居左右，卿車者也。」此句指武任府尹。按，漢時郡與國（諸侯王國）地位大致相當，故後世常稱郡太守或州刺史爲諸侯。又唐府尹與上州刺史地位相當（皆從三品），故此處以「車邊已畫熊」稱武任府尹。

〔八〕拂衣：振衣而起。五馬：見《鄭果州相過》注〔四〕。此指嚴武。

〔九〕垂手：伸手。憑：倚靠。雙童：見《鄭果州相過》注〔五〕。此句謂己伸手倚靠着雙童（時維已老，故云)前行。

〔一〇〕醥(piǎo 瞟):《文選》左思《蜀都賦》:「觴以清醥,鮮以紫鱗。」李周翰注:「醥,清酒也。」述古堂本作「醴」。松屑:指松花。松花小,無梗,故謂曰「屑」。江淹《報袁叔明書》:「朝餐松屑,夜誦仙經。」酒和以松屑,即所謂松花酒,故有「花醥」之語。岑參《題井陘雙溪李道士所居》:「五粒松花酒,雙溪道士家。」此二句謂以酒、茶待客。

〔一一〕句謂夜月澄朗如霜。

〔一二〕此句寫春初山中燒畬(火耕)的情狀。

〔一三〕候:通「堠」。古時標記里程的土堆。唐制五里隻堠,十里雙堠。韓愈《路傍堠》詩:「堆堆路傍堠,一雙復一雙。」武即將自長安東行赴長水,故曰「東候别」。

〔一四〕《北山》:《詩·小雅》篇名。其首章曰:「陟彼北山,言采其杞。偕偕(强壯貌)士子(作者自謂),朝夕從事。王事靡盬(止息),憂我父母(使我父母擔憂)。」「山」宋蜀本、明十卷本、《文苑英華》等俱作「川」。句謂武行前之心事,同於《北山》所言,即怕走後會使父母爲自己擔憂(長水地近叛軍佔領區,故云)。

〔一五〕爲,宋蜀本、《文苑英華》俱作「若」。老翁:作者自謂。此二句謂,今之爲學者,皆輕視前輩,何能訪己? 指武走之後,當無人復訪己。

〔一六〕欲:猶「已」,參見王鍈《詩詞曲語辭例釋》。車公:《晋書·車胤傳》:「車胤字武子,南平人也。……

風姿美劭，機悟敏速，甚有鄉曲之譽。……又善於賞會，當時每有盛坐而胤不在，皆云：『無車公不樂。』謝安游集之日，輒開筵待之。」二句謂，已知自今日之後，自己必將爲武的離去而不樂。

送元中丞轉運江淮〔一〕

薄税歸天府〔二〕，輕徭賴使臣〔三〕。歡沾賜帛老，恩及卷綃人〔四〕。去問珠官俗〔五〕，來經石劫春〔六〕。東南御亭上，莫使有風塵〔七〕。

〔一〕元中丞：謂元載。《舊唐書·元載傳》：「載智性敏悟，善奏對，肅宗嘉之，委以國計，俾充使江、淮，都領漕輓之任，尋加御史中丞（御史臺副長官，正五品上）。數月徵入，遷户部侍郎、度支使并諸道轉運使。」《通鑑》肅宗上元二年建子月（十一月）：「丁亥，貶（劉）晏通州刺史……戊子，御史中丞元載爲户部侍郎，充句當度支、鑄錢、鹽鐵兼江淮轉運等使。載初爲度支郎中，敏悟善奏對，上愛其才，委以江、淮漕運（即任江淮轉運使），數月，遂代劉晏，專掌財利（晏貶通州刺史前，爲户部侍郎，判度支，故云）。」據以上記載，知元載始爲江淮轉運使兼御史中丞，在上元二年十一月之前數月，本詩即作于是時。轉運江淮：指任江淮轉運使。此詩諸本俱收録，又載《錢考功集》、《全唐詩》重見王維及錢起集中。按，上元二年十一月之前數月，維尚未卒（維卒于上元二年七月)，有可能作此詩；又據傅璇琮考證，上元二年錢起在藍田爲縣尉(見《唐代詩人叢考·錢起考》)，不大可能在長安作此詩，故此詩之著作權似當屬之王維。

〔二〕税，宋蜀本、《全唐詩》俱作「賦」。天府：指朝廷的府庫。江淮轉運使負責轉運江淮的租賦入京，故云「歸天府」。

〔三〕「輕徭」句：轉運使所掌通水陸道路、轉運糧米等事，皆需徵發役夫任之，故云。

〔四〕沾，宋蜀本、《全唐詩》作「霑」。賜帛老：《漢書·文帝紀》：「(詔曰：)具爲令，有司請令縣道(注：「有蠻夷曰道。」)……其(年)九十已上，又賜帛，人二匹，絮(綿)三斤。」卷綃人：指鮫人。《文選》左思《吴都賦》：「泉室潛織而卷綃。」劉淵林注：「俗傳鮫人從水中出，曾寄寓人家，積日賣綃(薄絹)。」此二句承上「薄税」、「輕徭」而言，謂天子優遇老人，恩及異類。

〔五〕珠官：即合浦郡(治所在今廣西合浦東北)。《三國志·吴書·孫權傳》：「(黄武)七年……改合浦爲珠官郡。」《舊唐書·地理志》：「合浦，漢縣，屬合浦郡。秦之象郡地。吴改爲珠官。」按，珠官距江淮甚遠，此處蓋借指沿海之地。珠，《錢考功集》作「殊」。

〔六〕經，凌本作「看」。石劫：介殼動物，又作石蜐。《文選》郭璞《江賦》：「石蜐應節而揚葩。」李善注：「《南越志》曰：『石蜐形如龜脚，得春雨則生花，花似草華。』……蜐音劫。」《藝文類聚》卷七七引江淹《石劫賦序》云：「石劫一名紫囂，蚌蛤類也，春而發花，有足異者。」按，石劫春時盛生，每潮來，殼中即伸出衆多細腳以攫食，其狀如聚蕊，古人遂誤以爲花。此二字《錢集》作「幾却」。

春，凌本作「城」。

〔七〕御亭：驛名。《太平寰宇記》卷九二：「御亭驛在(常)州東南百三十八里。《輿地志》：御亭在吴縣西六十里，吴大帝所立。梁庾肩吾詩云：『御亭一回望，風塵千里昏。』即此也。開皇九年置爲驛，十八年改爲御亭驛，李襲譽改爲望亭驛。」御，宋蜀本、述古堂本、元本等作「高」，《錢集》作「卸」，俱非。庾肩吾《亂後行經吴郵亭》曰：「郵亭(即御亭之誤)一回望，風塵千里昏。……獯戎鯁伊洛，雜種亂轘轅。輦道同關塞，王城似太原。……泣血悲東走，横戈念北奔。……」此二句即承庾詩之意，言此去莫使東南之地有戎馬之禍。按，據《通鑑》卷二二一、二二二載，自上元元年十一月至二年二月，江、淮有劉展之亂，揚、潤、昇、蘇、常、湖、宣、濠、楚、舒、和、滁、廬諸州，皆爲展軍所陷，「安、史之亂，亂兵不及江、淮，至是，其民始罹荼毒矣」。二句疑即就此事而言。

王維集校注卷七

未編年詩

早春行

紫梅發初徧〔一〕，黄鳥歌猶澀〔二〕。誰家折楊女〔三〕，弄春如不及〔四〕。愛水看妝坐〔五〕，羞人映花立〔六〕。香畏風吹散，衣愁露霑濕。玉閨青門裏〔七〕，日落香車入。游衍益相思〔八〕，含啼向綵帷〔九〕。憶君長入夢，歸晚更生疑〔一〇〕。不及紅簷燕，雙棲緑草時。

〔一〕紫梅：《西京雜記》卷一載，「初修上林苑，群臣遠方各獻名果異樹」，其中有紫花梅、紫蒂梅。發：開放。

〔二〕黄鳥：黄鶯。句謂黄鶯剛開始歌唱，聲音還不流利。

〔三〕女，宋蜀本作「柳」。

〔四〕弄春：遊賞春景。如不及：形容迫不及待。

〔五〕句謂因愛水而坐于水邊，面對水看自己的妝扮。庾肩吾《詠美人看畫詩》：「看粧畏水動，歛袖避風吹。」

〔六〕映：遮蔽，隱藏。謝靈運《江妃賦》：「出月隱山，落日映嶼。」杜甫《蜀相》：「映階碧草自春色，隔葉黄鸝空好音。」此句謂因羞見人而立于花中，用花隱蔽自己。

〔七〕青門：參見《韋侍郎山居》注〔五〕。

〔八〕游衍：游樂。此句謂少婦外出游樂，本爲驅除别離之苦，誰知更勾引起對丈夫的思念。

〔九〕綵：彩色絲織物。

〔一〇〕此二句意謂，少婦思念丈夫，經常在夢中見到丈夫；歸來過晚，夢魂顛倒，更疑心見到丈夫。

顧可久曰：别是一種纖麗語。

鍾惺曰：右丞禪寂人，往往妙于情語。（《唐詩歸》卷八）

座上走筆贈薛璩慕容損〔一〕

希世無高節〔二〕，絶跡有卑棲〔三〕。君徒視人文，吾固和天倪〔四〕。緬然萬物始，及與群物齊〔五〕。分地依后稷，用天信重黎〔六〕。春風何豫人〔七〕，令我思東溪〔八〕。草色有佳意，花枝稍含荑〔九〕。更待風景好，與君藉萋萋〔一〇〕。

〔一〕薛璩：見《瓜園詩》注〔五〕。慕容損：《元和姓纂》卷八：「（昌黎慕容）知晦，兵部郎中、汾州刺史。

知晦生珣，吏部侍郎。珣生損，渝州刺史。」按，珣爲吏部侍郎在開元七年（見《唐僕尚丞郎表》卷一〇），損任渝州刺史之時間，已難考知。

〔二〕希世：迎合世俗。《莊子·讓王》：「原憲笑曰：『夫希世而行，比周而友……憲不忍爲也。』」高節，述古堂本作「高符」。陸機《赴洛二首》其一：「希世無高符，營道無烈心。」

〔三〕絶跡：卓絶優異的行爲、事迹。《史記·司馬相如傳》相如遺書言封禪事：「揆厥所元，終都攸卒，未有殊尤絶迹可考于今者也。」卑棲：本指鳥棲息於低處。酈炎《見志二首》其一：「修翼無卑棲，遠趾不步局。」此指居于卑位。

〔四〕視人文：《易·賁》：「文明以止，人文也（王注：「止物不以威武而以文明，人之文也。」孔疏：「用此文明之道裁止於人，是人之文德之教。」）。……觀乎人文，以化成天下（疏：「言聖人觀察人文，則《詩》、《書》禮樂之謂，當法此教而化成天下也。」）。」和天倪：《莊子·齊物論》：「何謂和之以天倪（郭注：「天倪者，自然之分也。」）？曰：是不是，然不然，是若果是也，則是之異乎不是也，亦無辯；然若果然也，則然之異乎不然也，亦無辯（郭注：「是非然否，彼我更對，故無辯；無辯，故和之以天倪，安其自然之分而已，不待彼以正此。」）。」又《寓言》曰：「卮言日出，和以天倪（王先謙《集解》：「成云：和，合也；天倪，自然之分也。案謂止能應以自然。」）。」此二句意謂，君（薛據、慕容損）只是審察禮樂教化，欲以治世；我則原本安于自然之分，以之和合一切。

〔五〕緬然：眇遠貌。萬物始：《老子》一章：「無名，天地之始；有名，萬物之母。」王弼注：「凡有皆始於無，故未形無名之時，則爲萬物之始。」又六十四章曰：「天下萬物生于有，有生于無。」蓋謂萬物之始爲「無」。及：宜，當。群物：指「有」。物皆有名有形，故爲「有」。二句謂無與有齊一。此即莊子所謂「萬物一齊」（《莊子・秋水》）之意。莊子認爲，有無、是非等没有差别，到底孰是孰非、孰有孰無無從判定，《齊物論》云：「未知有無之果孰有孰無也。」由此引出的結論爲：對任何事物都不應有所偏向，也不必有意地考慮該做什麼或不做什麼，一切任其自然即可（參見《秋水》）。此二句承上而言，進一步申明「和天倪」之意。謂萬物的原始（無）非常遥遠，它應與萬物（有）齊等爲一。

〔六〕「分地」句：陸賈《新語・道基》：「民知室居食穀而未知功力，於是后稷乃列封疆，畫畔界，以分土地之所宜，闢土殖穀，以用養民。」后稷，周的始祖，名棄。《史記・周本紀》：「及（棄）爲成人，遂好耕農相地之宜，宜穀者稼穡焉，民皆法則之。帝堯聞之，舉棄爲農師。」句謂依從后稷之教，分别各種土地之所適宜，據以種植。用天：《孝經・庶人章》：「用天之道，分地之利，謹身節用，以養父母。」注：「春生、夏長、秋收、冬藏，舉事順時，此用天道也。」宋之問《藍田山莊》：「考室先依地，爲農且用天。」此指利用天時以耕種。信，底本、《全唐詩》均注：「一作奉。」重黎：《史記・太史公自序》：「昔在顓頊，命南正重以司天，北正黎以司地；唐虞之際，紹重、黎之後，使復典之，至于夏商，故重、黎氏世序天地。」下句謂信從職掌天文曆象的重黎按照天時來耕作。此二句指己欲隱居躬耕。

〔七〕豫人：令人快樂。

〔八〕東溪：參見《東溪翫月》注〔一〕。

〔九〕荑（tí啼）：草木初生的葉芽。

〔一〇〕藉萋萋：《文選》孫綽《遊天台山賦》：「藉萋萋之纖草，蔭落落之長松。」李善注：「以草薦地而坐曰藉。」萋萋，茂盛貌。句謂坐卧在茂盛的草上。

李處士山居〔一〕

君子盈天階〔二〕，小人甘自免〔三〕。方隨鍊金客〔四〕，林上家絶巘〔五〕。背嶺花未開〔六〕，入雲樹深淺。清晝猶自眠，山鳥時一囀。

〔一〕處士：謂有道德、學問而隱居不仕者。李處士：未詳。「李」明十卷本、奇字齋本等俱作「石」。

〔二〕天階：登天之階，引申指天子左右的官署。《文選》潘尼《贈侍御史王元貺》：「遊鱗（龍）萃靈沼，撫翼希天階。」李善注：「《楚辭》曰：『攀天階而下視。』」劉良注：「靈沼、天階，喻左右省閣也。」

〔三〕甘自免：謂甘願自免於朝官行列。

〔四〕方：已，已經。參見王鍈《詩詞曲語辭例釋》。鍊金客：指道士。古代道士有鍊金丹（用黄金鍊成「玉液」，或用鉛汞等八物燒鍊成黄色的藥金，參見《抱朴子·内篇·金丹》）服食以求長生的祕術，又有所謂黄白之術（冶鍊金銀之術，參見《抱朴子·内篇·黄白》），故謂之「鍊金客」。

〔五〕林，元本作「城」。絶巘（yǎn演）：陡峭的山峰。

〔六〕背嶺：指山居在嶺之北。未，述古堂本作「木」。

丁寓田家有贈〔一〕

君心尚棲隱〔二〕，久欲傍歸路〔三〕。在朝每爲言，解印果成趣〔四〕。晨鷄鳴鄰里〔五〕，群動從所務〔六〕。農夫行餉田〔七〕，閨婦起縫素〔八〕。開軒御衣服〔九〕，散帙理章句〔一〇〕。時吟招隱詩〔一一〕，或製閒居賦〔一二〕。新晴望郊郭，日映桑榆暮〔一三〕。陰盡小苑城〔一四〕，微明渭川樹〔一五〕。揆予宅閭井〔一六〕，幽賞何由屢？道存終不忘〔一七〕，迹異難相遇〔一八〕。此時惜離别，再來芳菲度〔一九〕。

〔一〕丁寓：參見《至滑州隔河望黎陽憶丁三寓》注〔一〕。寓，宋蜀本作「禹」。又《全唐詩》題下注云：「《英華》作《田家贈丁禹》，注云集作丁寓，誤也。」按，此注係録自奇字齋本，實際《文苑英華》題作《田家贈丁寓》，注云「集作《丁寓田家有贈》」，無「集作丁寓，誤也」之語。

〔二〕棲隱：謂隱居。

〔三〕傍歸路：《文選》謝靈運《永初三年七月十六日之郡初發都》：「從來漸二紀，始得傍歸路。」張銑

注：「傍，近也。」李善注：「言欲之郡（指赴永嘉太守任），必塗經始寧（《宋書·謝靈運傳》：「靈運父祖並葬始寧縣，並有故宅及墅。」），故曰歸路。」此指辭官歸鄉。

〔四〕解印：謂去官。成趣：陶淵明《歸去來兮辭》：「園日涉以成趣，門雖設而常關。」句謂去官而隱果然趣味自生。

〔五〕鄰，宋蜀本作「陽」。

〔六〕群動：參見《秋夜獨坐懷内弟崔興宗》注〔三〕。從所務：猶言各做着它們所要做的事。

〔七〕餉田：往田裹送飯。

〔八〕婦，宋蜀本、《全唐詩》作「妾」。

〔九〕御：穿戴。

〔一〇〕散帙：《文選》謝靈運《酬從弟惠連》其二：「淩澗尋我室，散帙問所知。」劉良注：「散帙，謂開書帙也。」帙，書衣。章句：古書的章節句讀。

〔一一〕招隱詩：《文選》詩歌部分列「招隱（招人歸隱之意）」一類，收載左思《招隱詩》二首，陸機《招隱詩》一首，内容皆詠隱居之樂。

〔一二〕閒居賦：潘岳嘗作《閒居賦》（見《文選》），其序曰：「太夫人在堂，有羸老之疾，尚何能違膝下色養而屑屑從斗筲之役乎？於是……築室種樹，逍遥自得。池沼足以漁釣，春税足以代耕。灌園鬻（賣）蔬，以供朝夕之膳；牧羊酤（賣）酪，以俟伏臘之費。……乃作《閒居賦》以歌事遂情焉。」

〔一三〕映，底本、《全唐詩》均注：「一作昳。」桑榆：《太平御覽》卷三引《淮南子》：「日西垂，景在樹端，謂之桑榆。」注：「言其光在桑榆上。」

〔一四〕陰，《文苑英華》作「蔭」。盡，元本注：「一作晝。」小苑：謂宫苑之小者。參見《奉和聖製上巳於望春亭觀禊飲應制》注〔三〕。

〔一五〕渭川：即渭水。據以上二句，知寓之田園當在長安附近。

〔一六〕揆：揆度，估量。《離騷》：「皇覽揆余初度兮。」宅間井：指居于城中。

〔一七〕此句意謂，彼此間有朋友之道在，終不相忘。

〔一八〕迹異：指一爲官一隱居。

〔一九〕此句謂，再來時將一起渡過春日花草芳香的時節。

渭川田家〔一〕

斜光照墟落〔二〕，窮巷牛羊歸〔三〕。野老念牧童，倚杖候荆扉〔四〕。雉雊麥苗秀〔五〕，蠶眠桑葉稀〔六〕。田夫荷鋤至〔七〕，相見語依依。即此羨閒逸〔八〕，悵然歌《式微》〔九〕。

〔一〕渭川：渭水。今陝西渭河。川，《文苑英華》作「水」。

〔二〕斜光：斜陽。光，《文苑英華》、《全唐詩》作「陽」。墟落：村落。《文選》范雲《贈張徐州稷》：「軒蓋照墟落，傳瑞生光輝。」

〔三〕窮巷：陋巷。窮，《唐文粹》作「深」。

〔四〕牧童，《唐詩品彙》作「僮僕」，疑非。倚杖：拄杖。

〔五〕雊（gòu 够）：雄雉鳴。又泛指雉鳴。秀：穀類抽穗開花。此句意本《文選》潘岳《射雉賦》：「麥漸漸（含秀貌）以擢芒，雉鷕鷕而朝雊。」

〔六〕蠶眠：蠶蛻皮前不食不動謂之眠，凡四眠即吐絲作繭。庾信《歸田》詩：「社雞新欲伏，原蠶始更眠。」

〔七〕至，底本原作「立」，此從宋蜀本、明十卷本、《文苑英華》、《唐文粹》等。

〔八〕此句《唐文粹》作「羨此良閒逸」。

〔九〕歌，宋蜀本、明十卷本、《全唐詩》等俱作「吟」。《式微》：《詩·邶風》篇名。這是一首服役者思歸的怨詩，其首章曰：「式微（謂天將暮）式微，胡不歸？微（非）君之故，胡爲乎中露（露中）？」舊説以爲黎侯失國而寓居于衛，其臣因作此詩勸之歸。《式微序》曰：「《式微》，黎侯寓于衛，其臣勸以歸也。」此處蓋用其思歸之意，表示自己欲棄官歸隱田里。

王夫之曰：通篇用「即此」二字括收前八句，皆情語，非景語，屬詞命篇，總與建安以上合轍。（《唐詩評選》卷二）

黄培芳曰：此瓣香陶柴桑。又曰：（「野老」二句）肫摯朴茂，語臻自然。（翰墨園重刊本《唐

賢三昧集箋注》卷上）

過李揖宅〔一〕

閒門秋草色〔二〕，終日無車馬。客來深巷中，犬吠寒林下〔三〕。散髮時未簪〔四〕，道書行尚把〔五〕。與我同心人〔六〕，樂道安貧者〔七〕。一罷宜城酌，還歸洛陽社〔八〕。

〔一〕李揖：至德元載（七五六）爲延安（治所在今陝西延安東北）太守。顔真卿《朝請大夫行江陵少尹兼侍御史荆南行軍司馬上柱國顔君允臧神道碑銘》：「潼關陷，太守李揖計未有所出，君勸投靈武。」按，時允臧爲延昌令，延昌屬延安郡，則「太守」當謂延安太守也。後官户部侍郎、諫議大夫。《通鑑》至德元載十月：「房琯上疏，請自將兵復兩京，上許之……琯請自選參佐，以……户部侍郎李揖爲行軍司馬，給事中劉秩爲參謀。……琯悉以戎務委李揖、劉秩，二人皆書生，不閑軍旅。」至德二載五月：「（琯）不以職事爲意，日與庶子劉秩、諫議大夫李揖，高談釋、老。」其事亦載《舊唐書·房琯傳》。又《新唐書·宰相世系表》：趙郡李經，司農少卿；生瑜、旿、揖等。未言揖之歷官，不知二李揖是否爲一人。揖，《全唐詩》作「楫」，《郎官石柱題名》「司勳員外郎」下列李楫名，在崔圓之後。

〔二〕閒，元本、奇字齋本俱作「閉」。

〔三〕林，《唐詩品彙》作「籬」。

〔四〕散髮：謂髮不束整。寫主人隱居生活之閒散。簪：髮簪，古時用它把冠别在頭髮上。此處作動詞用。張協《詠史》：「抽簪解朝衣，散髮歸海隅。」

〔五〕行尚把：指出迎時手裏還拿着道書。

〔六〕同心，宋蜀本作「心同」。

〔七〕樂道安貧：樂守道義，自甘于貧窮。《後漢書・韋彪傳》：「（彪）安貧樂道，恬於進趣。」

〔八〕宜城：指宜城酒。《周禮・天官・酒正》「一曰泛齊」鄭注：「泛者，成而滓浮，泛泛然如今宜成（即宜城，漢屬南郡，故城在今湖北宜城南）醪矣。」曹植《酒賦》：「其味有宜成醪醴，蒼梧縹清。」《太平寰宇記》卷一四五謂襄州宜城縣出美酒，「俗號宜城美酒爲竹葉杯」。洛陽社：吴均《入蘭臺贈王治書僧孺詩》：「予爲隴西使，寓居洛陽社。」洛陽社即指白社，參見《輞川閒居》注〔一〕。二句謂，一旦在李揖宅飲畢美酒，就還歸自己的簡陋住處。

顧可久曰：真率語，自是雅淡。

奉送六舅歸陸渾〔一〕

伯舅吏淮泗，卓魯方喟然〔二〕。悠哉自不競〔三〕，退耕東皋田〔四〕。條桑臘月下〔五〕，種杏春風前。酌醴賦《歸去》，共知陶令賢〔六〕。

〔一〕奉，底本原無此字，從宋蜀本、《全唐詩》校補。六舅：維母崔氏，則其舅當爲崔姓。陸渾：唐縣名，屬河南府，治所在今河南嵩縣東北。

〔二〕伯舅：周天子謂異姓諸侯爲伯舅。後用爲舅之尊稱。嚴維《奉和劉祭酒傷白馬》曰：「棣華恩見賜，伯舅禮仍崇。」詩題下自注：「此馬勅賜寧王，轉贈祭酒。」「棣華」句謂此馬爲玄宗所賜（寧王乃玄宗之兄，故有「棣華」之語）；「伯舅」句指寧王將此馬轉贈劉祭酒。寧王母爲肅明皇后劉氏，劉祭酒蓋即劉氏之兄或弟，故謂之「伯舅」。淮泗：見《送高道弟耽歸臨淮作》注〔二〕。卓魯：指東漢卓茂、魯恭，二人皆嘗爲縣令，有政績。孔稚珪《北山移文》：「籠張趙於往圖，架卓魯於前籙。」《後漢書·卓茂傳》曰：「遷密令。勞心諄諄，視人如子，舉善而教，口無惡言，吏人親愛，而不忍欺之。……數年，教化大行，道不拾遺。平帝時天下大蝗，河南二十餘縣，皆被其災，獨不入密縣界。」《魯恭傳》曰：「拜中牟令。恭專以德化爲理，不任刑罰。……建初七年，郡國螟傷稼，犬牙緣界，不入中牟。」方：將。此二句謂六舅在淮、泗爲官，政績卓著，卓魯聞之也將贊歎。

〔三〕悠哉：形容思慮深長悠遠。不競：《詩·商頌·長發》：「不競不絿，不剛不柔。」鄭箋：「競，逐也。不逐，不與人争前後。」

〔四〕東皋：見《歸輞川作》注〔四〕。句指六舅欲歸耕陸渾。

〔五〕條桑：修剪桑枝。《詩·豳風·七月》：「蠶月條桑。」

〔六〕「酌醴」二句：見《偶然作·陶潛任天真》注〔三〕。此處以陶令喻六舅。醴，甜酒。

送别

下馬飲君酒〔一〕，問君何所之？君言不得意，歸卧南山陲。但去莫復問，白雲無盡時。

〔一〕飲（yìn印）君酒：拿酒請君飲。

顧可久曰：極婉轉含蓄高古。

鍾惺曰：（「但去」二句）感慨寄託，盡此十字，藴藉不覺。深味之，知右丞非一意清寂，無心用世之人。（《唐詩歸》卷八）

黄周星曰：白雲無盡，得意亦無盡矣，除却白雲，亦何足問！（《唐詩快》卷四）

沈德潛曰：白雲無盡，足以自樂，勿言不得意也。（《唐詩别裁》卷一）

高步瀛曰：妙遠。（《唐宋詩舉要》卷一）

送張舍人佐江州同薛據十韻走筆成〔一〕

束帶趨承明〔二〕，守官惟謁者〔三〕。清晨聽銀蚪〔四〕，薄暮辭金馬〔五〕。受辭未嘗易〔六〕，當御方知寡〔七〕。清範何風流〔八〕，高文有風雅。忽佐江上州〔九〕，當自潯陽下〔一〇〕。逆旅到三湘〔一一〕，長途應百舍〔一二〕。香爐遠峰出〔一三〕，石鏡澄湖瀉〔一四〕。董奉杏成林〔一五〕，陶潛菊盈把〔一六〕。彭蠡常好之〔一七〕，廬山我心也〔一八〕。送君思遠道〔一九〕，欲以數行灑！

〔一〕張舍人：不詳。舍人，尋繹詩意，當指通事舍人。唐中書省置通事舍人十六人，從六品上，「掌朝見引納及辭謝者，於殿廷通奏」（《舊唐書·職官志》）。佐江州：爲江州刺史之佐吏。江州，唐州名，治所在潯陽（今江西九江市）。同：和。薛據：開元十九年登第（據《韓昌黎集·國子助教河東薛君墓誌銘》宋五百家注、《唐才子傳·薛據傳》）。其他事迹參見《瓜園詩》注〔五〕。據，宋蜀本、奇字齋本、《全唐詩》俱作「璩」，非。詩題述古堂本、元本俱無「十韻」二字。詩題下注語底本原無，據宋蜀本、述古堂本、《全唐詩》補。

〔二〕承明：參見《同崔員外秋宵寓直》注〔三〕。「趨承明」即上朝之意。

〔三〕謁者：指通事舍人。《舊唐書·職官志》：「通事舍人，秦謁者之官也。……隨因晋制，置（通事舍人）十六人，從六品上，又爲通事謁者。武德初，廢謁者臺，改通事謁者爲通事舍人。」

〔四〕銀虯：古漏刻上的播水壺作龍口以吐水，龍口用銀製成，即謂之銀龍或銀虯。《初學記》卷二五引張衡《漏水轉渾天儀制》曰：「以銅爲器，再疊差置，實以清水，下各開孔，以玉虯吐漏水入兩壺，右爲夜，左爲晝。」引李蘭《漏刻法》曰：「以銅爲渴烏，以引器中水，於銀龍口中吐之。」又引殷夔《漏刻法》曰：「漏水皆於器下爲金龍口吐出。」「聽銀虯」指聽宮中漏刻的滴漏之聲。

〔五〕金馬：漢代宮門名。《史記・東方朔傳》：「金馬門者，宦署門也。門傍有銅馬，故謂之曰金馬門。」《三輔黃圖》卷三：「金馬門，宦者署。武帝得大宛馬，以銅鑄像，立於署門，因以爲名。東方朔、主父偃、嚴安、徐樂皆待詔金馬門，即此。」此處借指唐皇宮之門。

〔六〕受辭：通事舍人掌管的職事之一。《舊唐書・職官志》：「通事舍人……凡四方通表，華夷納貢，皆受而進之。」易：簡慢。

〔七〕當御：猶當直，指在宮中值班。《左傳》襄公二十六年：「行人子朱曰：『朱也當御。』」方知寡：方（猶「已」）知時日無多。就舍人即將出佐江州而言。

〔八〕清範：美好的軌範、榜樣。

〔九〕江上州：江州地處長江南岸，故稱「江上州」。

〔一〇〕潯陽：江名。指長江在今江西九江市北的一段。參見《讀史方輿紀要》卷八五。句謂當經由潯陽江前去赴任。

〔一一〕逆旅：客舍，旅館。此處用如動詞，謂沿途止宿。三湘：參見《漢江臨汎》注〔二〕。又《南史・侯景傳》曰：「巴陵（今湖南岳陽）有地名三湘，景奔敗處。」《元和郡縣志》卷二七：「侯景浦在（巴陵）縣東北十二里，本名三湘浦。」疑舍人此行，擬由長安南行至江，而後沿江東行赴江州。因三湘爲舍人沿江東行途中需過之地，所以這裏説「到三湘」。

〔一二〕舍：止宿。百舍：謂止宿百次。《莊子・天道》：「百舍重趼，而不敢息。」《釋文》：「百舍，司馬（彪）云：百日止宿也。」

〔一三〕香爐：廬山北峰，在九江市西南。晋慧遠《廬山記》謂香爐峰在廬山東南，白居易《草堂記》曰：「匡廬奇秀，甲天下山。山北峰曰香爐，峰北寺曰遺愛寺。」

〔一四〕石鏡：在廬山東，傍鄱陽湖。《文選》謝靈運《入彭蠡湖口》：「攀崖照石鏡，牽葉入松門。」李善注引張僧鑒《潯陽記》：「石鏡山，東有一圓石縣崖，明淨照見人形。」《藝文類聚》卷六引《幽明録》：「宫亭湖（古彭蠡湖別名）邊傍山間，有石數枚，形圓若鏡，明可以鑑人，謂之石鏡。」《水經注》卷三九《廬江水》：「（廬）山東有石鏡，照水之所出。有一圓石懸崖，明淨照見人形，晨光初散，則延曜入石，豪細必察，故名石鏡焉。」澄湖：指彭蠡湖。

〔一五〕「董奉」句：見《送友人歸山歌二首》其一注〔九〕。

〔一六〕「陶潛」句：見《偶然作・陶潛任天真》注〔四〕。「盈」宋蜀本作「誰」。潛尋陽柴桑（故城在唐江州潯陽縣西南二十里）人，又曾爲彭澤（故城在唐江州都昌縣北四十五里）令，故此處言及之。

〔一七〕彭蠡：即鄱陽湖。《史記・夏本紀》正義引《括地志》曰：「彭蠡湖在今江州潯陽縣東南五十二里。」

〔一八〕廬山：在唐江州潯陽縣境，東傍鄱陽湖。

〔一九〕思遠道：漢樂府《飲馬長城窟行》：「青青河畔草，綿綿思遠道。」

新晴野望〔一〕

新晴原野曠，極目無氛垢〔二〕。郭門臨渡頭，村樹連溪口。白水明田外，碧峰出山後。農月無閒人〔三〕，傾家事南畝。

〔一〕野，底本原作「晚」，此從宋蜀本、《全唐詩》。

〔二〕極目：盡目力所及，遠望。氛垢：塵埃。氛，述古堂本作「紛」。

〔三〕農月：農忙的月份。

苦熱〔一〕

赤日滿天地，火雲成山嶽〔二〕。草木盡焦卷〔三〕，川澤皆竭涸。輕紈覺衣重，密樹苦陰薄〔四〕。莞簟不可近〔五〕，絺綌再三濯〔六〕。思出宇宙外，曠然在寥廓〔七〕；長風萬里來〔八〕，江海蕩煩濁〔九〕。却顧身爲患〔一〇〕，始知心未覺〔一一〕。忽入甘露門，宛然清涼樂〔一二〕。

〔一〕詩題《樂府詩集》作《苦熱行》。《樂府解題》曰：「《苦熱行》備言流金爍石、火山炎海之艱難也。若鮑照云：『赤阪横西阻，火山赫南威。』言南方瘴癘之地，盡節征伐，而賞之太薄也。」（《樂府詩

集》卷六五引）

〔二〕火雲：夏日熾熱的赤雲。

〔三〕「草木」句：語本應璩《與廣川長岑文瑜書》：「頃者炎旱，日更增甚，沙礫銷鑠，草木焦卷。」

〔四〕密樹，元本作「樹密」。

〔五〕莞簟：見《酬諸公見過》注〔一四〕。

〔六〕絺（chī 癡）：細葛布或細葛布衣服。綌（xì 細）：粗葛布或粗葛布衣服。《論語·鄉黨》：「當暑，袗絺綌，必表而出之。」

〔七〕曠然：開闊貌。寥廓：《漢書·司馬相如傳》：「猶焦朋已翔乎寥廓。」師古注：「寥廓，天上寬廣之處。」

〔八〕「長風」句：陸機《前緩聲歌》：「長風萬里舉，慶雲鬱嵯峨。」

〔九〕煩濁：指煩躁、紛亂的情緒。

〔一〇〕却顧：反顧，回顧。身爲患：身有患苦（指身爲熱所苦而煩躁不安）。爲，有，與下「未」字相對。

〔一一〕覺：梵語「菩提」的意譯，指對佛教「真理」的覺悟。《成唯識論述記》卷一：「梵云菩提，此翻爲覺，覺法性故。」

〔一二〕甘露門：通向涅槃的門户，即佛之教法。《法華經·化城喻品》：「普知天人尊，哀愍群萌類，能開甘露門，廣度於一切。」甘露爲涅槃之喻，僧肇《注維摩經》卷七：「（鳩摩羅）什曰：佛法中以涅槃甘露，令生死永斷，是真不死藥也。」此二句意謂，心忽悟佛道，入於禪定，即不以熱爲苦，而覺宛然有清涼之樂。

燕子龕禪師詠〔一〕

山中燕子龕，路劇羊腸惡〔二〕。裂地競盤屈，插天多峭崿〔三〕。瀑泉吼而噴，怪石看欲落。伯禹訪未知〔四〕，五丁愁不鑿〔五〕。上人無生緣〔六〕，生長居紫閣〔七〕。六時自搥磬〔八〕，一飲常帶索〔九〕。種田燒白雲〔一〇〕，斫漆響丹壑〔一一〕。行隨拾栗猿，歸對巢松鶴。時許山神請，偶逢洞仙博〔一二〕。救世多慈悲，即心無行作〔一三〕。周商倦積阻，蜀物多淹泊〔一四〕。巖腹乍旁穿，澗脣時外拓。橋因倒樹架，柵值垂藤縛。鳥道悉已平，龍宮爲之涸〔一五〕。跳波誰揭厲，絶壁免捫摸〔一六〕。山木日陰陰，結跏歸舊林〔一七〕。一向石門裏，任君春草深〔一八〕。

〔一〕燕子龕：疑是地名兼寺名。趙殿成注：「按《唐驪山宫圖》（見元李好文《長安志圖》卷上），燕子龕在連理水（「水」係「木」字之誤）上，山城門在其東，飛霞泉（應爲「丹霞泉」）在其西。」按，此詩之燕子龕當非在驪山宫，説見本詩注〔一四〕。詩題底本原無「詠」字，從宋蜀本校補。

〔二〕句謂道路之惡，甚於羊腸（喻崎嶇曲折的小路）。

〔三〕「裂地」句：謂大地開裂成峽谷，小路競相曲折環繞於其中。峭崿（è厄）：陡峭的山崖。《文選》

孫綽《遊天台山賦》：「披荒榛之蒙蘢，陟峭崿之崢嶸。」李善注：「《文字集略》曰：崿，崖也。」

〔四〕伯禹：即夏禹。句謂伯禹尋訪而不知有燕子龕之路。據《史記·夏本紀》載，禹治水時嘗巡行九州，故云。

〔五〕五丁：五個力士。《華陽國志》卷三《蜀志》：「蜀有五丁力士，能移山，舉萬鈞。」揚雄《蜀王本紀》（見《經典集林》卷一四）：「秦惠王欲伐蜀，乃刻五石牛，置金其後。蜀人見之，以爲牛能大便金。牛下有養卒，以爲此天牛也，能便金。蜀王以爲然，即發卒千人，使五丁力士拖牛成道……秦道得通，石牛之力也。」句謂道路極險惡，連五丁力士也發愁無法開鑿此道。

〔六〕無生：見《登辨覺寺》注〔八〕。句謂禪師有入於涅槃的緣分，即與佛教有緣。

〔七〕紫閣：終南山山峰名，在陝西鄠縣東南。李白《君子有所思行》：「紫閣連終南，青冥天倪色。」《大清一統志》卷二二七：「紫閣峰，在鄠縣東南。張禮《遊城南記》：在終南山祠之西，其陰即渼陂，杜詩『紫閣峰陰入渼陂』是也。」

〔八〕六時：佛教分一晝夜爲六時：晨朝，日中，日没，初夜，中夜，後夜。《阿彌陀經》：「晝夜六時，天雨曼陀羅華。」《西域記》卷二：「六時合成一日一夜，晝三夜三。」磬：見《飯覆釜山僧》注〔七〕。

〔九〕一飲：指每天只飲食一次。佛教十二頭陀行中有不作餘食（每天只吃午飯）、一坐食（除午飯外，不吃零食）的修行規定。參見《大乘義章》卷一五。常，底本原作「尚」，此從宋蜀本、述古堂本、《全唐詩》。帶索：用繩索作束衣的帶子。《列子·天瑞》：「孔子遊於太山，見榮啓期行乎郕之野，鹿裘帶索，鼓琴而歌。」此句寫禪師修習佛教苦行。

〔一〇〕燒白雲：指在高山上燒畬（火耕）。

〔一一〕斫（zhuó 茁）漆：《古今注》卷下：「漆樹，以剛斧斫（砍）其皮開，以竹管承之，汁滴管中，即成漆也。」丹壑：赤色之壑。

〔一二〕山神請：《法苑珠林》卷一〇七曰：「晉廬山有釋曇邕，姓楊，關中人。……南投廬山，事遠公爲師。内外經書，多所綜涉，志尚傳法，不憚疲苦。乃於山之西南别立茅宇，與弟子曇果澄思禪門。嘗於一時，果夢見山神求受五戒，果曰：『家師在此，可往諮受。』後少時，邕見一人着單袷衣，風姿端雅，從者三十許人，請受五戒。邕以果先夢，知是山神，乃爲説法授戒。神覵以外國匕筯，禮拜辭别，倏忽不見。」洞仙博：曹植《仙人篇》：「仙人攬六箸（古博戲之具，類似骰子，上刻點數，自么至六），對博太山隅。」博，古局戲，又稱六博。用十二棋，六黑六白，二人對博，人各六棋，先擲骰而後行棋。二句謂禪師道高，時與山中神仙往還。

〔一三〕即：在。無行作：《維摩詰經·入不二法門品》：「不眴菩薩曰：『受不受爲二。若法不受，則不可得，以不可得故，無取無捨，無作無行，是爲入不二法門。』」《注維摩詰經》卷八云：「無作，（鳩摩羅）什曰：言不復作受生業（泛指衆生的一切身心活動）也。」「無行，什曰：心行（思想活動）滅也。」又云：「（僧）肇曰：有心必有所受（感觸外境引生的感受），有所受必有所不受，此爲二也。若悟法（一切事物和現象）本空，二俱不受，則無得無行，爲不二（即「無異」，指對一切現象應

「無分別」，或超越各種區別。佛教以爲悟此不二之理，即可入道）也。」句謂禪師之心大寂静，絶無衆生的身心活動。

〔一四〕積阻：謂多險阻。郭璞《江賦》：「幽𡿨（澗）積岨（阻），礐硞礐確。」多，宋蜀本作「苦」。淹泊：滯留。二句意謂，周地商人倦於道多險阻，蜀地之物遂多滯留於蜀。據此二句，知燕子龕當不在驪山宫，而應在由秦入蜀的通道上。古時自長安至漢中而後入蜀的通道有子午道、儻駱道、襃斜道、故道等。

〔一五〕巖腹：山巖内部。脣：邊。鳥道：謂山路高峻險絶，僅有飛鳥能過。龍宫：指道上的水潭。以上六句描寫禪師開鑿燕子龕道路的情景。

〔一六〕揭厲：《詩・邶風・匏有苦葉》：「深則厲，淺則揭。」毛傳：「以衣涉水爲厲。……揭，褰衣（指提起衣服涉水）也。」此二句謂道路已通，行人無需涉水而過，也不必手捫絶壁而行。

〔一七〕結跏：結跏趺坐，坐禪。參見《登辨覺寺》注〔六〕。舊林：指紫閣峰。

〔一八〕二句寫禪師走後燕子龕無人的景象。

顧可久曰：謂禪寂意中多奇句，俊偉。

清王槩等曰：王摩詰燕子龕詩，雄奇蒼鬱，非以李咸熙之筆寫之不可。（《芥子園畫傳》初集卷五）

張謙宜曰：形容曲盡，氣象坦然。少陵、昌黎爲之，便自怒張。（《絸齋詩談》卷五）

羽林騎閨人〔一〕

秋月臨高城，城中管絃思〔二〕。離人堂上愁，稚子階前戲〔三〕。出門復映户〔四〕，望望青絲騎〔五〕。行人過欲盡，狂夫終不至〔六〕。左右寂無言，相看共垂淚。

〔一〕羽林騎：見《少年行四首》其二注〔一〕。

〔二〕思：悲。

〔三〕此二句謂，離人（其夫離家在外者，指羽林騎閨人）聽到樂聲後，在堂上發愁，而稚子則不懂事，仍在臺階前玩耍。

〔四〕出門：指閨人出門。復映户：指月光又照在門扉上。

〔五〕望望：急切盼望貌。青絲騎：裝飾華麗的坐騎。青絲，指用青絲繩作馬韁。梁劉孝綽《淇上人戲蕩子婦示行事》：「如何嫁蕩子，春夜守空牀；不見青絲騎，徒勞紅粉妝。」此指閨人丈夫的坐騎。

〔六〕狂夫：古時婦女自稱其夫的謙辭。梁何思澄《南苑逢美人》：「自有狂夫在，空持勞使君。」此處含有埋怨其夫放蕩的意思。

早朝〔一〕

皎潔明星高，蒼茫遠天曙。槐霧鬱不開〔二〕，城鴉鳴稍去。始聞高閣聲〔三〕，莫辨更衣處〔四〕。銀燭已成行，金門儼騶馭〔五〕。

〔一〕詩題宋蜀本、述古堂本、元本俱作《早朝二首》，其第二首即五律《早朝》。

〔二〕鬱不開：霧氣藴積不散。鬱，底本原作「暗」，從述古堂本、元本、《文苑英華》改；又宋蜀本作「語」，蓋即「鬱」之音誤字。

〔三〕高閣聲：指宫中報時之聲。杜甫《紫宸殿退朝口號》：「晝漏稀聞高閣報，天顔有喜近臣知。」《杜詩詳註》：「黄生注：高閣在禁中，宫女司漏，遞相傳報。」

〔四〕更衣處：供上朝官吏更衣休息之處。《漢書·東方朔傳》：「後乃私置更衣。」注：「爲休息易衣之處。」又《王莽傳》：「張於西廂及後閣更衣中。」注：「晋灼曰：更衣中，謂朝賀易衣服處室屋名也。」

〔五〕金門：《漢書·揚雄傳》：「歷金門，上玉堂。」注：「金門，金馬門也。」參見《送張舍人佐江州》注〔五〕。「金」《文苑英華》作「重」。儼：整齊貌。騶馭：駕車者，亦作「騶御」。陳張正見《門有車馬客行》：「良時不可再，騶馭鬱相催。安知太行道，失路車輪摧。」何遜《早朝車中聽望》：「胥徒紛絡繹，騶御或西東。」句謂爲上朝官員駕車的馭者整齊地排列於宫門之外。

雜詩〔一〕

朝因折楊柳〔二〕，相見洛城隅〔三〕。「楚國無如妾，秦家自有夫〔四〕。」對人傳玉椀〔五〕，映竹解羅襦〔六〕。「人見東方騎，皆言夫壻殊。持謝金吾子，煩君提玉壺〔七〕。」

〔一〕詩題宋蜀本、述古堂本、元本俱作《雜詩五首》，其它四首即五律《雜詩》一首、五絶《雜詩三首》。

〔二〕折楊柳：古典詩文中言及折楊柳，多謂欲以之贈別，也有稱欲以之寄遠，表達別後的思念之情者。陳王瑳《折楊柳》：「攀折思爲贈，心期別路長。」唐李端《折楊柳》：「贈君折楊柳，顏色豈能久？上客莫沾巾，佳人正回首。新柳送君行，古柳傷君情。」翁綬《折楊柳》：「殷勤攀折贈行客，此去關山雨雪多。」崔湜《折楊柳》：「年華妾自惜，楊柳爲君攀。……那堪音信斷？流涕望陽關。」盧照鄰《折楊柳》：「攀折聊寄將，軍中書信稀。」

〔三〕城，凌本、《全唐詩》作「陽」。

〔四〕「楚國」句：《文選》宋玉《登徒子好色賦》：「玉曰：『天下之佳人，莫若楚國，楚國之麗者，莫若臣里，臣里之美者，莫若臣東家之子。……然此女登牆窺臣三年，至今未許也。』」「秦家」句：漢樂府《陌上桑》：「秦氏有好女，自名爲羅敷。羅敷喜蠶桑，採桑城南隅。……使君從南來，五馬立踟躕。使君遣吏往，問是誰家姝？……『使君謝羅敷，寧可共載不？』羅敷前置辭：『使君一何愚！使君自有婦，羅敷自有夫。』」此二句謂己極美而自有夫。這是女子對在城隅遇見的男子的拒絶之辭。

〔五〕傳玉椀：指男子用玉椀（碗）盛酒，遞送給女子。鮑照《答休上人》：「酒出野田稻，菊生高岡草。

味貌亦何奇，能令君傾倒。玉椀徒自羞（進獻），爲君慨此秋。」椀，底本原作「腕」，此從宋蜀本。

〔六〕映：遮蔽。《文選》顔延之《應詔觀北湖田收》：「樓觀眺豐潁，金駕映松山。」李善注：「映，猶蔽也。」竹，趙殿成曰：「諸本皆作燭。」按，述古堂本、元本、明十卷本俱作「竹」，作「竹」是。解羅襦：指男子對女子的非禮之舉。襦，短襖。句謂用竹叢遮身想解開女子的綢襖。

〔七〕「人見」二句：《陌上桑》叙羅敷盛誇其夫以拒使君曰：「東方千餘騎，夫壻居上頭。……坐中數千人，皆言夫壻殊。」「持謝」二句：辛延年《羽林郎》：「胡姬年十五，春日獨當壚。……不意金吾子，娉婷過我廬。……就我求清酒，絲繩提玉壺。……貽我青銅鏡，結我紅羅裾。不惜紅羅裂，何論輕賤軀！男兒愛後婦，女子重前夫。人生有新故，貴賤不相踰。多謝金吾子，私愛徒區區。」持謝，猶言奉告。金吾子，胡姬對貴官子弟的稱呼。金吾，官名，即執金吾。《漢書・百官公卿表》：「中尉，秦官，掌徼巡京師。……武帝太初元年更名執金吾。」「煩君」句意謂，煩你提起盛酒的玉壺離開此地。以上四句也是女子對男子的拒絶之辭。

夷門歌〔一〕

七雄雄雌猶未分〔二〕，攻城殺將何紛紛。秦兵益圍邯鄲急，魏王不救平原君〔三〕。公子爲嬴停駟馬，執轡逾恭意逾下〔四〕。亥爲屠肆鼓刀人〔五〕，嬴乃夷門抱關者〔六〕。非但慷慨獻奇謀，意氣兼將身命酬〔七〕。向風刎頸送公子，七十老翁何所求〔八〕！

〔一〕夷門：戰國魏都大梁城的東門，故址在今河南開封城内東北隅。《史記・魏公子列傳》贊：「吾過大梁之墟，求問其所謂夷門。夷門者，城之東門也。」按，魏信陵君之門客侯嬴，「爲大梁夷門監者（看守城門的役吏）」，此詩即詠其事，故名曰《夷門歌》。

〔二〕雄，《唐詩品彙》作「國」。雄雌：喻勝負。東方朔《答客難》：「並爲十二國，未有雌雄。」

〔三〕「秦兵」二句：《史記・魏公子列傳》：「魏安釐王二十年（前二五七），秦昭王已破趙長平軍，又進兵圍邯鄲（趙都，今河北邯鄲市西南）。公子（信陵君）姊爲趙惠文王弟平原君夫人，數遺魏王及公子書，請救於魏。魏王使將軍晋鄙將十萬衆救趙。……留軍壁鄴，名爲救趙，實持兩端以觀望。平原君使者冠蓋相屬於魏……公子患之，數請魏王……魏王畏秦，終不聽公子。」

〔四〕「公子」二句：《魏公子列傳》：「魏有隱士曰侯嬴，年七十，家貧，爲大梁夷門監者。公子聞之，往請，欲厚遺之。不肯受……公子於是乃置酒，大會賓客。坐定，公子從車騎，虚左，自迎夷門侯生。侯生攝敝衣冠，直上載公子上坐，不讓，欲以觀公子。公子執轡愈恭。侯生又謂公子曰：『臣有客在市屠中，願枉車騎過之。』公子引車入市，侯生下見其客朱亥，俾倪（睥睨），故久立與客語，微察公子。公子顔色愈和。當是時……市人皆觀公子執轡，從騎皆竊罵侯生，侯生視公子色終不變，乃謝客就車。」二「逾」字《全唐詩》俱作「愈」。下：謙遜。

〔五〕鼓刀：謂宰殺牲畜。「鼓」即「敲擊」，屠牲必敲擊其刀，故云。《魏公子列傳》：「朱亥笑曰：『臣乃市井鼓刀屠者，而公子親數存（慰問）之。』」

〔六〕抱關者：抱門栓者，即負責啓閉城門的人。《魏公子列傳》：「侯生因謂公子曰：『……嬴乃夷門抱關者也，而公子親枉車騎……』」

〔七〕「非但」二句：《魏公子列傳》載，公子欲救趙，侯生爲之劃策曰：「嬴聞晉鄙之兵符，常在王卧内；而如姬最幸，出入王卧内，力能竊之。……公子誠一開口請如姬，如姬必許諾。則得虎符，奪晉鄙軍，北救趙而西却秦……。」公子從其計，如姬果盜得晉鄙兵符與公子。侯生又謂公子曰：「臣客屠者朱亥可與俱。此人力士，晉鄙聽，大善；不聽，可使擊之。」行前，「公子過謝侯生，侯生曰：『臣宜從，老不能，請數公子行日，以至晉鄙軍之日，北鄉自剄以送公子。』」「公子與侯生決，至軍，侯生果北鄉自剄」。奇，元本、《全唐詩》作「良」。意氣，情誼，恩義。

〔八〕「七十」句：《晉書・段灼傳》：「武帝即位，灼上疏追理（申辯）艾（鄧艾）曰：『……艾功名已成，亦當書之竹帛，傳祚後世。七十老公，復何所求哉！』」《三國志・魏書・鄧艾傳》亦載此事，作「七十老公，反欲何求」。

顧可久曰：太史公本傳宛轉千餘言，而此叙事數語，極簡要明盡。又，嘉公子無忌之重客，亥、嬴之任俠，溢于言外。結尤斬絶有力量，妙甚！

趙殿成曰：「夷門抱關」、「屠肆鼓刀」，點化二豪之語，對仗天成，已徵墨妙。末句復借用段灼理鄧艾語，尤見筆精，使事至此，未許後人步驟。

翁方綱曰：所謂「羚羊挂角」「不着一字」者，舉此一篇足矣。此乃萬法歸原處也。（《七言詩三昧舉隅》）

方東樹曰：「亥爲屠肆」二句，與古文浮聲切響一法。「非但慷慨」以下，轉出波瀾議論。（《昭昧詹言》卷一二）

黄雀癡 雜言走筆〔一〕

黄雀癡，黄雀癡，謂言青鷇是我兒〔二〕，一一口銜食，養得成毛衣。到大啁啾解游颺〔三〕，各自東西南北飛；薄暮空巢上，羈雌獨自歸〔四〕。鳳凰九雛亦如此〔五〕，慎莫愁思憔悴損容輝！

〔一〕詩題下注語底本原無，從宋蜀本、述古堂本、《全唐詩》補。

〔二〕青鷇（kòu寇）：指初生的黄雀。《爾雅·釋鳥》：「生哺，鷇（郭注：「鳥子須母食之。」）。生噣，雛（注：「皆自食。」）。」邢疏：「辨鳥子之異名也。鳥子生，須母哺而食者名鷇，謂燕雀之屬也，《史記》『趙武靈王探雀鷇而食之』是也；鳥子生而能自啄食者名雛，謂雞雉之屬也。」

〔三〕啁啾：象聲詞。此象雀叫聲。游颺：飛翔。

〔四〕羈雌：孤單無伴的雌鳥。《文選》枚乘《七發》：「暮則羈雌迷鳥宿焉。」吕延濟注：「羈雌，孤鳥也。」

〔五〕鳳凰九雛：漢樂府《隴西行》：「鳳凰鳴啾啾，一母將（率領）九雛。」

贈吴官〔一〕

長安客舍熱如煮，無箇茗糜難御暑〔二〕。空摇白團其諦苦〔三〕，欲向縹囊還歸旅〔四〕。江鄉鯖鮓不寄來〔五〕，秦人湯餅那堪許〔六〕？不如儂家任挑達〔七〕，草屩撈蝦富春渚〔八〕。

〔一〕吴官：指在京的吴籍官員。

〔二〕茗糜：即茗粥，亦曰茶粥，指用茶汁煮成的粥，古時南方有此食品。《北堂書鈔》卷一四四引晋傅咸《司隸校尉教》：「聞南市有蜀嫗，作茶粥賣之，廉事打破其器物，使無爲，賣餅于市而禁茶粥，以困老嫗，獨何哉？」儲光羲《喫茗粥作》：「當晝暑氣盛，鳥雀静不飛。……淹留膳茶粥，共我飯蕨薇。」

〔三〕白團：扇的一種。梁簡文帝《怨詩》：「秋風與白團，本自不相安。」諦苦：佛教四諦之一曰苦諦。依佛經解釋，真實不虚之理爲「諦」。苦諦是説，世俗世界的一切，本性皆爲「苦」，有八苦（生、老、病、死等苦）等。《雜集論》卷六：「謂有情生及生所依處，即有情世間，器世間如其次第若生，若生處，俱説名苦諦。」此句意謂，徒然摇扇而不能驅暑，其情甚苦。

〔四〕向：猶「與」，説見王鍈《詩詞曲語辭例釋》。縹（piǎo 瞟）囊：用淡青色絲帛製成的書囊。蕭統《文選序》：「詞人才子，則名溢於縹囊；飛文染翰，則卷盈乎緗帙。」吕向注：「縹，青白色。囊，有底袋也，用以盛書。」旅：俱。《禮·樂記中》：「今夫古樂，進旅退旅。」注：「旅，猶俱也。」此句謂欲攜帶書囊還鄉。

〔五〕鯖（qīng 青）：即青魚，南人多以之作鮓。《文選》左思《吴都賦》：「鼊鼊鯖鰐，涵泳乎其中。」劉淵林注：「鯖魚出交趾、合浦諸郡。」鮓（zhǎ 眨）：一種醃製的魚。《南齊書·虞悰傳》：「乃獻醒酒鯖鮓一方而已。」

〔六〕湯餅：湯煮的麪食。晋束晳《餅賦》：「玄冬猛寒……充虚解戰，湯餅爲最。」《荆楚歲時記》：「六月伏日，並作湯餅，名爲辟惡。按《魏氏春秋》：『何晏以伏日食湯餅，取巾拭汗，面色皎然，乃知非傅粉。』則伏日湯餅，自魏以來有之。」堪：能忍受。許：語助辭。

〔七〕儂家：古時吴人自稱，猶言吾家。挑達：往來自由貌。《詩·鄭風·子衿》：「挑兮達兮，在城闕兮。」毛傳：「挑達，往來相見貌。」句謂真不如自個家得以自由自在。

〔八〕草屩（juē 决）：草鞋。富春渚：《文選》謝靈運《富春渚》：「宵濟漁浦潭，旦及富春郭。」李善注：「《吴郡志》曰：富春東三十里有漁浦。」又任昉《贈郭桐廬出溪口見候》：「朝發富春渚，蓄意忍相思。」李善注：「《漢書》曰：會稽郡富春縣。」富春縣唐時曰富陽縣，治所在今浙江省富陽市，其地臨浙江。渚，水邊。

雪中憶李揖〔一〕

積雪滿阡陌，故人不可期〔二〕。長安千門復萬户，何處蹀躞黄金羈〔三〕？

〔一〕李揖：參見《過李揖宅》注〔一〕；宋蜀本、《全唐詩》作「李楫」，述古堂本、元本作「季揖」。詩題下宋蜀本、述古堂本、元本俱有「雜言」二字注語。

〔二〕期：邀約，會合。

〔三〕蹀躞（dié xiè 碟屑）：形容邁着小步走路；宋蜀本、述古堂本、《全唐詩》俱作「躞蹀」。黄金羈：用黄金做成的馬籠頭。吴均《别夏侯故章詩》：「白馬黄金羈，青驪紫絲鞚。」此處指李所騎的馬。

送崔五太守〔一〕

長安廄吏來到門〔二〕，朱文露網動行軒〔三〕。黄花縣西九折坂〔四〕，玉樹宫南五丈原〔五〕。褒斜谷中不容幰〔六〕，惟有白雲當露冕〔七〕。子午山裏杜鵑啼〔八〕，嘉陵水頭行客飯〔九〕。劍門忽斷蜀川開〔一〇〕，萬井雙流滿眼來〔一一〕。霧中遠樹刀州出〔一二〕，天際澄江巴字迴〔一三〕。使君年幾三十餘〔一四〕，少年白皙專城居〔一五〕。欲持畫省郎官筆〔一六〕，回與臨邛父老書〔一七〕。

〔一〕崔五太守：未詳。杜甫有《因崔五侍御寄高彭州一絶》，作于上元元年（七六〇），周勛初《高適年譜》云：「按王維有《送崔五太守》詩，崔乃至益州任職者，或即此崔五侍御。」按，據本詩「欲持」句，知崔蓋自尚書郎出爲郡守，與此官侍御之崔五，恐非一人。或謂崔五太守爲崔涣，亦非。據兩《唐書·崔涣傳》、《全唐文》卷七八四穆員《崔涣墓誌銘》，涣入蜀爲巴西太守，在天寶十二、三載，當時他已四十七、八歲，這就與本詩所言「使君年幾三十餘」之語不合。

〔二〕「長安」句：《漢書·朱買臣傳》：「上拜買臣會稽太守。……長安廄吏（驛站掌管馬匹的吏人）乘駟馬車來迎，買臣遂乘傳（驛車）去。」此句即用其事，謂崔五出爲郡守。

〔三〕朱文：指繪紅色花紋於車上以爲裝飾。《後漢書·張皓王龔傳論》：「故晨門有抱關之夫，柱下無朱文之軫也。」注：「朱文，畫車爲文也。」露網：車上飾物。疑指透光的網狀車簾。唐李嘉祐《酬皇甫十六侍御曾見寄》：「江頭鳥避青旄節，城裏人迎露網車。」行軒：出行之車。

〔四〕黄花縣：唐縣名，屬鳳州，治所在今陝西鳳縣東北。《元和郡縣志》卷二二：「武德元年，析（梁泉縣）置黄花縣，寶應元年（七六二）省。」九折坂：四川滎經縣西邛崍山有九折坂。其坂險峻回曲，須九折乃得上，故名。《漢書·王尊傳》：「（尊）遷益州刺史。先是琅邪王陽爲益州刺史，行部至邛崍九折阪（師古注引應劭曰：「在蜀郡嚴道縣。」嚴道即今四川滎經），歎曰：『奉先人遺體，奈何數乘此險！』後以病去。及尊爲刺史，至其阪，問吏曰：『此非王陽所畏道邪？』吏對曰：『是。』尊叱其馭曰：『驅之！』」「阪」《水經注》卷三三《江水》作「坂」。按，九折坂不在黄花縣西，此處不過取「九折」之意，指山路險峻回曲而已。

〔五〕玉樹宫：指甘泉宫，始築於秦，漢武帝又增廣之，故址在今陝西淳化縣西北甘泉山。《三輔黄圖》卷二：「甘泉谷北岸有槐樹，今謂玉樹，根幹盤峙，三二百年木也。楊震《關輔古語》云：耆老相傳，咸以謂此樹，即揚雄《甘泉賦》所謂『玉樹青葱』也。」五丈原：在今陝西郿縣西南斜谷口西側。公元二三四年諸葛亮伐魏，曾駐軍於此。

〔六〕褒斜谷：陝西秦嶺之山谷。北口曰斜（yé 爺），在郿縣西南三十里，南口曰褒，在舊褒城縣北十里，兩谷相連，長百七十里，中有棧道以通之，自漢以後即爲往來于秦嶺南北的重要通道。不容幰（xiǎn 險）：指道路狹窄。幰，車前帷幔，亦指有帷幔的車。庾肩吾《長安有狹斜行》：「長安有曲陌，曲陌不容幰。」

〔七〕當：遮蔽。露冕：參見《送封太守》注〔七〕。

〔八〕子午山：即子午谷，亦曰子午道，爲古時自關中至漢中之通道。《漢書·王莽傳》師古注：「子，北方也。午，南方也。言通南北道相當，故謂之子午耳。今京城直南山有谷通梁漢道者，名子午谷。」此道始闢於西漢元始五年，自杜陵（今西安市東南）穿越秦嶺至今安康市；南朝梁時另闢新路，略向西移，南口改在今寧陝縣。杜鵑啼：杜鵑之鳴，初夏最甚，其聲淒厲，能動旅客歸思。

〔九〕嘉陵水：即嘉陵江。《水經注》卷二〇《漾水》：「漢水又南入嘉陵道而爲嘉陵水。」源出陝西鳳縣嘉陵谷，至重慶市入長江。

〔一〇〕劍門：指大劍山、小劍山，在今四川劍閣縣北。二山之間，峭壁中斷，兩崖對峙，下有隘路如門，自古爲川陝間主要通道和軍事戍守要地，唐於此置劍門關（即今劍閣東北之劍門關）。蜀川：地名，即指益州（轄地大部分在今四川境内）。《通典》卷一七一：「穆帝時平蜀漢，復梁、益之地。」注：「梁州則漢川，益則蜀川是。」句指一出劍門，蜀川即豁然開朗。

〔一一〕雙流：《文選》左思《蜀都賦》：「帶二江之雙流。」劉淵林注：「江水（指岷江，昔人以岷江爲長江正源，故云）出岷山，分爲二江，經成都，南東流經之，故曰帶也。」《史記·河渠書》載秦蜀郡太守李冰「穿二江成都之中」，正義曰：「二江者，郫江、流江也。」按，李冰興修都江堰時，在今四川都江堰市西北，分岷江爲二支，北支稱郫江，南支曰流江，分流經成都城北與城南，而後合而南流。

〔一二〕霧，宋蜀本作「露」。刀州：《晉書·王濬傳》：「濬夜夢懸三刀於卧屋梁上，須臾又益一刀，濬驚覺，意甚惡之。主簿李毅再拜賀曰：『三刀爲州字，又益一者，明府（郡守之稱，謂王濬）其臨益州乎？』……果遷濬爲益州刺史。」後因以刀州爲益州之代稱。

〔一三〕巴字迴：謂水流曲折。《太平寰宇記》卷一三六引《三巴記》，謂閬（嘉陵江流經閬中，亦稱閬水）、白（即今嘉陵江支流白水江）二水，南流曲折如巴字（巴字篆體象蛇形），又稱巴江。

〔一四〕幾：將近。《全唐詩》作「紀」。

〔一五〕「少年」句：語本漢樂府《陌上桑》：「三十侍中郎，四十專城居。爲人潔白皙，鬑鬑頗有鬚。」皙，潔白。專城居，言爲一城之主，即指任郡守一類官。《文選》張銑注：「專，擅也，謂擅一城也。謂守宰之屬。」

〔一六〕畫省：即尚書省。《通典》卷二二：「（後漢尚書郎）奏事明光殿省，省中皆以胡粉（即鉛粉）塗壁，畫古賢、烈女（《初學記》卷一一引《漢官典職》作「畫古烈士」）。」故後世遂稱尚書省爲畫省。郎官筆：東漢尚書郎掌起草文書，每月賜給赤管大筆一雙。參見《通典》卷二二。又應劭《漢官儀》卷上（孫星衍輯本）亦曰：「尚書令僕（僕射）丞郎，月給赤管大筆一雙。」筆，宋蜀本、述古堂本俱作「草」。

〔一七〕「回與」句：《漢書·司馬相如傳》載：司馬相如，蜀郡成都人，娶臨邛（今四川邛崍）富人卓王孫之寡女文君爲妻。後武帝令相如使蜀，以通西南夷。「相如使時，蜀長老多言通西南夷之不爲用，大臣亦以爲然；相如欲諫，業已建之，不敢（師古注：「本由相如立此事，故不敢更諫也。」），乃著書，藉（假）蜀父老爲辭，而已詰難之，以風（諷）天子，且因宣其使指（旨），令百姓皆知天子意。」此句即用其事，謂欲持郎官之筆，著文向蜀中父老宣諭天子的旨意。又，此句也可能實指崔出爲臨邛（邛州）太守。

顧璘曰：（「霧中」二句）不見斧痕。

顧可久曰：叙景中有變换，便不堆垛。

方東樹曰：「黄花縣西」以下，叙一路所經由之地。學其對仗警拔。（《昭昧詹言》卷一二）

寒食城東即事〔一〕

清溪一道穿桃李，演漾緑蒲涵白芷〔二〕。谿上人家凡幾家，落花半落東流水〔三〕。蹴踘屢過飛鳥上〔四〕，鞦韆競出垂楊裏〔五〕。少年分日作遨遊，不用清明兼上巳〔六〕。

〔一〕寒食：參見《送綦毋潛落第還鄉》注〔六〕。

〔二〕演漾：水流動起伏貌。阮籍《詠懷》其七十六：「汎汎乘輕舟，演漾靡所望（猶無涯）。」涵：沉浸。白芷：多年生草本植物，多生于低濕之地，根可入藥。

〔三〕半，宋蜀本、述古堂本、元本等俱作「共」。

〔四〕蹴踘（cù jū 促掬）：同蹴鞠，又作蹋鞠，亦曰打毬，即古踢球之戲。《史記·扁鵲倉公列傳》：「處後蹴踘。」正義：「謂打毬也。」又《衛將軍驃騎列傳》：「驃騎尚穿域蹋鞠。」索隱：「鞠戲，以皮爲之，中實以毛，蹴蹋爲戲也。」《唐音癸籤》卷一四：「唐變古蹴鞠戲爲蹴毬，其法植兩修竹，高數丈，絡網於上爲門，以度毬，毬工分左右朋，以角勝負。」古時有在寒食蹴鞠的習俗。《荆楚歲時記》：「（寒食）造餳大麥粥……打毬、鞦韆、施鈎之戲。」《太平御覽》卷三〇引劉向《别録》曰：「寒食蹋鞠，黄帝所造，本兵勢也，或云起於戰國。案鞠與毬同，古人蹋蹴以爲戲。」

〔五〕鞦韆：亦曰秋千。《御覽》卷三〇引《古今藝術圖》云：「寒食鞦韆，本北方山戎之戲，以習輕趫者也。」《開元天寶遺事》卷下：「天寶宮中，至寒食節，競竪鞦韆，令宫嬪輩戲笑以爲宴樂。」

〔六〕分日：指春分之日。分，節候名，謂春分或秋分。《左傳》昭公十七年：「日過分（春分）而未至（夏至）。」春分正當春季九十日之半，此日晝夜長短平均。清明：《淮南子·天文》：「春分後十五日，斗指乙爲清明。」唐時有于清明日遊春的習俗。杜甫《清明》：「著處繁華矜是日，長沙千人萬人出。渡頭翠柳艷明眉，争道朱蹄驕齧膝。此都好遊湘西寺，諸將亦自軍中出。」上巳：見《三月三日曲江侍宴應制》注〔一〕。陳貽焮《王維詩選》云：「這兩句謂，少年們興致最高，用不着到三月的清明和上巳，二月春分以來就在外面遊玩了。」

宋吴幵曰：晁無咎評樂章歐陽永叔《浣溪紗》云：「『隄上游人逐畫船，拍隄春水四垂天，緑楊樓外出秋千。』要皆絶妙，然只一『出』字，自是後人道不到處。」予按唐王摩詰《寒食城東即事》詩云：「蹴踘屢過飛鳥上，秋千競出緑楊裏。」歐公用「出」字蓋本此。（《優古堂詩話》）

奉和楊駙馬六郎秋夜即事〔一〕

高樓月似霜，秋夜鬱金堂〔二〕。對坐彈盧女〔三〕，同看舞鳳凰〔四〕。少兒多送酒〔五〕，小玉更焚香〔六〕。結束平陽騎，明朝入建章〔七〕。

〔一〕楊駙馬：趙殿成曰：「按《唐書·公主列傳》，玄宗二十九女，駙馬楊姓者凡七人，未知孰是。」六郎：當指楊駙馬之子。

〔二〕鬱金堂：猶言香堂。沈佺期《古意呈補闕喬知之》：「盧家少婦鬱金堂，海燕雙棲玳瑁梁。」梁武帝《河中之水歌》：「盧家蘭室桂爲梁，中有鬱金蘇合香。」庾信《奉和示内人》：「然（燃）香鬱金屋，吹管鳳凰臺。」鬱金，香草名。晋左九嬪《鬱金頌》：「伊此奇草，名曰鬱金。……芳香酷烈，悦目欣心。」

〔三〕彈盧女：謂有樂妓彈琴。參見《扶南曲歌辭五首》其二注〔三〕。

〔四〕舞鳳凰：《文選》張衡《東京賦》：「鳴女牀之鸞鳥，舞丹穴之鳳皇。」薛綜注：「（《山海經》）又曰：丹穴之山，有鳥焉，其狀如鵠，五采，名曰鳳皇。是鳥也，飲食自歌自舞，見則天下安寧。」此處疑指妓人着五彩之衣，起舞時猶如鳳凰。

〔五〕少兒：《漢書·衛青傳》：「衛青，字仲卿。其父鄭季，河東平陽人也，以縣史給事侯家。平陽侯曹壽，尚武帝姊陽信長公主。季與主家僮衛媪（《史記》作「侯妾衛媪」）通，生青。……衛媪長女君孺，次女少兒，次女則子夫。」《霍去病傳》：「霍去病，大將軍青姊少兒子也。其父霍仲孺先與少兒通，生去病。及衛皇后（子夫）尊，少兒更爲詹事陳掌妻。」此處借指侍女。

〔六〕小玉：唐人詩中多以小玉指侍女。白居易《長恨歌》：「金闕西廂叩玉扃，轉教小玉報雙成。」李賀《江樓曲》：「眼前便有千里思，小玉開屏見山色。」

〔七〕結束：裝束，打扮。平陽騎：《史記・衛將軍驃騎列傳》：「（衛）青壯，爲（平陽）侯家騎，從平陽主（即陽信長公主）。建元二年春，青姊子夫得入宮幸上。……上聞，乃召青爲建章監侍中。」建章：見《奉和聖製賜史供奉曲江宴應制》注〔四〕。二句指楊駙馬六郎即將入宮任事。

酬賀四贈葛巾之作〔一〕

野巾傳惠好〔二〕，兹貺重兼金〔三〕。嘉此幽棲物〔四〕，能齊隱吏心〔五〕。早朝方暫挂〔六〕，晚沐復來簪〔七〕。坐覺囂塵遠〔八〕，思君共入林〔九〕。

〔一〕賀四：不詳。葛巾：葛布頭巾。

〔二〕野巾：供庶人使用的頭巾。此即指葛巾。

〔三〕貺（kuàng況）：贈。兼金：《孟子・公孫丑下》：「王餽兼金一百而不受。」趙岐注：「兼金，好金也。其價兼倍於常者，故謂之兼金。」

〔四〕幽棲：隱居。幽棲物：指葛巾。古時庶人、隱者常着葛巾，故云。《宋書・陶潛傳》：「郡將候潛，值其酒熟，取頭上葛巾漉酒，畢，還復著之。」

〔五〕齊：同，合；凌本作「高」。隱吏：謂居官而潛隱不露、有避世之志者。此處作者指自己。

〔六〕暫挂：指上朝時着冠，將葛巾暫時挂起來。

〔七〕晚沐：傍晚休假。《文選》沈約《和謝宣城》：「晨趨朝建禮，晚沐卧郊園。」李善注：「沐，休沐也。」復，淩本作「更」。簪：戴。

〔八〕坐：猶「頓」。此句謂，戴上葛巾，頓覺遠離人世的囂塵。

〔九〕入林：指隱居。《世説新語·賞譽》：「謝公（安）道：『豫章（謝鯤）若遇七賢（竹林七賢），必自把臂入林。』」

過福禪師蘭若〔一〕

巖壑轉微逕〔二〕，雲林隱法堂〔三〕。羽人飛奏樂，天女跪焚香〔四〕。竹外峰偏曙〔五〕，藤陰水更凉。欲知禪坐久，行路長春芳〔六〕。

〔一〕福禪師：《舊唐書·方伎傳》：「義福姓姜氏，潞州銅鞮人。初止藍田化感寺，處方丈之室，凡二十餘年，未嘗出宇之外。後隸京城慈恩寺。……以（開元）二十年（當作「二十四年」，參見陳垣《釋氏疑年録》）卒，有制賜號大智禪師。」不知福禪師是否即指義福。又《景德傳燈録》卷四載神秀弟子，有「京兆小福禪師」。另唐净覺《楞伽師資記》稱神秀傳法弟子，有「藍田玉山惠福」。蘭若：指佛寺。

〔二〕轉，述古堂本、元本作「傳」，《文苑英華》作「帶」。「傳」蓋即「轉」之形訛字。微，《文苑英華》作

「松」，又底本注：「一本作茅。」

〔三〕雲林：猶山林。法堂：演説佛法之堂。《華嚴經》卷五：「世尊凝眸處法堂，炳然照耀宫殿中。」此指福禪師蘭若。

〔四〕羽人：《楚辭·遠遊》：「仍羽人於丹丘兮，留不死之舊鄉。」王逸注：「《山海經》言有羽人之國，不死之民，或曰人得道，身生毛羽也。」此指有羽翼的仙人。天女：佛教指欲界六天之神女。底本注：「天，一本作仙。」跪，凌本作「跽」。二句疑寫法堂中壁畫的相狀。

〔五〕外：猶「上」。偏：獨。黎明時陽光先照射於峰頂，故曰「峰偏曙」。

〔六〕欲：猶「已」。春芳：春天的芳草。陸機《悲哉行》：「游客芳春林，春芳傷客心。」此二句形容禪師禪坐時間之長，言道上春芳已長高，而禪師猶禪坐未起。據《摩訶止觀》卷二載，僧人禪坐，以九十日爲一期。

過香積寺〔一〕

不知香積寺，數里入雲峰。古木無人徑，深山何處鐘〔二〕。泉聲咽危石〔三〕，日色冷青松。薄暮空潭曲〔四〕，安禪制毒龍〔五〕。

〔一〕香積寺：故址在今陝西長安縣。《長安志》卷一二：「開利寺在（長安）縣南三十里皇甫邨，唐香積寺也。永隆二年建，皇朝太平興國三年改。」今人鄭洪春《香積寺考》（載《人文雜志》一九八〇年第六期）謂：在今皇甫村（即唐皇甫邨）原下，曾發現寺院遺址石柱礎及殘缺的石佛像二，初步分析，具有隋唐文化特徵；這一發現，同《長安志》的記載相合，可證唐香積寺即在此。又謂：至宋時，香積寺已毁，又在今日賈里村之西的香積寺村另修新寺，初名開利，後又名香積，不知者每誤以爲此即唐之香積寺。此篇《文苑英華》作王昌齡詩。按，王維集諸本俱録此詩，而王昌齡集無此詩，《全唐詩》同，宜從之。

〔二〕深，《文苑英華》作「空」。

〔三〕「泉聲」句：謂泉水穿越危石發出嗚咽之聲。孔稚珪《北山移文》：「風雲悽其帶憤，石泉咽而下愴。」

〔四〕曲：隱僻之處。

〔五〕安禪：佛家語，猶言入於禪定。江總《明慶寺》詩：「金河知證果，石室乃安禪。」毒龍：趙殿成注曰：「《涅槃經》：但我住處，有一毒龍，其性暴急，恐相危害。」又曰：「毒龍宜作妄心譬喻，猶所謂心馬情猴者，若會意作降龍實事用，失其解矣。」按，趙説是。佛教認爲，妄念煩惱，能危害人之身心，使不得解脱，故以毒龍喻之。《禪祕要法經》卷中：「今我身内，自有四大毒龍無數毒蛇……集在我心，如此身心，極爲不净，是弊惡聚，三界種子（産生世俗世界各種現象的精神因素），萌芽不斷。」「安禪」可使心緒寧静專注，滅除妄念煩惱，故曰「制毒龍」。

王夫之曰：三四似流水，一似雙立，安句自然，結亦不累。（《唐詩評選》卷三）

黄生曰：幽處見奇，老中見秀，章法句法字法皆極渾渾，五律中無上神品。（《增訂唐詩摘鈔》卷一）

張謙宜曰：「不知」二字領起全章脈。……泉遇石而咽，松向日却冷，意自互用。（《絸齋詩談》卷五）

趙殿成曰：此篇起句極超忽，謂初不知山中有寺也，迨深入雲峰，於古木森叢人蹤罕到之區，忽聞鐘聲，而始知之。四句一氣盤旋，滅盡針線之跡，非自盛唐高手，未易多覯。「泉聲」二句，深山恒境，每每如此。下一「咽」字，則幽静之狀恍然；著一「冷」字，則深僻之景若見，昔人所謂詩眼是矣。

送李判官赴江東〔一〕

聞道皇華使〔二〕，方隨皁蓋臣〔三〕。封章通左語〔四〕，冠冕化文身〔五〕。樹色分揚子，潮聲滿富春〔六〕。遥知辨璧吏〔七〕，恩到泣珠人〔八〕。

〔一〕判官：唐節度、防禦、採訪處置、轉運等使之僚屬有判官。江東：見《送綦毋校書棄官還江東》注〔一〕。此二字《全唐詩》作「東江」，底本亦注曰：「一作東江。」按，東江又稱龍江，在廣東南部，自博羅縣西流，經增城市入海。《水經注》卷三八《溱水》：「東溪亦名東江，又名始興水。」此處疑以作「東江」爲是。

〔二〕皇華使：指李判官。《詩·小雅》有《皇皇者華》，《詩序》曰：「《皇皇者華》，君遣使臣也。」後因以皇華指使者或出使。《宋書·謝靈運傳·撰征賦序》：「余攝官承乏，謬充殊役，皇華愧於先雅，靡鹽顇於征人。」

〔三〕皁蓋：《後漢書·輿服志》：「中二千石、二千石皆皁蓋（黑色車蓋），朱兩轓。」東漢刺史「秩二千石」，太守亦然（見《後漢書·百官志》），故後遂以皁蓋稱地方長官之車。杜甫《陪李北海宴歷下亭時邑人蹇處士等在坐》：「東藩駐皁蓋，北渚凌青河。」李北海即北海太守李邕。孟浩然《陪張丞相祠紫蓋山途經玉泉寺》：「皁蓋依松憩，緇徒擁錫迎。」張丞相謂張九齡，時任荆州長史。句謂李將赴東江爲地方長吏（包括節度、防禦、採訪處置使）僚屬。

〔四〕封章：古時百官上書奏機密事，爲防露泄，以皂囊封緘呈進，稱封章，亦曰封事。揚雄《趙充國頌》：「營平守節，屢奏封章。」左語：猶「左言」，指異族語言。意謂與中國語言相左。《文選》左思《魏都賦》：「或魋髻而左言，或鏤膚而鑽髮。」李善注：「揚雄《蜀記》曰：蜀之先代人椎結左語，不曉文字。」句謂李通曉異族語言，此去當可獲知其地隱情，向天子進奏封章。

〔五〕冠冕：指中原漢人服飾。文身：在身體上刺畫有色的圖案或花紋。《禮·王制》：「東方曰夷，被髮文身。」《漢書·地理志》：「粤地……其君禹後……文身斷髮，以避蛟龍之害。」句謂以中原的禮儀服飾來教化文身之民。

〔六〕分：有呈現義，參見《詩詞曲語辭例釋》。揚子：今江蘇揚州南有古揚子津，古時位于長江北岸，由此可南渡京口（今江蘇鎮江），今去江已遠，但仍通運河；又唐揚州有揚子縣，治所即在今揚州南；另長江在今江蘇儀徵、揚州一段，古稱揚子江，蓋因揚子津及揚子縣而得名。富春：見《贈吴官》注〔八〕。二句寫李赴東江途中經行之地。

〔七〕辨璧吏：用朱暉事。《後漢書·朱暉傳》：「暉早孤有氣決。……驃騎將軍東平王蒼聞而辟之，甚禮敬焉。正月朔旦，蒼當入賀。故事，少府給璧。是時陰就爲府卿，貴驕，吏慠不奉法，蒼坐朝堂，漏且盡而求璧不可得，顧謂掾屬曰：『若之何？』暉望見少府主簿持璧，即往紿之曰：『我數聞璧而未嘗見，試請觀之。』主簿以授暉，暉顧召令史奉之（注：「奉之於蒼。」）。主簿大驚，遽以白就，就曰：『朱掾義士，勿復求，更以它璧朝。』蒼既罷，召暉謂曰：『屬（向）者掾自視孰與藺相如？』帝聞壯之。」辨，通「辦」。此處以朱暉喻李判官。

〔八〕泣珠人：海中的鮫人。張華《博物志》卷二：「南海外有鮫人，水居如魚，不廢織績，其眼能泣珠。」事亦見《搜神記》卷一二。句謂恩及異類。

送張道士歸山

先生何處去？王屋訪毛君〔一〕。别婦留丹訣，驅雞入白雲〔二〕。人間若剩住，天上復離群〔三〕。當作遼城鶴，仙歌使爾聞〔四〕。

〔一〕王屋：山名，在今山西省陽城垣曲兩縣間。《元和郡縣志》卷五：「王屋山在（王屋）縣北十五里，周迴一百三十里，高三十里。」毛君：指毛伯道。梁陶弘景《真誥》卷五：「昔毛伯道、劉道恭、謝稚堅、張兆期，皆後漢時人也。學道在王屋山中，積四十餘年，共合神丹，毛伯道先服之而死，道恭服之又死，謝稚堅、張兆期見之如此，不敢服之，並捐山而歸去。後見伯道、道恭在山上，二人悲愕，遂就請道，與之茯苓持行方，服之皆數百歲，今猶在山中。」毛，宋蜀本、述古堂本、元本等俱作「茅」，趙殿成曰：「唯顧玄緯本、凌本作毛，今從之。」

〔二〕「別婦」句：《晉書·許邁傳》：「邁少恬靜，不慕仕進。……父母既終，乃遣婦孫氏還家，遂攜其同志徧游名山焉。……永和二年，移入臨安西山，登巖茹芝，眇爾自得，有終焉之志。乃改名玄，字遠游。與婦書告別，又著詩十二首，論神僊之事焉。……玄自後莫測所終，好道者皆謂之羽化矣。」丹訣，煉丹成仙的祕訣。《搜神記》卷一：「遂得神仙丹訣。」「訣」述古堂本作「駃」，蓋涉下「驅」字偏旁而誤。「驅雞」句：參見《送友人歸山歌二首》其一注〔六〕。二句指張欲入山修道。

〔三〕若：猶怎、哪。剩：猶多。若剩住，《文苑英華》作「數剩住」，明十卷本、張本作「苦難住」，奇字齋本、凌本作「苦難剩」。離群：《禮·檀弓》：「吾離群而索居，亦已久矣。」注：「群，謂同門朋友也。索猶散也。」二句謂道士在人間怎能多住，歸山又覺與朋友相離。

〔四〕「當作」二句：《搜神後記》卷一：「丁令威，本遼東人，學道于靈虚山。後化鶴歸遼，集城門華表柱。時有少年，舉弓欲射之。鶴乃飛，徘徊空中而言曰：『有鳥有鳥丁令威，去家千年今始歸。城郭如故人民非，何不學仙冢壘壘。』遂高飛沖天。」二句謂張歸山後，當像丁令威那樣得道成仙。

送孫秀才〔一〕

帝城風日好，況復建平家〔二〕。玉枕雙文簟，金盤五色瓜〔三〕。山中沽魯酒，松下飯胡麻〔四〕。莫厭田家苦，歸期遠復賒〔五〕。

〔一〕秀才：見《送嚴秀才還蜀》注〔一〕。此篇《又玄集》、《唐詩紀事》作王縉詩，《全唐詩》重見王維及王縉集中。按，王維集諸本皆録此篇，《文苑英華》亦以此詩爲王維所作，今姑據之收入集中。

〔二〕日，《又玄集》作「月」。建平：謂南朝宋建平王劉宏或其子景素。《宋書·文九王傳》云：「（宏）少而閑素，篤好文籍。……爲人謙儉周慎，禮賢接士，明曉政事，上甚信仗之。」又云：「（宏）子景素，少愛文義，有父風。……時太祖（宋文帝劉義隆）諸子盡殂，衆孫唯景素爲長……景素好文章書籍，招集才義之士，傾身禮接，以收名譽，由是朝野翕然，莫不屬意焉。」以上二句，趙殿成曰：「孫秀才蓋客於京師，遨遊諸王之門，不得意而歸者，故首美帝城風日，并引建平家，以爲擬喻。」

〔三〕玉枕：玉製之枕。王嘉《拾遺記》卷七：「漢誅梁冀，得一玉虎頭枕，云單池國所獻。」《晉書·王澄傳》：「（王敦）請澄入宿，陰欲殺之。……澄手嘗捉玉枕以自防，故敦未之得發。」枕，述古堂本作「椀」。雙文簟：一種花紋成雙的珍美竹席。晉張敞《東宮舊事》：「太子納妃有赤花雙文簟。」文，《文苑英華》、《唐詩紀事》俱作「紋」。五色瓜：阮籍《詠懷八十二首》其六：「昔聞東陵瓜，近在青門外。……五色曜朝日，嘉賓四面會。」梁任昉《述異記》卷下：「吴桓王時，會稽生五色瓜。今吴中有五色瓜，歲時充貢賦獻。」此二句描寫王家生活的奢美，以見出孫客遊王門之適意。

〔四〕沽，底本原作「無」，此從《文苑英華》、《唐詩紀事》。魯酒：《莊子·胠篋》：「脣竭則齒寒，魯酒薄而邯鄲圍。」後因以魯酒稱薄酒。胡麻：即芝麻，相傳漢張騫得其種於西域，故稱。二句寫孫歸鄉後的清苦生活。

〔五〕厭，《文苑英華》作「怨」。賒：緩。以上二句，趙殿成曰：「田家澹薄，大異疇昔，幾何不生厭苦？然而莫厭也，視予（作者）之歸期尚遠而遲緩不可必者，不猶愈（勝）乎？其慰藉之意深矣。」

送方城韋明府〔一〕

遥思葭菼際，寥落楚人行。高鳥長淮水，平蕪故郢城〔二〕。使車聽雉乳〔三〕，縣鼓應雞鳴〔四〕。

若見州從事〔五〕，無嫌手板迎〔六〕。

〔一〕方城：唐縣名，屬唐州，治所在今河南方城縣。明府：唐人稱縣令爲明府，參見《容齋四筆》卷一五。

〔二〕思，述古堂本作「想」。葭菼：見《送賀遂員外外甥》注〔二〕。寥落：稀疏；宋蜀本作「遼落」。楚人行：方城春秋時屬楚地，故云。《元和郡縣志》卷二一：「唐州……春秋時爲楚地。」長淮：《元和郡縣志》卷二一：「淮水出（唐州桐柏）縣（即今河南桐柏縣）南桐柏山。」平蕪：雜草繁茂的原野。郢：楚都，在今湖北荆州西北。高步瀛《唐宋詩舉要》曰：「案，故郢城猶言舊時楚國之城，變楚言郢，以避上楚人字耳。」以上四句寫方城和故楚地的風物。

〔三〕「使車」句：《後漢書·魯恭傳》：「（恭）拜中牟令。……建初七年，郡國螟傷稼，犬牙緣界，不入中牟，河南尹袁安聞之，疑其不實，使仁恕掾肥親往廉（察）之。恭隨行阡陌，俱坐桑下，有雉過止其傍，傍有童兒，親曰：『兒何不捕之？』兒言雉方將雛（攜帶幼鳥），親瞿然而起，與恭訣曰：『所以來者，欲察君之政迹耳。今蟲不犯境，此一異也；化及鳥獸，此二異也；豎子有仁心，此三異也，久留徒擾賢者耳。』還府俱以狀白安。」此句即用其事，謂使者乘車至縣，會聽到縣中童兒説不要捕正育子（雉乳）的野雞。指韋到任後，當會有魯恭那樣的政績。

〔四〕「縣鼓」句：謂縣中之鼓聲與鷄鳴聲相應。《晉書·鄧攸傳》載，攸爲吴郡太守，「在郡刑政清明，百姓歡悦，爲中興良守。後稱疾去職。……百姓數千人留牽攸船，不得進，攸乃小停，夜中發去。吴人歌之曰：『紞（鼓聲）如打五鼓，鷄鳴天欲曙。鄧侯挽不留，謝令推不去。』」。此句即用其事，謂韋去職時，將會像鄧攸那樣爲百姓所歌唱。

〔五〕州從事：漢制，州刺史之佐吏如别駕、治中等，統稱爲從事史。《後漢書·百官志》：「外十有二州，每州刺史一人……皆有從事史假佐。」此指州郡佐吏。

〔六〕手板：即笏。古代官吏上朝或謁見上司時所執，備記事用。《宋書·禮志》：「笏者，有事則書之。……手板，則古笏矣。」《隋書·禮儀志》：「百官朝服公服則執手版。」《宋書·陶潛傳》載，潛爲彭澤令，「郡遣督郵至，縣吏白應束帶見之，潛歎曰：『我不能爲五斗米折腰向鄉里小人。』即日解印綬去職。」二句變用其事。

送李員外賢郎〔一〕

少年何處去？負米上銅梁〔二〕。借問阿戎父〔三〕，知爲童子郎〔四〕。魚箋請詩賦，橦布作衣裳〔五〕。薏苡扶衰病，歸來幸可將〔六〕。

〔一〕員外：官名，即員外郎。見《送陸員外》注〔一〕。

〔二〕負米：《孔子家語·致思》：「子路見於孔子曰：『昔者由也事二親之時，常食藜藿之食，爲親負米百里之外。』」此處蓋謂事親，而非實指負米。銅梁：《文選》左思《蜀都賦》曰：「外負銅梁於宕渠，内函要害於膏腴。」劉淵林注：「銅梁，山名。」《元和郡縣志》卷三三云：「銅梁山在（合州石鏡）縣（今重慶合川）南九里，《蜀都賦》曰『外負銅梁宕渠』是也。山出銅及桃竹枝。」又云：「（合州）銅梁縣（今重慶銅梁北），長安四年……置縣，取小銅梁山爲名。」「小銅梁山在（銅梁）縣西北七十里。」按，玩詩意，「賢郎」乃蜀人而隨父在京者，詩蓋爲送其還蜀事親（「賢郎」之母當在蜀，故有「負米」之語）而作。

〔三〕阿戎父：《世説新語・簡傲》劉孝標注引《竹林七賢論》曰：「初（阮）籍與（王）戎父渾，俱爲尚書郎，每造渾，坐未安，輒曰：『與卿語，不如與阿戎語。』就戎必日夕而返。籍長戎二十歲，相得如時輩。」又引《晋陽秋》曰：「戎年十五，隨父渾在郎舍，阮籍見而悦焉。」此以阿戎喻「賢郎」，以阿戎父喻李員外（正切李爲尚書郎事）。

〔四〕童子郎：古時選童子才俊通經者，拜爲郎，號童子郎。《後漢書・臧洪傳》曰：「洪年十五，以父功拜童子郎，知名太學。」注：「漢法，孝廉試經者拜爲郎，洪以年幼才俊，故拜童子郎也。」又《左雄傳》曰：「汝南謝廉、河南趙建，年始十二，各能通經，雄並奏拜童子郎。」又唐有童子科，凡十歲以下通經者，經考試合格，予官或與出身（參見《文獻通考》卷三五）。《舊唐書・劉晏傳》：「年七歲，舉神童，授祕書省正字。」此處謂「賢郎」年幼才俊，也可能實指他曾中童子科。

〔五〕魚箋：唐代蜀地造的箋紙。箋，小幅而精美的紙張，古時多用以題詠或寫書信。唐李肇《唐國史補》卷下：「紙則有越之剡藤苔牋，蜀之麻面、屑末……魚子十色牋。」王勃《七夕賦》：「握犀管，展魚牋。」竇曁《懷素上人草書歌》：「魚箋絹素豈不貴，只嫌局促兒童戲。」請詩賦：指蜀人每用魚箋求人作詩賦。 橦布：見《送梓州李使君》注〔四〕。 蓋「賢郎」爲蜀人，即將還蜀，故有「魚箋」「橦布」之語。

〔六〕 薏苡（yì yǐ 益以）：多年生草本植物，莖直立，葉披針形，穎果卵形，果仁叫薏米，供食用和藥用。《後漢書·馬援傳》：「初援在交阯，常餌薏苡實，用能輕身省慾，以勝瘴氣。」注：「《神農本草經》曰：薏苡，味甘微寒……久服輕身益氣。」病，述古堂本注：「一本作疾。」幸：猶「正」。 將：攜帶。二句謂，薏苡可扶持衰病之體，回京時正可攜帶，以供員外之用。 按，蜀中産薏苡，故云。 陸游《薏苡》詩曰：「初遊唐安飯薏米，炊成不減雕胡美。……東歸思之未易得，每以問人人不識。」唐安即蜀州，治所在今四川崇州市。

送梓州李使君〔一〕

萬壑樹參天，千山響杜鵑〔二〕。 山中一半雨〔三〕，樹杪百重泉。 漢女輸橦布〔四〕，巴人訟芋田〔五〕。 文翁翻教授，敢不倚先賢〔六〕？

〔一〕 梓州：唐州名，治所在今四川三台。《舊唐書·地理志》：「梓州……天寶元年，改爲梓潼郡。 乾元元年，復爲梓州。」「梓州」《唐詩正音》作「東川」，疑後人因乾元後梓州恒爲劍南東川節度使治所而妄改。李使君：《新唐書・三宗諸子傳》：「（李）璆（高宗孫）……二子：謙爲郢國公、梓州刺史。」未知即其人否？

〔二〕杜鵑：鳥名，又稱子規，傳説爲古蜀帝杜宇之魂所化。詩寫蜀地景物，故提及杜鵑。此句《文苑英華》作「鄉音聽杜鵑」。

〔三〕半，明十卷本、奇字齋本、顧本、凌本、《全唐詩》俱作「夜」。

〔四〕漢：陳貽焮《王維詩選》云：「漢女，指嘉陵江邊少數民族的女子。嘉陵江古稱西漢水。」按，「漢女」與下「巴人」對文，疑「漢」當爲國名。左思《蜀都賦》：「巴姬彈弦，漢女擊節。」公元二二一年，劉備在蜀稱帝，國號漢。橦（tóng同）布：《文選》左思《蜀都賦》：「異物崛詭，奇於八方。布有橦華，麪有桄榔。」劉淵林注：「橦華者，樹名橦，其花柔毳（柔毛）可績爲布也，出永昌（郡名，東漢永平十二年，以哀牢人居地二縣并割益州郡西部六縣置，治所在今雲南保山東北）。」按，橦即木棉樹，其種子的表皮長有白色纖維，可績爲布。「橦」《瀛奎律髓》、《唐詩正音》俱作「賨」，《後漢書・南蠻傳》曰：「秦昭王使白起伐楚，略取蠻夷，始置黔中郡。漢興，改爲武陵，歲令大人輸布一匹，小口二丈，是謂賨布（注：「《説文》曰：南蠻賦也。」）。」則作「賨」意亦可通，然不如作「橦」之爲工對。句謂蜀地婦女以橦布輸官（唐行租庸調法，百姓每年需向官府繳納一定數量的布匹或絲織物）。

〔五〕巴：古國名，戰國時爲秦所滅，於其地置巴郡，轄境在今四川旺蒼、西充，重慶永川、綦江以東地區。芋田：蜀地多植芋，《史記·貨殖列傳》曰：「吾聞岷山之下沃野，下有蹲鴟（大芋，其形類蹲鴟），至死不飢。」《蜀都賦》：「其園則有蒟蒻茱萸，瓜疇芋區。」晉郭義恭《廣志》：「蜀漢既繁芋，民以爲資。」（《説郛》弓六十一）句謂蜀人常爲芋田之事打官司。

〔六〕文翁：《漢書·循吏傳》：「文翁，廬江舒人也。……景帝末，爲蜀郡守，仁愛好教化，見蜀地辟（僻）陋，有蠻夷風，文翁欲誘進之，乃選郡縣小吏開敏有材者……親自飭厲，遣詣京師，受業博士。……又脩起學官於成都市中……由是大化，蜀地學於京師者，比齊魯焉。……至今巴蜀好文雅，文翁之化也。」翻教授：反而進行教育之意。敢不，各本均作「不敢」，趙殿成曰：「不敢，當是敢不之訛。」今姑從其説校改。倚：依傍。先賢：指文翁。二句意謂，李到任後哪能不追隨先賢，教化蜀民？又《唐宋詩舉要》云：「末二句言文翁教化至今已衰，當更翻新以振起之，不敢倚先賢成績而泰然無爲也。」《唐詩别裁》卷九云：「結意言時之所急在征戍，而文公治蜀，翻在教授，準之當今，恐不敢倚先賢也。」皆可備一説。

清錢謙益曰：《送梓州李使君》詩：「山中一夜雨，樹杪百重泉。」作「山中一半雨」，尤佳。蓋送行之詩，言其風土，深山冥晦，晴雨相半，故曰「一半雨」，而續之以蕒女巴人之聯也。（《牧齋初學集》卷八三《跋王右丞集》）

王夫之曰：明明兩截，幸其不作折合，五、六一似景語故也。又曰：意至則事自恰合，與求事切題者雅俗冰炭。右丞工于用意，尤工於達意，景亦意，事亦意，前無古人，後無嗣者，文外獨絶，不許有兩。（《唐詩評選》卷三）

吴喬曰：「萬壑樹參天……樹杪百重泉。」竟是山林隱逸詩。欲避近熟，故于梓州山境説起。（《圍爐詩話》卷二）

葉矯然曰：「山中一夜雨，樹杪百重泉。」有别本……「夜」作「半」，予却以爲不然。「一夜雨」者，言夜雨滂沱，懸瀑萬壑，「一夜」、「百重」，自爲呼應之語。（《龍性堂詩話》初集）

王士禛曰：律詩貴工於發端，承接二句尤貴得勢。……如「萬壑樹參天，千山響杜鵑」，下即云：「山中一夜雨，樹杪百重泉。」「昔聞洞庭水，今上岳陽樓」，下云：「吴楚東南坼，乾坤日夜浮。」……此皆轉石萬仞手也。（《帶經堂詩話》卷三真訣類）

又曰：（「萬壑」四句）興來神來，天然入妙，不可湊泊。（同上卷一八辨析類）

張謙宜曰：「萬壑樹參天，千山響杜鵑。」參天樹中即杜鵑叫處，倒出便有勢，若倒過味索然矣。（《絸齋詩談》卷五）

沈德潛曰：太白：「五月天山雪，無花只有寒。笛中聞折柳，春色未曾看。」一氣直下，不就羈縛。右丞：「萬壑樹參天……樹杪百重泉。」分頂上二語而一氣赴之，尤爲龍跳虎卧之筆。此

皆天然入妙，未易追摹。（《説詩晬語》卷上）

又曰：（「山中」二句）從上蟬聯而下，而本句中復用流水對，古人中亦偶見。（《唐詩别裁》卷九）

紀昀曰：起四句高調摩雲，結二句不可解。（《瀛奎律髓彙評》卷四）

朱庭珍曰：凡五、七律詩，最争起處。……王右丞之「太乙近天都，連山到海隅」，「萬壑樹參天，千山響杜鵑」……皆高格響調，起句之極有力、最得勢者，可爲後學法式。（《筱園詩話》卷四）

送友人南歸

萬里春應盡，三江雁亦稀〔一〕。連天漢水廣〔二〕，孤客郢城歸〔三〕。鄖國稻苗秀〔四〕，楚人菰米肥〔五〕。懸知倚門望〔六〕，遥識老萊衣〔七〕。

〔一〕三江：古時各地有「三江」之稱的水道頗多。《水經注·湘水》：「巴陵（今湖南岳陽）西對長洲，其洲南㫄（分）湘浦，北屆大江，故曰三江也，三水所會，亦或謂之三江口矣。」《元和郡縣志》卷二七：「巴陵城對三江口，岷江（古以岷江爲長江正源，此處即指長江）爲西江，澧江爲中江，湘江爲南江。」以江、澧、湘爲三江，本詩「三江」或即指此。亦稀，《文苑英華》作「欲飛」。

〔二〕漢水廣：《詩·周南·漢廣》：「漢之廣矣，不可泳思。」此指春夏水盛，漢水變寬。

〔三〕郢城：見《送方城韋明府》注〔二〕。

〔四〕鄖（yún 勻）國：古國名，春秋時爲楚所滅。《左傳》桓公十一年：「鄖人軍于蒲騷。」杜注：「鄖國在江夏雲杜縣（今湖北京山縣）東南。」《史記·楚世家》正義云：「《括地志》云：安州安陸縣城（今湖北安陸市），本春秋時鄖國城。」《元和郡縣志》卷二七曰：「安州（治所在安陸縣），春秋時鄖國，後爲楚所滅。」

〔五〕菰米：見《晦日遊大理韋卿城南别業四首》其三注〔五〕。米，宋蜀本作「菜」。

〔六〕懸知：預知，料想。倚門：見《送崔三往密州覲省》注〔四〕。

〔七〕老萊衣：見《送錢少府還藍田》注〔三〕。

送孫二〔一〕

郊外誰相送〔二〕？夫君道術親〔三〕。書生鄒魯客，才子洛陽人〔四〕。祖席依寒草〔五〕，行車起暮塵〔六〕。山川何寂寞，長望淚霑巾！

〔一〕孫二：不詳。

〔二〕此句《文苑英華》作「郭外誰將送」。

〔三〕夫君：以稱友朋，此指送者。道術親：即親近道術之意。道術，指道德學術。

〔四〕書生、才子：均指孫二。鄒：見《偶然作》其五注〔五〕。鄒爲孟子故鄉，魯爲孔子故鄉，故或以鄒魯代指孔孟，如稱孔孟之遺風爲鄒魯遺風，孔孟之學爲鄒魯學等。鄒魯客，即指孔孟之門客、門徒。「才子」句：用賈誼事，詳見《同崔傳答賢弟》注〔二〕。

〔五〕祖：《漢書·劉屈氂傳》師古注：「祖者，送行之祭，因設宴飲焉。」祖席，餞席。

〔六〕起，《文苑英華》作「薄」。

觀獵〔一〕

風勁角弓鳴〔二〕，將軍獵渭城〔三〕。草枯鷹眼疾〔四〕，雪盡馬蹄輕。忽過新豐市〔五〕，還歸細柳營〔六〕。回看射雕處〔七〕，千里暮雲平。

〔一〕《樂府詩集》、《萬首唐人絶句》採此詩首四句作一五絶，俱題曰《戎渾》，《全唐詩》且將《戎渾》録入卷五一一張祜集中。按，歌人每截取當時文人之詩而播之曲調，《戎渾》詩即屬這一情況。《樂府詩集》在張祜《上巳樂》後，載有《穆護砂》、《思歸樂二首》、《金殿樂》、《胡渭州二首》、《戎渾》、《牆頭花二首》、《採桑》、《楊下採桑》、《破陣樂》諸詩，均未署作者姓名，《全唐詩》編者誤認爲以上諸詩皆張祜所作，於是將它們全部録入張祜集中。其實《樂府詩集》凡接連收載同一詩人的不同題作品，皆在各詩之下分別署上同一作者姓名，如卷八〇連續收録白居易《樂世》、《急樂世》、《何滿子》三詩，即未將後二詩的白居易之名略去不署。又《思歸樂二首》其二云：

「萬里春應盡，三江雁亦稀。連天漢水廣，孤客未言歸。」乃截取王維《送友人南歸》詩首四句而成，顯非張祜之作。唐范攄《雲溪友議》卷中《錢塘論》曰：「白公云：『張三（張祜）作獵詩（指《觀徐州李司空獵》，載《全唐詩》卷五一〇），以較王右丞，予則未敢優劣也。』王維詩曰：『風勁角弓鳴……』」明以《觀獵》爲王維之詩，又唐姚合《極玄集》、韋莊《又玄集》亦俱以此詩爲王維所作，故《觀獵》之著作權毫無疑問當屬之王維。詩題《唐詩紀事》作《獵騎》，述古堂本作《觀獵詩》。

〔二〕勁，底本、《全唐詩》均注：「一作動。」角弓：飾以獸角的弓。

〔三〕渭城：在今陝西咸陽東北，見《送元二使安西》注〔二〕。

〔四〕鷹：獵鷹。疾：猶言鋭利。

〔五〕新豐市：在今西安市臨潼區東北新豐鎮，見《少年行四首》其一注〔二〕。市，《雲溪友議》作「戍」。

〔六〕還（xuán旋）：迅速，立即。細柳營：漢細柳營在今陝西咸陽市西南渭河北岸。《史記·絳侯周勃世家》：「以河内守（周）亞夫爲將軍，軍細柳以備胡。」正義：「《括地志》云：細柳倉在雍州咸陽縣西南二十里。」《元和郡縣志》卷一曰：「細柳倉，在（咸陽）縣西南二十里，漢舊倉也。周亞夫軍次細柳，即此是也。」又曰：「細柳營，在（萬年）縣東北三十里。相傳云周亞夫屯軍處。今按亞夫所屯，在咸陽縣西南二十里，言在此，非也。」此處蓋用周亞夫典，指軍紀嚴明之軍營。或謂此詩之細柳營爲實指，即指在萬年縣東北三十里之唐細柳營。按，依此説，將軍自唐細柳營西北行，至渭城射獵，獵畢還歸，過唐細柳營却不入，復東行過新豐市，然後再轉回西行還唐細柳營，將軍這樣的往返路綫，不免令人生疑。且唐長安附近到底何處有軍營，史書中亦無記載。

〔七〕射雕：《史記·李將軍列傳》：「中貴人將騎數十縱，見匈奴三人，與戰，三人還射，傷中貴人，殺其騎且盡，中貴人走廣，廣曰：『是必射雕者也。』」又《北齊書·斛律光傳》載，光嘗從世宗於洹橋校獵，射落一大雕，邢子高見而歎曰：「此射雕手也。」按，雕一名鷲，極善飛，射藝弗精者罕能中之。此二字《雲溪友議》作「落雁」，又底本、《全唐詩》均注：「一作失雁。」

楊慎曰：五言律起句最難……王維「風勁角弓鳴，將軍獵渭城」；杜子美「將軍膽氣雄，臂懸兩角弓」；孟浩然「八月湖水平，涵虚混太清」，雖律也，而含古意，皆起句之妙，可以爲法，何必效晚唐哉？（《升菴詩話》卷二）

清施閏章曰：白尚書以祜觀獵詩，謂張三較王右丞未敢優劣，似尚非篤論。祜詩曰：「曉出禁城東，分圍淺草中。紅旗開向日，白馬驟迎風。背手抽金鏃，翻身控角弓。萬人齊指處，一雁落寒空。」細讀之，與右丞氣象全别。（《蠖齋詩話》）

王夫之曰：後四語奇筆寫生，毫端有風雨聲。（《唐詩評選》卷三）

黄生曰：起法雄警峭拔，三四音復壯激，故五六以悠揚之調作轉，至七八，再應轉去，却似鵰

尾一折，起數丈矣。（《增訂唐詩摘鈔》卷一）

王士禛曰：爲詩結處總要健舉，如王維「回看射雕處，千里暮雲平」，何等氣概！（《然鐙紀聞》）

沈德潛曰：起手貴突兀。王右丞「風勁角弓鳴」，杜工部「莽莽萬重山」、「帶甲滿天地」，岑嘉州「送客飛鳥外」等篇，直疑高山墜石，不知其來，令人驚絶。又曰：唐玄宗「劍閣横雲峻」一篇，王右丞「風勁角弓鳴」一篇，神完氣足，章法、句法、字法俱臻絶頂，此律詩正體。（《説詩晬語》卷上）又曰：起二句，若倒轉便是凡筆，勝人處全在突兀也。結亦有回身射雕手段。（《唐詩别裁》卷九）

施補華曰：起處須有崚嶒之勢，收處須有完固之力，則中二聯愈形警策。如摩詰「風勁角弓鳴，將軍獵渭城」，倒戟而入，筆勢軒昂。「草枯」一聯，正寫獵字，愈有精神。「忽過」二句，寫獵後光景，題分已定。收處作回顧之筆，兜裹全篇，恰與起筆倒入者相照應，最爲整密可法。（《峴傭説詩》）

春日上方即事〔一〕

好讀高僧傳，時看辟穀方〔二〕。鳩形將刻杖〔三〕，龜殼用支牀〔四〕。柳色春山映，梨花夕鳥藏〔五〕。北牖桃李下，閑坐但焚香〔六〕。

〔一〕上方：住持僧居住的内室。趙殿成曰：「《樂府詩集》採此詩後四句入近代曲辭，題作《長命女》，謂張説作；《萬首唐人絶句》亦採此四句收入五言絶句，命題正同，而仍作公詩。」按，《樂府詩集》卷八〇近代曲辭有《長命女》詩，其辭曰：「雲送關西雨，風傳渭北秋。孤燈然客夢，寒杵擣鄉愁。」又有《一片子》詩，其辭曰：「柳色青山映，梨花雪鳥藏。緑窗桃李下，閑坐歎春芳。」二詩載于張説《破陣樂二首》之後，均未署作者姓名，《長命女》係截取岑參《宿關西客舍寄東山嚴許二山人》詩首四句而成，《一片子》則截取《春日上方即事》後四句而成，情況正與《觀獵》詩同（參見上詩注〔一〕）。趙氏謂《樂府詩集》以《長命女》（應爲《一片子》）爲張説所作，實誤。又《張燕公集》及《全唐詩》張説集俱未收《一片子》詩，益可證本詩之作者無疑應是王維。

〔二〕高僧傳：泛指高僧之傳記。今存唐開元、天寶以前人撰述的高僧傳，有南朝梁慧皎《高僧傳》、唐道宣《續高僧傳》等。辟穀：屏除穀食，是道家的一種修煉方法。辟穀時，須服藥物，并兼做導引等工夫。參見《故太子太師徐公輓歌四首》其一注〔六〕。二句寫寺中長老的愛好。

〔三〕「鳩形」句：《後漢書・禮儀志》：「仲秋之月，縣道（漢制，邑無少數民族者稱縣，有少數民族雜居者稱道）皆案户比（查驗）民，年始七十者，授之以玉杖，餔之糜粥；八十九十禮有加，賜玉杖長尺，端以鳩鳥爲飾。鳩者，不噎之鳥也，欲老人不噎。」唐代亦有高年賜鳩杖之制。將，猶「以」。句指住持僧已甚老。

〔四〕「龜殼」句：褚少孫補《史記・龜策列傳》曰：「南方老人用龜支牀足，行二十餘歲，老人死，移牀，龜尚生不死。龜能行氣導引。」此句即用其事，以見老僧生活中的古樸之趣。或稱此二句爲王維自謂，並據以考證王維生年，稱時王維年近七十，非是。詩云「上方即事」，知即維親至寺院，面對眼前所見事物作詩，故詩之前四句，皆當指寺院長老而言。

〔五〕映：遮掩。梨花，宋蜀本、《瀛奎律髓》俱作「花明」。

〔六〕坐，《瀛奎律髓》作「步」。

顧可久曰：清俊恬澹。

馮班曰：腹聯明秀。（《瀛奎律髓彙評》卷四七）

宋徵璧曰：王摩詰「梨花夕鳥藏」，杜子美「山精白日藏」，一風華，一森峭。（《抱真堂詩話》）

喬億曰：後半忽作綺語，亦反觀法，玩「但焚香」三字可見。（《劍谿説詩》又編）

清無名氏曰：幽處秀發。（《瀛奎律髓彙評》卷四七）

游李山人所居因題屋壁〔一〕

世上皆如夢〔二〕，狂來或自歌〔三〕。問年松樹老〔四〕，有地竹林多〔五〕。藥倩韓康賣，門容向子過〔六〕。翻嫌枕席上，無那白雲何〔七〕！

〔一〕山人：山居者。指隱士。

〔二〕世上，底本、《全唐詩》均注：「一作世人，一作人事。」

〔三〕狂，《文苑英華》作「往」。或，《全唐詩》作「止」。

〔四〕問年：問山人之年歲。

〔五〕林，《文苑英華》作「陰」。

〔六〕倩：借助，請人替自己做事。韓康：見《濟上四賢詠三首·鄭霍二山人》注〔二〕。向子：指向長，參見《早秋山中作》注〔四〕。向，宋蜀本、《全唐詩》俱作「尚」。二句謂李居山中，每與高人隱士往還。

〔七〕無那：即無奈。此二句寫山人居處之高，謂反嫌白雲瀰漫於枕席，而對之無可奈何！

戲題示蕭氏外甥〔一〕

憐爾解臨池〔二〕，渠爺未學詩〔三〕。老夫何足似，弊宅倘因之〔四〕。蘆笋穿荷葉，菱花罥雁兒〔五〕。郗公不易勝，莫著外家欺〔六〕。

〔一〕詩題《全唐詩》無「外」字。

〔二〕臨池：後漢張芝臨池學書，池水盡黑（參見《戲贈張五弟諲三首》其二注〔二〕），後因謂學書之事爲臨池。

〔三〕渠爺：彼爺，指蕭氏外甥之父。

〔四〕「老夫」二句：老夫，作者自稱。《晉書·魏舒傳》：「魏舒……少孤，爲外家（舅家）甯氏所養。甯氏起宅，相宅者云：『當出貴甥。』外祖母以魏氏甥小而慧，意謂應之。舒曰：『當爲外氏成此宅相。』久乃别居。」上句反用何無忌似其舅事，見《送嚴秀才還蜀》注〔三〕。下句言己之宅或可承甯氏之宅而出貴甥。

〔五〕蘆笋：蘆葦之嫩芽似竹笋而小，可食，謂之蘆笋。穿，奇字齋本、凌本俱作「藏」。菱：植物名，生水中，夏日開花，果實曰菱角。罥（juàn 倦）：掛，纏繞。此二句寫景，以明當時正值夏日。

〔六〕「郗公」二句：《世説新語·簡傲》：「王子敬（王獻之）兄弟見郗公（郗愔），躡履問訊，甚修外生（愔姊嫁獻之父羲之，故云）禮。及嘉賓（愔子超）死，皆着高屐，儀容輕慢，命坐，皆云有事不暇坐。既去，郗公慨然曰：『使嘉賓不死，兒輩敢爾！』」注：「愔子超，有盛名，且獲寵於桓温，故爲超敬愔。」事亦載《晉書·郗超傳》。「郗」底本原作「郄」，此從《全唐詩》。著，猶將、把，説見《詩詞曲語辭匯釋》。此二句以郗公自喻，承「老夫」二句而言，謂我像郗公那樣不易制服，汝貴後莫要把舅家來欺。

聽宫鶯

春樹繞宫牆，宫鶯囀曙光〔一〕。欲驚啼暫斷〔二〕，移處弄還長〔三〕。隱葉棲承露〔四〕，排花出未央〔五〕。游人未應返〔六〕，爲此思故鄉〔七〕。

〔一〕宮，底本原作「春」，此從宋蜀本、《文苑英華》、《全唐詩》。囀曙光，《文苑英華》作「次第翔」。

〔二〕欲：猶方、正；宋蜀本、述古堂本、《全唐詩》俱作「忽」。

〔三〕哢（lòng 弄）：鳥鳴；底本原作「弄」，此從元本。

〔四〕承露：承露盤，見《和賈舍人早朝大明宮之作》注〔六〕。

〔五〕排：推開，擠開；底本原作「攀」，此從述古堂本、元本。未央：見《左掖梨花》注〔三〕。

〔六〕未應：猶言不曾。

〔七〕思故鄉，《文苑英華》作「始思鄉」。句謂會因這鶯叫聲而思念故鄉。

早朝〔一〕

柳暗百花明，春深五鳳城〔二〕。城烏睥睨曉〔三〕，宮井轆轤聲〔四〕。方朔金門侍〔五〕，班姬玉輦迎〔六〕。仍聞遺方士，東海訪蓬瀛〔七〕。

〔一〕詩題宋蜀本等作《早朝二首》，參見五古《早朝》注〔一〕。

〔二〕五鳳城：猶鳳城。杜甫《夜》：「步簷倚仗看牛斗，銀漢遥應接鳳城。」仇注：「趙（次公）曰：秦穆公女吹簫，鳳降其城，因號丹鳳城。其後，言京城曰鳳城。」又古有「五鳳」之説，《拾遺記》卷一：「（少昊）時有五鳳，隨方之色（隨五方之色），集於帝庭，因曰鳳鳥氏。」謝朓《和蕭子良高松賦》：

「集九僊之羽儀，棲五鳳之光景。」李頎《王母歌》：「紅霞白日儼不動，七龍五鳳紛相迎。」故又稱「鳳城」爲「五鳳城」。

〔三〕烏，《文苑英華》作「鴉」。睥睨：城上短牆。《釋名·釋宮室》：「城上垣曰睥睨，言於其孔中睥睨非常也。」句謂黎明時城烏棲息于女牆。

〔四〕轆轤：井上汲水之具。聲：發聲。

〔五〕方朔：東方朔，字曼倩，西漢有名的文學侍從之臣，以詼諧滑稽爲武帝所愛幸。朔於武帝即位之初入長安，帝「令待詔公車」，後「使待詔金馬門，稍得親近」（《漢書·東方朔傳》）。金門：即金馬門，參見五古《早朝》注〔五〕。侍，《文苑英華》作「召」。

〔六〕班姬：即班婕妤，參見《班婕妤三首》其一注〔一〕。玉輦：帝王的乘輿。《文選》潘岳《藉田賦》：「天子乃御玉輦，蔭華蓋。」李善注：「玉輦，大輦也。」句謂宮中妃嬪以玉輦迎請天子臨朝。

〔七〕「仍聞」二句：《史記·秦始皇本紀》曰：「齊人徐市等上書言海中有三神山，名曰蓬萊、方丈、瀛洲，僊人居之，請得齋戒與童男女求之。於是遣徐市發童男女數千人入海求僊人。」《封禪書》曰：「自威、宣、燕昭，使人入海求蓬萊、方丈、瀛州。此三神山者，其傳在勃海（即渤海）中……諸僊人及不死之藥皆在焉。」又曰：「（武帝）遣方士入海，求蓬萊、安期生（仙人名）之屬。」東海，此處指渤海。蓬瀛，蓬萊、瀛洲。二句謂玄宗好仙道之術。《舊唐書·禮儀志四》：「玄宗御極多年，尚長生輕舉之術。於大同殿立真仙之像，每中夜夙興，焚香頂禮。天下名山，令道士、中官合鍊醮祭，相繼於路。投龍奠玉，造精舍，採藥餌，真訣仙蹤，滋於歲月。」

胡應麟曰：唐五言律起句之妙者：「獨有宦游人，偏驚物候新。」……「柳暗百花明，春深五鳳城。」「萬壑樹參天，千山響杜鵑。」「風勁角弓鳴，將軍獵渭城。」……或古雅，或幽奇，或精工，或典麗，各有所長，不必如七言也。（《詩藪》内編卷五）

胡震亨曰：王維《早朝》詩：「仍聞遣方士，東海訪蓬瀛。」明以秦皇、漢武譏其君矣；不若宗楚客「幸睹八龍遊閬苑，無勞萬里訪蓬瀛」，爲有含蓄。（《唐音癸籤》卷一一）

愚公谷三首 青龍寺與黎昕戲題〔一〕

愚谷與誰去？唯將黎子同〔二〕。非須一處住，不那兩心空〔三〕。寧問春將夏，誰論西復東〔四〕。不知吾與子，若箇是愚公〔五〕？

〔一〕愚公谷：《説苑·政理》：「齊桓公出獵，逐鹿而走入山谷之中，見一老公而問之曰：『是爲何谷？』對曰：『爲愚公之谷。』桓公曰：『何故？』對曰：『以臣名之。』桓公曰：『今視公之儀狀，非愚人也，何爲以公名？』對曰：『臣請陳之，臣故畜牸牛，生子而大，賣之而買駒，少年曰：「牛不能生馬。」遂持駒去，傍鄰聞之，以臣爲愚，故名此谷爲愚公之谷。』」《水經注·淄水》：「時水又屈而逕杜山北，有愚公谷，齊桓公時，公隱于谷。」其地在今山東淄博東。又後人每以「愚公谷」

泛指隱士的山野之居，庾信《小園賦》曰：「余有數畝敝廬，寂寞人外……名爲野人之家，是謂愚公之谷。」《南史·隱逸傳》序云：「藏景窮巖，蔽名愚谷。」本詩即取此義。青龍寺：見《青龍寺曇壁上人兄院集》注〔一〕。黎昕：見《黎拾遺昕裴秀才迪見過秋夜對雨之作》注〔一〕。

〔二〕將：與。

〔三〕那：奈。此二句謂，己與黎擬同往愚谷，非由于須在一處同住，而是因爲兩心皆空寂，無奈何當同往。

〔四〕此二句意謂，不問春與夏，無論西復東，皆欲往尋愚谷。

〔五〕若箇：哪個。二句意謂，真不知我與你，哪個是愚谷裏的真愚公？

吾家愚谷裏〔一〕，此谷本來平〔二〕。雖則行無跡，還能響應聲〔三〕。不隨雲色暗，只待日光明〔四〕。緣底名愚谷？都由愚所成〔五〕。

〔一〕吾，述古堂本、元本、顧本俱作「愚」。家：居住。

〔二〕此句意同本詩第三首「行處」二句。

〔三〕行無跡：《莊子·天地》：「是故行而無跡，事而無傳。」成疏：「率性而動，故無跡可記，跡既昧矣，事亦滅焉。」響應聲：《管子·任法》：「下之事上也，如響之應聲也。」響，回聲。二句意謂，吾居愚谷，雖則行無踪跡，不爲世人所知，却還能有附和于己之人（如黎子）。

〔四〕此二句寫「此谷」之平，承第二句而言。若「此谷」在深山之中，則當隨雲色而暗，且有日光亦未必能明。

〔五〕緣底：因何。二句意謂，愚谷因愚公而得名，只要真正做到「愚」，所居之地即成愚谷。

借問愚公谷，與君聊一尋。不尋翻到谷〔一〕，此谷不離心〔二〕。行處曾無險，看時豈有深〔三〕？寄言塵世客，何處欲歸臨〔四〕？

〔一〕翻：反而。

〔二〕此句意謂，只要心愚，所居之地即是愚谷。這同佛教所説的只要心浄，所居之地即是浄土（《維摩經·佛國品》：「若菩薩欲得浄土，當浄其心，隨其心浄，則佛土浄。」）意近。

〔三〕二句謂，此谷不深不險。指愚谷到處可得，非必幽深險峻之境方有。

〔四〕歸臨，宋蜀本作「窺林」。句謂塵世客還欲歸臨何處？言外之意是説，不必歸臨任何地方（居原地即可）。

雜詩〔一〕

雙燕初命子〔二〕，五桃新作花〔三〕。王昌是東舍，宋玉次西家〔四〕。小小能織綺〔五〕，時時出浣紗〔六〕。親勞使君問，南陌駐香車〔七〕。

〔一〕詩題宋蜀本等作《雜詩五首》，參見五古《雜詩》注〔一〕。

〔二〕命子：呼引其子。此指春日燕初北返，啾唧而鳴，呼引其子。

〔三〕「五桃」句：鮑照《擬行路難十八首》其八：「中庭五株桃，一株先作花。」《詩·周南·桃夭》：「桃之夭夭，灼灼其華。」孔疏：「夭夭言桃之少，灼灼言華之盛……以喻女少而色盛也。」此句叙春景，又隱以「新作花」的桃樹喻所寫女子。新，底本原作「初」，此從宋蜀本、述古堂本、《全唐詩》。作，凌本作「結」，疑誤。

〔四〕王昌：唐人詩中多言王昌，疑是一傳説中人物。梁武帝《河中之水歌》：「人生當貴何所望，恨不早嫁東家王。」上官儀《和太尉戲贈高陽公》：「南國自然勝掌上，東家復是憶王昌。」崔顥《王家少婦》：「十五嫁王昌，盈盈入畫堂。自矜年最少，復倚壻爲郎。」李商隱《代應》：「誰與王昌報消息，盡知三十六鴛鴦。」《水天閒話舊事》：「王昌且在牆東住，未必金堂得免嫌。」唐彦謙《離鸞》：「聞道離鸞思故鄉，也知情願嫁王昌。塵埃一别楊朱路，風月三年宋玉牆。」韓偓《晝寢》：「何必苦勞魂與夢，王昌只在此牆東。」觀諸詩所述，王昌必是一身居高位的俊美風流男子。「宋玉」句：參見五古《雜詩》注〔四〕。次，住宿。此二句謂女子絶美，周圍多有風流男子眷顧。

〔五〕「小小」句：《河中之水歌》：「河中之水向東流，洛陽女兒名莫愁。莫愁十三能織綺，十四採桑南陌頭。」此句以莫愁喻所寫女子。

〔六〕「時時」句：參見《西施詠》注〔七〕。此句以西施喻所寫女子。

〔七〕「親勞」二句：見五古《雜詩》注〔四〕。此二句以羅敷喻所寫女子。以上各句之用意，皆在於表現女子之美。

黄周星曰：作詩只如説話，與太白「今日竹林宴」正同。（《唐詩快》卷一四）

送方尊師歸嵩山〔一〕

仙官欲住九龍潭〔二〕，旄節朱旛倚石龕〔三〕。山壓天中半天上〔四〕，洞穿江底出江南〔五〕。瀑布杉松常帶雨〔六〕，夕陽彩翠忽成嵐〔七〕。借問迎來雙白鶴，已曾衡嶽送蘇耽〔八〕？

〔一〕尊師：對道士的敬稱。

〔二〕仙官：謂神仙有職位者。《太平廣記》卷三引《漢武内傳》：「阿母必能致汝於玄都之虚……位以仙官。」此指方尊師。住，底本原作「往」，此從宋蜀本、《文苑英華》。九龍潭：在嵩山東峰太室山東巖之半。《大清一統志》卷二〇五：「九龍潭，在登封縣太室山東巖之半。……山巔諸水，咸會於此，蓋一大峽也。峽作九壘，每壘結爲一潭，遞相灌輸，深不可測。」

〔三〕旄節：以竹爲節，上綴以牦牛尾。指仙人所執紫毛或青毛之節。旄，宋蜀本、明十卷本、奇字齋本等俱作「毛」。旛：同「幡」，長幅直掛的旗。「旄節朱旛」指方尊師的儀仗。石龕：供奉神佛的小石室。按，嵩山有太室、少室二峰，皆因其上各有石室而得名，此處「石龕」即指嵩山石室。

〔四〕山壓天中：謂中嶽嵩山居天下之中。壓，鎮。半天上：形容嵩山之高。

〔五〕洞：指九龍潭。江：長江。此句形容九龍潭的深邃奇詭，神祕莫測，謂九龍潭的窟窿穿過長江江底通到了江南。

〔六〕杉松，凌本作「松杉」。

〔七〕彩，《全唐詩》作「蒼」。嵐：霧氣。此句意謂，在夕陽的輝映下，山頭一片明緑之色，但忽又被霧氣所籠罩。

〔八〕「借問」二句：蘇耽，古仙人。《水經注》卷三九《耒水》：「《桂陽列仙傳》云：『（蘇）耽，郴縣（今湖南郴州）人，少孤，養母至孝。……即面辭母曰：受性應仙，當違供養。涕泗又説：年將大疫，死者略半，穿一井飲水，可得無恙……』」《太平廣記》卷一三引《洞仙傳》曰：「蘇耽者，桂陽（郡名，治所在郴縣）人也，少以至孝著稱。……先是耽初去時云：今年大疫，死者略半，家中井水，飲之無恙。果如所言。」又《神仙傳》卷九曰：「蘇仙公者，桂陽人也。……數歲之後，先生灑掃門庭，修飾牆宇，友人曰：有何邀迎？答曰：僊侶當降。俄頃之間，乃見天西北隅紫雲氤氲，有數十白鶴飛翔其中，翩翩然降於蘇氏之門，皆化爲少年……先生斂容逢迎，乃跪白母曰：某受命當僊，被召有期，儀衛已至，當違色養，即便拜辭。……言畢即出門，踟躕顧望，聳身入雲，紫雲捧足，群鶴翱翔，遂昇雲漢而去。」按，據諸書所載事跡，蘇耽、蘇仙公當爲一人。衡嶽，南嶽衡山，在湖南衡山縣西北；郴縣距衡山不遠，此處蓋以衡嶽借指蘇耽所居之地。此二句意謂，請問尊師迎來的雙白鶴（疑是時空中恰有雙白鶴飛過），可是曾在衡嶽送過蘇耽昇天而去的嗎？隱指尊師即將得道成仙。

沈德潛曰：（「洞穿」句）：奇境非此奇句，不能寫出。（《唐詩別裁》卷一三）

方東樹曰：起破題明切。中四分寫嵩山遠、近、大、小景，奇警入妙。收亦奇氣噴溢，筆勢宏放，響入雲霄。（《昭昧詹言》卷一六）

送楊少府貶郴州〔一〕

明到衡山與洞庭〔二〕，若爲秋月聽猿聲〔三〕？愁看北渚三湘近〔四〕，惡説南風五兩輕〔五〕。青草瘴時過夏口，白頭浪裏出湓城〔六〕。長沙不久留才子，賈誼何須弔屈平〔七〕！

〔一〕郴州：唐州名，治所在今湖南郴州。

〔二〕明：謂明日。

〔三〕若爲：猶言怎堪。句謂君遠謫郴州，怎受得住在秋月之下聽夜猿悲啼？

〔四〕看，述古堂本作「君」。北渚：《楚辭·九歌·湘君》：「鼂騁騖兮江皋，夕弭節兮北渚。」《湘夫人》：

「帝子降兮北渚，目眇眇兮愁予。」湘君、湘夫人爲湘水之男神與女神，「北渚」蓋指湘水之渚（小洲）。此同。三湘：見《漢江臨汎》注〔二〕。近：指貶所地近湘水（北渚三湘）；述古堂本、元本、明十卷本等俱作「客」，張本、《唐詩品彙》、《全唐詩》俱作「遠」。

〔五〕五兩：見《送宇文太守赴宣城》注〔七〕。五兩輕：謂風大。南風大，則北上之船航行甚速，然楊謫居郴州，不得北歸，故惡説之。

〔六〕青草瘴：趙殿成注：「《廣州記》：『地多瘴氣，夏爲青草瘴，秋爲黄茅瘴。』王友琢崖謂郴州夏口，皆在嶺内，無有瘴氣，瘴當是漲字之訛，蓋謂青草湖（即今湖南洞庭湖東南部）之水漲耳。」陳貽焮《王維詩選》云：「南方不祇廣東有瘴氣，不必如此拘泥；王琦的解釋雖能自圓其説，惜與下句意重，不如仍依原文爲佳。」按，陳説是。又，《番禺雜編》曰：「嶺外二三月爲青草瘴，四五月黄梅瘴，六七月新水瘴，八九月黄茅瘴。」其説不同。夏口：古城名，故址在今武漢黄鵠山上。湓城：古城名，唐初改爲潯陽，在今江西九江市。此二句意謂，料想明春瘴氣起、江水漲之時，君即可過夏口、經湓城而歸。按，楊由郴州還長安，可自湘水北行抵長江，然後沿江東下，再循汴河北歸，故有「過夏口」、「出湓城」之語。

〔七〕「長沙」二句：賈誼，參見《哭祖六自虚》注〔八〕。又《漢書·賈誼傳》曰：「天子議以誼任公卿之位，絳、灌、東陽侯、馮敬之屬盡害之，迺毁誼曰……於是天子後亦疏之，不用其議，以誼爲長沙王太傅。誼既以謫去，意不自得，及渡湘水，爲賦以弔屈原。屈原，楚賢臣也，被讒放逐……誼追傷之，因以自諭（譬）。」屈平，《史記·屈賈列傳》：「屈原者，名平。」此二句以賈誼謫長沙喻楊貶郴州，意謂楊有才德，必不會久留於郴，無須過於自傷。

趙殿成曰：送人遷謫，用賈誼事者多矣，然俱代爲悲忿之詞，惟李供奉《巴陵贈賈舍人》詩云：「聖主恩深漢文帝，憐君不遣到長沙。」與右丞此篇結句，俱得忠厚和平之旨，可爲用事翻案法。

沈德潛曰：不能北歸，反惡南風，語妙意曲。（《唐詩别裁》卷一三）

管世銘曰：頷頸兩聯，如二句一意，無異車前騶仗，有何生氣？唐賢之可法者，如王維「愁看北渚三湘近，惡説南風五兩輕」，岑參「愁窺白髮羞微禄，悔别青山憶舊谿」，……皆神韻天成，變化不測。（《讀雪山房唐詩序例·七律凡例》）

黄培芳曰：通體音節甚高，筋節亦動盪。（翰墨園重刊本《唐賢三昧集箋注》卷上）

王壽昌曰：何謂曲？……王右丞之「明到衡山與洞庭……」如此深婉，乃爲真曲耳。（《小清華園詩談》卷上）

方東樹曰：收句應有之義，親切入妙，又切地切貶。重複七地名不忌。（《昭昧詹言》卷一六）

聽百舌鳥〔一〕

上蘭門外草萋萋〔二〕，未央宫中花裏栖〔三〕。亦有相隨過御苑〔四〕，不知若箇向金隄〔五〕。入春解作千般語，拂曙能先百鳥啼。萬户千門應覺曉，建章何必聽鳴雞〔六〕？

〔一〕百舌：鳥名，即反舌，又稱鶗鴂。《禮·月令》仲夏之月：「反舌無聲。」疏：「反舌鳥，春始鳴，至五月稍止。」《淮南子·時則》高注：「反舌，百舌鳥也，能辨反其舌，變易其聲，以效百鳥之鳴，故謂百舌。」詩題宋蜀本無「鳥」字。

〔二〕上蘭：見《敕賜百官櫻桃》注〔三〕。萋萋：茂盛貌。

〔三〕未央宫：見《左掖梨花》注〔三〕。

〔四〕有，奇字齋本、凌本俱作「自」。

〔五〕若箇：猶言哪個。金隄：《文選》司馬相如《子虛賦》：「褩姗教窣，上乎金隄。」李善注引司馬彪云：「隄名也。」《漢書·司馬相如傳》顔師古注：「言水之隄塘堅如金也。」此指御苑中之隄。

〔六〕建章：見《奉和聖製賜史供奉曲江宴應制》注〔四〕。

沈十四拾遺新竹生讀經處同諸公之作〔一〕

閒居日清静，修竹自檀欒〔二〕。嫩節留餘籜〔三〕，新叢出舊欄。細枝風響亂，疎影月光寒。樂府裁龍笛〔四〕，漁家伐釣竿。何如道門裏，青翠拂仙壇〔五〕？

〔一〕沈十四拾遺：未詳。同：和。

〔二〕自，《文苑英華》作「復」。檀欒：見《輞川集·斤竹嶺》注〔二〕。

〔三〕籜（tuò唾）：筍殼。

〔四〕樂府：掌音樂的官署。龍笛：虞世南《琵琶賦》：「鳳簫輟吹，龍笛韜吟。」《元史·禮樂志》謂龍笛「七孔，横吹之，管首製龍頭」。又古詩文中每以龍吟形容笛聲，「龍笛」之名，或起于此。後漢馬融《長笛賦》：「龍鳴水中不見已，截竹吹之聲相似。」李白《金陵聽韓侍御吹笛》：「風吹繞鍾山，萬壑皆龍吟。」又唐梁洽有《笛聲似龍吟賦》。

〔五〕「青翠」句：語本陰鏗《侍宴賦得竹》：「夾池一叢竹，青翠不驚寒。……湘川染別淚，衡嶺拂仙壇（仙人所居之處）。」又《太平御覽》卷九六二引南朝宋劉緝之《永嘉記》曰：「陽嶼仙山有平石，方十餘丈，名仙壇，有一筋竹（竹的一種）垂壇旁，風來輒掃拂壇上。」以上二句意謂，讀經處的竹，比起道門裏「青翠拂仙壇」的竹，又怎麼樣呢？

田家〔一〕

舊穀行將盡，良苗未可希〔二〕。老年方愛粥〔三〕，卒歲且無衣〔四〕。雀乳青苔井〔五〕，雞鳴白板扉〔六〕。柴車駕羸牸〔七〕，草屩牧豪豨〔八〕。夕雨紅榴拆〔九〕，新秋緑芋肥。餉田桑下憩〔一〇〕，旁舍草中歸〔一一〕。住處名愚谷，何煩問是非〔一二〕！

〔一〕詩題《文苑英華》作《田家作》。

〔二〕苗，明十卷本、奇字齋本、凌本等俱作「田」。希：希望。句指良苗尚未能提供穀食。

〔三〕粥，《文苑英華》作「竹」，非是。

〔四〕「卒歲」句：語本《詩・豳風・七月》：「無衣無褐，何以卒歲！」卒歲，終歲，猶言「渡過這一年」。且，尚。

〔五〕雀乳：晋傅玄《雜詩三首》其三：「鵲巢丘城側，雀乳空井中。」《説文》：「人及鳥生子曰乳。」此指孵卵。

〔六〕白板：不施采飾的木板。

〔七〕柴車：簡陋無飾的車子。羸：瘦弱。牸（zì字）：母牛；底本原作「犊」，據述古堂本、《全唐詩》改。

〔八〕草屩（juē决）：草鞋。豪豨（xī希）：壯豬。「豪」下底本、《全唐詩》均注：「一作膏。」

〔九〕夕，底本原作「多」，此從《全唐詩》。榴：石榴。拆：裂開；底本原作「折」，此從述古堂本、元本、《全唐詩》。

〔一〇〕餉田：往田裏送飯。

〔一一〕旁（bàng傍）：通「傍」，依。傍舍，指身倚着屋壁的農夫。

〔一二〕愚谷：參見《愚公谷三首》其一注〔一〕。二句意謂，田家避世隱居，何煩去問人世之是非！

顧可久曰：不務雕琢，而一出自然。

哭褚司馬〔一〕

妄識皆心累〔二〕，浮生定死媒〔三〕。誰言老龍吉，未免伯牛災〔四〕！故有求仙藥，仍餘遁俗杯〔五〕。山川秋樹苦，窗户夜泉哀〔六〕。尚憶青騾去〔七〕，寧知白馬來〔八〕？漢臣修《史記》，莫蔽褚生才〔九〕。

〔一〕司馬：官名。見《送祕書晁監還日本國》注〔二八〕。

〔二〕妄識：虚妄的認識。佛教以世俗的認識爲妄識。心累：心的牽累。《文選》陸機《歎逝賦》：「解心累於末迹，聊優遊以娱老。」

〔三〕浮生：見《胡居士卧病遺米因贈》注〔一七〕。句謂人生在世，虚浮無定，這無疑是死亡的媒介。

〔四〕老龍吉：《莊子·知北遊》：「婀荷甘與神農同學於老龍吉，神農隱几闔户晝瞑，婀荷甘日中奓（開）户而入，曰：『老龍死矣！』神農隱几（此二字衍）擁杖而起，嚗然（放杖聲）放杖而笑，曰：『天（指老龍，成玄英疏：「老龍有自然之德，故呼曰天。」）知予僻陋慢訑，故棄予而死。』」伯牛災：《史記·仲尼弟子列傳》：「冉耕，字伯牛，孔子以爲有德行。伯牛有惡疾，孔子往問之，自牖執其手，曰：『命也夫！斯人也而有斯疾，命也夫！』」二句意謂誰料想老龍吉，也未能免於獲疾而亡。

〔五〕故：猶「素」、「常」。遁俗：猶言避世。《文選》曹植《七啓》：「予聞君子不遯（同遁）俗而遺（忘）名，智士不背世而滅勳。」注：「《周易》曰：『遯世無悶。』」杯，疑當作「坏」，因形近致誤。杯、坏俱灰韻字。山一重曰坏，見《爾雅·釋山》。二句意謂，素有學道求仙藥者，結果仍留下避世隱居的山丘而去（指死亡）。

〔六〕此二句寫褚舊居附近秋夜的景色。

〔七〕青騾去：指褚去世。《太平御覽》卷九〇一引《魯女生別傳》曰：「李少君死後百餘日，人有見少君在河東蒲坂，乘青騾，帝聞之，發棺，無所有。」

〔八〕白馬來：《後漢書·范式傳》：「范式，字巨卿，山陽金鄉人也。……少遊太學爲諸生，與汝南張劭爲友。劭字元伯。二人並告歸鄉里。……後元伯寢疾篤……尋而卒。式忽夢見元伯……呼曰：『巨卿，吾以某日死，當以爾時葬，永歸黄泉，子未我忘，豈能相及？』式怳然覺寤，悲歎泣下。……式便服朋友之服，投其葬日，馳往赴之。式未及到，而喪已發引，既至壙，將窆（下棺），而柩不肯進，其母撫之曰：『元伯豈有望邪？』遂停柩。移時，乃見有素車白馬，號哭而來，其母望之曰：『是必范巨卿也。』巨卿既至，叩喪言曰：『行矣元伯，死生路異，永從此辭！』會葬者千人，咸爲揮涕，式因執紼而引柩，於是乃前。」此句即用其事，謂褚已卒，豈知已來哭弔？

〔九〕褚生：即褚少孫。《漢書·司馬遷傳》謂《史記》「十篇缺，有録無書」，褚少孫曾續補《史記》，今本《史記》中稱「褚先生曰」者，即其補作。《史記·孝武本紀》索隱：「張晏云：『褚先生潁川人，仕元成間。』韋稜云：『《褚顗家傳》：褚少孫，梁相褚大弟之孫，宣帝時爲博士，寓居沛，事大儒王式，故號先生，續《太史公書》（即《史記》）。』」此處以褚少孫喻褚司馬，言他具有修史之才。

贈韋穆十八〔一〕

與君青眼客〔二〕，共有白雲心〔三〕。不向東山去，日令春草深〔四〕。

〔一〕韋穆：生平無考。

〔二〕青眼客：見《過盧員外宅看飯僧共題七韻》注〔二〕。此指知心朋友。

〔三〕白雲心：喻指避世隱居之心。

〔四〕東山：東晋謝安曾隱於東山，後因以東山指隱者所居之地。日，底本、《全唐詩》均注：「一作自。」令，宋蜀本作「暮」。二句含有催促韋穆歸山之意。

劉須溪曰：淡淡有情。

皇甫岳雲溪雜題五首〔一〕

鳥鳴澗

人間桂花落，夜静春山空。月出驚山鳥，時鳴春澗中〔二〕。

〔一〕皇甫岳：《新唐書·宰相世系表五下》有皇甫岳，父曰恂（《元和姓纂》卷五作「峋」），非是，説見岑仲勉《元和姓纂四校記》），弟名嶽，《表》中俱未言曾任何職。按，皇甫岳祖曰鏡幾，曾祖曰文房，祖籍安定朝那（今寧夏固原東南）。《新表》稱岳之曾祖曰文亮，誤，見趙超《新唐書宰相世系表集校》卷五皇甫氏。王昌齡《至南陵答皇甫岳》云：「與君同病復漂淪，昨夜宣城别故人。明主恩深非歲久，長江還共五溪濱。」詩爲天寶年間昌齡謫龍標（五溪在龍標附近）尉赴任途中所作。南陵屬宣州（治今安徽宣城），是時皇甫岳當即在宣州一帶爲官。岳，明十卷本、張本、《全唐詩》俱作「嶽」。雲溪：皇甫岳别業的名稱和所在地，疑在長安附近。王維《皇甫岳寫真讚》：「且未婚嫁，猶寄簪纓。燒丹藥就，辟穀將成。雲溪之下，法本無生。」

〔二〕驚，宋蜀本作「空」，蓋涉上句「空」字而誤。南朝梁王籍《入若耶溪詩》：「蟬噪林逾静，鳥鳴山更幽。」

劉須溪曰：皆非着意。

胡應麟曰：太白五言絶，自是天仙口語，右丞却入禪宗。如「人閒桂花落……」「木末芙蓉花……」讀之身世兩忘，萬念皆寂，不謂聲律之中，有此妙詮。（《詩藪》内編卷六）

黄周星曰：此何境界也，對此有不令人生道心者乎！（《唐詩快》卷一四）

沈德潛曰：諸詠聲息臭味，迴出常格之外，任後人摹仿不到，其故難知。（《唐詩别裁》卷一九）

蓮花塢〔一〕

日日採蓮去，洲長多暮歸。弄篙莫濺水，畏濕紅蓮衣〔二〕。

〔一〕塢：四面高中間低的地方。指蓮湖的水面低而四周高。

〔二〕紅蓮衣：指紅蓮的花瓣。

鸕鷀堰〔一〕

乍向紅蓮没，復出清浦颺〔二〕。獨立何襹褷〔三〕，銜魚古查上〔四〕。

〔一〕鸕鷀：水鳥名，俗稱魚鷹，羽毛黑色，有緑色光澤，漁人多馴養之以助捕魚。堰（yàn雁）：擋水的低壩。

〔二〕清，顧本作「晴」。浦，宋蜀本、《萬首唐人絶句》、《全唐詩》俱作「蒲」。颺（yáng揚）：飛。

〔三〕襹褷（lí shī離施）：同離褷，亦作離簁、離纚，《文選》木華《海賦》：「鳧雛離褷，鶴子淋滲。」李善注：「離褷、淋滲，毛羽始生之貌。」又嵇康《琴賦》：「紛文斐尾，慊縿離纚。」李善注：「慊縿、離纚，羽毛貌。」此處用以形容羽毛沾濕之狀。韓愈孟郊《秋雨聯句》：「毛羽皆遭凍，離簁不能翽（鳥飛聲）。」漢樂府《白頭吟》（晋樂所奏）：「竹竿何嫋嫋，魚尾何離簁（形容魚尾如沾濕的羽毛）。」

〔四〕查：同「楂」，水中浮木，木筏。江總《山庭春日詩》：「古楂横近澗，危石聳前洲。」

上平田〔一〕

朝耕上平田，暮耕上平田。借問問津者，寧知沮溺賢〔二〕？

〔一〕上平田：當是皇甫岳耕種的田地名。

〔二〕「借問」二句：寧，豈；《唐詩正音》作「誰」。沮溺，長沮、桀溺。《論語·微子》：「長沮、桀溺耦而耕（二人並耕），孔子過之，使子路問津（渡口）焉。」問津者，喻指奔波於仕途的人。長沮、桀溺是避世的隱者，此處以沮溺喻皇甫岳，言世人不知其賢。

萍池

春池深且廣，會待輕舟迴〔一〕。靡靡緑萍合〔二〕，垂楊掃復開〔三〕。

〔一〕會：應，當。迴：返回。此言欲過萍池，應待輕舟返回。

〔二〕靡靡：遲緩貌。句謂輕舟過後，慢慢地緑萍又合攏了。

〔三〕掃復，奇字齋本、凌本俱作「復掃」。句謂春風吹拂垂楊，其枝條又將水面的浮萍掃開。

劉須溪曰：每每静意，得之偶然。

紅牡丹

緑艷閒且静〔一〕，紅衣淺復深〔二〕。花心愁欲斷，春色豈知心〔三〕？

〔一〕緑艷：指牡丹之枝葉。

〔二〕紅衣：指牡丹花瓣。

〔三〕欲：已。斷：極。二句意謂，牡丹之心，悲愁已極，而春色却不知牡丹之心。按，牡丹春末開花，其時春色將盡，牡丹之愁，即由此而生；然春天的腳步並不因牡丹之愁而稍稍停留，所以説「春色豈知心」。

雜詩三首〔一〕

家住孟津河〔二〕，門對孟津口。常有江南船，寄書家中否〔三〕？

〔一〕詩題底本原無「三首」二字，此從《全唐詩》；又宋蜀本、述古堂本、元本俱作《雜詩五首》，參見五古《雜詩》注〔一〕。

〔二〕孟津：古黄河津渡名，在今河南孟津縣東北、孟州市西南。孟津河：指孟津地方的黄河。

〔三〕船，宋蜀本、述古堂本作「舡」。二句謂常有江南來的船，不知客寓江南的丈夫是否捎信回家？

顧璘曰：三詩皆淡中含情。

君自故鄉來，應知故鄉事。來日綺窗前，寒梅著花未〔一〕？

〔一〕來日：來之時。綺窗：雕畫花紋的窗。著花：生花，開花。此詩從遠在江南異鄉的丈夫方面着筆，説他向剛從故鄉來的人打聽，來的時候，故鄉的梅花是否已長出花朵，説明他也同樣在思念故鄉和故鄉的親人。

趙殿成曰：陶淵明詩云：「爾從山中來，早晚發天目。我居南窗下，今生幾叢菊？」（《問來使》，《容齋五筆》卷一、《七修類稿》卷二五皆謂此非淵明之詩）王介甫詩云：「道人北山來，問松我東岡。舉手指屋脊，云今如許長。」與右丞此章，同一杼軸，皆情到之辭，不假修飾而自工者也。然淵明、介甫二作，下文綴語稍多，趣意便覺不遠；右丞只爲短句，一吟一咏，更有悠揚不盡之致，欲于此下復贅一語不得。

已見寒梅發，復聞啼鳥聲。愁心視春草，畏向階前生〔一〕。

〔一〕愁心，宋蜀本、述古堂本、明十卷本等作「心心」。視：比照，好比。階前，底本原作「玉階」，此從宋蜀本、元本、明十卷本、《萬首唐人絶句》等。此詩寫春天已到，而丈夫仍遲遲不歸。前二句可視爲女主人公自語，也可看作她代來自故鄉的人作答。後二句寫女主人公害怕春草生向階前，因爲如果那樣，她將隨時都能真切地感受到春天的到來，其思念丈夫的「愁心」，也將因此而愈加不可抑止。

崔興宗寫真詠〔一〕

畫君年少時，如今君已老。今時新識人，知君舊時好。

〔一〕崔興宗：見《送崔興宗》注〔一〕。寫真：畫像。詩題底本原無「詠」字，從宋蜀本、述古堂本、明十卷本、《唐詩紀事》等補；又《紀事》「崔」上多一「與」字。

書事〔一〕

輕陰閣小雨〔二〕，深院晝慵開〔三〕。坐看蒼苔色〔四〕，欲上人衣來。

〔一〕此詩僅載于奇字齋本外編、凌本、底本外編及《全唐詩》。《詩人玉屑》卷六引《天廚禁臠》曰：「王維《書事》云：『輕陰閣小雨……』舒王云：『若耶溪上踏莓苔……』兩詩皆含不盡之意，子由謂之不帶聲色。」謂此詩爲王維所作，奇字齋本等即據之補録。

〔二〕閣：停輟。句謂小雨已停，天色微陰。

〔三〕慵：懶。

〔四〕坐看：行看，將見。

楊慎曰：洪覺範《天厨禁臠》云：「此詩含不盡之意，子由所謂不帶聲色者也。」王半山亦有絶句，詩意頗相類。按半山詩云：「山中十日雨，雨晴門始開。坐看蒼苔文，欲上人衣來。」（《升菴詩話》卷三）

寄河上段十六〔一〕

與君相見即相親〔二〕，聞道君家在孟津〔三〕。爲見行舟試借問〔四〕，客中時有洛陽人〔五〕。

〔一〕河上：黄河邊。段十六：名未詳。本篇《唐百家詩選》作盧象詩，《萬首唐人絶句》作王維詩，《全唐詩》重見盧象及王維集中。按，王維集諸本俱載此詩，今姑據之收入集中。

〔二〕見，《全唐詩》盧集作「識」。

〔三〕在，《全唐詩》盧集作「住」。孟津：見《雜詩三首》其一注〔二〕。

〔四〕爲：若。行舟：河上走的船。

〔五〕「客中」句：洛陽地近孟津，所以要向洛陽來的船客探問段十六的近況。

送王尊師歸蜀中拜掃〔一〕

大羅天上神仙客〔二〕，濯錦江頭花柳春〔三〕。不爲碧雞稱使者〔四〕，惟令白鶴報鄉人〔五〕。

〔一〕尊師：對道士的敬稱。拜掃：掃墓；奇字齋本、顧本無此二字。

〔二〕大羅天：道教所稱三十六天中的最高一重天，爲「道境極地」。《酉陽雜俎》前集卷二《玉格》：「道列三界（欲界、色界、無色界）諸天，數與釋氏同，但名別耳。三界外曰四人境，謂常融、玉隆、梵度、賈奕四天也。四人天外曰三清，大赤、禹餘、清微也。三清上曰大羅。」《雲笈七籤》卷二一：「《元始經》云：大羅之境，無復真宰，惟大梵之氣，包羅諸天下空之上。」此句指王爲道士。

〔三〕濯錦江：即岷江。李白《上皇西巡南京歌十首》其六：「濯錦清江萬里流，雲帆龍舸下揚州。」王琦注：「濯錦江即岷江也。」按蜀地產錦，蜀人多於岷江中濯錦，因呼曰濯錦江。《文選》左思《蜀都賦》：「貝錦斐成，濯色江波。」李善注：「譙周《益州志》云：成都織錦既成，濯於江水（即岷江，舊以岷江爲長江之正源），其文分明，勝於初成，他水濯之，不如江水也。」《太平寰宇記》卷七二：「濯錦江，即蜀江水，至此濯錦，錦彩鮮潤于他水，故曰濯錦江。」

〔四〕碧雞：《漢書・郊祀志》：「或言益州（轄境在今四川、雲南一帶）有金馬碧鷄之神，可醮祭而致，於是遣諫大夫王褒，使持節而求之。」又《王褒傳》曰：「王褒，字子淵，蜀人也。……後方士言益州有金馬碧雞之寶……宣帝使褒往祀焉，褒於道病死。」句謂尊師歸蜀，並非像王褒那樣是因爲當了祀碧雞的使臣。

〔五〕「惟令」句：意謂只是爲了使鄉人知道自己已得道成仙。參見《送張道士歸山》注〔四〕。

送沈子福歸江東〔一〕

楊柳渡頭行客稀，罟師盪槳向臨圻〔二〕。惟有相思似春色，江南江北送君歸。

〔一〕沈子福：不詳；明十卷本、奇字齋本、《全唐詩》等俱作「沈子」。歸，《萬首唐人絶句》、《唐詩品彙》俱作「之」；又述古堂本、元本俱無此字。江東：見《送丘爲落第歸江東》注〔一〕。

〔二〕罟師：漁人。此處指船夫。臨圻（qí其）：臨近曲岸之地。《文選》謝靈運《富春渚》：「遡流觸驚急，臨圻阻參錯。」李善注：「《埤蒼》曰：碕，曲岸頭也。碕與圻同。」此處即承謝詩之意，借以指富春地區。又高步瀛《唐宋詩舉要》曰：「此詩臨圻當是地名，故云向。」

顧可久曰：（首二句）別景寥落，情殊悵然。又曰：（末二句）相送之情，隨春色所之，何其濃至清新！

沈德潛曰：春光無處不到，送人之心，猶春光也。（《唐詩別裁》卷一九）

馬位曰：最愛王摩詰「惟有相思似春色，江南江北送君歸」之句，一往情深。（《秋窗隨筆》）

劇嘲史寰〔一〕

清風細雨濕梅花，驟馬先過碧玉家〔二〕。正值楚王宮裏至，門前初下七香車〔三〕。

〔一〕劇：戲。史寰：未詳。

〔二〕驟馬：驅馬疾行。碧玉：見《洛陽女兒行》注〔六〕。此處疑借指某平民家少女（碧玉本「小家女」，故以之稱平民家女子）。也可能借指某妓女。梁簡文帝《雞鳴高樹巔》：「碧玉好名倡，夫婿侍中郎。」唐李暇《碧玉歌》：「碧玉上宮妓，出入千花林。珠被玳瑁牀，感郎情意深。」此處疑用後一意。

〔三〕「正值」下宋蜀本、述古堂本均注：「一本作適自。」楚王：借指某唐宗室親王。七香車：見《洛陽女兒行》注〔四〕。二句謂史寰欲訪碧玉，正值楚王亦至其家，只好敗興而歸。

黄周星曰：題曰「劇嘲」，詩中殊無嘲意。然自是過訪美人之作，嘲亦妙，不嘲亦妙。（《唐詩快》卷一五）